重讀經典
牡丹亭

蔡孟珍 著

〈遊園〉停半晌整花鈿 2015 林語堂故居

〈遊園〉與張繼青老師
1993 江蘇省崑劇院

〈遊園〉姹紫嫣紅開遍 2006 臺北

〈遊園〉與汪小丹女士
2013 江寧織造博物館

〈驚夢〉則為你如花美春 與李公律 2006 臺北

〈尋夢〉陳文華教授詩 杜忠誥教授書法 2006 臺北

〈寫真〉似孤秋片月離雲嶠 2006臺北

〈離魂〉當今生花開一紅 2006臺北

〈拾畫〉寒花遶砌荒草成窠 李公律 2011 臺北

〈叫畫〉
則被你有影無形盼煞我
李公律 2011 臺北

〈幽媾〉幽谷寒涯 與李公律 2011 臺北

〈回生〉則普天下做鬼的有情誰似咱 2011 臺北

《長生殿・小宴》與蔡正仁老師 2014 上海

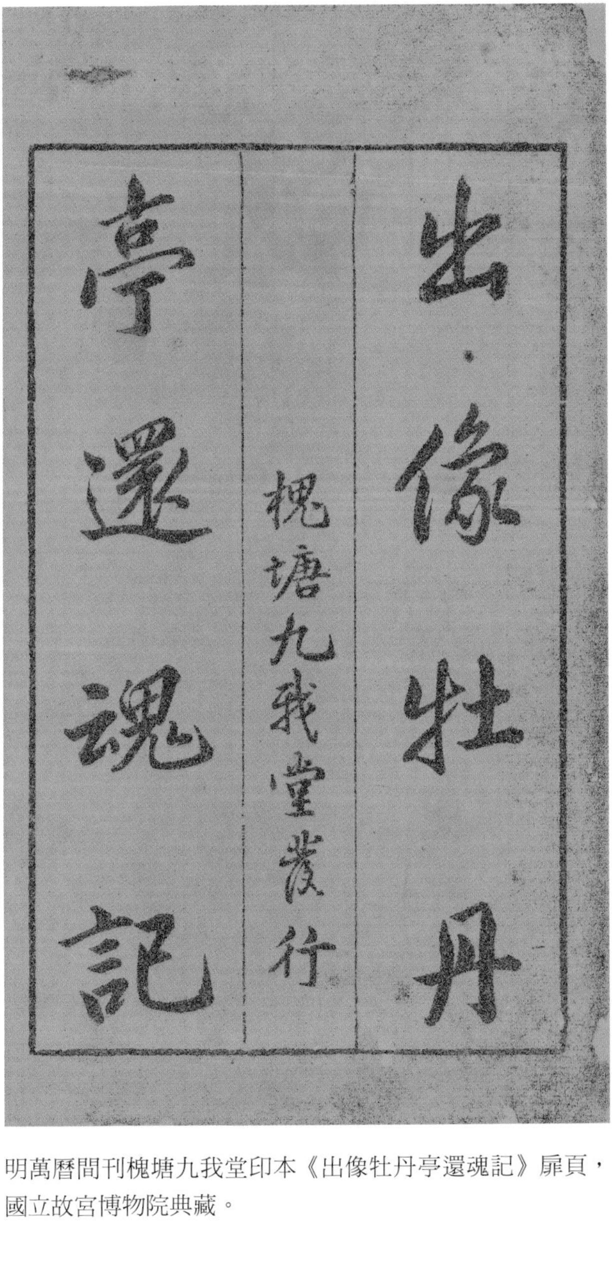
出像牡丹
槐塘九我堂發行
亭還魂記

明萬曆間刊槐塘九我堂印本《出像牡丹亭還魂記》扉頁，
國立故宮博物院典藏。

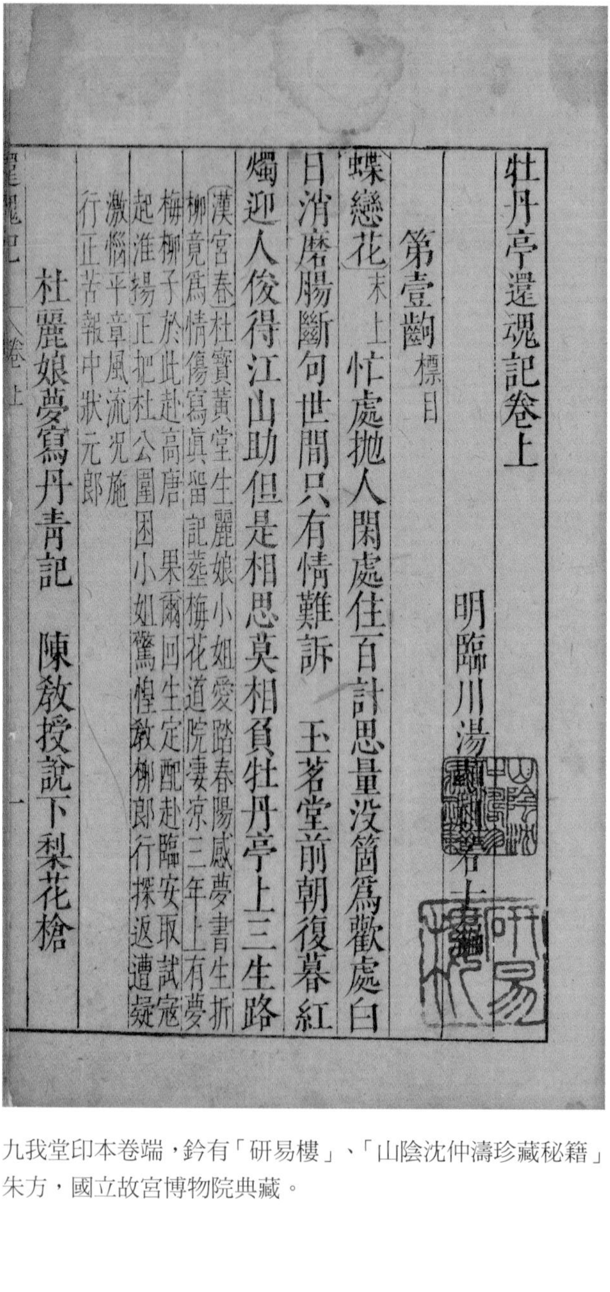
牡丹亭還魂記卷上
明臨川湯顯祖若士編
第壹齣 標目
蝶戀花 末上 忙處抛人閒處住百計思量沒箇爲歡處白
日消磨腸斷句世間只有情難訴 玉茗堂前朝復暮紅
燭迎人俊得江山助但是相思莫相負牡丹亭上三生路
漢宮春 杜寶黃堂生麗娘小姐愛踏春陽感夢書生折
柳竟爲情傷寫眞留記葬梅花道院淒凉三年上有夢
梅柳子於此赴高唐 果爾回生定配赴臨安取試寇
起淮揚正把杜公圍困小姐驚惶教柳郎行探返遭疑
激惱平章風流况施
行正苦報中狀元郎
杜麗娘夢寫丹青記 陳教授說下梨花槍
還魂記 卷上 一

九我堂印本卷端，鈐有「研易樓」、「山陰沈仲濤珍藏秘籍」朱方，國立故宮博物院典藏。

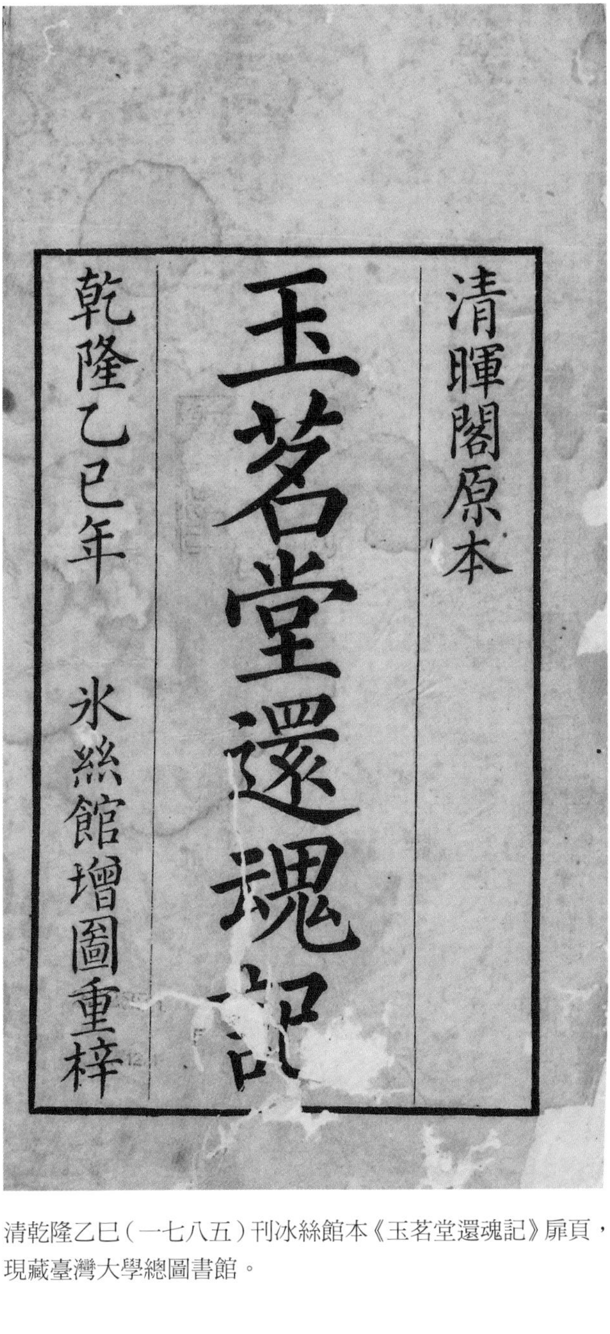

清乾隆乙巳（一七八五）刊冰絲館本《玉茗堂還魂記》扉頁，
現藏臺灣大學總圖書館。

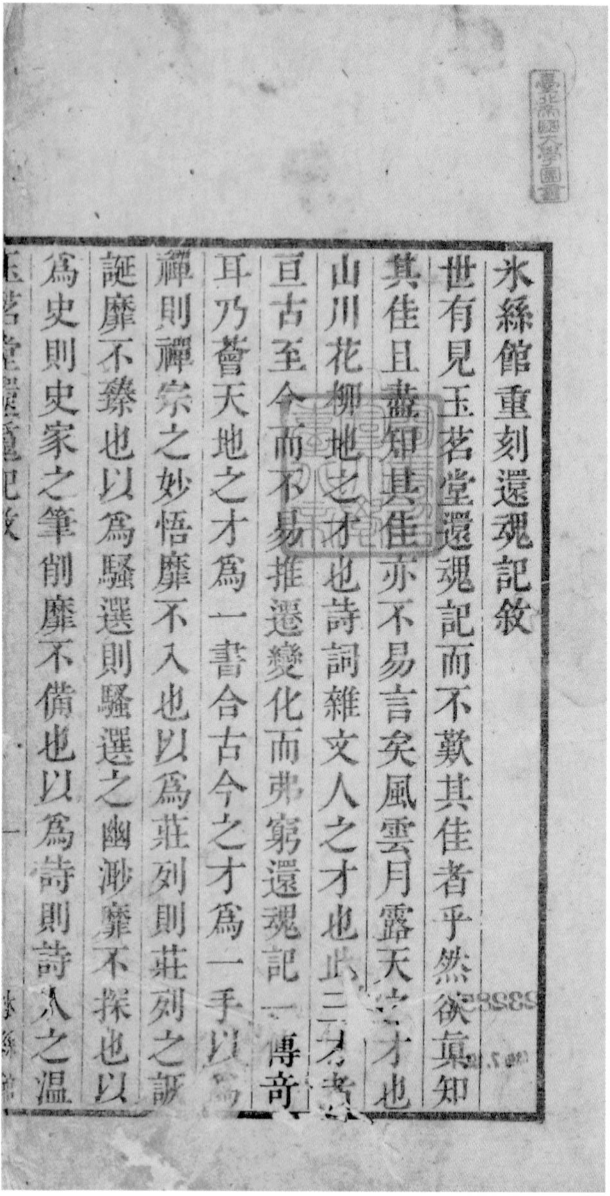
冰絲館重刻還魂記敘

世有見玉茗堂還魂記而不歎其佳者乎然欲真知其佳且盡知其佳亦不易言矣風雲月露天之才也山川花柳地之才也詩詞雜文人之才也此三才者亘古至今而不易推遷變化而弗窮還魂記一傳奇耳乃薈天地之才為一書合古今之才為一手以為禪則禪宗之妙悟靡不入也以為莊列則莊列之誕誕靡不臻也以為騷選則騷選之幽渺靡不採也以為史則史家之筆削靡不備也以為詩則詩人之溫

玉茗堂還魂記敘　一　冰絲館

快雨堂〈冰絲館重刻還魂記敘〉

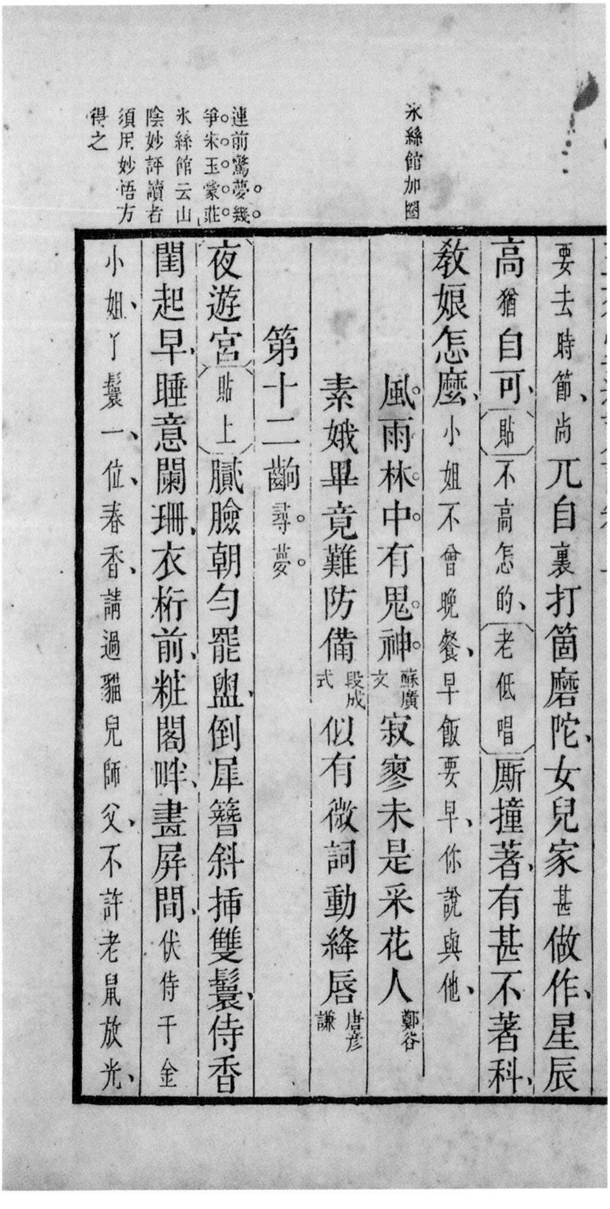

冰絲館加圈

連前鶯夢幾爭宋玉蒙莊。冰絲館云山陰妙評讀者須用妙悟方得之

要去時節、尚兀自裏打箇磨陀、女兒家甚做作、星辰
高猶自可、貼不高怎的、老低唱斯撞著、有甚不著科、
教娘怎麼、小姐不曾晚餐、早飯要早、你說與他、
風雨林中有鬼神 蘇廣文 寂寥未是采花人 鄭谷
素娥畢竟難防備 段成式 似有微詞動絳唇 唐彥謙

第十二齣 尋夢

夜遊宮 貼上 膩臉朝勻罷盥、倒犀簪斜插雙鬟、侍香
閨起早睡意闌珊、衣桁前粧閣畔、畫屏間、伏侍千金
小姐、丫鬟一位、春香、請過貓兒師父、不許老鼠放光、

冰絲館本《牡丹亭》第十二齣〈尋夢〉

冰絲館本《牡丹亭》第十二齣〈尋夢〉附圖

周序

蔡孟珍教授大作《重讀經典〈牡丹亭〉》即將付梓問世。這是一部見解獨特、風格獨具、內容豐富的學術論文專輯，是孟珍教授多年來研究《牡丹亭》成果的一次總匯。

四百多年前，湯顯祖的傳奇傑作《牡丹亭》「甫就本，而識者已口貴其紙，人人騰沸」，受到廣大讀者、藝人、觀眾、戲曲作家和戲曲理論家的激賞。人們出於對《牡丹亭》的喜愛，便產生了對它研究的莫大興趣。時至今日，湯顯祖研究已經逐漸成為學術界的一塊熱土，對《牡丹亭》的研究則是這方領地中最為絢麗的一角。

數百年來《牡丹亭》之盛名不衰，因為它不僅可供案頭清賞，也能奏之於場上，經典之名，當之無愧。熱愛湯顯祖和《牡丹亭》的研究者們由於各自學養的不同，功力的差異，在對這部經典的不斷重讀之中漸漸形成了兩種路數：一重文本，一重場上。

重文本的研究者大都認為自己不是度曲專家，更非搬演內行，只能從文本入手，在評論《牡丹亭》的劇本文辭，闡發《牡丹亭》蘊含的精神，剖析《牡丹亭》的人物形象等方面下功夫。與湯顯祖同時代，並且有交情的紹興才子王思任，自謂「予不知音律，第粗以文義測之」，對《牡丹亭》做了認真批點，是對《牡丹亭》文本研究的良好開端。其後，對《牡丹亭》文本研究的人士成群結隊。二十世紀以來，以《牡丹亭》為題的論文汗牛充棟，博士論文亦屢見不鮮，論其性質大都屬於文本的研究。

重場上研究的人士，則大多自認為是音律的行家，是熟稔「行家生活」的顧曲周郎，是崑曲演唱的權威裁判。他們精研《牡丹亭》的字字句句，挑剔湯顯祖不合格律的毛病，甚至親自動手改竄《牡丹亭》，其目的是要使《牡丹亭》「便吳歌」、「便俗唱」，更適合崑曲的演唱。呂玉繩、沈璟、臧懋循、馮夢龍、徐日曦等人所作的《牡丹亭》改本，都屬此類。時至二十世紀，海內外出現了多種《牡丹亭》的臺本，又有戲曲表演藝術家們著文談論《牡丹亭》的表演經驗，這是更具實踐意義的研究成果。

和這兩類研究者不同，蔡孟珍教授研究《牡丹亭》既重視對文本的研究，也重視對場上的研究，兩種路數合而為一。她提出重讀經典《牡丹亭》的門徑是從訓詁學、音律學、民俗學、表演學切入。這條門徑當然是正確的。不過，指點門徑容易，真正走進去卻絕非易事。走進去而且有所發現，有所發明，更加不容易。這需要有非常全面的學術修養，而且要有場上搬演的切身體會。蔡孟珍教授恰恰是具備這兩方面的深厚根底，所以對如何重讀經典《牡丹亭》做了精彩的示範，取得了不同凡響的成績。

身為臺灣師範大學國文系的教授，古典文學的學養自是必修之功，而蔡孟珍教授於音韻學研究特別用力。音韻學屬於古代漢語研究的重要方面。明清以來，漢語音韻學研究曾出現過幾位大家。南北曲音律研究，成果尤其豐富。但是，戲曲音律的研究在當今已經是一個學科冷門，從事者很少。蔡孟珍教授則有《曲學探賾》、《曲韻與舞臺唱唸》、《沈寵綏曲學探微》等曲學專著。她把這門學問做得很靈活，始終不脫離舞臺的實際。

蔡孟珍教授酷愛崑曲藝術。她在讀大學的時期，就追隨曲學名家夏煥新、焦承允、杜自然、許聞佩諸先生習曲。不僅擅長度曲，而且能登氍毹。她能演不少崑曲摺子。她擔綱演出的《鬧學》、《遊園》、《驚夢》、《尋夢》《寫真》、《離魂》等《牡丹亭》的摺子，都很精彩，經常受邀到國內外表演，廣獲好評。她以精湛的崑曲學養，成為多個曲社的指導教師。

正因為蔡孟珍教授在戲曲領域是一位既有學又有術的學者，所以她的文章經常有獨到的見解。比如，在討論湯顯祖創作《牡丹亭》究竟採用何種聲腔時，學界說法很不統一，有說是弋陽腔，有說是宜黃腔，有說是海鹽腔，有說是崑山腔。蔡教授從湯顯祖詩文的表述、古典曲論的規範、音樂格律、民俗背景、表演藝術等多種視角做深入的剖析，再加之以自己演唱崑曲的體驗，則提出一種與眾不同的見解。

她在評說《牡丹亭》的明清縮編版的時候，從結構、詞采、音律、賓白、科諢等多個方面著手，分析諸種改竄本的成敗得失。臧懋循、馮夢龍再世，恐亦會首肯。她評說當代幾種《牡丹亭》的演出本，不僅評論劇本的改編，而且品評演員的身段表演，她時時揣摩《牡丹亭》原作的意趣神色，又時時不離場上的唱做念舞。觀察之精細甚至涉及到舞臺美術、燈光配置，和服飾穿關、道具取捨等細部。她對當前國內外多種《牡丹亭》的演出，做了全面的檢閱，做出了非常中肯的評說。諺云：「外行看熱鬧，內行看門道。」蔡孟珍教授是真正的崑曲內行，深諳氍毹三昧，她才能有如許多的發現，才能揭示如此多的奧秘。所以讀蔡教授的文章，你會感受到一種別樣的滋味。

我相信，讀過蔡孟珍教授這些別開生面的文章，關心崑曲重構的人士會受到有益的啟發，崑曲的從業者會得到寶貴的教益，普通讀者也會增長許多見識。這幾年中國大陸學界舉辦過幾次湯顯祖學術研討會，我有機會當場聆聽蔡孟珍教授的高見。蔡教授發表的許多見解，與吾心有戚戚焉。

我和蔡教授初遇于遂昌，再見於臨川，相會於北京，是湯顯祖當年留下的足跡引導我們這些同道追慕者相聚相識。在與蔡孟珍教授相識的同時，我也認識了她的賢夫君楊振良教授。楊先生是民俗學專家、民間文學專家，他的文章充滿情趣，我十分愛讀。

在學術研討會上，只能是與會者才有機會聆聽蔡孟珍教授的論文。現在，蔡教授的多篇論文集合在這本《重讀經典〈牡丹亭〉》裏，將會使更多的對湯顯祖和《牡丹亭》有興趣的人士，接觸和瞭解蔡教授的理論。

讀過蔡教授的文稿，難掩先睹為快的喜悅，於是就說了這番話。不知讀者諸君是否與我有同感。

周育德　二〇一四年一月二十五日

於北京陶然亭西半步橋

自序

經典，彷彿正因為是經典，而越少出現真正能解構它的人。而藉著重讀經典，能將前賢研究關注未盡全面或值得商榷處，作一番檢視釐清，這在重現原著精神上具有一定的積極意義。在晚明「俚儒之稍通音律者，伶人之稍習文墨者，動輒編一傳奇」的社會風潮裡，湯顯祖《牡丹亭》以其瓌姿妍骨、斫巧斬新的風華，從曲海詞山中超拔而出，震耀千古，成為舉世矚目的經典。正因為它是經典，一般人想要完全讀懂它，幾乎不可能。因為湯翁負不世之才，冰絲館本作者說他「博極群言，微獨經史子集，奧衍閎深，即至梵筴丹經、稗官小說，無不貫穿洞徹。」其詩文尺牘數逾兩千，「臨川四夢」劇作的影響力，更是天縱逸才而詞致奧博，世上鮮有相與頡頏者。而戲曲又是一門多元的綜合文學與藝術，它由「文士作詞，國工製譜，伶家度聲」所融鑄而成。因而在研究方法上，既需要高屋建瓴，宏觀地縱向體察戲劇史進程的發展軌迹，橫向關注諸多聲腔劇種的雅俗傾向，更需要勤懇細緻的辨析能力，就中古文根底的訓詁功夫，斠譜訂律的音樂素養，以及舞臺搬演的藝術認知，幾乎都成為不可或缺的核心學問。

本書雖是將舊稿略加詮次而成，然學術日新月異，學界舊說儘管曾被多所徵引，在新證出現時，也只能斷然捨棄，故而校訂過程中，每多參酌損益以求補苴罅漏。所錄篇什，就中有關湯顯祖創作《牡丹亭》時，究竟以何種腔調唱演？此論題學界眾說紛紜，有倡言弋陽腔、宜黃腔者，有主張海鹽腔、崑腔者，或謂湯氏並非專為某腔而作，由是益發凸顯此問題之複雜與重要。當時剛上研究所博一的我，也為文參與這場論爭，驀然回首，瞬已廿載，期間陸續撰成三篇，嘗試從「聲腔說」產生之因緣、《牡丹亭》之曲文格律（平仄、韻協、宮調）、湯氏暨明清友朋門生相關詩文、戲神崇拜、江西廣昌孟戲，以及曲牌音律等視角，舉證推闡《牡丹亭》唱演由海鹽到崑腔之遷化歷程。其他諸篇，則分別就《牡丹亭》之科諢、評點、明清改本、現代演出版與臺灣大考試題等問題，談歷來對《牡丹亭》的文學解讀與場上搬演所出現的瓶頸，冀望從訓詁、音律、民俗、傳統表演學切入，對這部舉世知名的經典重新作一番判讀。

在爬梳文獻的煩瑣過程中，《牡丹亭》斐亹有致、真味沁齒的曲文，有如薰風佳釀，足令人消憂忘倦。而如此精緻的文學與表演藝術，曾在明清藩邸戚畹、金紫熠耀的家樂戲班中爨演，席上珠喉婉轉、美度綽約的身影，也每每引來曲家墨客的品評顧誤，這般閒雅如詩的畫面，實在令人忻慕！於是，從案頭到場上，我何其有幸地能踏上氍毹，薰沐這份得之不易的風雅。崑曲世家許聞佩老師的正統南崑唱口、恩師杜自然的京崑格範、李柏君先生的武功根底，為原屬學院派的我敲開一扇扇通往舞臺的奇妙之門，接著姹紫嫣紅的戲路就此展開，由貼旦、閨門旦、正旦、刺殺旦到雌大面，臺上搭檔演出的崑劇名家張繼青、蔡正仁、汪世瑜、李公律、汪小丹等先生，更是唇齒吐珠玉、體態繡文章，將如雲過月、嬌花照水的仕女，偉岸嶔崎、器宇軒昂的帝王，玉樹臨風、清標俊逸的才士，一一活現在如夢似幻的舞臺之上，讓我在臺上即便心旌搖盪，依然須理智地演好自己的腳色。滿心領受這世界級文化瑰寶之餘，也著實憬悟藝術薪傳的文化使命。

在本書付梓之前，回顧所來徑，那笛韻悠揚處，水袖蹁躚時，總讓人凝眄神移，而摩挲外雙溪故宮古色照人的萬曆本原件，臺大總圖裡歷經歲月蠹蝕斑斑的冰絲館本，已然成為腦海裡難以抹去的美好剪影，在在觸人浮想聯翩。脫稿之際，北京周育德教授慨然為本書作序，先生碩學鴻儒的器識、雅俗兼賅的學養、充滿機趣的話語，每每示我南針，讓人心目豁然，而外子楊振良教授有關民間文學的兩篇專業論文，也為《牡丹亭》研究提供不同的思考面向，在此一併致謝。我自知能完成這些論點，均是幸賴善緣方能得聞法要，學然後知不足，教然後知困，謹以本書就教海內外博雅方家，祈有以啟我。

蔡孟珍　二〇一四年深秋
於臺北．度曲樓

目次

湯顯祖「拗折天下人嗓子」質疑
——兼談《牡丹亭》的腔調問題

明代戲曲天才湯顯祖的曠世鉅著《牡丹亭》，搜抉靈根，才氣煥發，以戛然獨造的情與夢世界，撥動遐想聯翩的藝術心靈，在將近四百年來的歲月裡，散發著流麗幽雅的古典魅力。然而由於湯顯祖與當時格律派重臣沈璟理念殊異，並曾留下「拗折天下人嗓子」的話柄，而《牡丹亭》本身也存在諸多不合律之處，明清曲家對它頗多非議，加上湯氏詩文中曾多次提及宜伶唱演之事，種種因素使得後人對《牡丹亭》創作時所使用的腔調產生懷疑。

有明一代戲曲聲腔原以崑曲為最盛，傳奇劇本多以崑腔搬演，曲家所論亦率緣崑曲而發。而崑曲源自江蘇崑山，湯氏係江西臨川人士，對含有吳音色彩的崑曲格律究竟能確切掌握多少，不免啟人疑竇，於是有人大膽提出湯氏《牡丹亭》本為弋陽腔而作，近現代葉德均、徐朔方、曾永義等學者則強調《牡丹亭》原為宜伶而作，本屬宜黃腔而非崑腔①，又有說為海鹽腔者，《牡丹亭》之腔調問題，一時眾說紛紜，備受爭議。本文嘗試就湯氏提出拗折嗓子說之背景及《牡丹亭》本身之體局與格律數端，秉實事求是態度予以辨析，冀得湯氏原作所用腔調之實貌，並對《牡丹亭》格律備受爭議之原委提出說明，從而探討戲曲由創作、製譜乃至嬗演所關涉的種種論題。

壹、湯顯祖拗折嗓子說乃一時憤激語

湯顯祖《牡丹亭》一出，天下目為不世之才，王驥德在《曲律》中盛讚此劇「婉麗妖冶，語動刺骨」，堪稱曲壇「射雕手」，因「其才情在淺深、濃淡、雅俗之間，為獨得三昧」，符合戲曲「本色」要求，最是曲苑代表之作。呂天成《曲品》將它列為「上上品」，清代李漁對此劇「心花筆蕊，散見於前後各折之中」尤其賞心（見《閒

① 詳參葉德均《戲曲小說叢考・明代南戲五大腔調及其支流》，一九七九，中華書局；徐朔方《湯顯祖集》（詩文集）箋校，頁一一二九，一九七三，上海人民出版社；曾永義《論說戲曲・論說「拗折天下人嗓子」》，一九九七，聯經出版社。

情偶寄・詞采》），近人徐朔方更因此劇而以「東方莎翁」稱譽湯氏。

儘管數百年來人們對湯氏在《牡丹亭》中所呈現天才般的詞采忻慕驚歎不已，然而相對地「盛名所至，謗亦隨之」，諸曲家對湯氏格律舛誤之處亦頗多非議，甚至進而對《牡丹亭》大肆增刪改易。湯顯祖是有個性的天才型作家，面對這類令他不堪的「改竄」，心底自是不懌，但他不屑溫和地遷就批評者作一番調整，而是桀傲不馴地堅持原作充滿「意趣神色」的詞采，並脫口說出「不妨拗折天下人嗓子」的憤激之語，不料這話反而成為格律派攻擊他不守曲律的把柄，從下列詩文可見顯祖當時的心情：

△牡丹亭記，要依我原本，其呂家改的，切不可從。雖是增減一二字以便俗唱，卻與我原做的意趣大不同了。（《玉茗堂尺牘》卷六〈與宜伶羅章二〉）

△不佞牡丹亭記，大受呂玉繩改竄，云便吳歌。不佞啞然笑曰：「昔有人嫌摩詰之冬景芭蕉，割蕉加梅，冬則冬矣，然非王摩詰冬景也。其中駘蕩淫夷，轉在筆墨之外耳。若夫北地之於文，猶新都之於曲。餘子何道哉！」（《玉茗堂尺牘》卷四〈答凌初成〉）

△醉漢瓊筵風味殊，通仙鐵笛海雲孤。總饒割就時人景，卻媿王維舊雪圖。（《玉茗堂詩》卷十四〈見改竄牡丹亭詞者失笑〉）

△曲譜諸刻，其論良快。久玩之要非大了者。莊子云：「彼烏知禮意。」此亦安知曲意哉！……弟在此謂知曲意者，筆懶意落，時時有之，正不妨拗折天下人嗓子。兄達者，能信此乎？（《玉茗堂尺牘》卷三〈答孫俟居〉）

湯顯祖明白提出的《牡丹亭》改本只有呂玉繩改本一種，而〈答孫俟居〉所言「曲譜諸刻」，蓋指沈璟《南九宮十三調曲譜》（又名《南九宮詞譜》、《南詞全譜》），信中所論頗能彰顯「臨川近狂」那份浪漫不羈性格，他對斤斤墨守曲律的格律派說法大不以為然，因而才會有「拗折天下人嗓子」這樣的狂語落人口實。由於湯、沈於戲曲之詞采、格律各擅盛場，且湯氏拗折嗓子說係針對格律派而發，致使王驥德《曲律・雜論第三十九下》張冠李戴，出現改本作者由呂玉繩變為沈璟之情形，其文云：

△吳江嘗謂：「寧協律而詞不工。讀之不成句，而謳之始協，是曲中之工巧。」曾為臨川改易《還魂》字句之不協者，呂吏部玉繩以致臨川，臨川不懌，復書吏部

曰：「彼惡知曲意哉！余意所至，不妨拗折天下人嗓子。」其志趣不同如此。

呂天成《曲品》卷上針對「文」、「律」之論辯，沿王驥德記述，並進一步提出才情與格律並重之「雙美說」②。至於呂玉繩改本有無之問題，徐扶明、徐朔方等學者認為，湯顯祖當時所見改本應僅沈璟《同夢記》（又名《合夢記》、《串本牡丹亭》）一種而已，所謂呂玉繩改本係湯氏誤記；周育德則就沈自晉《新譜》與梅鼎祚、湯氏等尺牘資料，推闡呂改本應確實存在，頗為可信③。姑不論改本之作者究為呂或為沈，

②呂天成《曲品》卷上云：「乃光祿嘗曰：『寧律協而詞不工，讀之不成句，而謳之始協，是為曲中之巧。』奉常聞（而非）之，曰：『彼惡知曲意哉！予意所至，不妨拗折天下人嗓子。』此可以覘兩賢之志趣矣……不有光祿，詞硎弗新；不有奉常，詞髓孰抉？倘能守詞隱先生之矩矱，而運以清遠道人之才情，豈非合之雙美者乎？」

③徐扶明認為王驥德與呂天成是好友，記呂玉繩（呂天成之父）事，當不致有誤，即呂玉繩常在湯、沈之間起著橋樑作用，他曾把沈璟〈唱曲當知〉寄給湯（見《玉茗堂尺牘》卷四〈答呂姜山〉），又曾把沈改本《還魂記》寄給湯，而湯卻把沈改本誤作呂改本，《重刻清暉閣批點牡丹亭原刻・凡例》又把呂改本誤為呂天成改本，一誤再誤，徐朔方亦曾致函表示相同看法。詳見徐扶明《牡丹亭研究資料考釋》頁五四、五五，一九八七，上海古籍出版社。周育德表示，據沈自晉《南詞新譜》（一六四七）所錄，沈璟改本僅是「未刻稿」，湯氏生前未曾見過；且沈改本所存殘曲二支改動頗大，非僅「增減一二字，以便俗唱」、「改易《還魂》字句之不協者」而已。而梅鼎祚〈答湯義仍〉信中所稱「呂玉繩近致《還魂》」，應是改動較少之呂改本。至於呂玉繩、孫如法所寄湯氏者，係沈璟《唱曲當知》等曲論，而非《同夢記》，故湯氏尺牘隻字未提沈改本。且呂玉繩改訂《還魂記》（約一六〇一）時，正值湯氏創作旺盛期，當不致誤記；反觀王驥德撰《曲律・雜論》時，

吾人皆可清晰看到湯氏所以提出「拗折嗓子說」之背景與意涵，如〈答孫俟居〉這類尺牘式的文章與《曲律》、《曲品》所引短言，原是湯顯祖即興式的感言，並非正式而專門的學術文章，而他之所以發這番議論，主要是乍見嘔心瀝血的著作遭人魯莽改竄而產生的直接反彈，故行文口氣激烈而叛逆，不屑之情溢於言表。

所謂「拗折嗓子」之說，係自古已有之俗諺。元・周德清《中原音韻・自序》云：「平而仄、仄而平、上去而去上、去上而上去者，諺云『鈕折嗓子』是也，其如歌姬之喉咽何？」意指所譜的字詞不合四聲腔格，音樂旋律與語言旋律不能契合，如何能使歌者唱出字正腔圓的曲子？事實上，湯顯祖也懂這層道理，在《紫簫記・審音》一齣中，他就曾藉鮑四娘之口，談戲曲創作之原則在於「休得拗折嗓子」④。湯氏本人在

已「左持藥碗，右驅管城」，病重之餘「縱筆漫書」，難免張冠李戴。詳參氏著《湯顯祖論稿・「呂家改的」及其他》頁三〇三～三〇八，一九九一，文化藝術出版社。又清康熙間胡介祉為鈕少雅《格正還魂記》作序時亦稱：「《牡丹亭》……祇以不便於歌，遂受呂玉繩改竄，大非先生本意。」

④〈審音〉齣中，湯顯祖藉鮑四娘教霍小玉唱曲，而細辨同調異名之曲牌四十五對，異調同名之曲牌五支，唱時「不得廝混」；可增減字句之曲牌八支；又特別指出不常用之宮調如道宮、高平、歇指調以及北曲套數之特殊形式「子母調」等，足見湯氏頗諳音律樂理。

冷靜自省時，不只一次地謙稱自己對聲律之學造詣未深。如〈答凌初成〉云：「不佞生非吳越通，智意短陋，加以舉業之耗，道學之牽，不得一意橫絕流暢於文賦律呂之事。……獨想休文聲病浮切，發乎曠聰；伯琦四聲無入，通乎朔響。安詩填詞，率履無越。不佞少而習之，衰而未融。」〈董解元西廂題辭〉又云：「余於聲律之道，瞠乎未入其室也。書曰：『詩言志，歌永言，聲依永，律和聲。』志也者，情也。……余之發乎情也，宴酣嘯傲，可以以翱而以翔。然則余於定律和聲處，雖於古人未之逮焉，而至如《書》之所稱為言為永者，殆庶幾其近之矣。」

然而湯顯祖果真不懂音律嗎？事實不然。錢謙益〈湯遂昌顯祖傳〉嘗提及「義仍少熟《文選》，中攻聲律。」鄒迪光〈臨川湯先生傳〉亦云：「每譜一曲，令小史當歌，而自為之和，聲振寥廓。」湯氏詩文集卷十八〈七夕醉答君東二首〉之二云：

> 玉茗堂開春翠屏，新詞傳唱牡丹亭。傷心拍遍無人會，自掐檀痕教小伶。

如果不諳板眼節奏與字正腔圓之道，哪能「自掐檀痕教小伶」？只是當時格律派盛行，尤其格律謹嚴的崑曲劇本，創作時不僅詞采尚本色、排場劑冷熱外，還要顧及四聲清濁、曲牌聲情與宮調配搭種種聲律之道，而這些矩矱，連格律派重臣沈璟本人都無法信守，甚至多所踰越⑤。湯顯祖原是天才型的浪漫作家，具有藝術家與生俱來的不羈性格，對上述諸多作曲格律，他既已不耐煩深究，自不可能凜遵不違，何況湯氏心目中一切創作的最高標準是「意趣神色」，若能適時搭配自然而然的「麗詞俊音」，則作品必屬上乘，至於宮調四聲等字格腔格問題，在他看來都屬末節，毋須斤斤墨守，其〈答孫俟居〉強調「詞之為詞，九調四聲而已哉！」〈答淩初成〉亦云：「其中駘蕩淫夷，轉在筆墨之外耳。」其實湯顯祖也並非全然不顧格律，只是他所嚮往的是渾然天成的自然音律，而非雕鏤過甚的人為聲律。其〈董解元西廂題辭〉云：「余於定律和聲處，雖於古人未之逮焉，而至如《書》之所稱為言為永者，殆庶幾其近之矣。」〈答淩初成〉亦云：「偶方奇圓，節數隨異。四六之言，二字而節，五言三，七言四，歌詩者自然而然。乃至唱曲，三言四言，一字一節，故為緩音，以舒上下長句，使然而自然也。」這種聲依永、律和聲的自然音律，全憑作家本身對藝術的造詣與穎悟方

⑤王驥德《曲律·雜論第三十九下》提及沈璟「生平於聲韻、宮調，言之甚毖，顧於己作，更韻、更調，每折而是，良多自恕，殆不可曉耳。」

能探索⑥，一般「按字摸聲」的格律派能領會多少？無怪乎湯顯祖會有「傷心拍遍無人會」的深深感嘆！

由是可知，湯顯祖所謂「拗折天下人嗓子」，其實只是一時過激之語，他的本意在擺落格律末節，追求獨抒性靈、達到「意趣神色」的高妙藝境。正如高明《琵琶記》提出「也不尋宮數調」，旨在揭櫫戲曲創作宜有裨風教，不應僅著眼於形式上的格律，吾人自然不能據此遂謂高氏劇作無宮可尋，無調可數⑦。

---

⑥丁邦新〈從聲韻學看文學〉一文（載《中外文學》四卷一期）稱「人工音律」為「明律」，「自然音律」為「暗律」。其言曰：「暗律是潛在字裡行間的一種默契，藉以溝通作者和讀者的感受。不管散文、韻文，不管是詩是詞，暗律可以說無所不用。它是因人而異的藝術創造的奧秘，每個作家按照自己的造詣與穎悟來探索這一層奧秘。有的人成就高，有的人成就低。」

⑦高明《琵琶記》開場一闋詞牌〔水調歌頭〕云：「……正是不關風化體，縱好也徒然。論傳奇，樂人易動人難。知音君子，這般另做眼兒看，休論插科打諢，也不尋宮數調，只看子孝共妻賢。驊騮方獨步，萬馬敢爭先！」徐渭《南詞敘錄》未能體悟高明重風化輕形式之深意，竟據「也不尋宮數調」句，謂南曲本無宮調，甚至認為所謂宮調問題「大家胡說可也，奚必南九宮為！」龔鵬程〈南北曲爭霸記〉一文亦據高明此句，誤以為南曲宮調不嚴謹，甚至懷疑元代即有南曲曲譜之事實。（見《中國學術年刊》第十四期）其實，《琵琶記》格律整飭謹嚴，向被譽為「詞曲之祖」，其曲牌聯套頗能結合劇情，安排妥貼，故多為明清傳奇所沿用，詳見錢南揚《戲文概論》及拙作《琵琶記的表演藝術‧琵琶記「也不尋宮數調」考辨》，二〇〇一，臺灣學生書局。

貳、《牡丹亭》之格律爭議

如上所述，湯顯祖並非不諳音律，然其曠世劇作《牡丹亭》方才撰成，即遭曲壇格律派之爭相非議，甚且標塗改竄之本蠭出，遂令湯氏憤然道出「拗折天下人嗓子」等過激之語。《牡丹亭》失格舛律情形果真如是嚴重，非經改易而無法付諸氍毹搬演？抑或其中另有用韻派別、唱作立場等論證之盲點與偏差？茲嘗試探討如次：

一、諸家對《牡丹亭》之非議與商榷處

在萬曆戲曲界，主張格律的吳江派領袖沈璟具有舉足輕重的地位。他為求協律而寧可「讀之不成句」的極端理論，引來湯氏「不妨拗折天下人嗓子」的過頭話；一套商調【二郎神】套曲⑧的曲學主張，也與揭櫫「意趣神色」的湯氏旗幟迥異：「何元朗，一言兒啟詞宗寶藏。道欲度新聲休走樣，名為樂府，須教合律依腔。寧使時人不鑒賞，

⑧沈璟〔二郎神〕套曲附刻於所撰《博笑記》卷首，題作〈詞隱先生論曲〉，又收入馮夢龍《太霞新奏》。

無使人撓喉捩嗓。說不得才長，越有才，越當著意斟量。」、「【步步嬌】首句堪為樣，又須將【懶畫眉】推詳，休教鹵莽。」、「製詞不將《琵琶記》倣，卻駕言韻依東嘉樣。這病膏肓，東嘉已誤，安可襲為常。」、「縱使詞出繡腸，歌稱遶梁，倘不諧律呂也難褒獎。」

繼沈璟之後，論曲者雖一致肯定臨川之詞采與才情，但對他的守律不嚴亦每多訾評，如臧懋循《元曲選・序》云：

> 湯義仍《紫釵》四記，中間北曲，駸駸乎涉其藩矣，獨音韻少諧，不無鐵綽板唱大江東去之病。南曲絕無才情，若出兩手，何也？

《元曲選・序二》又云：

> 新安汪伯玉高唐洛川四南曲，非不藻麗矣，然純作綺語，其失也靡。山陰徐文長禰衡玉通四北曲，非不伉傸矣，然雜出鄉語，其失也鄙。豫章湯義仍，庶幾近之，而識乏通方之見，學罕協律之功，所下句字，往往乖謬，其失也疏。

臧改本《紫釵記・裁詩》折【泣顏回】亦評：

予嘗怪《琵琶記》「容瀟洒」曲以戈麻二韻合為之，使人舌強。臨川此曲蓋東嘉誤之也。

王驥德雖認為臧氏批評過甚，《曲律·雜論第三十九下》云：「夫臨川所詘者法耳，若才情，正是其勝場，此言亦非公論。」但亦表示湯氏疏於格律，其文云：

臨川湯奉常之曲，當置「法」字無論，盡是案頭異書。……使其約束和鸞，稍閒聲律，汰其膹字累語，規之全瑜，可令前無作者，後鮮來喆，二百年來，一人而已。

客問今日詞人之冠，余曰：「於北詞得一人，曰高郵王西樓，……於南詞得二人，曰吾師山陰徐天池先生，……曰臨川湯若士，婉麗妖冶，語動刺骨，獨字句平仄，多逸三尺，然其妙處往往非詞人工力所及。惜不見散套耳。

沈德符《萬曆野獲編》卷二十五「詞曲」條云：

湯義仍「牡丹亭夢」一出，家傳戶誦，幾令西廂減價。奈不諳曲譜，用韻多任意處，乃才情自足不朽也。

張琦《衡曲麈談》云：

近日玉茗堂杜麗娘劇，非不極美，但得吳中善按拍者調協一番，乃可入耳。惜乎摹畫精工，而入喉半拗，深為致慨。若士茲編，殆陳子昂之五言古耶？

清代黃圖珌《看山閣集閒筆》亦云：

玉茗之《牡丹亭》，詞雖靈化，而調甚不工，令歌者低眉蹙目，有礙於喉舌間也。蓋曲之難，實有與詞倍焉。

近代曲學大家吳梅對《牡丹亭》失律之訾議更趨細密，《顧曲麈談》云：

玉茗四夢，其文字之佳，直是趙璧隋珠，一語一字，皆耐人尋味。惟其宮調舛錯，音韻乖方，動輒皆是。一折之中，出宮犯調，至少終有一二處。學者茍照此填詞，未有不聲律怪異者。若士家藏元曲至多，但取腕下之文章，不顧場中之點拍。若士自言曰：「吾不顧捩盡天下人嗓子。」噫！是何言也！故讀四夢者，但學其文，不可效其法。尤西堂目四夢為南曲之野狐禪，洵然！

《牡丹亭‧冥誓》折所用譜曲，有仙呂者，有黃鐘宮者，強聯一處，雜出無序《納書楹》節去數曲，始合管絃。以若士之才而疏於曲律如是，甚矣填詞之難也。

板式緊密處，皆可加襯字；板式疏宕處，則萬萬不可。湯臨川作《牡丹亭》，不知此理，任意添加襯字，令歌者無從句讀。……此由於不知板也。

其《曲學通論》又云：

往往有標名某宮某曲，而所作句法全非本調者。令人無從製譜，此不得以不知音三字諉罪也。此誤，《牡丹亭》最多。多一句、少一句，觸目皆是。故葉懷庭改作集曲。

綜觀上述諸家對《牡丹亭》之非議，率抵就用韻、曲文平仄、字句數、宮調聯套等方面加以訾評，唯吾人若平心檢覈《牡丹亭》之格律，當可發現諸家之所謂「失律」，實與創作理念、論曲立場與時代因素等密然有關。

（一）《牡丹亭》用韻屬「戲文派」

明傳奇之用韻問題極為複雜，從早期「不啻亂痲」的紛亂現象到末期步趨於《中原音韻》，其間歷程備見曲折，主要由於戲曲作家與評論者對曲韻觀點認知之不同所致。持《中原音韻》以審南曲之韻者，面對傳奇「用韻甚雜」之情形，或責作家之「以意出入」，或謂作者多仍詩詞用韻以紊亂曲韻畛域。事實上，吾人若從戲曲的本質探討傳奇之用韻，對南曲「借用太雜」等情形，當可得一合理的解釋。

戲曲的生命在舞臺，因此它的咬字用韻必須與觀眾聲息相通，才能獲得共鳴與肯定。南曲的背景是早期里巷歌謠式的戲文，它是一個富於創造性的劇種，無時無刻不在吸收養料以充實自己，而在向外地拓展的過程中，自然得吸收當地歌謠，採用當地方言，才能使自己免於僵化的危機而得以乘勢壯大，當時海鹽、餘姚、弋陽、崑山、杭州、徽州、義烏、青陽、四平、樂平、太平……諸多聲腔傳演遞唱南曲的盛況，自然使傳奇用韻的語言基礎益形龐雜。再者，戲曲的發展向來先有曲而後有曲韻，何況當時並未出現一部南曲專用的韻書，因而戲曲作家以鄉音隨口取叶的現象屢見不鮮，如汪道昆《高唐記》即有以鄉音徽州土話叶韻之情形⑨，而《琵琶記》以溫州方言入韻，更是眾所周知⑩。就漢語方言特質而言，北曲所使用的北方話，其內部一致性頗強，不若南曲基礎語言之歧異性大，誠如王驥德所言「北語所被者廣，大略相通，而南則土音各省郡不同。」（《曲律‧雜論上》）。紛紜不類的方音，使得南曲作家的用韻，在客觀條件上就很難定於一尊，再加上南曲素乏韻書可資規範，作曲者又主觀的任意以鄉音取叶，使得明初傳奇用韻之錯雜，令人有治絲益棼、莫知歸趨之感。張敬先生曾以《六十種曲》、《暖紅室彙刻傳奇》及《奢摩他室曲叢》為基本材料，取每本傳奇按齣搜求，以《中原音韻》檢視，發現在周韻十九韻部中，諸傳奇僅東鍾、江陽、蕭豪三部未與他韻發生糾葛，其餘十六韻部「相互間的鉤籐纏繞，不一而足，令人耳迷目亂。」⑪

自元末至明嘉、隆間，南曲戲文攢興，配合諸多聲腔之唱演而迅速擴展，一時曲作蝟集，作者用韻亦純任自然，隨口取叶。當時曲壇南曲之用韻，除東鍾、江陽、蕭豪、

⑨王驥德《曲律‧論須識字第十二》云：「汪南溟《高唐記》……至以纖、殲、鹽三字並押車遮韻中，是徽州土音也。」

⑩有關《琵琶記》之用韻情形，詳參拙著《琵琶記的表演藝術》頁一〇六～一〇九，二〇〇一，臺灣學生書局。

⑪詳參張敬《明清傳奇導論》頁六八～一〇二，一九八六，華正書局。

尤侯、家麻、車遮六韻常獨立用韻外，他如閉口三韻侵尋、監咸、廉纖混入寒山、真文、先天韻中；齊微、支思、魚模三韻混押；車遮、歌戈、家麻借押；入聲單押或與三聲通押；每齣首尾一韻或換兩韻以上等情形，皆屬南曲用韻之普遍現象⑫。

相較於一般元明傳奇之「犯韻」常態，《牡丹亭》之出韻現象並不算嚴重。在張敬統計表中，「有許多項只有一齣傳奇之某一支曲犯韻，那表示該傳奇作者之任意或忽略，有名的大家如湯臨川犯此病最多。」足見湯氏並非不諳曲韻，而是專任才情以用韻，且偶雜鄉音以取叶而已。如最為膾炙人口的〈驚夢〉，全齣十二支曲牌，近九十個韻腳，全押先天一韻，僅「茜、寬、點、忺」四字犯韻而已，況所犯之韻多屬閉口韻，因當時江西及吳語區閉口音已消失，故連曲律大家如沈璟、王驥德、沈寵綏等也都不免有所失誤⑬，由此可知《牡丹亭》之用韻並非漫無收束。至於淩濛初《譚曲雜劄》批評他「填調不諧，用韻龐雜，而又忽用鄉音，如『子』與『宰』叶之類，則乃

⑫南曲用韻情形詳參李曉〈南戲曲韻研究〉，載《南京大學學報》一九八四年第三期；周維培〈試論明清傳奇的用韻〉，載《中華戲曲》第四輯。

⑬詳參拙著《近代曲學二家研究——吳梅、王季烈》頁三〇〇～三〇五「閉口韻之存廢」，一九九二，臺灣學生書局。

拘於方土，不足深論。」按：江西（南昌）話中，「子」唸「tsai」上聲，本可與「宰」相叶，然此類鄉音取叶情形在《牡丹亭》中並不多見⑭。上述「戲文派」之用韻格式，在「中原音韻派」看來，雖期期以為不可，但它既符合南曲與生俱來之地域色彩，亦頗切合實際搬演時觀眾聆賞之需要，故雖屢遭曲家所謂「不啻亂痲，令曲之道盡亡」、「此高先生痼疾」等譏誚，但自元末《琵琶記》問世以迄明嘉靖間，曲壇名家如李開先、梁辰魚、張鳳翼、湯顯祖等，莫不將此用韻特點目為定則，凜遵不違，而陸采、高濂、王國柱、王洙、沈嵊諸人之曲作用韻，亦有意神襲《琵琶記》，足見「戲文派」自然式之用韻格律在當時曲壇曾享有一席之地⑮。

（二）作曲與唱曲之曲文平仄律有別

沈璟承何良俊「寧聲叶而辭不工，無寧辭工而聲不叶」的主張（《四友齋叢說》卷

⑭《南柯記》第九齣〈決壻〉全齣押皆來一韻，唯首支〔西江月前〕末句作「少甚王孫帝子」，〔尾聲〕末句作「少不得做駙馬吾家居上宰」。明．獨深居點訂《玉茗堂四種曲》本《南柯記》此齣眉批云：「『子』字叶鄉音，謬。」凌氏亦謂湯氏「拘於方土」，以「子」叶「宰」。

⑮有關明代曲韻「中原音韻派」與「戲文派」之消長，詳參拙著《曲韻與舞臺唱唸》頁一四八～一六三，二〇〇八，臺灣學生書局。

卅七「詞曲條」），變本加厲地道出「寧協律而詞不工，讀之不成句，而謳之始叶，是曲中之工巧。」他對曲文平仄格律極端信守，甚至到了過度挑剔的地步。王驥德《曲律》卷四提到「詞隱《南詞韻選》，列上上、次上二等。所謂上上，亦第取平仄不訛，及遵用周韻者而已，原不較其詞之工拙。」對當時「人所常唱而世皆賞以為好曲」者，如「窺青眼」、「暗想當年羅帕上曾把新詩寫」、「因他消瘦」、「樓閣重重東風曉」、「人別後」諸曲，沈璟亦仔細論評一番，表示「『不思量寶髻』五字當改作仄仄平平，『花堆錦砌』當改作去上去平，『怕今宵琴瑟』，琴字當改作仄聲，故止列次上。」

一般盛唱之佳曲尚且如此，對《牡丹亭》自然更多訾議，如沈璟《南九宮十三調曲譜》仙呂過曲【月上五更】雖引《牡丹亭》曲文為範曲，仍加眉批云：「掩風二字改作平去二音乃叶。」其侄沈自晉《南詞新譜》亦若是，如卷十六越調過曲【番山虎】，眉批云：「重相見三字須仄平平方叶」，卷二十二雙調過曲【孝白歌】，眉批云：「兩新字俱改仄聲乃叶。」卷二十三仙呂入雙調過曲【桂月鎖南枝】，眉批云：「種字、盡字俱改平聲乃叶，王字改仄乃叶。」又【錦香花】、【錦水棹】眉批云：「二曲字句未悉合，以詞佳錄之。作者若用其曲名，各從本調填詞，不可依此平仄。」

面對沈氏叔侄如此斷斷然指斥《牡丹亭》曲文平仄之失律，湯顯祖在〈答孫俟居〉中回應道：

> 曲譜諸刻，其論良快。久玩之，要非大了者。……其辨各曲落韻處，麤亦易了。……且所引腔證，不云「未知出何調、犯何調」，則云「又一體」、「又一體」。彼所引曲未滿十，然已如是，復何能縱觀而定其字句音韻耶？

以沈璟為首的「吳江派」認為湯顯祖工於詞而疏於律，沈璟精於律而拙於詞，至今不少學者仍承襲這種看法。然而據錢南揚研究，沈璟所編曲譜考覈不精，致錯誤百出⑯，湯氏之所以如此反駁沈氏，係「意謂用韻之類是容易懂的事，不必瑣瑣。而對於曲調的流變：某調出自何調，某調所犯何調；一調數體，那是正體，那是變體，倒應該加以考核。否則，自己還沒有弄清楚，怎能示人以準則呢？」（〈談吳江派〉）沈璟對曲調（曲牌）之考訂，既「斤斤三尺，不欲令一字乖律」（**王驥德**《曲律》語），但

---

⑯錢南揚指出沈璟曲譜之誤，約有三端：一、奉坊本俗鈔為秘籍，以訛傳訛，不知辨正。二、不尊重客觀材料，粗心大意，任意更改。三、不窮源竟委，但逞胸臆，憑空武斷。詳見〈論吳江派〉一文，收於《漢上宧文存》，一九八〇，上海文藝出版社。

沈譜瘁心考訂結果，卻常出現「未知出何調、犯何調」之語，尤其「又一體」滋生繁多，如何能有固定不移的曲牌之「律」可供人遵循？足見湯氏對他的反駁可說是正中其弊。

此外，在《玉茗堂尺牘》之四〈答呂姜山〉中，湯顯祖明白道出作曲與唱曲的格律要求，其實不盡相同，其文云：

> 寄吳中曲論良是。「唱曲當知，作曲不盡當知也。」此語大可軒渠。凡文以意趣神色為主，四者到時，或有麗詞俊音可用，爾時能一一顧九宮四聲否？如必按字摸聲，即有窒滯迸拽之苦，恐不能成句矣。

呂姜山（玉繩）認為沈璟所謂〈唱曲當知〉中的格律，劇作家在創作時，實毋須全然奉守，因而在信中道出「唱曲當知，作曲不盡當知也」，此語湯氏一見正中下懷，故大樂。接著湯氏揭櫫劇作的創作理想在於表現「意趣神色」底意境，若在為文當下，還要一一顧及每個字的四聲，如此運筆如葛藤，又怎能成句？錢南揚在〈論吳江派〉一文中曾有透闢的分析：「蓋作曲與譜曲、唱曲不同。一般說來，作曲者，除了每句末了二字，必須照規律分清四聲外，其餘的字只要合乎平仄就行。而且曲子可加襯字，有些地方字數可以不拘，所以平仄也可以不拘。而譜曲、唱曲則不然，必須逐句逐字辨別其四聲陰陽。沈璟曲譜卻把種種規律諄諄告誡作曲者，未免弄錯了對象。」文士作曲大抵重在立意架構、斟酌詞采；至於樂工譜曲與伶家唱曲則必須依腔訂譜、循聲習唱，因而必須逐句逐字細辨其四聲清濁，才不會發生「歌其字而音非其字」的拗嗓之病。

事實上，作曲與譜曲、唱曲，其立場、格律之差異，早在元代周德清撰《中原音韻》時即已呈顯。在元曲實際創作上，除了曲律規定句末必用上聲或去聲，以及避免「上上」或「去去」之重複等規律為元人普遍遵守之外，周德清所極力揭櫫的「定格」，並未獲得元代曲家的公認。換言之，元曲作家在創作時，陰陽兩平聲仍當作一類，上去兩聲亦不嚴格區分，而周德清《中原音韻》則站在唱曲講究「字正腔圓」的立場，主張「平分陰陽」、「嚴別上去」。因此，王力認為周氏所論只是技巧而不是規律，因它不符元曲創作之事實，倒是與周氏的「度曲藝術」有關⑰。由此推知，劇作家偶爾

⑰詳參王力《漢語詩律學》頁七七五～七八〇。有關元代曲韻與元曲唱唸之關係，可詳參拙著《曲韻與舞臺唱唸》頁八六～一〇五。

在曲文平仄不合律時，只要在譜曲時運用「依字行腔」的技巧，配上符合作者用字四聲之工尺，就能使歌者唱來無棘喉澀舌之病。（至於較為嚴重的句數字數之不合律，則有待國工運用集曲改調之方法予以修潤，詳下文。）這種將整支曲牌按音步、四聲化整為零（腔句、字腔）的配腔手法，即是湯顯祖所盛稱的「句字轉聲」、「偶方奇圓，節數隨異。四六之言，二字為節，五言三，七言四」、「一字一節，故為緩音，以舒上下長句」等譜腔、唱曲技巧。

兩相比較，沈璟雖主張守律謹嚴，但在方法上卻存在不少錯誤，他既審律不精，又未諳作曲在格律要求上與度曲不同，其間容有劇作家揮灑才情之空間，沈璟「斤斤返古」、對曲律不夠通達的結果，使得「吳江派」如呂天成、卜世臣等在創作時感到「其境益苦而不甘」（王驥德《曲律》語）。至於湯顯祖對他的反駁與批評，質實而言皆頗中肯，足見湯氏並非全然「疏於律」。值得一提的是，歷來學者對「湯沈之爭」的論題，大都僅著眼於「形式」（曲律）與「內容」（曲意）之爭的論評，錢南揚先生則揭示作曲與譜曲、唱曲格律有別之說；洛地先生更據沈寵綏《度曲須知》中對魏良輔等「但正目前字眼，不審詞譜為何事，徒喜淫聲聒聽，不知宮調為何物，……固時調功魁，亦叛古戎首」等議評，另將湯沈之爭的焦點指向腔句與曲牌之內在矛盾，即湯顯祖並非不律，他律的是句字，而沈璟律的則是曲牌（與宮調），此說確有獨見，可為治曲者提供另一個思索的空間⑱。

（三）《牡丹亭》宮調、聯套之失律辨疑

有關南曲劇作的宮調問題，徐渭曾針對諸曲家對《琵琶記》「也不尋宮數調」的訾議，在《南詞敘錄》中率先提出批駁：「夫南曲本市里之談，即如今吳下【山歌】、北方【山坡羊】，何處求取宮調？……南曲固無宮調，然曲之次第，須用聲相鄰以為一套，其間亦自有類輩，不可亂也！」南曲不像北曲嚴守「一折一宮調」之規定。事實上，同一宮調之曲牌並不代表其聲情必十分接近，甚至某些曲牌雖同一宮調，但因聲情大相逕庭，是嚴禁聯成一套的，如同一商調，【金梧桐】聲情高亢，而【二郎神】低抑，自來曲家從未將此二曲聯為一套；而宮調不同的曲牌，只要聲情相近，即可聯成套曲。由此可知，宮調的一致，對南曲聯套而言，只是表面而大致性的規範，南套內在的實質在於「聲相鄰」，即聲情接近，且主腔、結音相同。當然聯套優劣之關鍵

⑱詳參洛地《詞樂曲唱》頁一八二～一八九，一九九五，人民音樂出版社。

仍在於曲牌本身與劇情緊密結合之程度。

而這一整套體察宮調實質、擘析曲牌音樂架構以及選牌組套等排場配搭的深密曲理，湯顯祖在〈董解元西廂題辭〉中坦承自己尚未盡窺其堂奧，其文云：「余於聲律之道，瞠乎未入其室也。……董之發乎情也，鏗金戛石，可以如抗而如墜。余之發乎情也，宴酣嘯傲，可以以翱而以翔。然則余於定律和聲處，雖於古人未之逮焉，而至如《書》之所稱為言為永者，殆庶幾其近之矣。」說明己作之「情至」藝術造詣可追步《董西廂》，但在「定律和聲」方面，則有所不及。之所以有所不及，在〈答凌初成〉書中，他謙稱「不佞生非吳越通，智意短陋，加以舉業之耗，道學之牽，不得一意橫絕流暢於文賦律呂之事。獨以單慧涉獵，妄意誦記操作……」這段摸索音律的歷程，既無名師指引，又乏益友切磋，單靠一己的靈心慧性，猶如「暗中索路」，雖有所悟，但畢竟有限。再加上曲律的發展原本就是愈至後世而愈趨森嚴，因而近代曲家吳梅以「度曲申韓」的標準來檢覈《牡丹亭》，自然所見盡是出宮犯調、句法紊亂、音韻乖方之「野狐禪」！

《牡丹亭》的宮調、聯套格律，在後世曲家看來似乎乖宮訛調、雜出無序的情況不少。事實上，沈璟的《南九宮十三調曲譜》曾錄《牡丹亭》曲文以為格範，如仙呂過曲錄【月上五更】，「不知宮調及犯各調者」（按：即所謂「集曲」）錄引子【宴蟠桃】、過曲【桃花紅】、【步金蓮】、【疏影】等四支。沈自晉《南詞新譜》進一步考訂，湯顯祖「臨川四夢」被錄為範曲者更增多為二十二支，其中屬於《牡丹亭》者凡十一支，依次為：仙呂過曲【月上五更】、南呂過曲【朝天懶】、黃鐘引子【翫仙燈】、過曲【疏影】、越調過曲【番山虎】二支、商調過曲【黃鶯玉肚兒】、雙調過曲【孝白歌】、仙呂入雙調【桂月鎖南枝】、【風送嬌音】、雜調【步金蓮】⑲。足見湯氏劇作之曲文平仄雖不盡合沈氏叔侄曲譜之律，但仍可為範曲，而《牡丹亭》更高居半數，可知《牡丹亭》之失律情況並不嚴重。尤其沈自晉對湯氏的平仄律亦有深心觀察而加以讚美者，如卷一【望鄉歌】批云：「電閃、帝女去上聲，砥柱、雨在上去聲，俱妙。」卷十八【黃鶯玉肚兒】批云：「小事、何意俱上去聲，妙。」由此益可見湯氏並非不諳聲律。

---

⑲除《牡丹亭》外，《南詞新譜》所錄「臨川四夢」之範曲凡十一支：卷一仙呂過曲〔望鄉歌〕（《邯鄲夢》）、〔粧臺帶甘歌〕（《南柯夢》），卷三羽調近詞〔四季花〕（《紫簫記》），卷十二南呂引子〔阮郎歸〕（《紫釵記》），卷十八商調過曲〔黃鶯穿皂羅〕（《南柯夢》），卷二十商黃調〔黃鶯學畫眉〕（《邯鄲夢》），卷二十三仙呂入雙調過曲〔柳搖金〕、〔錦香花〕、〔錦水棹〕（《邯鄲記》）、〔玉供鶯〕、〔玉鶯兒〕（《紫釵記》）。

在一片訾議聲中，臨川四夢的北曲卻是頗受推崇的。如對湯氏批評頗甚的臧懋循，仍不得不承認：「湯義仍《紫釵》四記，中間北曲，駸駸乎涉其藩矣。」而凌濛初也稱讚道：「近世作家如湯義仍，頗能模仿元人，運以俏思，儘有酷肖處，而尾聲尤佳。」姚士粦更指出湯顯祖作劇的妙處，得力於元雜劇，且根底頗深，《見只編》云：「先生妙於音律，酷嗜元人院本。自言篋中收藏，多世不常有，已至千種，有《太和正音譜》所不載者。比問其各本佳處，一一能口誦之。」元劇格律謹嚴，湯氏含茹既深，不僅北曲佳，引子、尾聲亦備受讚譽，如王驥德《曲律・論引子》嘗云：「《還魂》、「二夢」之引，時有最俏麗而最當行者，以從元人劇中打勘出來故也。」就連近代對湯作格律批評頗甚的吳梅，也在《曲學通論》中稱揚著：「【尾聲】，結束一篇之曲，須是愈著精神。末句，尤須以極俊語收之方妙。凡北曲煞尾定佳，作南曲者往往潦草收場，徒取收場，戲曲中佳者絕少。惟湯若士四夢中【尾聲】首首皆佳。」至於《牡丹亭》之排場，則頗能均演員之勞逸，新觀眾之耳目，關目佈置章明而慮周，透顯出作者深諳場上藝術之才情⑳。此外，南北合套之運用，亦較南戲整飭可觀。且

---

⑳有關《牡丹亭》之排場藝術，可參楊振良《牡丹亭研究》頁六八～八六，一九九二，臺灣學生書局。

【光光乍】、【四邊靜】、【吳小四】等粗曲，皆僅供老旦、外、淨等次要腳色衝場之用，不像南戲可供生旦等主要腳色演唱，且可置於聯套套曲之中。凡此皆可看出《牡丹亭》之體製結構，遠較南戲整飭而謹嚴。

二、《牡丹亭》諸改本平議

明清諸曲家對湯顯祖劇作的不合律雖有頗多非議㉑，《牡丹亭》亦屢遭標塗改竄，改本之多，不下六種，然若實際就諸改本與湯氏原作加以比較分析，則不難發現湯作並非真如論者所說的那麼不堪救藥。《牡丹亭》改本凡六，依次為：呂（玉繩）改本牡丹亭、沈（璟）改本同夢記、臧（懋循）改本牡丹亭、徐（肅穎）改本丹青記、碩園（徐日曦）改本牡丹亭、馮（夢龍）改本《風流夢》。呂改本全本已佚，今已無隻字可查；沈改本則僅餘兩曲殘存《南詞新譜》中，一支〈言懷〉【真珠簾】僅增減若干

㉑指摘湯顯祖《牡丹亭》韻律乖舛者有：明・王驥德《曲律》、沈璟〔南商調二郎神套曲〕、沈德符《萬曆野獲篇》、鄭元勳《花筵賺序評語》、臧懋循《元曲選序》、張琦《吳騷合編》、《衡曲麈談》、清・黃圖珌《看山閣集閒筆》以及近代吳梅《顧曲麈談》、《曲學通論》等等。

字，另一支則是將〈遇母〉中石道姑、春香所唱兩支【番山虎】，併作一支集曲【蠻山憶】，並借用杜家母女之合唱詞。臧改本則刪併場子、調換場次，並改動曲詞；徐肅穎改本下落不明，僅知就原本刪潤而已；徐日曦改本改動較大，除刪全齣、併數齣為一齣之外，還刪曲並移動場次，馮改本改動更大，除刪全齣、併數齣為一齣、分一齣為數齣之外，更大刀闊斧改寫湯作㉒。綜上所述，諸改本改竄情形可歸納為改詞與改調兩種。而改詞之刪齣、併齣、分齣與移換場次，原屬排場之變換，與曲文之合不合律無關，姑不贅及。至於嫌湯作有拗嗓之病而加以改竄曲詞者，以沈璟與臧懋循為最，然其曲文儘管合律，其詞采皆不如湯氏遠甚，致有斷鶴續鳧、點金成鐵之譏㉓。既然湯顯祖天才般的詞采令人難以望其項背，貿然改竄，徒遭「頭等笨伯」之誚㉔，因而能真

㉒呂改本可參周育德前揭書，其他改本情形可參閱徐扶明《牡丹亭研究資料考釋》。

㉓沈璟詞采不如臨川，王驥德《曲律》早有妙喻：「《還魂》、「二夢」如新出小旦，妖冶風流，令人魂銷腸斷，第未免有誤字錯步。……吳江諸傳如老教師登場，板眼場步略無破綻，然不能使人喝采。」臧懋循改本，明朱墨刊本《牡丹亭・凡例》與張詩齡《關隴與中偶憶篇》皆訾其「斷鶴續鳧」，茅元儀嘗面質臧氏「事怪而詞平，詞怪而調平，調怪而音節平，於作者之意，漫滅殆盡。」（見《批點牡丹亭記序》），吳梅《顧曲麈談》對臧氏亦有「點金成鐵」之評。

㉔錢南揚〈湯顯祖劇作的腔調問題〉一文嘗云：「那些改竄湯辭的人，真是頭等笨伯。」

正針對湯曲不合律處予以修潤，達到「文律俱美」者，唯有「改調」一途而已。所謂改調，即改調就辭，不改原作一字，而能使曲辭完全合調。此法創始於明末鈕少雅，鈕氏將《牡丹亭》「逐句勘核九宮，其有不合，改作集曲，使通本皆被管弦，而原文仍不易一字。」㉕鈕氏《格正牡丹亭》凡二卷，全書四百餘曲，經訂正的五十餘曲，不過僅占八分之一而已㉖，可見湯顯祖真正不合律處並不多。清初毛先舒《詩辯坻・詞曲》更指出：

> 曲至臨川，臨川曲至《牡丹亭》，驚奇瓌壯，幽艷淡沲，古法新製，機杼遞見，謂之集成，謂之詣極。音節失譜，百之一二；而風調流逸，讀之甘口，稍加轉換，便已爽然。雪中芭蕉，政自不容割綴耳。「不妨拗折天下人嗓子」，直為抑臧作過矯語。

他認為湯顯祖失律之處，若與其才情、詞采相較，不過是「百之一二」的過失而已。

㉕見吳梅《中國戲曲概論》卷中頁三十一，一九八〇，香港太平書局。
㉖見錢氏〈湯顯祖劇作的腔調問題〉一文，收於《漢上宧文存》，一九八〇，上海文藝出版社。

由於世人愛臨川之才，不願湯作再遭竄改之厄，故有鈕氏改調之法。清乾隆間度曲名家葉堂有感於「《牡丹亭》雖有鈕譜，未云完善」，於是精益求精地將湯氏四夢不合律處，以「集曲」方式處理，其《四夢全譜・凡例》云：

南曲之有犯調，其異同得失最難剖析，而臨川四夢為尤甚。譜中遇犯調諸曲，雖已細注某曲某句，然如【雙梧鬥五更】、【三節鮑老】等名，余所創始，未免穿鑿。第欲求合臨川之曲，不能謹守宮譜集曲之舊名，識者亮之。

由於湯曲存在著字句或多或少的毛病，因而葉堂只好苦心孤詣地用音樂去遷就，以改譜就詞的方式，將正曲改為集曲㉗。所謂「集曲」，是南曲中一種曲調變化的方法，即用兩支以上的曲牌，各選取若干樂句，重新組合，使它成為一支新曲牌。葉堂所舉商調【雙梧鬥五更】曲牌係出於《牡丹亭》第二十八齣「幽媾」。茲以第二十六齣「玩真」為例，其中商調【鶯啼序】曲牌，按格律應作八句，但湯顯祖卻作了九句，句數、

㉗王季烈《螾廬曲談》云：「玉茗四夢，其所填之曲，每不依正格。多一字，少一字，多一句，少一句，隨處皆是。葉懷庭製四夢譜，為遷就原文計，將不合格之詞句，就他曲牌選相當之句以標之，而正曲改為集曲矣。」

平仄、韻協俱不合律，於是葉堂將它改成集曲【鶯啼御林】：

> 【鶯啼御林】（鶯啼序首至六）他青梅在手細吟哦，逗春心一點蹉跎。小生待畫餅充饑，小姐似望梅止渴。未曾開半點么荷，含笑處朱脣淡抹。（簇御林末三句）韻情多，如愁欲語，只少口氣兒呵。

新曲牌【鶯啼御林】即是前六句保留【鶯啼序】原曲前六句，末三句則用【簇御林】之末三句。運用如此巧妙的音樂處理方式，使得湯作「辭調兩到，文律雙美」，葉堂的苦心，由《四夢全譜・凡例》可知：

> 至其字之平仄聱牙，句之長短拗體，不勝枚舉。特以文詞精妙，不敢妄易，輒宛轉就之。知音者即以為臨川之韻也可，以為臨川之格也可。

如是知音，顯祖有知，焉能不深深感動！無怪乎王文治為《四夢曲譜》作序時，對湯、葉兩位文學與音樂的傑出結合忻慕不已，其文云：「玉茗四夢，不獨詞家之極則，抑亦文律之總持。及被之管絃，又別有一種幽深艷異之致，為古今諸曲所不能到。俗工依譜諧聲，何能傳其旨趣於萬一？……且玉茗興到疾書，於宮譜復多隕越。懷庭乃苦心孤詣，以意逆志，順文律之曲折，作曲律之抑揚，頓挫綿邈，盡玉茗之能事。」足見湯顯祖並非全然地「疏於律」，而《牡丹亭》偶然之失格外律亦並非難以救治。凡是一種藝術，總有它的一套程式，戲劇自然不能例外，誠如錢南揚先生所言，編撰劇本者，「首先應該知道曲牌性質的粗細，節奏的緩急，搭配的方式，聲情的哀樂等等，以與變化不定的劇情相配合，而曲調的四聲陰陽、句法、用韻，還在其次。沈璟不但斤斤於後者，滿口古式古戲，不過葉公之好龍，猶未見真龍，怎能示人以作曲的準繩呢？格律應該服務於內容，不應犧牲內容以遷就格律。」（〈談吳江派〉）湯顯祖的《牡丹亭》掌握了「意趣神色」的高標內容，兼有麗詞俊音以添其幽深艷異之致，格律上的偶爾失誤，又有後世國工葉堂為其彌縫修潤，終而成為舉世矚目的傳奇珍品。

叁、《牡丹亭》之腔調論辨

一、南曲之唱演原不限聲腔

《牡丹亭》之腔調問題，明清曲籍從未見討論，主要因為南方語言殊異，聲腔亦紛紜不類，致使同一劇本向來可用不同聲腔唱演而無礙。早期宋元南戲劇本在創作上具有若干共同點，如曲調為五聲音階組成，除裝飾音外，並無變徵與變宮兩個半音；語言有入聲，四聲分明；音樂體製屬於句不限字、篇不限句的曲牌體系統，因而同一個劇本，可供南方各種不同聲腔劇種如弋陽、海鹽、餘姚、崑腔演唱。如《藍橋玉杵記・凡例》提到：「本傳腔調，原屬崑浙……詞曲不加點板者，緣浙板崑板疾徐不同，難以膠于一定。」此處浙板當指海鹽腔或餘姚腔，由於快慢與崑腔有別，原作為適應不同聲腔演唱，故不便加上固定的板眼節奏符號。《金瓶梅詞話》中亦曾記載：同樣是南曲，可用帶箏琶等演奏之「弦索官腔」與不被管弦之「海鹽腔」兩種聲腔演唱（見葉德均前揭書），而「詞曲之祖」《琵琶記》可用弋陽、餘姚、崑山、青陽等不同聲腔唱演，亦是眾所周知的事實。

宋元戲文既是任何聲腔皆可唱演，而延續南戲宗枝發展之明傳奇，其敷唱情形亦類乎此。即作者在創作劇本時，原不執著用何種聲腔演唱，祇是一般文士撰作意境高雅、詞采典麗之傳奇時，率以崑腔演唱為主流。蓋因崑腔自曲聖魏良輔改革成功後，自嘉靖、萬曆乃至清乾隆，即以「振鬣長鳴，萬馬皆瘖」的傲然風姿雄踞曲壇二、三百年之久，而獨享「雅部」盛譽迄今。如李開先《寶劍記》撰成時，自負不淺，嘗問王世貞道：「比《琵琶記》如何？」王氏答曰：「公文辭之美不必說，但教吳中曲師十人唱過，逐腔逐字改訂妥善，然後可以傳世。」（見王氏《曲藻》）顯然李開先創作《寶劍記》時，原不為某種聲腔（當然也包括崑腔）而作，而當時文士劇作向以崑曲敷唱為主流，因而王世貞曾委婉地告訴他得請「吳中曲師」，即善度崑曲者拍唱改訂妥當，方可付諸氍毹搬演，否則祇有淪為案頭曲。

南戲、傳奇劇本原不限採何種聲腔唱演，但若作者執意或希望用某聲腔唱演時，通常會特別加以註明。如清代若耶野老徐沺公《香草吟》傳奇第一齣〈綱目〉之眉批即記載：「作者惟恐入俗伶喉吻，遂墮惡劫，故以『請奏吳歈』四字先之。殊不知是編惜墨如金，曲皆音多字少。若急板滾唱，頃刻立盡。與宜黃諸腔，大不相合。吾知免夫。」可知作者惜墨如金，希望劇作以流麗悠遠、一唱三歎的崑腔來演唱，方能展現其體局靜好、詞采優雅的文士品味；若改用宜黃腔，則流水板等滾唱方式，處理起來必定是音少字多，幾支曲子不一會兒工夫立即唱完，與原作曲情大相逕庭，故作者不願佳曲被俗伶唱壞，乃特意標示「請奏吳歈」，免墮惡劫。

二、《牡丹亭》為弋陽、宜黃諸腔而作質疑

文士創作劇本時，率抵不執著採何種聲腔演唱已如上述，祇是《牡丹亭》在當時享譽甚隆，其本身固有若干失律處，遂令改本蠭出，斯時曲壇雖以崑腔為主流，而湯氏並非吳地人士，又發拗折嗓子說以聳人耳目，當時曲家對《牡丹亭》之失律，或以為受俗腔影響所致，促使近現代學者對《牡丹亭》創作時所用腔調產生種種揣測，如袁宏道評《玉茗堂傳奇》云：

> 詞家最忌弋陽諸本，俗所謂過江曲子是也。《紫釵》雖有文采，其骨格卻染過江曲子風味，此臨川不生吳中之故耳。

袁氏認為湯氏早年作品《紫釵記》之所以染有弋陽腔過江曲子風味，主要因為湯氏非吳地人士，未多薰習吳地崑腔之聲律，又受弋陽等俗腔之影響，致曲風尚欠大雅格局。凌濛初《譚曲雜箚》亦有類似訾評，其文云：

> 近世作家如湯義仍，頗能模仿元人，運以俏思，儘有酷肖處，而尾聲尤佳。惜其

使才自造，句腳、韻腳所限，便爾隨心胡湊，尚乖大雅。至於填調不諧，用韻龐雜，而又忽用鄉音，如「子」與「宰」叶之類，則乃拘於方土，不足深論，止作文字觀，猶勝依樣畫葫蘆而類書填滿者也。義仍自云：「駘蕩淫夷，轉在筆墨之外。」佳處在此，病處亦在此。彼未嘗不自知，祇以才足以逞而律實未諳，不耐檢核，悍然為之，未免護前。況江西弋陽土曲，句調長短，聲音高下，可以隨心入腔，故總不必合調，而終不悟矣。而一時改手，又未免有斲小巨木、規圓方竹之意，宜乎不足以服其心也。

凌氏所謂「填調不諧，用韻龐雜」之批評，前已辨析，茲不復贅。至於「江西弋陽土曲，句調長短，聲音高下，可以隨心入腔，故總不必合調」說法，大抵是就湯氏劇作中句數、平仄失律之緣由推想，認為湯氏既生於江西，創作時難免會受當地弋陽腔將傳奇劇本「改腔易調」的常用手法影響，以致句調之長短平仄與曲牌應有之格律不合。湯氏曲文平仄與字句數失律情形，上文亦已辨明，故不贅。至於弋陽等高腔的「改腔易調」手法是否會影響湯氏？據余從、路應昆研究，明代高腔之所以繁興，實與其「改腔易調」之做法密然有關。所謂「改腔易調」，即是在劇本方面，將文士傳奇之文詞作通俗化處理，包括「加滾」之類；音樂方面則靈活處理，既可改換曲牌名目，又「只沿土俗」，多方吸收地方民間音樂，適應不同地區觀眾之需要；語言方面更與不同地區方音結合，令「四方士客喜悅之」，並促使音樂發生地方化演變。㉘湯顯祖曾斬釘截鐵地告誡宜伶：「《牡丹亭》記，要依我原本，其呂家改的，切不可從。雖是增減一二字以便俗唱，卻與我原做的意趣大不同了。……我生平只為認真……」他既如此認真，不願己作改為俗唱，其劇本又怎可能會為弋陽等俗腔而創造？何況與湯顯祖同時代的葉憲祖，曾對當時的弋陽腔作過如實的描述，其《鸞鎞記》（一五九五～一六一〇）第二十二齣云：

（丑）他們都是崑山腔板，覺道冷靜。生員將【駐雲飛】帶些滾調在內，帶做帶唱何如？（末）你且念來看！（丑唱弋陽腔帶做介）……（末笑介）好一篇弋陽！文字雖欠大雅，到也熱鬧可喜。

湯顯祖在〈宜黃縣戲神清源師廟記〉中，也對當時聲腔的發展流變，作一番概括性

㉘詳參余從《戲曲聲腔劇種研究》頁一二三～一二四，一九九〇，人民音樂出版社；路應昆《高腔與川劇音樂》頁二五六～二六四，二〇〇一，人民音樂出版社。

的描述，其文云：

此道有南北。南則崑山之次為海鹽，吳浙音也，其體局靜好，以拍為之節。江以西弋陽，其節以鼓，其調諠。至嘉靖而弋陽之調絕，變為樂平，為徽、青陽。我宜黃譚大司馬綸聞而惡之，自喜得治兵於浙，以浙人歸教其鄉子弟，能為海鹽聲。大司馬死二十餘年矣，食其技者殆千餘人。

足見弋陽腔「錯用鄉語」，曲文欠大雅，音樂「加滾」熱鬧而顯得諠雜，尤其滾白滾唱與流水板之使用，常令人有「鑼鼓喧闐，唱口囂雜」之感，不像海鹽腔，崑山腔那般「體局靜好」，因此就算它在湯氏當時已流傳到江西樂平而變化為「樂平腔」，或流傳到皖南變化為「青陽腔」，同樣都屬諠鬧俚俗的高腔系統，就鑑賞品味而言，都不可能會得到湯氏的青睞，譚綸既「聞而惡之」，湯氏與他態度一致，更不可能為這等俗腔創作。

《牡丹亭》創作時所用的聲腔問題，現代學者另有一新說——即是為「宜黃腔」而作。徐朔方主要根據在於湯顯祖詩文集中所言唱演四夢之藝人皆為宜伶而非崑伶，葉德均則據明・鄭仲夔《冷賞》卷四〈聲歌〉所言：「宜黃譚大司馬綸，殫心經濟，兼好聲歌。凡梨園度曲皆親為教演，務窮其妙，舊腔一變為新調。至今宜黃子弟咸尸祝譚公惟謹，若香火云。」更進一步說明此「宜黃腔」，係「宜黃子弟以海鹽腔為基礎，和結合當地弋陽等腔而創造為新戲曲。」

先不論海鹽、弋陽體局格調全然不同而相對峙的兩大聲腔，如何能交相化合？果真化合，應是截長補短提高層次，怎可能會發展成更為低俗的「宜黃腔」？而這種新說的前提是：明萬曆年間必須先有所謂的「宜黃腔」這種聲腔出現。戲曲史上構成「聲腔」的條件是：運用某地方言、音樂所演唱的戲曲，必須形成自己特有的唱腔、唱法，產生含有特殊韻味的腔調，而這腔調必須流播廣遠，具有豐富的生命力㉙。「在一系列劇種中都出現了這種腔調及其變體時，方才可以稱之為『聲腔』，即『聲腔系統』。㉚事實上，明代並無所謂「宜黃腔」之記載。如與湯顯祖同時代的王驥德《曲律・論腔調》載：「數十年來，又有弋陽、義烏、徽州、樂平諸腔之出。今則石臺、太平梨園幾遍天下，蘇州不能與角什之二三。其聲淫哇妖靡，不分調名，亦無板眼。又有錯出

㉙詳參曾永義《論說戲曲・論說「戲曲劇種」》，一九九七，聯經出版社。
㉚參劉厚生〈劇種論略〉，載《中華戲曲》第十輯，一九九一年四月。

其間，流而為『兩頭蠻』者，皆鄭聲之最。」稍晚崇禎年間的沈寵綏《度曲須知・曲運隆衰》載：「腔則有：海鹽、義烏、弋陽、青陽、四平、樂平、太平之殊派，雖口法不等，而北氣總已消亡矣。」諸多僻陋的聲腔皆見諸記載，就連後代曲籍已不復記載的「杭州腔」，都曾被魏良輔《南詞引正》登錄過。而現代學者所盛稱的「宜黃腔」，湯氏本人隻字未提，前後時期的曲家亦未嘗言及，足見「宜黃腔」的存在頗值得懷疑。

再者，鄭仲夔生當明清之際，距海鹽腔傳入江西將近百年，鄭氏並未宣稱海鹽已變而為宜黃，其所謂「新調」，當是指譚氏將海鹽腔加工改良，使它在唱法上愈變愈精緻細膩，猶如崑曲口法見諸明清曲籍僅「掇、疊、擻、霍」四種腔型而已，發展迄今，踵事增華，精益求精，已有十餘種之多㉛，唱法腔型雖創新頗多，極盡度曲之情致，而仍謂之崑曲，不另更名為他種聲腔。上述海鹽腔這種精緻化的過程，極有可能如錢南揚所言，是「向崑山腔看齊」，而不可能轉變成另一種與原來聲情迥異的「宜黃腔」（〈湯顯祖劇作的腔調問題〉）——採急板滾唱方式，聲情與體局靜好的海鹽腔大不

㉛詳參拙著《曲韻與舞臺唱唸》頁一八五～一九六。

相類㉜，故當時文士撰傳奇，為免墮俗伶以宜黃腔唱演之惡劫，通常會特加註明「請奏吳歈」——以雅部崑腔敷唱。清代宜黃腔情形若此，迨至近代，江西宜黃縣一地所流行之宜黃腔，則是七言句與十言句形式，音樂體製屬於詩讚系統（或稱腔板系統），全無海鹽與弋陽之痕跡（見同註㉖），不知徐朔方〈宜黃縣戲神清源師廟記〉一文箋語稱明代有「宜黃腔」，又稱此宜黃腔「實為江西化，即弋陽化之海鹽腔」，究竟有何根據？

至於湯顯祖詩文中雖多次提及宜伶唱演四夢之事，但吾人不能據此便妄下斷語，稱宜黃伶所唱必為宜黃腔，因某地人並不一定唱某地腔調，如《金瓶梅詞話》云：

> 四個戲子跪下磕頭，蔡狀元問道：「那兩個是生旦？叫甚名字？」於是走向前說道：「小的裝生的，叫苟子孝；那一個裝旦的，叫周順。」安進士問：「你每是那裏子弟？」苟子孝道：「小的都是蘇州人。」——第三十六回

海鹽子弟張美、徐順（按：疑即周順，文字偶異）、苟子孝生旦，都挑戲箱到

㉜有關清代宜黃腔流行情形，可參閱清代枕月居士《金陵憶舊集》與昭槤《嘯亭雜錄》卷八。

了。——第七十四回

兩回所載荀子孝、周順等皆為蘇州人，而擅唱海鹽腔，故稱海鹽子弟。冒襄《影梅庵憶語》亦嘗提及崇禎十四年（一六四一）於蘇州觀崑腔名伶陳姬演唱弋陽腔劇《紅梅記》。時至今日，或因演員喜好，或緣時代風尚，某地人未必唱某地腔調之情形亦所在多有，如浙江人未必唱越劇，自明迄今唱崑腔之記載不勝枚舉，上海演員不唱滬劇而唱崑曲、越劇成名者亦不乏其人，由此可知葉、徐等人主張宜伶所唱必為宜黃腔之說，誠有待商榷。

三、《牡丹亭》唱演之崑化歷程

由於古代缺乏音像錄製設備，因而欲判斷某劇本創作時採何種聲腔格律，除根據作者與時人或後人等論述資料，作外圍研究之外，針對劇本本身之體製結構，亦能尋繹出若干端倪。翻開湯著五十五齣《牡丹亭》，其詞采素有「上薄風騷，下奪屈宋」、「幾令西廂減價」之譽，與南戲之鄙俚大相逕庭。其關目排場章明而慮周，聯套結構亦頗符傳奇格律已如上述，且每齣所用曲牌皆屬雅化之文士傳奇系統，而非南戲鄉音俗調之體局㉝。

《牡丹亭》體製既屬文士傳奇系統，而當時傳奇唱演的聲腔，萬曆以前，大抵以海鹽、弋陽、餘姚為主流。其中海鹽腔因體局優雅靜好，語言採官話而顯得大方，在嘉靖間取得重大發展，而深為上層文士及公侯富紳所風靡。楊慎《丹鉛總錄》（明刊本有嘉靖三十三年梁佐序）卷十四「北曲」條云：「近日多尚海鹽南曲，士大夫稟心房之精，從婉孌之習者，風靡如一。甚者北土亦移而耽之，更數世後，北曲亦失傳矣。」（此條又見楊氏《詞品》卷一）顧起元《客座贅語》卷九「戲劇」條云：「南都萬曆以前，公侯與縉紳及富家，凡有讌會小集，多用散樂，或三四人，或多人唱大套北曲。……大會則用南戲，其始止二腔：一為弋陽，一為海鹽。弋陽則錯用鄉語，四方士客喜閱之。海鹽多官語，兩京人用之。」至於餘姚腔，其文詞曲調皆較鄙俚，《想當然》傳奇首繭室主人〈成書雜記〉云：「俚詞膚曲，因場上雜白混唱，猶謂以曲代言，老餘姚雖有德色，不足齒也。」在嘉靖間海鹽、弋陽兩腔對峙的情況下，它已呈弱勢，

㉝錢南揚考證崑曲常演劇目《孽海記・思凡》原屬餘姚腔，即根據此齣曲牌如【香雪燈】、【哭皇天】、【風吹荷葉】等皆為崑曲所無，而【風吹荷葉】又用流水板，凡此皆為餘姚腔之特徵，詳見錢氏《戲文概論・源委第二》第四章第三節。

不及弋陽腔傳佈廣遠。就士大夫鑑賞品味言，三腔中以海鹽最受青睞，張牧《笠澤隨筆》載：「萬曆以前，士大夫宴集，多用海鹽戲文娛賓客。……若用弋陽、餘姚，則為不敬。」

迨至萬曆年間，曲壇由於崑山腔的竄興而形勢丕變。嘉靖間，崑山腔雖改革成功，但流佈不廣，徐渭成書於嘉靖三十八年（一五五九）的《南詞敘錄》云：「惟崑山腔止行於吳中。流麗悠遠，出乎三腔（弋陽、餘姚、海鹽）之上，聽之最足蕩人。」行腔流麗悠遠——「聲則平上去入之婉協，字則頭腹尾音之畢勻，功深鎔琢，氣無煙火，啟口輕圓，收音純細」（沈寵綏語），這番抽秘逞妍的度曲藝術，配上悅耳的絲竹管弦伴奏（弋陽、海鹽、餘姚等腔在當時僅用鼓、板、鑼，而無弦管伴奏），終於使它在隆慶、萬曆間迅速推廣，徐樹丕《識小錄》卷四〈梁姬傳〉載：「吳中曲調，起魏氏良輔。隆、萬間精妙益出。四方歌者必宗吳門，不惜千里重資致之，以教其伶、妓，然終不及吳人遠甚。」梁辰魚《浣紗記》氍毹唱演崑腔的成功，使崑曲在萬曆年間的高層文士曲壇上取得壓倒性的盟主地位。張大復《梅花草堂筆談》卷十二載：「譜傳藩邸戚畹、金紫熠爚之家，而取聲必宗伯龍氏（辰魚字），謂之崑腔。」同書卷十四亦云：「腔右崑山，有聲容者多就之。」《客座贅語》卷九亦明白揭示：「今則吳人益以洞簫及月琴，益為悽慘，聽者殆欲墮淚矣。……今又有崑山，較海鹽又為清柔而婉折，一字之長，延至數息。士大夫稟心房之精，靡然從好，見海鹽等腔已白日欲睡。」足見萬曆間的海鹽腔已漸次消靡，其他聲腔如餘姚腔已「不足齒也」，而原本觀眾甚多的弋陽腔，亦如余懷〈寄暢園聞歌記〉所稱「平直無意致」，致令文士生厭。

湯顯祖的《牡丹亭》作於萬曆二十六年（一五九八），據湯氏〈宜黃縣戲神清源師廟記〉記載：「至嘉靖而弋陽之調絕，變為樂平，為徽、青陽」，足見當時弋陽腔近乎消聲匿跡，湯氏不可能為弋陽腔，更不可能為其變體——更為僻陋的樂平、青陽等腔而撰作劇本，至於譚綸在嘉靖中葉後，從浙江帶來的海鹽腔，因其體局靜好，自然會得到淵雅文士湯顯祖的賞識。祇是藝術品賞境界的提昇是永無止境的，當比海鹽腔更為清柔婉折的崑山腔出現時，一般士大夫見海鹽等腔已白日欲睡，而對崑山腔靡然從好，深具靈心慧性的湯顯祖又怎會不為之心折！〈廟記〉一文云：「南則崑山，之次為海鹽」可知湯氏亦奉崑山為首，其次方為海鹽，崑山為主流聲腔且優於海鹽，原是當時曲壇聲腔消長之實錄。據胡忌的保守推斷：「湯顯祖的劇作在臨川、宜黃一帶演出，因為該地區當時是盛行海鹽腔，所以『宜伶』演的『四夢』應是海鹽腔。不過，

萬曆三十年左右，崑山腔已經取代海鹽腔的地位，很快流行各地，『宜伶』學唱崑山腔演『四夢』也是社會風氣使然。」㉞

在湯顯祖詩文集中，亦不難看出宜伶學唱崑腔的歷程：〈聽于采唱牡丹〉詩云：「不肯蠻歌逐隊行，獨身移向恨離情。來時動唱盈盈曲，年少那堪數死生。」似謂于采不願唱下里巴人之「蠻歌」，而獨鍾《牡丹亭》之雅曲唱演。〈寄生腳張羅二恨吳迎旦口號二首〉，序曰：「迎病裝唱《紫釵》，客有掩淚者，近絕不來，恨之。」詩云：「吳儂不見見吳迎，不見吳迎掩淚情，暗向清源祠下咒，教迎啼徹杜鵑聲。」「不堪歌舞奈情何，戶見羅張可雀羅，大是情場情復少，教人何處復情多。」蓋謂宜黃地區雖無法常見到唱吳儂軟語（崑腔）的戲伶，但卻見得到才藝可媲美蘇伶的吳迎，其演唱《紫釵記》能使客動容掩淚，可惜近絕不來，湯氏無限憾恨，竟至欲向宜黃戲神咒訴；次首蓋因傳奇多才子佳人戲，今吳迎飾旦竟寡情不來，湯氏乃戲嘲生腳張羅二無人可演對手戲，直是門可羅雀。又〈滕王閣看王有信演牡丹亭〉詩云：「韻若笙簫氣若絲，牡丹魂夢去來時，河移客散江波起，不解銷魂不遣知。」首句與崑腔「轉音若

㉞見胡忌《崑劇發展史》頁一二九，一九八九，中國戲劇出版社。

絲」之行腔技巧相類，而〈宜黃縣戲神清源師廟記〉中，湯氏「抗之入青雲，抑之如絕絲，圓好如珠環，不竭如清泉」之描繪，亦與崑曲宛轉流麗、清峭柔遠之唱腔風格深相契合。

湯氏詩文中對宜伶演唱「二夢」——《南柯記》、《邯鄲記》頗有一番期許。《玉茗堂尺牘》卷四〈復甘義麓〉云：「弟之愛宜伶學二夢，道學也。」㉟「二夢」係湯顯祖晚年歷經宦場凶險、繁華落盡見真淳的悟世之作，充滿宗教高妙的人生哲理。他將宜伶學二夢視為崇高之「道學」，如是慎重，足見其對二夢之鍾愛與對宜伶之期許。《玉茗堂尺牘》卷十四〈唱二夢〉云：

> 半學儂歌小梵天，宜伶相伴酒中禪，纏頭不用通明錦，一夜紅氍四百錢。

首句「半學儂歌小梵天」，正道出湯氏劇作腔調之關鍵所在。所謂「儂歌」，乃指吳地特有輕柔軟甜之「吳儂軟語」，就戲曲聲腔而言，即指崑腔。由於先天語言所限，宜黃伶人學崑曲總難躋於「字正腔圓」之高妙境界，故顯祖謙稱「半學儂歌」。而由

㉟湯顯祖詩文集中提及「二夢」，除此函之外，另見〈唱二夢〉詩，徐朔方兩處箋語皆註明二夢係指《南柯記》、《邯鄲記》二傳奇。

「半學儂歌」更可推知，宜伶原來所唱的聲腔（海鹽腔）必與新腔系統相近——皆用官語而體局靜好，才能達到「小梵天」的境界。因為若聲腔系統不同，縱勉強學習，反增惡俗而難以討好㊱。至於「小梵天」，原是印度原始佛教四禪天之初禪境界，此色界之初禪若再細分，可劃為大中小三種：大梵天、梵輔天與梵眾天，「小梵天」即指梵眾天，此天之天眾已擺脫欲界之慾海浮沈，故雖因我執而無光，仍可達逍遙自在之清靜境地㊲。

面對藝術，湯顯祖於崑曲格律雖未盡諳熟，然不害其劇作中「意趣神色」之展現，此意境正如〈答孫俟居〉所言「弟在此自謂知曲意者，筆懶意落，時時有之，正不妨拗折天下人嗓子。兄達者，能信此乎？何時握兄手，聽海潮音，如雷破山，砉然而笑也。」那種為追求心目中至高曲意的執著，以及率性而為、不拘格套的灑脫與自在，正是湯顯祖所以為藝術家之本色所在。怎奈當時格律派者未遑深心體察湯氏之曲衷，

㊱范濂《雲間據目鈔》卷二〈風俗〉記松江演戲情況寫道：「戲子在嘉、隆交會時（約嘉靖四十一年至隆慶六年，即一五六二～一五七二的十年間），有弋陽人入郡（松江）為戲。一時翕然崇高，弋陽人遂有家於松者。其後漸覺醜惡，弋陽人復學為太平腔、海鹽腔以求佳，而聽者愈覺惡俗。故萬曆四、五年（一五七六～一五七七）來，遂屏跡，仍尚土戲。」收於《筆記小說大觀》，一九七八，臺北：新興書局。

㊲有關佛教四禪天之說，可參閱《阿含經》、《俱舍論》、《顯揚聖教論》、《順正理論》等書。

而臧懋循在改竄湯作之餘，又苛刻地批評湯氏「生不踏吳門，學未窺音律，艷往哲之聲名，逞汗漫之詞藻，局故鄉之聞見，按亡節之弦歌，幾何不為元人所笑乎？」（見《玉茗堂傳奇引》）湯氏雖因地域所限，對吳音聲律未能全然掌握，他本人也謙稱「生非吳越通，智意短陋」，然吾人從《牡丹亭》全本所用曲牌皆不雜南戲僻陋俗曲，即可知湯氏對屬於士大夫高尚品味且擁有雅部之尊的崑曲頗為推崇，且心嚮往之，如果他作的只是弋陽等鄉音俗調，甚或僻居一隅的宜黃土腔，那他何必要求作「吳越通」，以他的不羈個性，又何必如此謙卑地稱自己「智意短陋」？況且他絕不可能放棄原腔，委屈自己並勉強宜伶遷就反對派（改竄《牡丹亭》者），去另外學習系統全然不同的聲腔格律。

再者，不同的聲腔（如京劇與歌仔戲）各有其用韻與平仄律，彼此之間是不可能相互批評的。湯顯祖的劇作果真為江西土腔而寫，那麼孫俟居、呂姜山（玉繩）、凌初成（濛初）都是浙江人，他們犯不著拿崑山（或海鹽）腔的格律標準去要求或批評臨川的地方戲。湯顯祖說「曲譜諸刻，其論良快」、「寄吳中曲論良是」……，顯然是接受以江蘇崑曲為創作標準的這個前提之下，才提出他個人的反駁，如果他原本寫的就是弋腔戲或宜黃戲，他對這些江、浙曲家的嘲諷與建議，是可以全然不予理會的！

湯作之所以備受訾議與改竄，主要因為《牡丹亭》與明代諸曲家劇作，無論在劇本或聲腔上皆具有共同點，即皆屬文士傳奇，並皆以崑腔敷唱為主流。諸家之所以會去改它，原因是認為湯作的劇本格律（用韻、平仄、宮調、字句數等）不夠精整，聲腔不夠純正，如凌濛初說湯氏「忽用鄉音，如子與宰協之類，則乃拘於方土。」其實這是一個劇作家難免有的疏忽，因為顯祖不生於吳中，在創作崑腔劇本時，自然會不知不覺地雜有自己的鄉音，如袁宏道評《玉茗堂傳奇》所云：「詞家最忌弋陽諸本，俗所謂過江曲子是也。《紫釵》雖有文采，其骨格卻染過江曲子風味，此臨川不生吳中之故耳。」而范文若的《夢花酣傳奇・序》也提到：「且臨川多宜黃土音，腔、板絕不分辨，襯字、襯句湊插乖舛，未免拗折人嗓子。」袁氏稱湯作雜過江曲子風味，范氏說臨川多宜黃土音，可見他們心底還是認定湯作是崑曲，只是覺得臨川的崑曲不夠純，雜有方音。如果湯顯祖所作的是地方土腔如弋陽、宜黃之類，則自無拗嗓之弊，而袁氏亦毋須感嘆湯氏不生於吳中了。

此外，臧晉叔雖在《元曲選・後序》中論汪伯玉（道昆）靡，徐文長（渭）鄙，湯義仍疏，把湯顯祖與汪、徐兩位崑曲作家相提並論，可見臧氏並不否認湯作為崑曲，只是批評湯曲較疏於格律而已。再如沈自晉的《南詞新譜》係崑曲曲譜，其〈凡例〉

「采新聲」條曾推崇諸曲壇名筆，其中包括湯顯祖，文云：「新詞家諸名筆（原註：如臨川、雲間、會稽諸家），古所未有，真似寶光陸離，奇彩騰躍，及吾蘇同調，皆表表一時，先生亦讓頭籌（原註：見《墜釵記》【西江月】中，推稱臨川云。）」湯臨川的曲作既然能被沈氏新譜收錄，又稱「及吾蘇同調」，則其所作當為崑曲無疑，若僅為地方俗曲，則崑曲名家沈璟何必自嘆弗如。

結語

湯顯祖以戛然千古的才情創作不朽劇作《牡丹亭》，世人徒艷羨其「瓌姿妍骨，斫巧斬新」之一派自然靈氣，殊不知其創作過程亦慘澹經營，查繼佐〈湯顯祖傳〉云：「其遺思入神，往往破古。相傳譜四劇時，坐輿中謁客。得一奇句，輒下輿索市廛禿筆，書片楮，粘輿頂。蓋數步一書，不自知其勞也。」由於創作歷程如是艱辛，本身個性又是「志意激昂，風骨遒緊，扼腕希風，視天下事數著可了。」（見錢謙益〈湯遂昌顯祖傳〉）因而目睹嘔心瀝血之著作遭標塗改竄，而改本雖勉強合律可供「俗唱」，但曲詞俗鄙，了無意致，於「意趣神色」之境渺不可逮，無怪乎臨川憤激之餘，會說出「不妨拗折天下人嗓子」的驚人之語。明清不少曲家遂據此抨擊湯氏不合律，近代學者更因湯氏之失宮舛調，妄議湯曲本為弋陽或宜黃諸腔而作。其實當時馮夢龍早就客觀地指出：「若士亦豈真以捩嗓為奇！蓋求其所以不捩者而未遑討，強半為才情所役耳。」（《風流夢・小引》）清代考據大家焦循也看出湯氏拗嗓說的一點真意，其〈歲星記序〉云：

論曲者，每短《琵琶記》不諧於律，惜未經高氏親授之耳。湯若士云：「不妨天下人拗折嗓子。」此諢語也。豈真拗折嗓子耶？

湯顯祖既通音律，能「自掐檀痕教小伶」，怎會故意寫出令人拗嗓的曲作？其劇作之所以被視為失格舛律，原因在於湯氏劇作之用韻屬「戲文派」，故每遭「中原音韻派」訾議；其曲文平仄，沈璟等格律派者站在唱曲、譜曲立場，逐字逐句加以疵求，其實若就作曲立場而論，湯氏並無多大失律處。他如宮調、聯套方面，以後世曲家格律轉趨森嚴的眼光看來，《牡丹亭》似乎有許多乖宮訛調、雜出無序的毛病，然而斠律森嚴的吳梅也曾表示「不得以後人之律，輕議前人之詞」，「謂此詞不合律者，僅皮相之評耳。試讀臧晉叔刪改本，律則合矣，其詞何如？」（《紫釵記・跋》），何況《牡丹亭》在當時曾被呂天成《曲品》譽為「悅耳之教」，沈璟叔侄所編曲譜又多錄其曲文以為格範，足見湯顯祖並非全然「疏於律」，而《牡丹亭》偶然之失律亦非難以救治。就整個戲曲創作的內涵層次而言，湯氏所犯的毛病都僅是末節而已，若能遇上優秀的音樂家，這些毛病都是容易補救的，正如李鸝平《籐花亭曲話・序》所云：

予觀荊、劉、拜、殺暨玉茗諸大家，皆未嘗斤斤求合於律。俗工按之，始分出襯字，以為不可歌。其實，得國工發聲，愈增韻折也。故曲無定，以人聲之抑揚抗墜以為定。

吾人若平心靜氣檢視《牡丹亭》諸改本，將不難發現無論改詞派或改調派，對湯氏原作均改動不多。而具有國工水準的葉堂巧妙地運用集曲方式，不但保留臨川天才般的詞采，更使湯氏原著首首合調，誠曲壇之一大功臣。

至於《牡丹亭》之腔調問題，明清曲籍從未見討論，主要因為南曲之唱演原本不限聲腔，而文士所撰傳奇詞采漸趨典麗，聲腔亦漸以崑曲敷唱為主流，祇是湯顯祖生非吳地，劇作亦略有失誤處，唱演四夢之藝人又皆為宜伶，致使近現代學者對《牡丹亭》創作時所用腔調產生種種揣測。然就湯氏之鑑賞品味、《牡丹亭》之體局格範、萬曆前後聲腔之流變與湯氏之詩文諸方面加以考辨，《牡丹亭》之腔調實與弋陽、宜黃等腔無涉，而是由體局靜好的海鹽腔，逐步往音樂、行腔更為精緻細膩的崑山腔發展蛻變，而《牡丹亭》也因崑山水磨調的擅盛曲壇而傳唱不衰，活躍氍毹之上迄今四百餘年矣！

湯作之所以失律，除湯氏生非吳地之外，還有一項重要因素，即是湯氏本人秉持內容重於形式之創作理念，清・胡介祉〈格正牡丹亭題辭〉所論頗為中肯：「蓋先生以如海才，拈生花筆，興之所發，任意之所之，有浩瀚千里之勢。未嘗不知有軼於格調之外者，第惜其詞而不之顧也。」戲曲畢竟是屬於舞臺實踐的綜合藝術，對於不世出的戲曲天才，其偶然失律現象，若無優秀的音樂家予以彌縫玉成，無疑是劇壇之莫大損失。若再遭俗筆竄改，作者有知，將是何等憾恨！由湯顯祖、鈕少雅與葉堂這番成功的實踐過程，不禁令人體悟崑曲這門典雅精緻的戲曲藝術，的確如吳梅所言，須文士作詞、國工製譜與伶人度聲，三者密切配合，方得以極其妙。而研究戲曲之學者，若能就文學、音樂、聲韻學等多方面探討，則所得結論當較為公允而可信。㊳

㊳本文原載一九九四年臺灣師大文學院《教學與研究》十六期，二〇〇二年收於拙著《曲學探賾》，二〇一四年十月修訂。

《牡丹亭》「聲腔說」述論

《牡丹亭》一劇甫出，即因曲文格律備受訾議而改本蠭起，湯沈之爭，湯氏並憤而道出「拗折天下人嗓子」之語，而明中葉以降，傳奇劇本率以崑腔搬演為主流，議者以湯氏隸籍江西，對源自江蘇之崑曲格律能否確切掌握亦頗質疑，致學界對《牡丹亭》創作時所用聲腔之討論，引發諸多爭議。其中有主張為宜黃腔者，有主張崑腔者、海鹽腔者，或謂湯氏並非專為某腔而作者，由之益凸顯該問題之複雜與重要。

壹、《牡丹亭》「聲腔說」產生之因緣

「薈天地之才為一書，合古今之才為一手」（快雨堂語）的《牡丹亭》，「甫就本，而識者已口貴其紙」（著壇〈凡例〉），然而名之所至，謗亦隨之，何況湯氏曾留下

「拗折天下人嗓子」的話柄，而《牡丹亭》本身也存在諸多不合律之處，明清曲家對它頗多非議，如沈璟曾有「不諧律呂」之暗諷，臧懋循譏其「音韻少諧」、「句字乖謬」，王驥德嫌其「釐字累語」，謂「臨川所詘者法耳」，沈德符嘆其「不諳曲譜，用韻多任意處」，黃圖珌詆其「調甚不工」，近代曲家吳梅究其失律處有「出宮犯調」、「任意加襯」、「句數妄意增減」等，訾議更趨細密。①

事實上，就創作風格而言，「臨川近狂」那份浪漫不羈性格，使他標舉「意趣神色」遠遠超過格律，他既以「割蕉加梅」之冬景為俗，自然也不耐斤斤墨守平仄、加襯、字句數與宮調聯套等曲律。其種種「失律」現象，原與劇作之聲腔無涉；至於韻叶方面，湯氏繩繼高明《琵琶記》而採「戲文派」用韻，其遭「中原音韻派」批評，原是創作理念、風格不同所致，實與《牡丹亭》之聲腔無關。如梁辰魚的《浣紗記》，眾所周知係為崑腔而編撰，其用韻即屬「戲文派」，鄭若庸《玉玦記》、張鳳翼《紅拂記》亦然；其他尊沈璟為領袖的「吳江派」崑腔劇作家與曲家如馮夢龍、汪廷訥、沈

① 明代以降曲家如沈自晉、馮夢龍、凌濛初、葉堂、李調元、范文若、張大復、張琦、沈寵綏、萬樹、王季烈等亦有類似訾評，茲不贅述。

自晉、呂天成等則屬「中原音韻派」，兩派相互非難之焦點僅在劇作用韻，而與聲腔無涉②。

明代曲家中，凌濛初、袁宏道與范文若三人對湯作之論評，最常被後人拿來當作湯顯祖創作聲腔之理論依據。事實上，凌濛初的《譚曲雜箚》說湯氏「未嘗不自知，祇以才足以逞而律實未諳，不耐檢核，悍然為之，未免護前。況江西弋陽土曲，句調長短，聲音高下，可以隨心入腔，故總不必合調，而終不悟矣。」袁宏道評《玉茗堂傳奇》云：「詞家最忌弋陽諸本，俗所謂過江曲子是也。《紫釵》雖有文采，其骨格卻染過江曲子風味，此臨川不生吳中之故耳。」范文若《夢花酣傳奇・序》言：「且臨川多宜黃土音，腔、板絕不分辨，襯字、襯句湊插乖舛，未免拗折人嗓子。」質實而論，凌、袁、范三人對湯作之評議在於——雜有鄉音與弋陽風味。主要針對湯氏非吳中人士，劇作不免受弋陽腔影響，而出現曲牌句數或長或短、平仄失律，語言又雜方言土語，有乖大雅，對於湯作之聲腔，則未明白確指。後人依據上述資料，卻衍生出

②有關明代曲韻「中原音韻派」與「戲文派」之消長，詳參拙著《曲韻與舞臺唱唸》頁一四八～一六三，二〇〇八，臺灣學生書局。

湯顯祖四夢原為弋陽腔或宜黃腔而作。

由於上述《牡丹亭》本身之失律與明清諸多曲家之斷斷訾評，加上明中葉以降傳奇劇本多以崑腔搬演為主流，而崑曲源自江蘇崑山，湯氏係江西臨川人士，對含有吳音色彩的崑曲格律究竟能確切掌握多少，湯氏詩文中又曾多次提及宜伶唱演之事，種種因素使得後人對《牡丹亭》創作時所使用的腔調產生懷疑。自徐朔方提出《牡丹亭》原為宜伶而作，當屬宜黃腔之後，葉德均、曾永義、高宇等皆力倡其說，錢南揚則較早提出反證，認為是崑腔，詹慕陶贊同此說，周育德表示湯氏並非專為某腔而作，其間葉長海等則主張湯作當為海鹽腔，《牡丹亭》之腔調問題一時眾說紛紜，備受爭議③。

③詳參徐朔方《湯顯祖集》（詩文集）箋校，頁一一二九，一九七三，上海人民出版社、《論湯顯祖及其他》頁六三～六九，一九八三，上海古籍出版社；錢南揚〈湯顯祖劇作的腔調問題〉，《南京大學學報》第二期，頁二五～二九，一九六三，收於《漢上宧文存》頁一〇九～一一六，一九八〇，上海文藝出版社；詹慕陶〈關於湯顯祖的導演活動與劇作腔調—與高宇同志商榷〉，《戲劇藝術》一九八〇年第一期；葉德均《戲曲小說叢考・明代南戲五大腔調及其支流》，一九七九，中華書局；曾永義《論說戲曲・論說「拗折天下人嗓子」》，一九九七，聯經出版社；周育德〈湯顯祖研究若干問題之我見〉，一九九七年六月，臺北，中研院文哲所主辦「明清戲曲國際研討會」；高宇〈我國導演學的拓荒人湯顯祖〉，《戲劇藝術》一九七九年第一期，頁四六～六三；葉長海《曲律與曲學》，臺北，學海出版社，一九九三，頁一九六～二〇七。

筆者曾嘗試就諸家對《牡丹亭》格律之非議重點、諸改本之翻改事實、作曲與唱曲格律之異、湯氏之鑑賞品味、《牡丹亭》之體局格範與萬曆前後聲腔之流變等方面加以考辨，肯定湯氏並非不諳音律，其所謂拗嗓說不過是一時憤激之語，而其劇作之用韻原屬「戲文派」，故每遭「中原音韻派」訾議，其曲文平仄若就作曲立場而論，並無多大失律處，他如宮調、聯套方面，誠未可以後世轉趨森嚴之曲律予以疵求，且其偶然之失律亦非難以救治，迨至清代乃有葉堂以國工之才運用集曲方式予以修潤，達到「文律俱美」的境地。至於《牡丹亭》之腔調則與弋陽、宜黃等腔無涉，係由體局靜好之海鹽腔逐步往音樂、行腔更為精緻細膩的崑山腔發展蛻變，而《牡丹亭》也因崑山水磨調的擅盛曲壇而傳唱不衰，活躍氍毹之上迄今四百餘年矣④！

貳、《牡丹亭》之創作與聲腔無關質疑

《牡丹亭》之腔調問題，明清曲籍從未見討論，主要因為南方語言殊異，聲腔亦紛

④詳參拙文〈湯顯祖「拗折天下人嗓子」質疑—兼談《牡丹亭》的腔調問題〉，收於本書頁一～五五。

紘不類，致使同一劇本向來可用不同聲腔唱演而無礙。如萬曆刊本（一六〇六）雲水道人《藍橋玉杵記・凡例》提到：「本傳詞調多同傳奇舊腔，唱者最易合板，無待強諧。」說明這本傳奇在選調方面，率用舊曲而無多新創，撰作較為規範，一般唱演易於合律依腔，絕無撓喉捩嗓之弊。又說：「本傳腔調，原屬崑、浙，……詞曲不加點板者，緣浙板崑板疾徐不同，難以膠于一定，故但旁分句讀，以便觀覽。」明白指出這部神仙愛情劇，同時可供海鹽、（餘姚）、崑山等腔所共用，只是各聲腔在唱演時快慢、風格不同，因而關乎曲牌節奏的板式亦諸腔不一，故此劇曲文僅分句讀而未加板，目的在使各聲腔實際唱演時，得以靈活地點定板位。據《金瓶梅詞話》第六十三回所載，西門慶叫了一班海鹽子弟搬演戲文《韋皋玉簫女兩世姻緣玉環記》，扮玉簫的貼旦所唱之曲詞，與胡文煥編《群音類選》「官腔」類卷八《玉環記》第十一齣〈玉簫寄真〉之【黃鶯兒】曲文相合。萬曆年間，崑腔勢盛遍及全國，故有「官腔」之稱，足見當時《玉環記》亦可為海鹽、崑山兩大聲腔所共用。至於元末以來盛演不輟之《琵琶記》，更是藉由弋陽、餘姚、青陽、崑山等不同聲腔之傳唱而流播四方，甚至傳緜至今。

一般傳統文人撰寫劇本，「多數沒有表演經驗，對戲曲聲腔也不熟悉，他們作出來的傳奇，並不是專供某種聲腔演唱的『串本』」，「明朝的文人寫劇，只是按宋元以來先進創作的現成曲牌『照貓畫虎』。他們完成的只是文學方面的工作，是依照『文體譜』來填寫曲牌。至於用何種聲腔演唱，大多數的文人是無力從事了。筵上的演唱，必須有藝人樂師來生腔定譜，不同的聲腔、不同的戲班，都可能打出不同的旋律和節奏。⑤」周育德先生的『照貓畫虎』說，的確非常傳神地道出明代多數文人撰劇的實際情況。

然而，若執此以論作者編劇與腔調無關，即湯顯祖創作《牡丹亭》時，心中並無意專為某腔而作，則又與事實未盡相符。雖說戲曲係案頭與場上相互結合之綜合文學與藝術，自創作至搬演原需經過「文士作詞，國工製譜，伶家度聲」三個階段之錘鍊方足以竟其功。一般不諳聲律之劇作家，祇需負責「文士作詞」部分而已，即如周育德先生所言：「傳奇作家的任務只是提供文學劇本」。然而，湯顯祖並非僅是一般埋首案頭而與場上搬演無涉的劇作家，他既能「自掐檀痕教小伶」、「自踏新詞教歌舞」、

⑤詳參周育德《湯顯祖論稿》頁二三三～二三四，一九九一，文化藝術出版社；以及二〇一四年十月二十九日與筆者之電子郵件。

「度曲為戲」⑥，在撰寫劇作曲詞時，必有一套音樂聲腔旋律摹勒於心中口中。又各聲腔劇種既由各地方言、音樂所生發而成，其間平仄律、調值的高低與韻協寬嚴又各自不一，因而不同的譜曲者對同一曲牌文詞所下的板位、字腔及整體旋律風格亦各自有別。若謂湯氏編撰《牡丹亭》時原與聲腔無涉，則湯氏詩文中多次出現之「吳歈」、「儂歌」等聲腔載體之字眼，又當作何解釋？且當時曲家如臧懋循等專就《牡丹亭》單齣作有關海鹽腔、崑山腔製譜之斟酌與討論（詳下文），皆可證實當時湯作已涉生腔定譜諸事，因此若按周先生說法，認為湯氏劇作僅停留在「是一種按南北詞格而寫作的文學劇本，並非專為某腔而作」，似宜再多商榷。

⑥湯氏〈答劉子威侍御論樂〉、〈再答劉子威〉、〈答凌初成〉諸書簡與〈夜聽松陽周明府鳴琴四首〉、〈出松門回憶琴堂更成四絕〉、〈周長松琴堂曉發〉、〈七夕醉答君東二首〉、〈唱二夢〉等詩作，在在顯示他音樂素養極高。〈玉合記題詞〉盛稱當與吳拾之諸曲友「夜舞朝歌」，甚且「觀者萬人」；〈寄高太僕〉書中亦云「憶與拾芝諸友倡歌踏舞，備極一時之致。」更見其度曲、演劇之樂。

叁、《牡丹亭》為弋陽、宜黃諸腔而作質疑

究竟湯顯祖創作《牡丹亭》時採用何種聲腔作為戲曲唱演之載體？由於明代當時文士曲家對湯作曾有若干訾評，如袁宏道詆《紫釵》「雖有文采，其骨格卻染過江曲子風味」，臧懋循議《南柯》雜有弋陽土語⑦，凌濛初評湯作受江西弋陽土曲「隨心入腔」之影響，「故總不必合調」，於是有人大膽提出湯氏《牡丹亭》本為弋陽腔而作。

一、關於弋陽說之內涵辨疑

湯顯祖果真為弋陽腔而創作？就聲腔發展流變來看，湯氏〈宜黃縣戲神清源師廟記〉一文明白指出「至嘉靖而弋陽之調絕，變為樂平，為徽、青陽。」不管當時弋陽腔在

⑦臧氏評《南柯記・召還》【集賢賓】云：「此曲有『奴家並不曾虧了駙馬』等白，此弋陽語也，削之。」又評同劇〈圍釋〉【四塊玉】云：「此曲已見《牡丹亭》。中間音調須與深于曲者商之。而臨川以慣聽弋陽之耳，矢口而成，其舛宜矣。」

其他各地是否真的已成絕響，至少在臨川、宜黃一帶已不復聞見。湯氏既稱弋陽之調已絕，其《牡丹亭》又如何能以弋陽腔創作？而臧氏對他「慣聽弋陽」的訾議也都成了臆說。

縱使弋陽腔在江西並未全然滅絕，而猶存遺響，然就藝術風格而論，明代當時的弋陽腔「錯用鄉語」，其曲白與海鹽、崑腔相較，誠有欠大雅，音樂「加滾」熱鬧而顯得諠雜，尤其滾白滾唱與流水板之使用，常令人有「鑼鼓喧闐，唱口囂雜」之感，譚綸對弋陽之變體——樂平、徽青陽等地方聲腔，既「聞而惡之」（見〈廟記〉一文），湯顯祖又盛稱崑山、海鹽的靜好，他與譚綸態度一致，更不可能為這等俗腔創作。尤其湯氏撰劇態度極其認真，他曾告誡宜伶：「牡丹亭記，要依我原本，其呂家改的，切不可從。雖是增減一二字以便俗唱，卻與我原做的意趣大不同了。」文士劇本欲用弋陽腔唱演，必須作「加滾」之通俗化處理，湯氏既要求不可增減字以便俗唱，又怎可能會為弋陽腔而創作？

若平心檢視湯顯祖劇作中的「弋陽腔因素」，吳越曲家的訾評焦點，其實與湯劇所用的腔調並無必然關係。如范文若《夢花酣傳奇・序》云：「臨川多宜黃土音，腔、板絕不分辨，襯字、襯句湊插乖舛，未免拗折人嗓子。」凌濛初的《譚曲雜劄》評：

「至於填調不諧，用韻龐雜，而又忽用鄉音，如『子』與『宰』叶之類，則乃拘於方土，不足深論。」其中正襯乖舛、用韻龐雜、填調不諧等，係屬於創作格律上的問題，與唱演的聲腔無關。而劇作中出現鄉音、宜黃土音，則多與用韻（戲文派）有關，或者如王思任清暉閣評點《牡丹亭》時，特別拈出二處：一是第四十七齣〈圍釋〉，陳最良對李全唱：「大王，你鄱陽湖磬響收心早」，蓋因江西鄱陽湖中有石鐘山，湯顯祖由鐘聲聯想到磬響而作此語，此係江西特有山川景物，故王思任於此句旁特註小字：「江西聲口」。二是第四十九齣〈淮泊〉，柳夢梅赴淮揚打聽岳父母消息，路上投宿，店小二要先算飯錢，柳生說：「喫倒算。」意即吃完再付錢，店小二回了一句：「算倒喫！」王思任於此句評曰：「江西口。」指的大抵是江西的民情世態，與劇作聲腔無關。他如《南柯記》第三十六齣〈還朝〉，此齣據錢南揚校點：「各本皆作〈議冢〉」，敘瑤芳公主病歿，駙馬淳于棼與右相段功面議葬地，力辯龜山不如龍山等風水說法。臧改本第三十折〈議葬〉眉批云：「駙馬論風水，似得江西傳授。」指出湯氏此處謬悠之筆，係源自於江西歷來盛行之堪輿民俗，並非與劇作聲腔有關。

進一步說，關於劇作雜有鄉音的問題，說湯劇「多宜黃土音」、「忽用鄉音」、「染過江曲子風味」等，就如同在臺灣，可以聽到「臺灣國語」、「客家國語」、「原住民國語」……等帶有不同方音的國語（普通話），但任何人都很清楚，他們講的都是國語而非方言，只是發音咬字（腔口）不夠標準而已。同樣地，湯顯祖的創作中帶有他原生地的母音色彩與地方風味，這原是極其正常的事，我們若據此而否定他的劇本是品格大雅的文士傳奇，硬要說他編的是屬於鄉音俗調層次的地方土戲，那恐怕真要貽笑方家了。

真正明白指出湯劇受弋陽腔影響的有：袁宏道評《紫釵》「雖有文采，其骨格卻染過江曲子風味」，係受「弋陽諸本」影響，袁氏未舉例證，只是一種籠統的印象，難以討論；凌濛初說湯劇「句調長短，聲音高下，可以隨心入腔，故總不必合調」的毛病，是受「弋陽土曲」影響所致。其實有關句數多寡、字音（平仄）高低等問題，仍舊屬於創作層面，而湯顯祖並未將自己鏤心按律所撰成的傳奇，作「改調易腔」（加滾、吸收地方音樂）的通俗化處理。如臧晉叔曾多次批評湯顯祖由於「慣聽弋陽之耳，矢口而成」，所以劇作中會出現舛律的情形，「當是弋陽腔誤入」所致。臧氏如此揣測是否合理？茲就臧改本批語，實地檢視湯氏原作之格律，則湯劇中所謂「弋陽腔因素」，當可得一較為接近事實之詮釋。如臧改本《紫釵記．參幕》之【神仗兒】批語云：

原本【神仗兒】與《琵琶記》調多不合，當是弋陽腔誤入。

臧氏認為湯氏《紫釵記·移參孟門》之【神仗兒】不合曲律，主要是受弋陽腔影響。事實上，【神仗兒】為黃鍾宮南曲，其調譜紛雜不一，如《六十種曲》所收《琵琶記》、《四喜記》、《西樓記》、《香囊記》、《彩毫記》、《四賢記》、《八義記》、《紫釵記》等八種傳奇，即出現八式，句數五至九句不等，沈自晉《南詞新譜》以《琵琶記》為範曲，首末二句皆作疊句。湯氏《紫釵記·移參孟門》作八句：「河西路轉，河西路轉，赴河陽幕選。報平安陣前飛雁，便玉人無恙，怎生排遣，只怕這磨旗門，盼不到吹笙院。」較《琵琶記》少了一句，《牡丹亭·耽試》作九句，末二句未疊；《南柯記·薦佐》作七句，首末二句皆疊，湯顯祖如是更換句數，質實而言，並不算失律。⑧由此看來，臧氏認為湯氏《紫釵記》係受弋陽腔影響，恐怕未必如此。

他如臧改本《南柯記·玩月》一折，將湯氏原劇之【普天樂】曲牌若干字句作了更

⑧湯氏劇作中【神仗兒】一曲之運用，唯處女作《紫簫記》第七齣〈遊仙〉：「靈辰青昊，春暉日曜。聽流鶯報道，今歲風光及蚤。喜人日是今朝，廣袖欲登高，忽聽西園召。」末二句較不合律而已。

動，並將【普天樂】牌名改為【四塊玉】⑨，特加註眉批：

此曲已見《牡丹亭》。中間音調須與深于曲者商之，而臨川以慣聽弋陽之耳，矢口而成，其舛宜矣。予此改亦如調瑟，然不能更弦，終難盡美也。

臧氏同樣認為湯氏《南柯記．玩月》【普天樂】之所以不合格律，仍舊是受弋陽腔影響所致。茲將臧改本【四塊玉】曲文與湯劇原詞（括號內）羅列如下：

蹍光華城一座，廣寒闕爭些個（湯：把溫太真裝砌的嵯峨）。自王姬寶殿生來，配太守玉堂深坐。瑞煙微香百合，紅雲灼爍花千朵（湯：紅雲度花千朵）。甚閒愁、牽掛心窩？（湯：有甚的不朱顏笑呵）休只把（湯：眼見的）、眉峰蹙破。對良宵、滿傾玉液金波（湯：對清光滿斟一杯香糯）。

南曲【普天樂】凡九句，調譜一般作：「六。六。七，七。六。七。七。七。七。」

⑨【普天樂】一調，南北曲皆有而格律不同，湯氏〈玩月〉折用南曲，《九宮大成南詞宮譜》卷三十一正宮正曲【普天樂】註云：「一名【四塊玉】」。

九。」，整體看來，臧改本的句法（句式）、平仄較為規範，但詞采平易，湯作於律略有小疵，如加襯處似顯拗口，且次句須押仄韻，而第六句率用七言，《牡丹亭．寫真》【普天樂】曲則無上述缺失，筆致清峭，洵非臧氏所可及也。經由上述分析，諸家對湯劇所訾評的弋陽腔因素，其實只是湯氏在創作上若干字句出現小部分疏於合律，而臧氏亦僅點竄一二字而已⑩，並非整體性唱演聲腔的更動，尤其臧氏【神仗兒】批語「當是弋陽腔誤入」一句，更透露出湯劇（《紫釵記》等）原非採弋陽聲腔，僅【神仗兒】一曲雜有弋腔『誤』入之風味，何況臧氏此語『當是……』，亦明言係揣測之詞，並非定論。

事實上，若真要說湯劇受弋腔影響，應該僅止於曲牌句數多寡較自由而已，如凌濛初所言「句調長短，聲音高下，可以隨心入腔，故總不必合調」，弋腔這類「加滾」之運用，原是藝人隨口可歌，並無曲譜存在，《牡丹亭．冥判》一折之【混江龍】與【後庭花滾】，臧晉叔認為此二曲句數皆過長，演唱效果不佳，臧改本第十三折〈冥

---

⑩臧改本《牡丹亭》第九折〈寫真〉【雁過聲】批語：「以下諸曲皆與本調不甚相舛，聊點竄一二字而已。」又本文臧改本批語，承周育德先生惠示三十餘年前北京圖書館所錄，俾與臺北國圖藏本參較，特此誌謝。

判〉【混江龍】之眉批云：「此曲在北調元無定句，然太長則厭人，故為刪其繁冗者，下【後庭花】曲亦然。」不符合吳中曲家的聆曲品味。實則〈冥判〉中的【後庭花滾】，蓋因胡判官（淨）質問花神（末）為何「偷元氣、豔樓臺」，假充秀才迷誤人間女子，致使杜麗娘慕色而亡，接著花神一大串的數花名：「（末）碧桃花，（淨）他惹天臺。（末）紅梨花，（淨）扇妖怪。……（末）石榴花，（淨）可留得在。」淨末詰答皆用三字句，押皆來韻，三十八種花名一氣呵成的唱法，與弋腔加滾情形類同，何況曲牌名【後庭花滾】（據故宮本）之「滾」，即已透出箇中消息；而長達百餘句之【混江龍】，所增數十句，唱來輕快，有滾石飛瀑之勢，連葉堂都束手，僅開頭十多句與末尾二句譜上北曲散板，其餘則隨臨川雄肆曼衍而難以訂譜了！

此外，值得一提的是，臧氏將《紫釵記》原四十四齣〈凍賣珠釵〉中尼姑道姑占卜一節刪掉，理由是：

> 臨川有尼持籤，道捧龜等白，旦拜觀音【江兒水】曲，皆弋陽派也。賞此者獨四明屠長卿、宣城梅禹金而已。

此折敘嬌苦病弱的霍小玉得知李益議婚盧府，一去不還，於是為得李郎消息而博求師巫，遍詢卜筮。劇中乃出現水月院尼姑持籤筒、王母觀道姑拿畫軸小龜前來占卜誆錢，並穿插科諢以調劑排場冷熱。如此情節，瀰漫濃厚之宗教氛圍，蓋與江西盛行之儺風有關，（《牡丹亭》之〈診祟〉、〈冥判〉亦如是）⑪，其中旦所唱【江兒水】二曲亦尚合律，故臧氏所謂「弋陽派」，應與弋陽腔無多大關係。

二、湯劇之仿古、乖律與宜黃說無關

主張《牡丹亭》為宜黃腔而作者，主要根據湯顯祖詩文集中曾多次出現「宜伶」唱演四夢之記載，事實上，某地人未必唱某地腔調之情形古今皆有（茲不復贅），故宜伶所唱必為宜黃腔之說有待商榷。徐朔方另舉臧懋循〈玉茗堂傳奇引〉所言：「故魏良輔止點《琵琶》板而不及《幽閨》，有以也。」及臧氏評《邯鄲記・召還》之批語：「原本有【紅芍藥】、【紅衫兒】、【會河陽】等曲，蓋倣《幽閨記》『兵擾攘』為之。此曲吳中亦無傳授，故予改【大和佛】、【舞霓裳】，以與後【紅繡鞋】合。其

⑪有關《牡丹亭》與江西儺文化之關係，詳參楊振良〈《牡丹亭》的世俗選材與民俗觀照〉，收於本書頁三七七～三九五。

中下韻處，亦皆穩當。不知臨川有靈，能為賞鑑否？」說明《幽閨》、《邯鄲》難用崑曲演唱，由此推斷湯作非為崑腔而作[12]。事實上，臧氏提出魏良輔不為《幽閨記》點板的原因在於其上文「以臨川之才何必減元人，而猶有不足於曲者何也？當元時，所工北劇耳，獨施君美《幽閨》、高則誠《琵琶》二記，聲調近南，後人遂奉為㮚矱，而不知《幽閨》半雜贋本，已失真多矣。即『天不念』、『拜星月』等曲，吳人以供清唱，而調亦不純，其餘曲名莫可考正，故魏良輔止點《琵琶》而不及《幽閨》，有以也。」足見魏氏不為《幽閨》點板，主要因為它版本不純、曲名難考，與聲腔問題全然無關。

至於湯顯祖劇作之摹仿《幽閨》，原是文人好古求雅之風尚所致。其實湯氏不僅仿《幽閨》，更「酷嗜元人院本」（《見只編》），故臨川四夢之北曲向來頗受推崇。而在明末清初崑腔已成為傳奇主流聲腔時，曲家對崑腔曲律仍未達成共識，當時用以規範作曲、唱曲之曲譜即有三派之分：登壇樹幟的吳江派領袖沈璟所撰《南九宮十三

[12] 詳參徐氏〈再論湯顯祖戲曲的腔調問題〉，收於《徐朔方集》第一卷頁四三二、四三三，一九九三，浙江古籍出版社。

調曲譜》係以復古為主，其侄沈自晉編《南詞新譜》則趨於「從今」，而徐子室、鈕少雅的《南曲九宮正始》更每每以「元譜」作標榜。據錢南揚《邯鄲記校注》與胡士瑩《紫釵記校注》之多處註語，顯示湯氏劇作中若干曲文雖與流行曲譜大異，但在《永樂大典戲文三種》及其他早期南戲傳本中，卻可以找到完全一致的曲例，由此可證湯作在曲律上雖非完善，但卻另有所據，並非如王驥德等所說的對曲律「直是橫行」⑬。換言之，湯作之仿古取向，原係創作理念之好尚所致，與聲腔並無必然關係。

湯顯祖的仿古取向，主要原因來自於當時尚未出現一部完備而實用的曲譜可供參考，沈璟「吳江派」等人所編的曲譜，常出現「未知出何調、犯何調」之語，且「又一體」滋生繁多，（見〈答孫俟居〉），難以得到湯顯祖的信服。因而他寫「四夢」，只好就《太和正音譜》、《雍熙樂府》、《詞林摘艷》諸種譜例「據以填詞」（吳梅《紫釵記・跋》），或者「像同時代寫傳奇的文士一樣，參照早期的戲文如《琵琶記》、《荊》、《劉》、《拜》、《殺》等著名南曲的詞格和北曲雜劇的曲牌，就自己比較

⑬參黃仕忠〈明代戲曲的發展與湯沈之爭〉，《文學遺產》，一九八九年第六期，頁三一。另據錢氏所校，《南柯記》〈貳館〉之【出隊子】，格律仿《荊釵記》，〈芳隕〉之【哭相思】作引子用，亦「猶存古法」，見錢南揚校點《湯顯祖戲曲集》頁五五八、六五二，一九七八，上海古籍出版社。

有把握的格式來模仿填寫新曲。……取老本子為規範，照貓畫虎，有時確實自陷於錯誤。⑭」因為取法的對象或率意乖律，或牌名錯亂，他本人在馳騁文采之餘，未遑詳加考辨，難免遭受訾議，何況音樂律譜之事，原非才士之夙慧與專擅，湯氏也曾坦承：「余於聲律之道，瞠乎未入其室也。」（〈董解元西廂記題辭〉），對於文賦律呂之事，「獨以單慧涉獵，妄意誦記操作。層積有窺，如暗中索路。」（〈答凌初成〉）缺乏名師益友的摸索過程著實艱苦，有時不免誤入歧路而引來非議，誠如臧晉叔批評他的《邯鄲記》第二十五齣〈召還〉中，【紅芍藥】等三支曲牌，係模仿自「半雜贗本」、曲名難考的《幽閨記》，而這些曲牌在當時曲壇已鮮見唱演。（詳上文）馮夢龍改本《風流夢．魂遊情感》折【五韻美】與【雁過聲】批語云：

以下二調，都被高瑞南《玉簪記》胡亂做壞，今訂正之。

點出湯氏受高濂的錯誤影響，紊亂曲牌格律。錢南揚也明白指出《邯鄲記》第十五齣〈西諜〉中一套四段的北曲亦頗不合律：

⑭詳參周育德《湯顯祖論稿》頁二三四。

此套北曲聯套方式，出於《拜月亭》第七折，雖非湯顯祖杜撰，然原來就曲牌錯亂，……而且句格也多不合調。當時湯氏大概未加詳考，照本填詞，以致給後人造成許多困難。

這套北曲，世德堂本、容與堂本與《九宮大成譜》所標曲牌名稱皆互有異同，且「逐段扭合，也未盡叶」，錢南揚只好「今從葉譜，分為四段，不題牌名。⑮」這類仿古尚雅，甚而冥行索塗致乖曲律的情形，係一般文士撰劇可能發生的常見現象，與劇作之聲腔實無必然之關係。

提出「《牡丹亭》為宜黃腔而作」這種新說的前提應該是：明萬曆年間必須先有所謂的「宜黃腔」這種聲腔出現。事實上，明代曲籍如魏良輔《南詞引正》、王驥德《曲律》、沈寵綏《度曲須知》皆嘗登錄諸多僻陋聲腔，唯獨不見現代學者所盛稱的「宜黃腔」。直到清代才見諸記載，採急板滾唱方式，聲情與體局靜好的海鹽腔大不相類，故當時文士撰傳奇，為免墮俗伶以宜黃腔唱演之惡劫，通常會特加註明「請奏吳歈」

⑮詳見錢南揚校點《湯顯祖戲曲集》頁七七四，一九七八，上海古籍出版社。

——以雅部崑腔敷唱。清代宜黃腔情形若此，迨至近代，江西宜黃縣一地所流行之宜黃腔，則是七言句與十言句形式，音樂體製屬於詩讚系統（或稱腔板系統），全無海鹽與弋陽之痕跡。不知徐朔方、葉德均盛稱明代有「宜黃腔」，且為「弋陽化之海鹽腔」，究竟有何根據？

肆、海鹽腔與崑山腔之消長

海鹽腔因體局靜好，在嘉靖間深為上層文士及公侯富紳所風靡，楊慎《丹鉛總錄》與顧起元《客座贅語》所記載的皆是萬曆以前之盛況，到了萬曆年間曲壇由於崑山腔的竄興而形勢丕變，由《浣紗記》被收錄於萬曆元年（一五七三）的《鼎鐫崑池新調八能奏錦》，可以得知此時崑腔新聲已極為流行。《牡丹亭》作於萬曆二十六年（一五九八），正是「四方歌者必宗吳門」崑曲風靡曲壇之際，一般士大夫見海鹽等腔已「白日欲睡」，萬曆中後期海鹽腔已失去主導地位，當時標榜「時興」、「時調」、「新調」的萬曆年間曲選，大都僅收錄崑腔或弋陽腔系統唱段，王驥德《曲律》（一六一〇）云：「舊凡唱南調者，皆曰海鹽，今海鹽不振，而曰崑山。」崑山腔被尊為

「大雅」，被視作「南曲正聲」（〈論腔調〉），取代海鹽腔而成為傳奇主流聲腔，正是當時曲壇消長之寫照。

海鹽腔難道就此消亡？清康熙桐城名士戴名世（一六五三～一七一二）《憂庵集》（見《戴名世遺文集》）有段珍貴記載：「優人之演戲者，其初有二種盛行于世，曰弋陽腔，曰海鹽腔，其聲音無從容之節，而排場亦鄙俚。自成化以後，崑山人魏良輔創為崑腔，以絲竹管弦應人之音，每一字必曳其聲使長，從容曲折，悉叶宮商，其排場亦雅。于是弋陽、海鹽僅為田野人之所好而已。崑腔之于生旦，尤重其選。……于是蘇州聲色之名甲天下，近日納妾者必于是焉，買優人者必於是焉。……計三四十年以來，北行者何啻數萬。」

足見崑腔披靡至清初海鹽腔竟「僅為田野之人所好而已。」藝術品賞境界的提昇是永無止境的，海鹽腔雖在嘉靖中葉由譚綸大司馬從浙江帶來傳教宜黃子弟，因體局靜好而頗受文士喜愛，但當比海鹽腔更為清柔婉折的崑山腔出現時，形成靡然從好的風潮，深具藝術性靈的湯顯祖焉能不為之心折！〈廟記〉一文云：「南則崑山之次為海鹽」，可見湯氏亦奉崑山為首，其次方為海鹽腔。因此，即便「宜伶」原先可能用當地盛行的海鹽腔唱演四夢，但萬曆三十年左右，誠如胡忌、劉致中所言，「崑山腔已經取代海鹽腔的地位，很快流行各地，宜伶學唱崑山腔演『四夢』也是社會風氣使然。⑯」何況上文萬曆刊本《藍橋玉杵記・凡例》嘗提及「本傳腔調原屬崑、浙」，崑腔與海鹽腔之文本原可相互通用，毋須在格律上另作調整，因而「四夢」從海鹽腔過渡到崑腔，在劇本處理上可說是極其自然之事，祇是演員之唱唸需另作學習，〈唱二夢〉中「半學儂歌小梵天，宜伶相伴酒中禪」即透顯宜伶「學」唱崑腔之端倪，由此推知宜伶原來所唱的聲腔（海鹽腔）必與新腔系統相近——皆用官語而體局靜好，才能達到「小梵天」的境界。因為若聲腔系統不同，縱勉強學習，反增惡俗而難以討好。⑰

---

⑯見胡忌、劉致中《崑劇發展史》頁一二九，一九八九年，中國戲劇出版社。

⑰范濂《雲間據目鈔》卷二〈風俗〉記松江演戲情形：「戲子在嘉、隆交會時，有弋陽人入郡為戲……弋陽人復學為太平腔、海鹽腔以求佳，而聽者愈覺惡俗。」又湯顯祖在《花間集》毛熙震【浣溪沙】的評語中提到：「北曲以鄭、衛之淫為梨園、教坊之習，然猶古總章北里之韻，而近者海鹽、崑山一意纖靡，北曲不失其傳，反雅從先，能無三嘆！」他尊崇北曲而對海鹽、崑山略有微辭，由此亦可側證海鹽、崑山風格纖靡，聲腔系統相近。

伍、《牡丹亭》唱演之崑化歷程

一、宜伶、崑伶之嬗演

徐朔方曾羅列湯氏詩文九條提及「宜伶」之資料，並強調「在湯顯祖身邊，演唱他的戲曲的都是宜伶，沒有一個字提到崑曲演員同他劇作的關係。」如此聲稱誠與事實不符。宜伶未必唱宜黃腔之理顯而易知，而湯氏詩文中實亦曾多處提及「儂歌」、「吳儂」、「吳伶」、「吳歈」、「吳歌」等崑腔之代稱。如上文之〈唱二夢〉，〈寄生腳張羅二恨吳迎旦口號二首〉之「吳儂不見見吳迎」，〈醉答君東怡園書六絕〉之「便是吳歈聽不禁」，〈口號付小葛送山子廣陵三首〉之「山子吳歈一部遊」（『小葛』為崑腔班演員），〈聞拾之遠信慘然〉之「折莫吳歌遣惆悵」，〈越舸以吳伶來，期之元夕，漫成二首〉之「解傍吳歈記燭巡」，他如〈聽于采唱牡丹〉詩：「不肯蠻歌逐隊行，獨身移向恨離情」，〈滕王閣看王有信演牡丹亭〉詩：「韻若笙簫氣若絲」以及〈廟記〉文中「抗之入青雲，抑之如絕絲，圓好如珠環，不竭如清泉」等吐字行腔之描繪，頗與崑腔「轉音若絲」、「功深鎔琢，氣無煙火，啟口輕圓，收音純細」（明・沈寵綏語）那般宛轉流麗、清峭柔遠之風格深相契合。

而其中〈醉答君東怡園書〉六絕之五：

> 說到彈珠愛我深，可堪消盡壯來心，《紫釵》一郡無人唱，便是吳歈聽不盡。

此首置於〈七夕醉答君東〉二首之後，〈七夕〉詩之二云：

> 玉茗堂開春翠屏，新詞傳唱《牡丹亭》。傷心拍遍無人會，自掐檀痕教小伶。⑱

雖然《湯顯祖詩文集》中卷十八、十九，係湯氏「棄官家居後（一五九八～一六一六），年月不詳」之作品，然按徐朔方多年考訂之排序，也著實反映「四夢」在舞臺上搬演的消長態勢。以《紫釵》與《牡丹》相比，除了超越生死的劇情關目較引人入勝之外，也可能因為新作《牡丹亭》用最為時行的崑山腔演唱，自然更受觀眾喜愛、

---

⑱以上兩首詩見湯顯祖著，徐朔方箋校《湯顯祖集》頁七三八、七三五，一九七三，上海人民出版社。

癡迷，而原本多用海鹽腔敷唱的《紫釵記》⑲，顯得柔緩而少意致，觀眾厭舊喜新心理，使得《紫釵》漸次乏人唱演。

此外，在晚明權貴戚畹、文士縉紳的家樂戲班中，《牡丹亭》一直被搬演傳唱著，而根據這些家伶唱口的聲腔歸屬，亦不難窺知《牡丹亭》實際敷唱時所用之腔調。如與湯顯祖同時的錢岱，曾擢御史，巡按山東、湖廣，萬曆初，疏請終養，返鄉築『小輞川』，選妓徵歌，「華堂綺閣，連闥洞房，極宮室之美。……姬妾數百，皆美麗姚冶，擇其聲色尤異者，教以吳歈及宋元劇戲，花前裙幄，月下氍毹，聲徹雲霄，舞低楊柳。」（見陳三恪《海虞別乘》卷二《邑人》）十三名家伶中，有四名原為揚州稅監徐太監所贈弋陽腔家優，入錢岱家樂後，即改習崑腔，所演劇目十本中即有《牡丹亭》。（**見據梧子《筆夢》**）由此可知《牡丹亭》在萬曆間已由崑伶傳唱彩演。

無錫的鄒迪光亦於萬曆間致仕歸鄉，怡情丘壑園林，其家班音律之妙，甲於吳中，明．史玄《舊京遺事》載：「今京師所尚戲曲，一以崑腔為貴，常州無錫鄒氏梨園，

⑲有關湯顯祖「四夢」中海鹽腔曲牌之遞減情形，詳參拙文〈《牡丹亭》聲腔說考辨〉之三「就曲牌音律考索」，收於本書頁一二六～一三二。

二十年舊有名吳下，主人亡後，子弟星散。今田皇親家伶生、淨，猶是錫山老國工也。」鄒班聲名遠播，即便沒落，其家伶依然為北京氣勢奢華的國丈田弘遇崑班家樂所吸收，其家伶聲口既能以音律冠絕吳中，並受「一以崑腔為貴」的京城國戚所賞識，所唱自然是崑腔無疑。而從鄒迪光的詩文尺牘中，亦隨處可見其家伶唱演崑曲之情致。如〈舟過北關，令家童捻管度曲，兩崖間皆出視，次若撫兄韻〉詩有「寶瑟半彈別鶴操」句，〈秋日尚熱，西湖舟中命侍兒作劇，人來聚觀，至夜分乃散，依若撫兄韻紀事〉詩有「絲竹和歌誰解顧」句，〈語溪舟次夜按笙歌，若撫諸君不問酒劣，飲輒至醉，若撫詩成，余為和之〉詩云：「香喉細轉催檀板，翠袖低籠按玉箏。」〈秋日申少卿見要同王百谷酌酒適適園六首〉有「檀槽撥曲宮商並」句[20]。詩中出現的樂器有瑟、箏、檀板、管（笛、笙、簫）等絲竹伴奏，而『捻管度曲』更是崑曲拍唱的特有標誌。他曾熱情邀請梅鼎祚來觀賞其家班彩爨的《玉合記》[21]，梅氏亦蓄崑

⑳上列詩作見《調象庵稿》卷十八，頁八、一二、一三，明萬曆刻本，《四庫全書存目叢書》集部一五九冊，一九九七，臺南：莊嚴出版社。

㉑《調象庵稿》卷三十九，頁一三〈復梅禹金〉云：「村童數輩，業且老大，然猶能鑷髭飾面搬演公家章臺柳，足下試一聽之，如聽白頭佳人唱渭城朝雨，差不太俗，何如何如？」

班，如此以戲會友，原是文壇雅事。

尤其鄒迪光本人曾令家伶排演《紫簫記》、《牡丹亭》諸劇，並修書邀請湯顯祖前來聆賞顧曲，《調象庵稿》卷三十五〈與湯義仍〉云：

所為《紫簫》、《還魂》諸本，不佞率令童子習之，亦因是以見神情、想丰度。諸童搬演曲折，洗去格套，羌（腔）亦不俗，義仍有意乎？鄱陽一葦直抵梁溪，公為我浮白，我為公徵歌命舞，何如何如？

如此誠摯盛情的邀約，既自矜「腔亦不俗」，則家伶所唱自然是當時最為時行的崑山腔，也唯有婉轉流麗的崑腔雅曲，才能演繹出「四夢」的意境，令人懷想臨川的神情丰度。如果湯顯祖的《牡丹亭》原是為唱口囂雜的弋陽土曲或僻居一隅的宜黃土腔而作，則鄒迪光的崑班優童將如何改學俗腔？又如何能取悅他口中「文采一何瑋」㉒的湯臨川呢？

湯顯祖友人潘之恒（一五五六～一六二二），一生優游於品勝、品艷、品藝、品劇

㉒見《調象庵稿》卷四，頁三三〈寄贈臨川湯義仍二首〉之一：「臨水有佳人，川嶽寄靈異。……作者貽我書，文采一何瑋，出入懷袖間，不敢或棄置，一書何足云，中有千古意。……」

而撰述斐然，在《鸞嘯小品》中對《牡丹亭》之搬演有相當紀實的描繪，卷三〈贈吳亦史〉詩附記：「湯臨川所撰《牡丹亭還魂記》初行，丹陽人吳太乙攜一生來留都，名曰亦史，年方十三。邀至曲中，同允兆、晉叔諸人坐佳色亭觀演此劇。」十年之後（一六〇九），潘氏客南京，與吳越石等人結社秦淮，社友同觀《牡丹亭》，潘心動神馳地寫下〈情痴——觀演《牡丹亭還魂記》書贈二孺〉，文云：

> 同社吳越石家有歌兒，令演是記，……一字不遺，無微不極。……蓋余十年前見此記，輒口傳之。有情人無不歔欷欲絕，恍然自失。不見丹陽太乙生家童子（即吳亦史）演柳生者，宛有痴態，賞其為解。……二孺者，蘅紉之江孺、荃子之昌孺，皆吳閶人。……不慧抱恙一冬，五觀《牡丹亭記》，覺有起色。

〈病中觀劇有懷吳越石〉詩附記亦云：「余喜湯臨川《牡丹亭記》，得越石徵麗於吳，似多慧心者，足振逸響。」由上述潘氏詩文可知《牡丹亭》初付搬演（約一五九九），潘之恒、吳允兆、臧晉叔等人同坐南京佳色亭觀劇，當時演出者已是崑曲小伶，十年後珠喉宛轉，各具情痴的「二孺」亦是崑伶，並能將湯劇原本「一字不遺」地忠實演出。流潤柔遠的崑曲行腔風格與「因情成夢，因夢成戲」的《牡丹亭》最相契合，無怪乎當時曲界有「賞音」、「獨鑒」之譽的潘氏在評騭各地聲腔時，會深心道出：「甚矣！吳音之微而婉，易以移情而動魄也。……魏良輔其曲之正宗乎！」

二、海鹽、崑山譜腔規律之遷變

傳統戲曲之製譜每因聲腔劇種之不同而矩矱互異，蓋因各聲腔劇種係由各地方言、音樂所生發而成，其間曲文平仄律、調值高低與韻協寬嚴各自不一，因而不同聲腔對同一曲牌文詞所譜之字腔、板位與整體旋律風格亦各自有別。臧晉叔在明、朱墨刊本㉓《牡丹亭》第十四齣〈寫真〉【尾聲】處有段重要眉批，透露當時《牡丹亭》唱演所用海鹽與崑山譜腔規律之不同特色，其文云：

> 凡唱尾聲末句，崑人喜用低調，獨海鹽則高揭之，如此尾尤不可不用崑調也。

由臧氏此段批語可以看出湯氏《牡丹亭》原先由海鹽腔唱演的痕迹，也由於海鹽腔與崑山腔系統相近，其文本原來就可以相互通用，在曲文格律上也毋須另作調整。只

㉓見《古本戲曲叢刊初集》，今收入《全明傳奇》．一九八五，天一出版社。

是，海鹽腔處理【尾聲】末句常用高揭之調，當時盛行的崑腔則喜用低調，尤其〈寫真〉一折，杜麗娘「曉寒瘦減一分花」地自繪春容，下場前【尾聲】透露對丹青的悵戀情懷，臧氏強調用崑調比海鹽更能呈顯此番清冷魂銷的意致。

究竟崑山腔【尾聲】末句之譜腔是否全用低抑之調？今日曲壇舞臺唱唸之〈寫真〉【尾聲】其譜曲工尺又當如何，係遵海鹽抑或崑調？筆者為此翻檢目前所見《牡丹亭》全本曲譜中之最早刊本——清、乾隆五十四年馮起鳳《吟香堂曲譜》，並參酌乾隆五十七年「為世所宗」之葉堂《納書楹牡丹亭全譜》㉔，發現全本五十五齣《牡丹亭》宮譜，其【尾聲】末句幾乎全都譜上低抑之腔。僅偶而因劇情呈現波瀾高張或劇中人物心情激昂，而將音區略微升高到一般音高的有：第十六齣〈詰病〉杜寶牽掛女兒病情所唱「少不的人向秋風病骨輕」，第三十一齣〈繕備〉杜寶關心軍情所唱「則等待海西頭動邊烽那一聲砲兒響」，第三十六齣〈婚走〉杜麗娘還魂後新婚對柳夢梅深情呼喚所唱「柳郎呵，俺和你死裡淘生情似海」，第三十九齣〈如杭〉杜麗娘期盼柳生高中時所唱「則道俺從地窟裡登仙那大喝采」，第四十二齣〈移鎮〉杜母為杜寶在兵機

㉔有關馮、葉二譜之特色與現存《牡丹亭》曲譜、宮譜之比較，詳參楊振良《牡丹亭研究》頁一三二～一七九，一九九二，臺灣學生書局。

緊急時將移鎮淮安而叮囑所唱「珍重你滿眼兵戈一腐儒」，第四十四齣〈急難〉杜麗娘話別柳生時所唱「休只顧的月明橋上聽吹簫」，第四十五齣〈寇間〉李全夫婦顯威風時所唱「俺實實的要展江山、非是謊」。其他譜稍高之腔的是第二十四齣〈拾畫〉柳夢梅對石道姑所唱「你為俺再尋一箇定不傷心何處可」。綜觀全本五十五齣中，劇情並非高亢甚至頗顯清幽，然而譜腔卻是最高的只有〈寫真〉一齣，其末句「又怕為雨為雲飛去了」之最末五字旋律漸高，尤其「去」字屬去聲，其豁腔更高到「仜伬」，這種海鹽腔的尾聲翻高旋律，既與劇情不甚吻合，又幾乎讓演員有「拗嗓」之虞，故臧晉叔以為突兀，特別在此齣加註眉批，主張宜用崑腔低抑之調，以襯顯杜麗娘之閨深幽情。

至於目前曲壇舞臺唱演之崑山腔【尾聲】末句，是否盡用低調？抑或仍留有海鹽高揭之譜曲風格？筆者就近代蒐羅最富、考訂精詳之《集成曲譜》㉕，逐一比勘其【尾

㉕王季烈、劉富樑一九二五年所輯《集成曲譜》，分金、聲、玉、振四集，凡三十二冊，共收八八部傳奇中之四一六齣折子戲。王氏撰譜目的「冀以矯正伶工腳本之失」，魏棫稱此譜「足以起衰振弊，示學者以指南，而不為庸俗伶工之所誤，則其有功於三百年盛世之音者，豈淺鮮哉！」詳參拙著《近代曲學二家研究》頁六六～六七，一九九二，臺灣學生書局。

聲】末句之譜腔，發現北曲雜劇大抵依循曲牌本身之主腔旋律，其末句並無明顯之低腔或高揭之調，如《貨郎旦．女彈》、《東窗事犯．掃秦》、《不伏老．北詐》、《馬陵道．孫詐》、《風雲會》之〈訪普〉與〈送京〉、《西遊記》之〈撇子〉與〈胖姑〉等，其旋律屬於一般音高。明清傳奇中時代較早之《琵琶記》，譜高揭之腔者有〈登程〉、〈思鄉〉、〈賞秋〉等齣，譜低腔者為數較多，有〈稱慶〉、〈囑別〉、〈南浦〉、〈饑荒〉、〈議婚〉、〈花燭〉、〈賞荷〉等齣。其他傳奇則北曲曲牌多譜普通音高，如《鈞天樂．訴廟》，《牡丹亭》之〈硬拷〉、〈圓駕〉，《浣紗記》之〈勸伍〉、〈採蓮〉，《長生殿》之〈酒樓〉、〈合圍〉、〈絮閣〉、〈罵賊〉、〈哭像〉、〈彈詞〉、〈覓魂〉約有三十餘齣。南曲曲牌則幾乎全譜作低調，如《荊釵記．前拆》、《繡襦記．剔目》，《紫釵記》之〈議婚〉、〈就婚〉、〈軍宴〉、〈邊愁〉、〈移參〉、〈俠評〉、〈釵圓〉，《西廂記》之〈跳牆〉、〈佳期〉、〈長亭〉、〈驚夢〉，《釵釧記》之〈相約〉、〈落園〉、〈謁師〉，《紅梨記》之〈趕車〉、〈盤秋〉、〈托寄〉、〈窺醉〉、〈亭會〉、〈諒梨〉，《玉簪記》之〈手談〉、〈茶敘〉、〈琴挑〉、〈偷詩〉，《長生殿》之〈偷曲〉、〈夜怨〉、〈窺浴〉、〈雨夢〉，《牡丹亭》之〈訓女〉、〈遊園〉、〈驚夢〉、〈尋夢〉、〈離魂〉等，總計不下一百二十餘齣。

傳奇南曲曲牌【尾聲】末句譜作高調者寥寥無幾，僅《紅梨記・草地》、《紅拂記・靖渡》、《祝髮記・祝髮》與《牡丹亭》之〈寫真〉、〈拾畫〉數齣而已，而這些為數甚少之個例，或許即是海鹽腔之遺響。

就上述譜腔規律之遷變，益可看出北曲遺音誠如明代曲家沈寵綏所言，「尚留於優者之口，……口口相傳，燈燈遞續」㉖，而明清傳奇之唱演，則已出現向崑山腔靠攏之趨勢，就中《牡丹亭》由海鹽腔過渡到崑山腔之歷程尤其明顯。

陸、《牡丹亭》依腔合律之辯證

湯作之所以備受訾議與改竄，主要因為《牡丹亭》與明代諸曲家劇作，無論在劇本或聲腔上皆具有共同點，即皆屬文士傳奇，並皆以崑腔敷唱為主流。諸家之所以會去改它，原因是認為湯作的劇本格律（用韻、平仄、宮調、字句數等）不夠精整，聲腔不夠純正，如淩濛初說湯氏「忽用鄉音，如子與宰協之類，則乃拘於方土。」其實這

㉖有關北曲遺音之考索，詳參拙著《沈寵綏曲學探微》頁八二～一一一，一九九九，五南圖書公司。

是一個劇作家難免有的疏忽，因為湯氏不生於吳中，在創作傳奇劇本時，自然會不知不覺地雜有自己的鄉音。至於體察宮調、擘析曲牌音樂架構以及選牌組套等排場配搭的深密曲理，湯氏也坦承自己尚未盡窺堂奧，〈董解元西廂題辭〉云：「余於聲律之道，瞠乎未入其室也。」〈答凌初成〉書中，他謙稱「不佞生非吳越通，智意短陋，加以舉業之耗，道學之牽，不得一意橫絕流暢於文賦律呂之事。獨以單慧涉獵，妄意誦記操作……」萬曆十一年（一五八三）正月他北上時曾於蘇州與張鳳翼會晤過，可見在創作《牡丹亭》之前，他對新興的崑腔唱演應留有深刻印象；因而對曲壇格律派的反對意見，他也抱持相當尊重的態度，如「寄吳中曲論良是」（〈答呂姜山〉）、「曲譜諸刻，其論良快」（〈答孫俟居〉），當他聽孫如法說王驥德對他的《紫簫記》評價是：「艷稱公才，而略短公法」時，他深知自己在「法」（格律）上有所不足，因而馬上提出「當邀此君（王驥德）共削正之」的要求，只是後來因棄官歸里而未果如願。（見王驥德《曲律・雜論》）而王驥德正是肯定崑山腔為「南曲正聲」的《曲律》作者，足見當時曲壇傳奇劇作皆以崑腔曲律作標準，湯氏顯然是在接受此一標準的前提下，提出自己的想望與反駁，如果他的劇作是為弋陽、宜黃或執守海鹽腔而作，這些願景、自謙語甚或憤激的駁斥語就會顯得沒有必要，因為不同的聲腔各有其用韻與平仄律，彼此之間是不可能相互批評的。

由上述《牡丹亭》的崑化歷程與湯顯祖的創作心路，可以看出臧懋循在改竄湯作之餘，又批評湯氏「生不踏吳門，學未窺音律，……局故鄉之聞見，按亡節之弦歌」（〈玉茗堂傳奇引〉）是多麼苛刻而不客觀。倒是馮夢龍指出：「若士豈真以捩嗓為奇！蓋求其所以不捩者而未遑討」顯得中肯而溫厚。事實上，不僅劇作雜有鄉音，湯氏的詩也存在類似的毛病，〈右武座中，章斗津、朱以功舉吾郡雜字鄉音為戲，听然答之〉詩云：「問到玄亭酒亦玄，諸般字說笑臨川，門閂略近關門尹，冇有如書大有年。事取聲形時會意，書兼半滿幻成圓，通方便俗從來理，只待蘇張註服虔。」朋友嘲戲他的詩雜有俗字鄉音，他不以為忤，還作詩哂答，表示不論事理、詩理或曲理，一切以「通方便俗」為依歸，則無往而不自得。

湯氏雜有鄉音的詩並未造成地域上的隔閡，反而頗為吳越諸少所愛㉗。足見格律上的偶爾失誤僅屬小疵而已，只要能掌握「意趣神色」的高標內容，擁有「瓌姿妍骨，斫

㉗湯氏《玉茗堂尺牘》之六〈與喻叔虞〉曾云：「生在外最為吳越諸少所愛，歸來十載，始見叔虞愛我。叔虞有意成詩乎？」

巧斬新」的詞采，則劇作自足以不朽。《牡丹亭》在當時雖備受訾議，但到明末有鈕少雅費十年撰成《格正還魂記》，乾隆年間又有馮起鳳訂定《吟香堂曲譜》（一七八九）、葉堂審定《納書楹玉茗堂四夢曲譜》（一七九一），這些國工級的音律專家為湯劇彌縫修潤，運用「集曲」的方式與「依字行腔」的技巧，「以意逆志，順文律之曲折，作曲律之抑揚，頓挫綿邈，盡玉茗之能事。」（王文治序）使得《牡丹亭》麗詞與俊音兼備，成為舉世矚目的傳奇珍品。正如李漁平《籐花亭曲話・序》所云：「予觀荊、劉、拜、殺暨玉茗諸大家，皆未嘗斤斤求合於律。俗工按之，始分出襯字，以為不可歌。其實，得國工發聲，愈增韻折也。故曲無定，以人聲之抑揚抗墜以為定。」執此以觀所謂「律」之合與不合，俗工的認定與國工的造詣是有等差的。誠如王文治為納書楹「四夢」曲譜作序時所言：「俗工依譜諧聲，何能傳其旨趣於萬一，非吾懷庭有以發之，千載而下，孰知玉茗四夢聲音之妙一至於此哉！」國工級的葉堂之所以能創「古今之絕業」，為「四夢」締造「塵世之仙音」底境界，除了發憤「天下事不用心焉則已」的「用心」，加上「殫聽傾聽，較銖黍而辨芒杪」的專業訂譜功夫，葉堂對湯顯祖的「失律」情狀與創作心路歷程，更能翛然出塵地有一番朗澈的觀照，《納書楹四夢全譜・自序》云：

四夢傳奇盛行於世，顧其詞句，往往不守宮格，俗伶罕有能諧律者。……昔若士見人改竄其書，賦詩云：「總饒割就時人景，卻愧王維舊雪圖。」且曰：「吾不顧捩盡天下人嗓子！」此微言也，若士豈真以捩嗓為能事？嗤世之盲於音者眾耳。

同樣高標而超凡的藝術心靈，在近乎兩個世紀之後竟能遙相契合，這種文律雙美的完美組合，怎不令人讚嘆！尤其，一般認為，臨川之律不逮洪昇，然而葉堂根據自身譜曲的豐富經驗，曾把《長生殿》與「四夢」作了出人意表的比較，《納書楹曲譜》正集卷四目錄之後有段按語：

按《長生殿》詞極綺麗，宮譜亦諧，但性靈遠遜臨川。轉不如四夢之不諧宮譜者，使人能別出新意也。

正因為「四夢」的「不諧宮譜」，反而給予國工級的樂師騰挪創造的發揮空間，為它譜上特別的腔，與一般合律的劇作、聽來膩俗的腔譜相比，它別具尖新倩意，而這份幽奇豔異的性靈韻致，亦是《牡丹亭》之所以不朽的原因吧！

結語

心花筆蕊隨處可見的《牡丹亭》，透顯湯顯祖對文學本質的直觀把握真正是凌轢塵寰，遠遠超過同時期的劇作家與評論家，他雖自知音律之道尚有所不足，但由於對己作仍抱有驚人的自信，為護衛《牡丹亭》的完整性，不可免地與格律派發生一場論爭。由於聲律備受訾議而出現諸多改本，湯氏隸籍江西又多次提及宜伶唱演四夢之事，因而引發現代學者對《牡丹亭》所屬聲腔之爭議。

一般南戲、傳奇劇本之唱演原不限聲腔，但湯氏並非僅是埋首案頭而不諳場上藝術之劇作家，在撰寫劇作曲詞時，必當有一套音樂聲腔存乎心中口中，而這聲腔究竟為何？有人認為湯作雜有弋陽土語，應是弋陽腔，然就藝術風格而論，詞俗調誼的弋陽腔與《牡丹亭》風格難以配搭。主張宜黃腔者，主要根據湯氏詩文中曾多次提及宜伶唱演其劇作，事實上，宜伶未必唱宜黃腔，且明代曲籍從未出現「宜黃腔」，至於清代曲籍所記載的宜黃腔則又屬急板滾唱之腔板系統，與湯氏鑑賞品味迴異。海鹽腔體局靜好，在嘉靖年間頗受士紳風靡，但萬曆時由於崑腔之竄興而盛況不再，到清康熙時已蕭條到「僅為田野之人所好而已」的地步。因此即便宜伶原先可能用當地盛行的海鹽腔唱演四夢，但萬曆三十年左右，宜伶學唱崑腔已是社會風氣使然。不僅湯氏詩文中曾多次出現「吳歈」、「儂歌」等崑腔字眼，其友人潘之恆等在《牡丹亭》脫稿後（一五九九）偕友所觀之《牡丹亭》，出演者已是崑曲小伶。就譜腔規律來看，崑曲【尾聲】末句喜用低腔，海鹽腔則用高揭之調。自乾隆時之《吟香堂》、《納書楹》到近代《集成曲譜》，可以清楚看到傳奇劇本譜腔之崑曲化軌跡，《牡丹亭》唱演在一片崑化風潮中，仍可從〈寫真〉一齣末句之高揭旋律，發現它原有的海鹽遺音。由上述諸多文獻記載與譜腔規律皆可證明《牡丹亭》之聲腔實與弋陽、宜黃等腔無涉，而是由體局靜好的海鹽腔，逐步往音樂、行腔更為精緻細膩的崑山腔發展蛻變，在蛻變過程中，雜有弋陽、宜黃土音的《牡丹亭》正如他雜有鄉音的詩，在格律上僅屬小疵而已，並未在詩壇曲壇造成地域上的隔閡，反而能被江浙才士所喜愛，因為他掌握「意趣神色」的高標內容與詞采，當時吳門譜曲水準雖有侷限而詆其拗嗓乖律，但到了明末清初出現鈕少雅、馮起鳳、葉堂等國工級的音律專家為他彌縫修潤，終於使《牡丹亭》達到文律俱美、愈增韻折的高妙化境。㉘

㉘本文原發表於二〇〇六第三屆中國崑曲國際學術研討會（蘇州），載《湯顯祖研究通訊》，浙江遂昌，二〇〇七年第二期（總第五期），二〇一四年十月修訂。

《牡丹亭》聲腔說考辨

——以聲腔發展、古籍詩文、曲牌音律等視角切入

湯顯祖劇作的腔調問題，與明中晚期諸多聲腔之興衰遞嬗息息相關，除湯氏本人之創作理念，亦彰顯出有明一代戲曲發展史貌。

學界對《牡丹亭》創作時所用聲腔之討論，自來頗多爭議。本文擬先就戲曲聲腔之形成條件與明代曲籍文獻，考索明代是否真正出現過「宜黃腔」？再釐析「宜伶」之不同詮釋，參酌戲神崇拜之說，臚列湯氏與明清文士關乎《牡丹亭》之重要詩文，以及江西廣昌孟戲海鹽腔曲牌與「四夢」之關係，針對《牡丹亭》為弋陽、宜黃等腔而作之說法提出質疑，並就海鹽、崑山諸腔規律之異同諸端予以辨析，舉證說明湯氏原作所用腔調係由海鹽腔漸次過渡為崑山腔。

壹、明代曾否真正出現過「宜黃腔」？

要討論湯顯祖劇作是否專為宜黃腔而作，或《牡丹亭》是否曾用宜黃腔唱演？這問題的最大前提是：明代必須真正存在過所謂的「宜黃腔」，即明代曲籍文獻或湯氏與時人詩文曾經明白著錄、提及過，否則該說都僅是臆測之詞。如時代較早且廣被引用的曲聖魏良輔《南詞引正》（俗名《曲律》），第五條曾羅列當時各地重要聲腔云：「腔有數樣，紛紜不類。各方風氣所限，有：崑山、海鹽、餘姚、杭州、弋陽。自徽州、江西、福建俱作弋陽腔；永樂間，雲、貴二省皆作之；會唱者頗入耳，惟崑山為正聲。……」唱演南宋戲文的「杭州腔」，可能因後來海鹽腔盛行而被其兼併，以致後代曲籍不再提及，但明代中期的魏良輔依然如實地記錄了這個後人罕聞的聲腔。

之後祝允明的《猥談》也僅提及餘姚、海鹽、弋陽、崑山四大聲腔；而萬曆年間與湯顯祖同時代的王驥德，其《曲律・論腔調第十》歷述古今腔調之繁複多樣，他的審美取向雖以吳音（崑山腔）為「南曲正聲」，但對當時曲名難考、節奏自由而紊亂（與崑曲相對而言）的地方聲腔，也勉為其難地加以記述：

數十年來，又有弋陽、義烏、徽州、樂平諸腔之出。今則石臺、太平梨園幾遍天下，蘇州不能與角什之二三。其聲淫哇妖靡，不分調名，亦無板眼。又有錯出其間，流而為「兩頭蠻」者，皆鄭聲之最。

稍晚崇禎年間的沈寵綏在《度曲須知・曲運隆衰》中，也曾羅列當時南方不同流派的戲曲聲腔：「腔則有：海鹽、義烏、弋陽、青陽、四平、樂平、太平之殊派，雖口法不等，而北氣總已消亡矣。」另有刊刻萬曆間諸腔選本《崑池新調》、《徽池雅調》中的「池州腔」，以及崇禎時出現的土腔「越調」、「調腔」等等①。綜觀上述諸多曲籍文獻記載，不僅重要聲腔重複出現，若干罕見甚至僻陋的地方聲腔，曲家們皆不辭覼縷、不避煩瑣地予以錄存，唯獨不見任何有關「宜黃腔」之記載。甚至就算別的曲家疏忽遺漏了，而湯顯祖果真為宜黃腔撰作劇本，怎會在介紹宜黃縣戲神的重要〈宜黃縣戲神清源師廟記〉裡，非但不標舉「宜黃腔」，連喧鬧土俗的弋陽腔及其變調—

①土腔「越調」見傅一臣《蘇門嘯》雜劇集卷二《賣情札囤》第三折〈阻約〉，唱時腔板緊湊，唱和接換，以鑼鼓幫扶。調腔，聲高調銳，流行於紹興。詳參葉德均《戲曲小說叢考・明代南戲五大腔調及其支流》頁六二～六四，中華書局，一九七九。

─樂平、徽州、青陽等腔都列上了，卻獨缺「宜黃腔」？明代宜黃腔的文獻「主證」既未現身，則其他湯顯祖之後的詩文都僅能算作「輔證」，何況「輔證」的詮釋還出現若干主觀解讀的歧異！（詳下文）

主張湯劇為宜黃腔而作的學者，明知清初才出現的「宜黃腔」係新興的亂彈腔，俗稱「二犯」或「二凡」（相當於京劇的「二黃」），是典型的板腔體，與臨川四夢優雅靜好的曲牌體風格大不相類②，於是提出「兩種宜黃腔」的看法③，清初之二黃腔係「新宜黃」，與湯劇無涉；至於「古宜黃」，則是明代譚綸（一五二〇～一五七七）從浙江帶回教會宜黃藝人唱海鹽腔之「地方化」聲腔（甚至是劇種），是臨川四夢的創作腔調，此派說法根據的重要資料是明末江西人鄭仲夔的一句話：「舊腔一變為新

---

② 清・徐沁（字冶公，號若耶野老，一六二三—一六八三），撰《香草吟》傳奇，首齣〈綱目〉眉批云：「作者唯恐入俗伶喉吻，遂墮惡劫，故以『請奏吳歈』四字先之。殊不知是編惜墨如金，曲皆音多字少。若急板滾唱，頃刻立盡。與宜黃諸腔，大不相合。吾知免夫。」足見作者不願佳曲被俗伶唱壞，乃特意標示聲腔須用崑山，而非宜黃或弋陽、四平等急板滾唱之高腔唱法。

③ 如流沙稱湯顯祖時代，由海鹽腔演變的新腔為「早期的宜黃腔」，見〈海鹽腔流入江西始末〉一文，《戲曲研究》第五輯，頁二〇五，一九八二年四月，北京，文化藝術出版社。又〈海鹽腔傳入江西始末〉亦云：「海鹽腔在江西宜黃已成就一種新腔，即古宜黃腔。」見《明代南戲聲腔源流考辨》頁三九三，施合鄭基金會，一九九九。

調」④，鄭氏生當明清之際，距海鹽腔傳入江西將近百年，他本人並未宣稱當時的海鹽腔已變而為宜黃腔，我們又如何能貿然武斷地說它已改名並且「質變」為宜黃，質實而言，鄭氏之所謂「新調」，應當僅是「量變」而已，指譚氏將海鹽腔加工改良，使它在唱法上愈變愈精緻細膩，猶如崑曲口法見諸明清曲籍僅「掇、疊、擻、霍」四種腔型而已，發展迄今，踵事增華，精益求精，已有十餘種之多⑤，唱法腔型雖創新頗多，極盡度曲之情致，而仍謂之崑曲，不另更名為他種聲腔。上述海鹽腔這種精緻化的過程，即有可能如錢南揚所言，是「向崑山腔看齊」⑥，而不可能轉變成一種當時並未見諸曲籍記載、莫須有或者聲情迥異的「宜黃腔」。

至於明代與湯顯祖同時的劇作家，對湯作每有羼入方言俗腔的訾議，如荀鴨為范文若《夢花酣》傳奇作序時，對湯氏幽奇冷艷、轉摺姿變的詞采雖多所肯定，但也批評：

---

④鄭仲夔《冷賞》卷四〈聲歌〉條云：「宜黃譚（大）司馬綸，殫心經濟，兼好聲歌。凡梨園度曲皆親為教演，務窮其妙，舊腔一變為新調。至今宜黃子弟咸尸祝譚公惟謹，若香火云。」據嚴一萍輯《百部叢書集成》影印《硯雲甲乙編》本，卷四，頁五，臺北，藝文印書館，一九六六。

⑤詳參拙著《曲韻與舞臺唱唸》，頁一八六～一九六，臺灣學生書局，二〇〇八。

⑥詳見錢南揚〈湯顯祖劇作的腔調問題〉一文，收於《漢上宧文存》，頁一一一，上海文藝出版社，一九八〇。

「臨川多宜黃土音，腔板絕不分辨，襯字、襯句湊插乖舛，未免拗折人嗓子。⑦」而袁宏道、臧晉叔、凌濛初也批評湯作雜有弋陽土語土腔，並認為問題出在「臨川不生吳中之故耳」，如果湯顯祖的劇作只是一種地方聲腔劇種，他原是為弋陽或宜黃腔而作，那麼「不生吳中」又何妨！他為他的家鄉地方土腔而撰劇，別的劇作家儘管自矜大雅——視海鹽、崑山為南曲正聲，又如何能置喙？因為不同的聲腔各有其造語、用韻與平仄律，彼此之間是不可能相互批評的，就如同崑曲的劇作家，不可能去批評越劇、梨園戲甚至歌仔戲……的地方性用語、譜腔、韻協等相關問題，並要求對方符合崑曲劇本創作的一切格律。

明代曲籍文獻並未真正出現過「宜黃腔」的相關記載，已是眾所周知的事實，因此學界對湯顯祖劇作腔調是宜黃腔的看法，仍持保留態度，正如葉德均認為明代南戲的唱演有「五大腔調」，除了曲界熟知的餘姚、海鹽、弋陽、崑山四大聲腔之外，又多出一「溫州腔」⑧，然而所謂的「溫州腔」，明清兩代文獻皆未見記載，故仍未獲學界認同。事實上，梨園界藝人想超軼前賢、拔尖奪粹的闖出一個流派或創發一種新調，

---

⑦此序題名「吳儂 荀鴨譔」，見《全明傳奇》，天一出版社，一九八五。

⑧見葉氏著〈明代南戲五大腔調及其支流〉一文，收於《戲曲小說叢考》頁六～一六，中華書局，一九七九。

得到普遍的肯定與認可，已非易事，更何況是創立一個嶄新的聲腔劇種！因為戲曲史上，構成「聲腔」有其充分與必要條件，即運用某地方言、音樂所演唱的戲曲，必須形成自己特有的唱腔、唱法，產生含有特殊韻味的腔調，而這腔調必須流播廣遠，具有豐富的生命力⑨。此外，「在一系列劇種中都出現了這種腔調及其變體時，方才可以稱之為『聲腔』，即『聲腔系統』⑩。」而細繹流沙、葉德均、徐朔方、曾永義、高宇……等學者所盛稱的明代「宜黃腔」，既乏流播廣遠的生命力，亦無變體出現，尚未形成區分戲曲音樂藝術的「腔系」，故而僅能是一種臆說罷了。

貳、就湯氏暨明清相關詩文推論

一、對「宜伶」之解釋

徐朔方從湯顯祖詩文中找到九處提及「宜伶」的資料，如「曲畏宜伶促」、「離歌

⑨詳參曾永義《論說戲曲・論說「戲曲劇種」》，聯經出版社，一九九七。
⑩參劉厚生〈劇種論略〉，載《中華戲曲》第十輯，頁三～四，一九九一年四月。

分付小宜伶」、「小園須看小宜伶」、「宜伶相伴酒中禪」、「弟之愛宜伶學二夢」等等⑪，可知湯顯祖自罷官歸隱後，鎮日與家鄉伶人為伍，不只為他們撰寫劇本，還「自掐檀痕教小伶」親自指導唱演，而從宜伶們興建戲神清源師廟，特請湯顯祖題撰建廟碑文一事，益顯其關係之密切。也由於宜伶是臨川四夢的首度唱演者，因此宜伶所唱的腔調越發倍受矚目。

首先，對「宜伶」二字的理解，自然是宜黃一地的演員，毛禮鎂認為是「唱海鹽腔的宜黃班藝人」⑫，徐朔方則認為宜伶一詞，「不是指宜黃的籍貫」，而是指「宜黃腔藝人」⑬，換言之，「宜伶」之「宜」，係指演員所唱演之聲腔劇種，而非演員之籍貫。事實上，就客觀而論，一般曲籍文獻常出現的某伶、某優（或某子弟），有時指某聲腔劇種之藝人，如秦優（秦腔）、弋優、弋陽子弟（弋陽腔）、崑伶（崑山腔）；但有時卻僅指某地域之藝人而已，如「吳伶」、「蘇伶」皆指江蘇、吳地一帶之（崑腔）藝人。而某聲腔劇種之藝人，未必即隸籍於該地，如秦優未必是陝西人，而崑伶

⑪見徐朔方《論湯顯祖及其他．再論湯顯祖的腔調問題》頁六五，上海古籍出版社，一九八三。
⑫見毛氏〈湯顯祖《廟記》與廣昌孟戲〉，《湯顯祖研究通訊》，二〇〇七年第二期（總第五期），頁五七。
⑬見同註⑪，頁六六。

未必是崑山人；相對地，某地之藝人亦未必唱該地之聲腔劇種，如蘇伶未必唱蘇州之蘇劇或蘇灘。這一點，明清文獻不乏其例，如成書於嘉靖年間的《金瓶梅詞話》，記演員荀子孝等唱海鹽腔，稱其為「海鹽子弟」，而荀等皆是蘇州人（三六、七四回）；清・鮑倚雲《退餘叢話》載明崇禎時杭州女伶商小玲以唱演《牡丹亭》聞名，其聲腔自然不是已經失傳的「杭州腔」。尤其清末盛傳一時的一副對聯：「楊三已死無蘇丑，李二先生是漢奸」，說的是蔑視權貴的楊三，藉舞臺上的科諢諷刺的李鴻章，終而被逼死之義事，其中楊三即楊鳴玉，是「同光名伶十三絕」中的名丑，江蘇甘泉（屬揚州市）人，因擅演崑腔武丑，故聯中稱他為「蘇丑」⑭。直至今日，上海一地從來風行的聲腔劇種即有崑曲、京劇、越劇，甚至曲藝蘇州評彈，而非僅滬劇一種。

綜上所述，將「宜伶」理解為「宜黃縣的藝人」或「宜黃班藝人」，是較為平實的詮釋，說宜伶必定唱宜黃腔，不免失之武斷，究竟宜伶唱演的是何種聲腔？則需更為深入的研究，才能得到真正答案。

---

⑭李鴻章因中日甲午戰敗，辱簽《馬關條約》，受清廷「褫去黃馬褂」之處分，招致物議沸騰。當時楊三演《白蛇傳・水鬥》，故意對穿黃色外褂上臺的鱉精打諢：「娘娘有旨，攻打金山寺，如有退縮，定將黃褂剝去。」觀眾心領神會，滿堂哄笑，其後楊被李逼死，民間乃撰此聯以悼之。

二、就湯氏詩文推論

徐朔方披覽湯顯祖詩文，發現諸多「宜伶」資料，並進一步強調「在湯顯祖身邊，演唱他的戲曲的都是宜伶，沒有一個字提到崑曲演員同他劇作的關係。」（同註⑪頁六六）宜伶圍繞著湯氏是實情，但宜伶一定唱宜黃腔而不唱崑腔，則與事實不符。因為在湯氏詩文中，確實多次出現「儂歌」、「吳儂」、「吳伶」、「吳歈」、「吳歌」等字樣，這些語詞在明清文獻中全是「崑腔或崑腔演員」之代稱。然而主張弋陽或宜黃腔之學者，不知是檢閱未精，還是有意忽略，對此竟然隻字未提。為實事求是，茲將湯氏詩文中關乎唱演聲腔、聲情之形容，臚列數則如次：

〈越舸以吳伶來，期之元夕，漫成二首〉之一：

人日期君君有人，石床清泚注宜春，今宵又踏春陽雪，解傍吳歈記燭巡。⑮

湯顯祖從元月初七期待浙江的商船能載來崑伶，直盼到元宵，能在殘雪春燈之夜，

---

⑮見《湯顯祖集‧詩文集》頁七八二，上海人民出版社，一九七三。

秉燭聆賞簫聲襯托下流麗婉轉的崑曲唱腔，甚為歡暢。

〈寄生腳張羅二恨吳迎旦口號二首〉之一：

詩前小序：「迎病裝唱《紫釵》，客有掩淚者，近絕不來，恨之。」

吳儂不見見吳迎，不見吳迎掩淚情。暗向清源祠下咒，教迎啼徹杜鵑聲。⑯（原註：宜伶祠清源師灌口神）

宜伶吳迎以入情地唱演《紫釵記》之霍小玉而聞名，可惜近絕不來，湯氏無限憾恨，竟至欲向宜黃戲神咒訴。此處湯顯祖將吳迎與吳儂相提並論，說明宜伶與崑伶在臨川已出現相互觀摩借鑑的交流現象。

〈聽于采唱《牡丹亭》〉：

不肯蠻歌逐隊行，獨身移向恨離情，來時動唱盈盈曲，年少那堪數死生。⑰

〈滕王閣看王有信演《牡丹亭》二首〉：

---

⑯見同註⑮，頁七四〇。

⑰見同註⑮，頁七六九。

韻若笙簫氣若絲，牡丹夢魂去來時；河移客散江波起，不解銷魂不遣知。
樺燭煙銷泣絳紗，清微苦調脆殘霞；愁來一座更衣起，江樹沉沉天漢斜。⑱

湯氏這兩首唱演《牡丹亭》的生動記述，也透顯出演員對聲腔的審美品味與行腔技巧。其中于采不願隨波逐流唱「蠻歌」，而獨鍾情於《牡丹亭》之雅曲唱演，他的「盈曲」和王有信的「韻若笙簫氣若絲」、「清微苦調脆殘霞」，以及湯氏為梅鼎祚所寫的〈玉合記題詞〉：「其音若絲，遼徹青雲」等形容，其聲情想來應與海鹽、崑山屬同一系統⑲。因為湯顯祖口中「體局靜好」的海鹽腔在明萬曆間姚旅的《露書》有更進一步的描繪：「音如細髮，響徹雲際，每度一字，幾近一刻。」⑳至於崑山腔的聲情，萬曆間顧起元的《客座贅語》云：「較海鹽又為清柔而婉折，一字之長，延至數

⑱見同註⑮，頁七八〇。
⑲一九三〇年前後，江西進賢縣有種傀儡戲，劇贛劇老藝人形容：「所唱腔調為「高腔」，又名「海×調」，其特點為乾唱，只有鑼鼓伴奏，中間配以嗩吶，唱腔上帶有崑腔的韻味」，其聲情韻致與崑腔相類，按推斷應為海鹽腔。詳流沙〈海鹽腔流入江西始末〉見同註③，頁二〇八～二〇九。
⑳明・姚旅《露書》卷八「風俗」（上），轉引自廖奔、劉彥君《中國戲曲發展史》（第三卷）頁四九，山西教育出版社，一九九九。

息。」明末曲家沈寵綏形容得更為細緻：「盡洗乖聲，別開堂奧，調用水磨，拍捱冷板。聲則平上去入之婉協，字則頭腹尾音之畢勻，功深鎔琢，氣無煙火，啟口輕圓，收音純細。」這種「轉音若絲」、優雅靜好的行腔風格，也與〈宜黃縣戲神清源師廟記〉中，湯氏「抗之入青雲，抑之如絕絲，圓好如珠環，不竭如清泉」之描繪頗為吻合，但卻很明顯地與明代「其節以鼓，其調諠」（〈廟記〉）的弋陽腔以及清初旋律簡單、質樸的「新」宜黃腔迥不相類，至於流沙等所謂的明代「古」宜黃腔，其聲情則付闕如，故無法討論。究竟湯顯祖劇作的腔調是海鹽腔還是崑山腔？吾人由湯氏〈唱二夢〉一詩即可推求得知：

半學儂歌小梵天，宜伶相伴酒中禪，纏頭不用通明錦，一夜紅氍四百錢。㉑

何謂「二夢」？據《玉茗堂尺牘》卷四〈復甘義麓〉云：「弟之愛宜伶學二夢，道學也。」既是「道學」，當指引人參禪悟道的《邯鄲》、《南柯》兩部傳奇。而首句「半學儂歌小梵天」，正道出《牡丹亭》腔調之關鍵所在。即宜伶原先唱的是海鹽腔，

㉑見同註⑮，頁七六六。

到了萬曆年間，崑腔勢盛，「士大夫稟心房之精，靡然從好，見海鹽等腔已白日欲睡。」（《客座贅語》）為了提升藝術境界以招徠觀眾，宜伶只有向「儂歌」（崑腔）學習。且〈廟記〉一文作於一六〇二年，此時湯顯祖對戲曲聲腔之發展流衍已有所體悟：在南方無論就盛行之態勢或格調之優雅而言，「南則崑山，之次為海鹽」，皆首推崑腔，其次方為海鹽腔，誠如胡忌所言：「萬曆三十年（一六〇二）左右，崑山腔已經取代海鹽腔的地位，很快流行各地，『宜伶』學唱崑山腔演『四夢』也是社會風氣使然。」㉒

值得一提的是，我國南北兩地戲曲，只要班社林立、演出頻繁，都會興建梨園祖師廟，以因應戲曲行業管理與藝人們大規模祭祀戲神活動之需要。梨園界之戲神崇拜，自明清以來極為複雜而多樣，不同的聲腔劇種，因各地風俗信仰差異，所供奉之戲神亦不盡相同，而由奉祀戲神之異同，亦可作為考索聲腔劇種流衍之重要依據㉓。據毛禮

㉒見胡忌、劉致中《崑劇發展史》頁一二九，中國戲劇出版社，一九八九。

㉓如廣東海陸豐一帶的西秦戲，其奉祀之戲神「妙莊王」與陝西西府秦腔、山西蒲州梆子之莊王形象，同是俊相帶鬚，而非白面少年。流沙據此推論「西秦腔和秦腔梆子班的戲神是自成一個系統的。以上事實說明，西秦戲是流落在廣東的西秦腔一支。」見流沙〈兩種秦腔及陝西二黃的歷史真相〉，《戲曲研究》二〇〇九年第三期（總第七十九輯），頁二三四～二三五。

鎂田調研究，在明代萬曆間，江西供奉清源師的戲班只有宜黃班，萬曆以後，廣昌赤溪曾村的孟戲因受宜黃班的海鹽腔影響，不僅其唱腔中融入了海鹽唱調，甚至將戲神也由原來的「田元帥」改為「清源師」，而江西最早演孟戲的舍溪曾村的孟戲老藝人，至今只承認田師傅（指：南戲的祖師爺田元帥）為戲神，根本不知甚麼清源妙道真君。而劉村的孟戲戲班供奉的木刻戲神牌位上，除清源神主位之外，還特地寫上「宋子明師傅」字樣，宋子明係湯氏撰〈廟記〉之後的三、四年，到廣昌大路背為劉村子弟傳教海鹽腔《長城記》的宜黃班藝人㉔。試想，如果明代江西宜黃班的藝人原先不唱海鹽腔，而唱弋陽腔、宜黃腔，那麼曾、劉兩村的孟戲班又何必祀奉湯顯祖〈廟記〉中的清源師至今呢？

此外，湯顯祖〈廟記〉嘗提及宜伶祭祀清源師戲神的開場儀式：「子弟開呵，時一醪之，唱『囉哩嗹』而已。」明成化本《新編劉知遠還鄉白兔記》的開場亦唱佛曲「囉哩嗹」，且有「奉請越樂班真宰」、「奉送樂中仙」之請送神頌詞。據此，周育德認為：「宜伶所操的腔調是從浙江傳來的海鹽腔，他們的祖師爺當然是海鹽腔的祖

㉔詳參毛禮鎂《江西廣昌孟戲研究》頁四八～五四，臺北，施合鄭基金會，二〇〇五。

師爺，與『越樂班真宰』正合。㉕」

三、就明清相關詩文釐析

由於明代曲籍文獻與湯顯祖詩文裡實在很難找出四夢為宜黃土腔而作的實證，於是近年來主張宜黃腔之學者又試圖從明清與湯氏有關之友朋門生中多方探求、掘發詩文，冀望能為明代宜黃腔之存在尋得有力的證據，可惜在詩意的解讀上，仍出現若干問題。如湯氏好友梅鼎祚蓄有崑腔家樂，以唱崑曲名家梁伯龍的散曲《江東白苧》而著名，萬曆四年，湯顯祖在安徽宣城與梅氏等好友徵歌度曲，湯氏曾作詩暢敘此事，〈寄宣城梅禹金〉詩云：「宴舞遞粉妍，倡歌篴叢雜」，〈別沈君典〉詩云：「按席催教白苧辭」，〈戲答宣城梅禹金四絕〉有云：「自是吳歈多麗情，蓮花朵上覓潘卿」，「吳歈」，指的是崑腔。梅鼎祚雖然也能欣賞弋陽腔㉖，但對吳儂軟語、婉轉流麗的崑腔越

㉕詳參周育德〈宜黃戲神辨踪〉一文，收於《湯顯祖論稿》頁二八九～二九〇，北京，文化藝術出版社，一九九一；〈「宜黃縣戲神清源師廟記」解〉一文，載臺北藝術大學戲劇學院《戲劇學刊》第十一期，頁一六～一七，二〇一〇年一月。

㉖臧晉叔曾改訂臨川《紫釵記》，〈凍賣珠釵〉折批云：「臨川有尼持籤，道捧龜等白，旦拜觀音【江兒水】曲，皆弋陽派也。賞此者獨四明屠長卿、宣城梅禹金而已。」

發喜愛，〈王莊驛即事戲贈吳中小史〉：「正憶吳儂好，因多小史情。」他在《長命縷記・序》中曾特別強調：「填南詞必須吳士，唱南詞必須吳兒。曩游吳，自度曲而工審音，深為伯龍、伯起所慨伏。道人亦謂：梁之鴻邑，屈於用長，張之精省，巧於用短。然終推重此兩人也。」既肯定崑腔為傳奇正聲，更與三吳之崑腔名劇作家梁辰魚、張鳳翼相互推重，故梅氏《玉合記》自應為崑腔而作，但徐朔方卻認為此劇「為宜黃腔而創作」，並稱「梅氏家樂演唱的是宜黃腔」㉗，其說誠有待商榷。

梅氏《玉合記》作於萬曆十四年（一五八六），他請湯顯祖為此劇作序，〈與湯義仍太常〉信裡說：「《玉合》刻就，乃費我姬人金步搖耳。吳越之間，盛行樂部，正緣大序闢之以賣珠飾櫝也。」此信寫得謙虛而明白，他請湯氏作序，是希望藉此抬高《玉合記》的身價，因為當時「吳越新聲橫得名」，崑腔勢盛，能得吳越樂部傳演，《玉合記》新劇自能聲名大噪。

萬曆二十六年（一五九八）梅氏友人呂玉繩改官九江通判，梅氏為此賦詩十首，其末首云：

㉗詳參徐朔方《梅鼎祚年譜・引論》，見《徐朔方集》第四卷頁一〇六～一〇七，浙江古籍出版社，一九九三。

七十鴛鴦隊隊開，傳聞西曲出西臺，憑君催唱尋陽樂，留待新儂九里來。

梅氏〈與呂玉繩書〉對此詩曾有說明：「湖口張侍御有女伎，演《章臺》甚妖豔，末章戲及。」西曲，江西戲曲，此指張科（侍御）家中女樂所唱，係出自譚綸由浙江帶回的海鹽腔㉘；末二句用〈尋陽樂〉典故：「雞亭故儂去，九里新儂還。送一卻迎兩，無有暫時閒。」意在勸慰呂玉繩雖謫江州，聊可聆曲解憂，詩中「尋陽樂」，自然指的是張科的海鹽班家樂。而進一步說，宋代郭茂倩《樂府詩集》卷四十九曾將樂府中的〈尋陽樂〉列作「清商樂」。「清商樂」一詞，自漢魏以來常用作高雅曲調之代稱，海鹽、崑山體局相近，皆靜好雅緻，梅鼎祚詩文即多用指崑腔。（詳下文）

萬曆四十二年（一六一四），湯顯祖曾派一宜黃班到梅氏家鄉演出，梅氏〈答湯義仍〉信上說：「宜伶來三戶之邑，三家之村無可愛助。然吳越樂部往至者，未有如若曹之盛行，要以《牡丹》《邯鄲》傳重耳。」在安徽宣城常有江蘇、浙江的崑班來演

㉘徐朔方《梅鼎祚年譜．引論》曾作註解：「西臺，原指御史，這裡指浙江按察使司巡視海道副使譚綸。」見同註㉗。

出，但卻不如湯氏派來的宜伶受歡迎，主要因為「四夢」劇本特佳，此信只是感謝湯之盛情，並將宜伶與冠絕一時的「四夢」文才誇讚一番，而未曾提及宜伶以「宜黃腔」唱四夢，故較吳越崑腔為優之說。至於曾永義所稱：「宜黃腔之所以能留（流）播馳名，實有賴於其『載體』《四夢》之盛名」㉙，則屬過度詮釋，不足採信。

尤其梅鼎祚感於臨川以戲慰友的熱忱，曾有〈夏日攜宜伶蒲上，子綦兄以病不與會，貽詩致艷，有北牕羲皇之語奉答一章〉詩，敘及他與宜伶之間的交會，詩句中亦可窺知宜伶所唱聲腔之端倪，詩云：

> 向來相逐少年場，老去猶存舊態狂。君自北牕眠白日，我攜西部理清商。
> 度聲雲住紅牙板，軟舞風䍐碧玉裳，卻笑才名曾忝竊，祇從顧誤說周郎。

「我攜西部理清商」中的「西部」，與「傳聞西曲出西臺」的「西曲」，同樣都指江西的戲曲，張科的家班唱的是海鹽腔，而被梅氏攜以度曲的宜伶，究竟唱何種腔調？

㉙詳參曾永義〈《牡丹亭》是「戲文」還是「傳奇」〉，載《湯顯祖研究通訊》，二〇〇九年第一期（總第八期），頁七。

萬曆十五年（一五八七）梅氏邀屠隆至宣城作客，并為《玉合記》作序，梅氏為詩以答之：「金元樂府差快意，吳越新聲橫得名。少年填詞頗合作，家部尚有清商樂。」（〈酬屠長卿序章臺傳奇，因過新都汪司馬〉）他的家樂戲班唱的是清商雅樂「崑曲」，他自然是以此雅曲標準去為宜伶理腔、顧誤，而「度聲雲住紅牙板」，正與崑腔「清峭柔遠」、響遏行雲的聲情相契合，「紅牙板」更是調節崑曲板眼節奏的重要拍板，呂天成《曲品》即稱沈璟「生長三吳歌舞之鄉，……紅牙館內，謄套數者百十章。」而由對崑曲藝術別具賞音、獨鑒的潘之恆詩句：「《白苧》向能調魏譜，紅牙原是按梁詞」（〈崑山聽楊生曲有感〉），可知「紅牙」標誌洵與崑曲巨擘魏良輔、梁伯龍密不可分，而這也透顯出宜伶聲腔逐漸崑化的迹象。

在梅鼎祚相關詩文序跋中，有一則資料顯示，早在萬曆初年，崑山腔已然流播廣遠且蔚為大觀。據萬曆丁丑（五年，一五七七）吳守淮為梅鼎祚《黃白游紀》詩集所寫序文云：「邇來皇王迹熄，吳歈迭唱，粉容色澤取媚世資，風靡波流，東南胥溺。㉚」

㉚本文所列梅鼎祚相關詩文序跋，見《鹿裘石室集》，收於《續修四庫全書》別集類第一三七八、一三七九冊，上海古籍出版社，二〇〇二。

此時原是士大夫靡然從好的海鹽腔，無論就伴奏的豐富悅耳，唱腔的流麗悠遠，或整體風格的典麗優雅，終究不及崑山腔，這種自然淘汰的規律，是藝術進程中無可避免的。

明萬曆間南昌文士萬時華（字茂先），其《溉園詩集》卷三〈棠溪公館同舒芑孫夜酌二歌人佐酒〉詩云：

> 野館清宵倦解裝，村名猶識舊甘棠。松鄰古屋霜華淨，虎印前溪月影涼。寒入短裘連大白，人翻新譜自宜黃。酒闌宜在嵩山道，並出車門夜未央。㉛

「人翻新譜自宜黃」一句，流沙認為「即針對南昌海鹽腔而言，可知其曲確是來自宜黃的新腔，……即古宜黃腔。」曾永義亦認為此「新譜」即是宜黃腔㉜。其實，持平而論，來自宜黃的新譜，有可能是弋陽、海鹽或崑山等腔調，若據此詩而逕謂「明代萬曆年間已有宜黃腔之名」，則頗為牽強。

㉛《溉園詩集》收入《叢書集成續編》第一七一冊，頁一七八，臺北，新文豐出版社，一九八九。
㉜流沙文見同註③，頁三九二～三九三；曾文見同註㉙，頁七。

此外，近年主張宜黃腔之說者，其最大的著力點是羅列南昌文士熊文舉㉝於清順治間在李明睿家班中觀看「宜伶」搬演四夢，有感而發寫下的詩句。只是諸學者對於詩意的推論，同樣流於主觀之臆測。李明睿（一五八四～一六七一），字太虛，南昌縣人，天啟二年（一六二二）中進士，入清起用為禮部侍郎，是湯顯祖的得意門生，蓄有吳優女樂一部，常以崑腔搬演臨川四夢，當時名流中，以前明進士熊文舉所作觀劇詩最多，其《雪堂先生詩選》之三《侶鷗閣近集》卷一有順治庚子十七年（一六六〇）〈宜伶泰生唱紫釵、玉合，備極幽怨，感而贈之〉（清康熙刻本，江西省圖書館藏。）詩共五首：

其二

宛陵臨汝擅詞場，釵合玲瓏玉有香。自是熙朝多雋管，重翻猶覺艷非常。

其三

㉝熊文舉與萬時華等友人嘗結社而有酬和之作，熊氏《荀香集》曾錄七言律一首〈萬吉人朱子美陳示業萬茂先諸君子結社於東西湖上虛席遲予書來酬和〉，見《雪堂先生詩選》，清初刻本，首都圖書館藏，收入《四庫禁燬書叢刊補編》第八二冊，頁一五，北京出版社，二〇〇五。

四夢班名得得新，臨川風韻幾沉淪。為君掩抑多情態，想見停毫寫照人。

宛陵即今安徽宣城，代指崑腔劇本《玉合記》之作者梅鼎祚，臨汝指臨川湯顯祖，第二首盛讚湯、梅二人之才情筆致和宜伶泰生搬演之盛麗，與聲腔無直接關係，其實宜伶當時唱的有可能已是崑腔了。至於第三首只感嘆臨川四夢傳至清初幾欲減其風韻，幸賴「得得新班」的宜伶使它重現舞臺光華，詩中亦未提及宜伶所唱演之聲腔為何。接下來的第五首，論者以為最具力度，詩云：

淒涼羽調咽霓裳，欲譜風流筆研荒。知是清源留曲祖，湯詞端合唱宜黃。（原註：宜黃有清源祠，祀灌口神，義仍先生有記。予擬《風流配》，填詞未緒。）

曾永義等認為「湯詞端合唱宜黃」一句是宜伶唱宜黃腔的鐵證。事實上，前一句「知是清源留曲祖」即已說明宜黃一地留下的戲曲祖師爺——清源師，使宜伶能傳唱四夢於不墜，而湯顯祖的劇作也最適合用宜黃此地的聲腔來唱演，且宜伶的演出最為出色，最能掌握湯、梅二人劇作之神韻。至於宜黃演員究竟唱何種腔調？熊氏詩的原註寫得極為明白，既與奉祀灌口神的清源祠有關，湯氏〈廟記〉一文早已清楚地說明清源師是海鹽腔的戲神。據毛禮鎂田調資料，如今江西廣昌赤溪曾村敬奉的清源師牌位上，以紅布書寫的神號是：「鐵板橋頭西川灌口清源妙道真君」，赤溪孟戲因受宜黃班的海鹽腔影響，不僅唱腔融入海鹽唱調，甚至將原來的戲神田元帥（師傅）也改為海鹽腔的戲神清源師㉞。而不管熊氏所見清初舞臺上的宜伶是否已在海鹽腔的基礎上，精益求精地往崑山腔發展，此時宜伶所唱也絕非是「宜黃腔」了。

事實上，熊文舉對崑腔的唱演並不陌生，在〈中秋憶舊〉的七古詩中，他流露出對虎丘佳麗唱崑腔的傾慕與懷想：「去年此夕游虎丘，澹雲籠月映扁舟。生公石上發清謳，微風蕩漾碧波幽。吳門佳麗秋如畫，處處簾旌垂不下。空聞笑語隔朱扉，瞥放船歸驚睡鴨。心知此景固難幾，轉盼滄桑萬事非……㉟」在李明睿的滄浪亭觀吳姬演劇，當時常演劇目除臨川四夢外，另有李明睿的門生吳梅村的《秣陵春》傳奇，當時兵部侍郎李元鼎之妻朱中楣（字遠山，江西廬陵人）觀後曾賦〈宗伯年嫂相期滄浪亭觀女

㉞見同註㉔，頁四九～五〇。
㉟熊氏《拜鵑詩集》，《雪堂先生詩選》，見同註㉝，頁七五。

伎演《秣陵春》，漫成十絕〉詩云：

越調吳歈可并論，梅村翻入莫愁村；興亡瞬息成今古，誰吊荒陵入白門。㊱

「越調」指江西流傳的海鹽腔，而「吳歈」自是崑曲之雅稱，足見《秣陵春》一劇在當時曾用海鹽或崑山腔搬演。而同樣在場觀劇的熊文舉也寫了十首詩，〈良夜集滄浪亭觀女劇演新翻秣陵春，同遂初博庵賦得十絕，呈太虛宗伯擬寄梅村祭酒〉，第一首「紫玉紅牙許共論，臨川之後有梅村；可知宗伯明師弟，孝穆蘭成早及門。」恭維吳梅村才華可追步臨川，其餘大抵撫今思昔，流露「哀音亡國不堪聞」的黍離之悲。而在〈又和遂初韻〉第六首中略微點出歌者聲情：「白雪陽春和者稀，牡丹香豔玉紛飛；為君此曲堪惆悵，曾在先朝按羽衣。」此處的「白雪陽春」與前首的「紫玉紅牙」應是對崑曲唱演情致之形容。㊲

㊱原詩收入李元鼎《石園全集》，轉引自毛禮鎂〈明清時的崑曲亦稱「吳歈」〉一文，《中華戲曲》第十輯，頁二五九，一九九一年四月。

㊲熊氏《恥廬近集》卷二，見同註㉝，頁一八四～一八六。

康熙元年（一六六二）熊文舉曾觀《石榴花》之爨演㊳，作〈吳惟賢演石榴花戲贈〉詩云：「淒其苦調脆殘霞，幻出情緣綈復差；正是清和好時節，開尊欣唱石榴花。」流沙認為明清時期的崑、弋兩腔都不見演唱此劇，「由此推知，吳惟賢演唱的《石榴花》，很可能是南昌海鹽腔的劇目。㊴」而熊氏另有十二首觀王郎演劇之詩〈戴少司農齋中步虞山先生韻贈歌者王生〉，按詩中聲情、伴奏、景物之形容，則明顯與海鹽腔無涉，如第一首：「鳳城佳氣遶瑤林，細按笙蕭夜色深……」，既有笙蕭伴奏，則非乾唱之海鹽腔；第二首末二句「惆悵夜闌歌態冷，銷魂天外脆殘霞」，第四首前二句「不解傷心不遺聞，清微苦調遏行雲」，加上前詩觀《石榴花》的「淒其苦調脆殘霞」數句，皆是有意從湯顯祖〈滕王閣看王有信演《牡丹亭》二首〉中的「不解銷魂不遺知」、「清微苦調脆殘霞」兩句詩化用出來的。第六首點明王生所演重要劇目為《牡丹亭》：「人間幽夢幾曾醒，玉茗檀痕字字靈；彈動琵琶天欲老，傷心寧為牡丹亭。」第七首又出現「碧玉紅牙」的拍唱情致，第十一首詩云：

㊳《石榴花》傳奇，明、王元壽撰，見祁彪佳《遠山堂曲品》，《中國古典戲曲論著集成》（六）頁三九，中國戲劇出版社，一九五九。

㊴見同註③，頁二〇七。

十載樽前夢虎丘，千人石上聽清謳；淒涼此事成今古，猶向龜年憶舊遊。㊵

蘇州虎丘千人石上競唱崑曲的雅集盛會，竟讓熊文舉十載以來魂牽夢縈。而這因情成夢、因夢成戲的《牡丹亭》，其䜌演情致在熊氏筆下，縱有可能原是海鹽腔，也逐漸遷化為管絃齊奏、旖旎纏綿的崑山腔，而不可能是想像中的「宜黃腔」了！

到了乾隆年間（一七三六～一七九五），崑山腔已然所向披靡，即便在江西一地，亦完全取代海鹽腔的地位，據流沙研究，南昌、臨川和宜黃等地，崑腔日益稱勝，「僅在宜黃縣一地，同時就有『集秀』、『敘倫』等崑腔班演出，著名演員大都為江西本地人；而湯顯祖的《牡丹亭》等劇也成為宜黃崑腔班的名劇。清末以來，宜黃鄰縣的南城有一『春臺班』仍保持崑腔的優勢。㊶」至於所謂的「古宜黃腔」，則自明至清一直杳然未見任何相關記載。

㊵ 熊氏《恥廬詩集》，《雪堂先生詩選》，見同註㉝，頁一一九～一二〇。

㊶ 詳參流沙〈海鹽腔傳入江西始末〉一文，見同註③，頁三九六～三九七。

叄、就曲牌音律考索

湯顯祖劇作中的曲牌運用，某些部分與當時盛行曲譜之格律迴異，因而每遭「格律派」訾議。事實上，湯氏「酷嗜元人院本」（《見只編》），故臨川四夢之北曲向來頗受推崇，其南曲創作，有時更特意模仿《幽閨記》，而遭臧晉叔刪改㊷，這原是文人好古求雅之風尚所致，與聲腔無直接關係。

撇開與聲腔無直接必然關係的仿古取向，研究湯顯祖劇作的腔調問題，在江西一地，據康熙間曾在江西做官的劉廷璣所見，弋陽腔、海鹽腔傳至清代依然「猶存古風」，在其他各地則無此優勢㊸。而藉由江西現存古老腔調的田野考察資料，用來檢覈湯氏劇

㊷臧氏評《邯鄲記・召還》之批語：「原本有【紅芍藥】、【紅衫兒】、【會河陽】等曲，蓋仿《幽閨記》『兵擾攘』為之。此曲吳中亦無傳授，故予改【大和佛】、【舞霓裳】，以與後【紅繡鞋】合。其中下韻處，亦皆穩當。不知臨川有靈，能為賞鑑否？」

㊸劉廷璣《在園雜志》卷三云：「舊弋陽腔乃一人自行歌唱，原不用眾人幫合，但較之崑腔，則多帶白作曲，以口滾唱為佳，而每段尾聲仍自收結，不似今之後臺眾和作喲囉囉之聲也。西江弋陽腔、海鹽浙腔，猶存古風，他處絕無矣。」見沈雲龍主編《近代中國史料叢刊》第三七九冊，頁一〇九，臺北，文海出版社，一九六九。

作中的曲牌選用情形，其間正透露出湯顯祖撰寫「四夢」時所用腔調之端倪。據毛禮鎂調查研究發現，江西廣昌劉村的孟戲源自江西宜黃班的《長城記》，而這種宜黃班在明萬曆間盛演海鹽腔，特別是劉村戲本比曾村多出的曲牌，在江西弋陽腔現有一百首曲牌中也不存在，（可見劉村所唱非弋陽腔）但卻在「臨川四夢」中就能找到不少。劉村孟戲的海鹽腔曲牌有【山坡羊】、【下山虎】、【沉醉東風】、【阮郎歸】、【不是路】、【綿搭絮】、【貓兒墜】、【尾聲】、【太平令】……等約四十首。而劉村多出的曲牌出現在「四夢」中以《紫簫記》為最多，有【步蟾宮】、【五供養】、【繡帶兒】、【二郎神】、【臘梅花】、【阮郎歸】……等十四首，其次《紫釵記》有【宜春令】、【沉醉東風】、【臘梅花】、【阮郎歸】、【三段子】、【歸朝歡】等六首，至於《牡丹亭》與《邯鄲記》則各僅一首而已——〈魂遊〉之【太平令】與〈外補之【七娘子】。尤其【金谷園】一曲，僅見於《紫簫記・邊思》中，明代編纂的南曲譜均不載此曲名目，這情況可證明，原是唱弋陽腔的《長城記》，因受宜黃海鹽腔的影響，才增加這些不屬於弋陽腔的曲牌㊹。而藉著毛禮鎂翔實謹嚴的考索，可以發現湯

㊹見同註㉔，頁六三〜七一。

顯祖年輕時，在譚綸柔靡靜好的海鹽腔薰化下，撰劇的曲牌揀擇於該腔多所取用（湯氏三十歲作《紫簫》，三十八歲作《紫釵》），到中晚年（四十九歲作《還魂》，五十二歲作《邯鄲》）則明顯減少，這現象不也透露出湯氏劇作的腔調已逐漸由海鹽過渡到崑山！

此外，就音律而論，傳統戲曲之製譜每因聲腔劇種之不同而矩矱互異，蓋因各聲腔**劇**種係由各地方言、音樂所生發而成，其間曲文平仄律、調值高低與韻協寬嚴各自不一，因而不同聲腔對同一曲牌文詞所譜之字腔、板位與整體旋律風格亦各自有別。臧**晉**叔在改竄《紫釵記．議釵》之【入賺】有眉批云：

【賺】與【不是路】本兩調，而崑山、海鹽點板各得其一。

顯示《紫釵記》同時可用海鹽與崑山腔唱演，且同一支曲牌，因兩腔點板不同，而風致有別。臧改本《紫釵記．釵圓》折之【不是路】眉批亦云：

原曲有四，今刪其半。予謂此宜用海鹽板，知音者請詳之。

此齣【不是路】數曲，蓋黃衫豪士強擁李益見病中小玉時所唱，臧氏為使結構緊湊、聲情清迴，不僅將湯氏原曲刪汰其半，更建議此處保留海鹽腔之點板唱法。

此外，臧氏又在明、朱墨刊本[45]《牡丹亭》第十四齣〈寫真〉【尾聲】處寫下重要眉批，透露當時《牡丹亭》唱演所用海鹽與崑山譜腔規律之不同特色，其文云：

凡唱尾聲末句，崑人喜用低調，獨海鹽則高揭之，如此尾尤不可不用崑調也。

臧氏上列批語說明三項事實：一、海鹽腔與崑山腔系統相近，其文本原可相互通用，其曲文格律亦毋須另作調整。二、湯氏《牡丹亭》原先由海鹽腔唱演。三、海鹽腔處理【尾聲】末句常用高揭之調，引起崑迷如臧氏等的不滿，認為宜用低調方能呈顯崑腔冷靜幽雅風格。

海鹽腔【尾聲】末句常高揭其調的特色，如今是否能尋得其「遺響」？據毛禮鎂研究，廣昌孟戲高腔「曲調悠雅、婉轉，旋律比較平緩，曲調多在中音區迴旋，因此一般只用本嗓演唱，只是有時唱到腔句末尾或加入幫腔，其曲調才突然翻高[46]。」毛禮鎂

[45] 見《全明傳奇》，天一出版社，一九八五。

[46] 參見〈「盱河戲・概述」條〉，《中國戲曲音樂集成・江西卷》（中國ISBN中心，一九九九年），頁六八五。

認為「這種特色是海鹽腔雅化後而形成的。但在很多曲牌中，由演員獨唱的腔句卻在尾音上加用『吆』字，並以『窄音』的假聲唱法拖腔。有人認為，古典劇種的傳統唱法，就是翻高十度、二十度左右的纖細、尖銳嗓音演唱，正是海鹽腔的傳統唱法，如姚旅所說『音如細髮，響徹雲際』，要翻高度數記譜。其中曾村孟戲高腔只有一種唱法，而劉村孟戲高腔，還在幫腔上運用窄音的唱法㊼。」這種細膩優美的演唱風格，與江西各路高腔有很大的區別，尤其尾音用窄音假嗓翻高行腔的唱法，與明代姚旅、臧晉叔對海鹽腔的形容正好吻合。

至於崑山腔【尾聲】末句之譜腔處理上是否全用低抑之調？今日曲壇舞臺唱唸之〈寫真〉【尾聲】其譜曲工尺又當如何，係遵海鹽抑或崑調？筆者為此翻檢目前所見《牡丹亭》全本曲譜中之最早刊本——清、乾隆五十四年馮起鳳《吟香堂曲譜》，並參酌乾隆五十七年「為世所宗」之葉堂《納書楹牡丹亭全譜》，發現全本五十五齣《牡丹亭》宮譜，其【尾聲】末句幾乎全都譜上低抑之腔。僅偶而因劇情呈現波瀾高張或劇中人物心情激昂，而將音區略微升高到一般音高，其他譜稍高之腔的是第二十四齣〈拾

㊼見同註㉔，頁八二。

畫〉。而全本五十五齣中，劇情並非高亢甚至頗顯清幽，然而譜腔卻是最高的只有〈寫真〉一齣，其末句「又怕為雨為雲飛去了」之最末五字旋律漸高，尤其「去」字屬去聲，其豁腔更高到「仜伬」，這種海鹽腔的尾聲翻高旋律，既與劇情不甚吻合，又幾乎讓演員有「拗嗓」之虞，故臧晉叔以為突兀，特別在此齣加註眉批，主張宜用崑腔低抑之調，以襯顯杜麗娘之閨深幽情。

此外，目前曲壇舞臺唱演之崑山腔【尾聲】末句，是否盡用低調？抑或仍留有海鹽高揭之譜曲風格？筆者就近代蒐羅最富、考訂精詳之《集成曲譜》，逐一比勘其【尾聲】末句之譜腔，發現北曲雜劇大抵依循曲牌本身之主腔旋律，其末句並無明顯之低腔或高揭之調，明清傳奇中時代較早之《琵琶記》，譜低腔者為數較多，其他傳奇則北曲曲牌多譜普通音高，南曲曲牌則幾乎全譜作低調，總計不下一百二十餘齣。由此可知，南曲這類為數甚少、【尾聲】末尾突然翻高的譜腔如《紅梨記・草地》、《紅拂記・靖渡》、《祝髮記・祝髮》與《牡丹亭・寫真》等，應當即是海鹽腔之遺響㊽。而明清傳奇之唱演，則已然出現向崑山腔靠攏之趨勢，就中《牡丹亭》由海鹽腔過渡

㊽詳參拙文〈牡丹亭「聲腔說」述論〉，《湯顯祖研究通訊》，二〇〇七年第二期（總第五期）頁四六～四七。收於本書頁八七～九一。

到崑山腔之歷程尤其明顯。

結語

一般南戲、傳奇劇本之唱演原不限聲腔，但湯氏並非僅是埋首案頭而不諳場上藝術之劇作家，在撰寫劇作曲詞時，必當有一套音樂聲腔存乎心中口中，而這聲腔究竟為何？有人認為湯作雜有弋陽土語，應是弋陽腔，然就藝術風格而論，詞俗調諠的弋陽腔與《牡丹亭》風格難以配搭。主張宜黃腔者，主要根據湯氏詩文中曾多次提及宜伶唱演其劇作，事實上，宜伶未必唱宜黃腔，且明代曲籍從未出現「宜黃腔」，所謂的「古宜黃腔」，並未形成戲曲音樂特有的「腔系」，故僅屬臆說，至於清初曲籍所記載的「新宜黃腔」，則又屬簡單質樸之腔板系統，與湯氏鑑賞品味迴異。

就戲神崇拜而言，明萬曆時期江西供奉清源師的戲班只有宜黃班，而湯顯祖〈廟記〉一文所述清源師正是宜黃縣海鹽腔藝人膜拜之曲祖，由各類田調與明清詩文考索得知，《牡丹亭》曾由海鹽腔唱演過，蓋因海鹽聲腔體局靜好，嘉靖年間即頗受士紳風靡，在崑腔稱盛之前，明代南戲中的「雅音」係以海鹽腔為代表，但萬曆間海鹽盛況不再，到清康熙時已蕭條到「僅為田野之人所好而已」的地步。因此即便宜伶原先可能用當地盛行的海鹽腔唱演四夢，但萬曆三十年左右，宜伶學唱崑腔已是社會風氣使然。不僅湯氏詩文中曾多次出現「吳歈」、「儂歌」等崑腔字眼，所述宜伶唱演之聲情與行腔技巧，皆與海鹽、崑山相類，而〈唱二夢〉中「半學儂歌小梵天」一句，正透顯宜伶原唱海鹽、為風尚所趨而「學」唱崑腔之端倪。

在明清湯氏友朋門生之劇作、詩文裡，即便多方鈎稽推求，亦難以肯定明代確有「宜黃腔」之存在。如梅鼎祚《玉合記》實為崑腔而作，其家樂亦非如徐朔方所言唱宜黃腔，而明代宜伶之擅演臨川四夢，乃至清初「得得新班」將四夢重現舞臺光華，皆因宜黃一地留下曲祖清源師，而熊文舉所謂「湯詞端合唱宜黃」，實乃讚賞宜黃當地（演員所唱）的聲腔最適合搬演湯氏劇作，並非直接落實「宜黃腔」之存在。更何況熊氏多首觀劇詩曾流露對蘇州虎丘拍唱崑曲之企慕，其筆下《牡丹亭》攀演情致之描繪，縱有可能原是海鹽腔，亦已漸次遷化為碧玉紅牙、絃管繽紛的崑山腔了！

藉由曲牌之考索比勘，近年來發現江西廣昌劉村的孟戲源自明代盛演海鹽腔的宜黃班，因而特別保留他村所無的海鹽腔曲牌數十支，而這類曲牌在臨川四夢中出現的情形，亦能窺知湯氏劇作的腔調已逐漸由海鹽過渡到崑山。此外，就曲牌音律來看，崑曲【尾聲】末句喜用低腔，海鹽腔則用高揭之調。自乾隆時之《吟香堂》、《納書楹》到近代《集成曲譜》，可以清楚看到傳奇劇本譜腔之崑曲化軌跡，《牡丹亭》唱演在一片崑化風潮中，仍可從〈寫真〉一齣末句之高揭旋律，發現它原有的海鹽遺音。由上述諸多文獻記載與譜腔規律皆可證明《牡丹亭》之聲腔實與弋陽、宜黃等腔無涉，而是由體局靜好的海鹽腔，逐步往音樂、行腔更為精緻細膩的崑山腔發展。㊾

㊾本文原發表於二〇一二第二屆中國（撫州）湯顯祖國際藝術節湯顯祖學術論壇，載《湯顯祖研究通訊》，浙江遂昌，二〇一二年第二期（總第十六期），二〇一四年十月修訂。

善驅睡魔
——《牡丹亭》中的科諢

科諢乃看戲之人參湯，亦善驅睡魔之戲劇眼目，故自宋金以降，戲曲承說唱調笑傳統，每藉科諢以融雅俗，以劑排場之冷熱。千古逸才湯顯祖《牡丹亭》除幽情雅韻外，另有諸多諧謔鬧熱場面。箇中滑稽諧趣誠堪發噱，包含絕大文章之時弊譏諷則令人解頤而生敬，游藝戲筆亦頗見奇巧，至於鄙俗涉穢之惡謔則是難登大雅之敗筆。而當劇本搬上舞臺爨演時，《牡丹亭》中的案頭謔筆，自然需要另一番的沉澱與省思。

壹、戲曲科諢之重要

詞曲源自民間，一經文人染指創作，即漸次步上雅化之路。文士劇作格高調雅，其內容、詞采與意境所呈現出來的文化品格與精神氣韻，對劇本的文學性與藝術性皆有顯著提昇。祇是，戲劇的生命在舞臺，不斷流失觀眾的雅化劇作最終只有淪為案頭清玩。因此，如何吸引觀眾，調解雅俗之間的差距，使創作達到雅俗共賞、案頭與場上兼美的境界，是劇作家亟需面對的重要課題。其中除穿插民俗鬧熱儀典與戰爭喧騰場面之外，適時運用諧趣科諢來炒熱舞臺氣氛，成為增添劇作舞臺活力的必要手段。

王國維曾指出：「古劇者，非盡純正之劇，而兼有競技遊戲在其中。」①王氏認為宋金雜劇院本之所以未盡純正，主要在於它百戲雜技、滑稽調笑的成份過高。而以它為基礎、發展已趨成熟的宋元南戲，仍不時穿插雜技、調笑等排場。②至於抒情性高、文士意味較為濃厚的元雜劇，其所以稱「雜」，主要因為戲中依然充斥著雜七雜八的歌舞說唱諢鬧諸般伎藝。③到了明代劇壇，其審美觀念從《琵琶記》、《拜月亭記》

①見王國維《宋元戲曲考・古劇之結構》，收於《王國維戲曲論文集》頁七七，里仁書局，一九九三。

②如早期南戲《張協狀元》第八出客商遇盜耍弄棒法、鎗法之插科使砌，似「院本名目」中之《說古棒》與「官本雜劇段數」中之《鬧夾棒爨》；第十出判官小鬼各縛一隻手裝門表演，則似《門兒爨》雜劇，參孫崇濤《南戲論叢》頁一五一，北京，中華書局，二〇〇一。又第二十四出淨（店婆）、丑（華祿子）一段賴房錢之滑稽表演，頗似宋官本雜劇段數《賴房錢啄木兒》。至於《張協狀元》中貧女（旦）與小二（丑）諸多詼諧逗趣之對手戲，如第十二出、二十六出等，則明顯留有早期「兩小戲」過渡衍化到大戲之痕跡。

③參黃天驥〈元雜劇的雜及其審美特徵〉，《文學遺產》一九九八年第三期。

（《幽閨記》）、《荊釵記》等劇作之早晚期版本比勘，可以發現越到後來越趨向於添增科諢鬧熱之氣氛。④成化本《新編劉知遠還鄉白兔記》於是在開場時明白道出：「不插科，不打諢，不為之傳奇。」就連道學氣十足的邱濬在《伍倫全備記・副末登場》時也說：「白多唱少，非關不會把腔填，要得看的，個個知易見。不免插科打諢，妝成喬想狂言。」「戲場無笑不成歡，用此竦人觀看。」直到清代李漁依然肯定科諢對戲曲表演之重要：「插科打諢，填詞之末技也。然欲雅俗同歡，智愚共賞，則當全在此處留神。」「科諢非科諢，乃看戲之人參湯。」⑤科諢至此已然成為古典戲曲不可或缺的表演傳統，因而梨園界向來流傳「無丑不成戲」、「小花臉開鍋蓋」等俗諺。⑥清道光年間楊懋建的《夢華瑣簿》曾提及伶人供奉戲神時，「其拈香，必以丑腳。云昔莊宗與諸伶官串戲，自為丑腳，故至今丑腳最貴，每演劇，必丑腳至乃敢啟箱。俟其調粉墨筆塗抹已，諸花面始次第傳面。」⑦

④參黃天驥、徐燕琳〈鬧熱的《牡丹亭》——論明代傳奇的「俗」和「雜」〉頁九二，《文學遺產》二〇〇四年第二期。

⑤見《閒情偶寄・詞曲部・科諢第五》，《中國古典戲曲論著集成》第七冊，頁六一，北京，中國戲劇出版社。

⑥《中國諺語集成・浙江卷》頁八二〇，一九九五，中國民間文學集成全國編輯委員會，北京，中國ISBN中心。

⑦楊氏於文中更加註語以顯丑腳地位之崇高，其文云：「今入班訪諸伶者，如指名訪丑角，則諸伶奔走列侍。其

科諢對傳統戲曲之表演既如是重要，而明代才情凌轢千古、一心追慕「意趣神色」境界甚至「不妨拗折天下人嗓子」的湯顯祖，面對鬧熱而世俗化的科諢又當採取何種態度？在〈紅梅記總評〉中他表示：「上卷末折〈拷伎〉，平章諸妾跪立滿前，而鬼旦出場一人獨唱長曲，使合場皆冷，及似道與眾妾直到後來纔知是慧娘陰魂，苦無意味。畢竟依新改一折名〈鬼辯〉者方是，演者皆從之矣。下卷如曹悅種種波瀾，悉妙於點綴，詞壇若此者亦不可多得。」湯顯祖藉《紅梅記》場面上卷清冷、下卷饒富波瀾，來說明舞臺演出時調劑排場冷熱之重要。《紫釵記》雖在《紫簫記》基礎上辛苦撰成，但他仍客觀而冷靜地接受朋友建言，承認它僅是「案頭之書，非臺上之曲」。⑧能看出「案頭」與「臺上」本質上的差異，足見湯顯祖對戲劇的舞臺性是相當重視

但與生旦善者，諸伶不為禮也。今召伶人侑酒者，間呼丑腳入座湊趣，斯為行家。」見張次溪編纂《清代燕都梨園史料》，頁三七四，北京，中國戲劇出版社，一九八八。

⑧湯氏〈紫釵記題詞〉：「《記》初名《紫簫》，實未成。亦不意其行如是。帥惟審云：『此案頭之書，非臺上之曲也。』姜耀先云：『不若遂成之。』南都多暇，更為刪潤，訖，名《紫釵》，中有紫玉釵也。」沈際飛〈題紫釵記〉：「《紫釵》之能，在筆不在舌，在實不在虛，在渾成不在變化。……臨川自題曰：『案頭之書，非臺上之曲。』案頭書與臺上曲果二。」見《湯顯祖詩文集》，湯顯祖著，徐朔方箋校，一九八二，上海古籍出版社，頁一〇九七、一五四〇。

的。在評價《焚香記》時，他指出該劇安排諸多關目如換書、登程、招婿、傳報凶信等，「頗類常套，而星相占禱之事亦多」，這些情節波瀾、儀典科諢之穿插雖顯得俗鄙而熟套，「然此等波瀾，又氍毹上不可少者。此獨妙於串插結構，便不覺文法沓拖，直尋常院本中不可多得。」⑨因此只要「串插結構」的手法高妙，這些俗儀科諢不但不會是缺點，反而將使劇作更添舞臺效果。

清代洪昇在〈長生殿例言〉中曾說：「棠村相國嘗稱予是劇乃一部鬧熱《牡丹亭》，世以為知言。」《長生殿》、《牡丹亭》二劇雖皆寫生死至情，然《長生殿》寫帝王后妃之情，人莫不知，販夫走卒率能道其一二，其皇廷靡麗熠耀，月宮仙樂霧閣，排場壯闊而鬧熱；《牡丹亭》所敘乃文士才女幽深豔異之情，其中還魂之重大關目事涉怪誕，作者知音王思任亦曾以「妖」形容杜麗娘，男女主角追慕至情之過程，作者又多藉雅部清幽冷靜之排場呈現，故梁清標（棠村）對二劇風格曾作如是品評。洪昇爰引此語，態度是自謙的，他坦承自己「文采不逮臨川」，而《牡丹亭》韻致雅逸的境

⑨見同註⑧頁一四八六〈焚香記總評〉。

界更是《長生殿》難與頡頏的。⑩事實上，《牡丹亭》之排場亦並非一味清幽冷靜而不鬧熱，⑪湯顯祖向來重視排場藝術，《牡丹亭》五十五齣中，大小正過場之組接，文武動靜場面之調配，以及腳色戲份之分派，皆頗能調劑冷熱，達到「均演員之勞逸，新觀眾之耳目」之舞臺要求，⑫王思任〈批點玉茗堂牡丹亭敘〉亦賞其「文冶丹融，詞珠露合，古今雅俗，泚筆皆佳。」本文即嘗試就《牡丹亭》科諢內容之莊諧謔虐，析論湯氏運用手法與目前舞臺搬演之雅俗高下。

---

⑩黃天驥、徐燕琳前揭文頁八五認為「洪昇這句話的弦外之音，給人的感覺是：湯顯祖的《牡丹亭》，場面並不熱鬧。唯獨他的《長生殿》才屬標準的『場上之曲』。」筆者認為就撰文風格而言，洪昇應不至如此狂妄，且「鬧熱」即是俗化，怎會是「自詡」之語？況此句下云：「予自惟文采不逮臨川，而恪守韻調，罔敢稍有踰越。」意謂已作較臨川為佳者，亦僅音律而已。

⑪黃天驥、徐燕琳前揭文曾列舉若干戰爭場面及〈道覡〉、〈閨塾〉、〈勸農〉、〈冥判〉中之諧趣與民俗儀典場景（約占全劇三分之一），說明《牡丹亭》除幽情雅韻外，另有頗多鬧熱場面。

⑫有關《牡丹亭》之排場藝術，詳參楊振良《牡丹亭研究》頁六八～八七〈牡丹亭之創作美學〉之二「排場關目章明慮周」，一九九二，臺灣學生書局。

貳、善驅睡魔之戲劇眼目

文士創作尚雅，觀眾看戲則喜鬧熱，劇作家為了在理想與現實之間取得平衡，往往在運思結撰斐亹有致的華藻之餘，還得殫精竭慮地設計出人意表的科諢，以免觀眾在冷靜閒雅的意境中，由沈醉、享受、鬆弛竟而睡去。

李漁《閒情偶寄‧詞曲部‧科諢第五》即警示劇作家：「文字佳，情節佳，而科諢不佳，非特俗人怕看，即雅人韻士，亦有瞌睡之時。作傳奇者，全要善驅睡魔。睡魔一至，則後乎此者，雖有鈞天之樂，霓裳羽衣之舞，皆付之不見、不聞，如對泥人作揖、土佛談經矣。」王驥德《曲律‧論插科第三十五》亦云：「大略曲冷不鬧場處，得淨、丑間插一科，可博人哄堂，亦是戲劇眼目。」他曾讚賞湯顯祖之才情「在淺深、濃淡、雅俗之間，為獨得三昧」，並推崇其劇作最得戲曲「本色」（〈雜論第三十九下〉）湯氏詞采之「雅」，風調流逸，幽豔淡沲，固不待言，而其「按轡文雅之場，環絡藻繪之府」的縱橫才氣，更把戲曲搬演應有之「俗」作高度發揮。

就舞臺效果而言，戲曲搬演的雅俗當如何兼顧？從呂天成所引孫鑛論「傳奇十要」

之第七「要善敷衍」可略窺一二。所謂「善敷衍」即是「淡處做得濃，閑處做得熱鬧」。⑬在《牡丹亭》中，湯顯祖除了藉戰爭、神魔祭祀與民俗儀典伎藝等鬧熱排場，來調劑劇中慣常出現的閨閫幽情冷靜場面，⑭不時穿插令人解頤的巧妙科諢，更使劇場氣氛頓時濃烈熱鬧起來，達到「巧妙疊出，無境不新」效果。就如〈閨塾〉一齣，小姐與丫環初蒙家教，塾師為一冬烘腐儒，按情節原是極其八股、冷靜無聊之事，然而湯氏在此極閒極淡之處，巧妙運用科諢技巧，終而敷衍出一場諧謔鬧熱、至今猶孌演不衰的精彩好戲。

原先杜寶請家教之緣由是因他問丫環春香：「小姐終日繡房，有何生活？」春香調皮地回答：「繡房中則是繡。……繡了打䌷。」杜問：「甚麼䌷？」春香答：「睡眠。」語帶雙關之科諢道出小姐無事晝寢。為了「他日到人家，知書知禮，父母光輝」，於是挑了最為老成的陳最良來任教。陳最良的出場，嘲弄味十足，「陳絕糧」、「百雜碎」、「儒變醫，菜變虀」幾句謔稱，將他型塑成《儒林外史》中的典型人物。連他被選上時

⑬見《曲品》卷下，《中國古典戲曲論著集成》第六冊，頁二二三，中國戲劇出版社，一九五九。

⑭徐扶明認為「《牡丹亭》傳兒女之情，僅局限於家庭範圍，頗多冷靜場面。」見《牡丹亭研究資料考釋》頁二四四，上海古籍出版社，一九八七。

自我調侃說的「人之患在好為人師」，與門子「人之飯，有得你喫」的諧音科諢，都顯得傖俗可哂。〈閨塾〉中他的上場詩「蟻上案頭沿硯水，蜂穿窗眼咂瓶花」，凸顯出為微薄束脩而碌碌奔忙的尷尬人生。第一天上學，小姐遲到，他引用《禮記‧內則》加以訓戒，春香忙答：「知道了，今夜不睡，三更時分，請先生上書」弄得他無言以對，講書時春香不斷插話搶白、學鳩叫諢鬧，而觸及「君子好逑」關乎愛情的敏感主題時，春香一句「為甚好好的求他？」把八股的他弄得理屈詞窮，只好狼狽地以「多嘴」的訓斥給自己找臺階下。當他要春香取文房四寶來模字時，她卻拿出他從未見過的螺子黛、畫眉細筆、薛濤箋及鴛鴦硯等「閨房四寶」來戲弄。當小姐要繡一對鞋給師母上壽而向他請箇樣兒時，他居然說：「依《孟子》上樣兒，做箇『不知足而為屨』罷了。」這種掉書袋而產生的科諢，顯示他與生活脫節的迂腐氣。頑皮淘氣的春香則是鬧到小姐不得不取出荊條訓示一番，但她仍在「夾白」科諢中——調侃古聖賢讀書典型。最後，這「一些趣也不知」的老儒就在春香「村老牛、癡老狗」的諢罵聲中下場。

這齣文戲武做的〈春香鬧學〉，湯顯祖藉及時穿插的突梯科諢，使沈悶的書房呈現出一片諧謔逗趣的喜劇性衝突，舞臺效果也變得尖新可喜。他把「滿口塾書，一身襶氣」的陳最良寫得腐氣十足又不生厭，難怪王思任、沉際飛都以「腐妙」加以讚歎。

春香的憨劣、處處惹笑自不待言，這一腐一憨，平添多少波折，甚至連端莊悠閒的小姐也被惹動情腸，一等陳最良下場，她轉頭就問「那花園在那裏？」妙的是還不只問一次，二人科介湯顯祖如是描繪著：（貼做不說）（旦做笑問介）（貼指介）。如此一問，小姐心底波瀾乍現，也透顯出之前春香的一切鬧學科諢，全是在小姐默許之下進行的，⑮無怪乎臧晉叔認為：「且問花園是戲眼。」

而《柳浪館本》對這齣的總評是：

> 摹畫丫頭頑皮，先生腐氣，小姐知事，色色入神，色色入畫。更妙處是小姐仍帶稚氣，妙極，妙極。

至於大場面的〈冥判〉，十地閻羅鬼氣森然，一曲【混江龍】判官執筆點鬼、捉鬼、拷鬼，舞臺上鬼哭神啼，在腔調古怪詭異、排場令人驚顫的氛圍中，判官開始審鬼，由於科諢適時加入，使得舞臺氣氛頓時由可怖轉為可喜。這番審判既胡鬧又合理：趙大生前喜歌唱，於是被貶做黃鶯；錢十五住香泥房子，被判為燕子；孫心好使花粉錢，

---

⑮《吳吳山三婦合評牡丹亭》批曰：「麗娘責認春香，便已心許其言，只無奈先生在前耳。故後陳老一去，即問花園也。」見該書頁一四，二〇〇八，上海古籍出版社。

按律得做箇蝴蝶；李猴兒既好男風，則著他屁窟拖鍼成為蜜蜂，這四箇生前輕薄的男犯登時化作「花間四友」。舞臺上「淨（判官）噀氣介，四人做各色飛下」，場景紛鬧而怪麗，這種雜揉陰森與諧趣的奇特畫面，頗能使觀眾從驚異中獲得滿足。

一般傳奇常會利用戰爭激烈火爆的場面來調劑眾多言情畫面，達到排場冷熱相間的舞臺效果，⑯而湯顯祖更懂得在陽剛喧騰的戰爭中，略加科諢予以潤滑，如此場面則不至於過份生硬而制式。如〈寇間〉一齣末尾，陳最良被俘，李全要他講些兵法，他一本正經地拼湊經文，暗諷楊婆不宜與李全同座干政，其詞云：「衛靈公問陳於孔子，孔子不對。說道：『吾未見好德如好色者也。』」李全問：「這是怎麼說？」陳答：「則因彼時衛靈公有箇夫人南子同座，先師所以怕得講話。」⑰口吻純是一派道學腐儒氣，故臧晉叔評曰「是老學究本色」。然而李全不懂《論語》，更不知南子為何人？竟回答：「他夫人是南子，俺這娘娘是婦人。」湯顯祖用「南」與「男」之諧音凸顯

⑯參黃天驥、徐燕琳前揭文頁八九～九一。
⑰《論語・衛靈公》：「衛靈公問陳於孔子，孔子對曰：『……軍旅之事，未之學也。』」下文「吾未見好德如好色者也」，見於〈子罕〉篇，與衛靈公無關。衛靈公夫人南子事，則見於〈雍也〉篇，與前二篇所載事毫不相干。

李全之草莽無知，而這等肖似口吻的科諢，著實令人忍俊不住。⑱〈淮警〉中怕老婆的李全要中軍去「請出賤房計議」，結果沒想到扮軍人的老旦竟然持箭上場回答：「箭坊俱已造完。」用諧音關係造成突梯之趣。當丑扮的楊婆說出用兵高計時，李全恭維她：「高，高！娘娘這計，李全要怕了你。」丑答：「你那一宗兒不怕了奴家！」凶惡的李全似乎因季常之癖引發的科諢而不再那麼討人厭。

這類因諧音而形成的科諢，在原本悲慘傷情的〈鬧殤〉末尾，湯顯祖也適時運用予以緩和，使劇場氣氛不致過悲。當時杜麗娘傷春病歿，聖旨報傳金寇南窺，杜寶陞淮揚安撫使，上任前要淨（石道姑）、末（陳最良）看守梅花庵，淨末二人為收取祭租而爭，湯顯祖亦運用諧音關係穿插一段科諢。杜寶說：「有漏澤院二頃虛田，撥資香火。」末云：「這漏澤院田，就漏在生員身上。」淨云：「咱號道姑，堪收稻穀。你是陳絕糧，漏不到你。」末云：「秀才口喫十一方，你是姑姑，我還是孤老，偏不該我收糧？」以「道姑」諧「稻穀」、「孤老」諧「穀稻」，合乎性情的科諢顯得妥貼而自然，因而馮夢龍稱讚此段賓白：「諢都不俗。」（第十六折〈謀

⑱第四十五齣〈寇間〉，毛暎與柳浪館批語均作「謔甚，趣甚，作者亦快活矣。」、「描畫腐儒，可稱寫照。」

詗殤女〉批語）

《牡丹亭》中另有若干「無理而妙」的科諢頗能博人一粲。如柳夢梅與石道姑在〈秘議〉齣中決定掘墳使杜麗娘復生，石道姑提醒柳生：「大明律：開棺見屍，不分首從皆斬哩！」觀眾雖是明代人，但戲臺上演的畢竟是宋代事，作者明知道這話無理，所以讓石道姑接著唱：「你宋書生是看不著皇明律。」這種既調侃又「說破」的表現方式，觀眾聞之自然會心一笑。⑲麗娘還魂成功，與柳生、石道姑遠走，陳最良見小姐墳被劫而告官，〈僕偵〉齣中對這場官司的結案是：官捉拿住從犯癩頭黿並上起腦箍，沒想到一用刑卻夾出滿頭膿血，用刑人受賄謊報夾出腦髓，那官看了居然也相信就如此鬆了刑，真正如《三婦本》所評的：「癩亦有用」。開棺見屍、依律當斬如是重大的關目，湯顯祖竟然藉無厘頭的科諢輕描淡寫地巧妙帶過，雖不合理，但觀眾在笑聲中也甘心被矇混而懶得追究，這戲也就在「無理而妙」的科諢中達到雅俗同歡的效果。

⑲《大明律疏附例》載：「嘉靖四年九月刑部題：看得巡撫江西都御史陳洪謀所奏，發掘墳塚，委係江西積弊。合准所奏，止行江西。……今後發掘墳塚的，不拘有無開棺，不分首從，俱發煙瘴地面，永遠充軍。欽此。」足見掘墳為江西積弊，湯顯祖撰此《大明律》科諢，或有嘲諷調侃故鄉陋俗之意。

叁、寓莊於諧之現實諷刺

《牡丹亭》中除了純粹詼諧以驅睡魔的科諢外，湯顯祖更將滿腹嫉憤世態的塊壘之氣，藉尖新譏刺之科諢傾洩而出。這種寓莊於諧的現實諷刺，不但難度高，要俗中見雅、板處見活，重要的是作者必須人格高尚，對人生堅持理想，如此科諢方能做出格調境界，令人嘆服。李漁《閒情偶寄・詞曲部・科諢第五》「重關係」條云：

科諢二字，不止為花面而設，通場腳色皆不可少。生、旦有生、旦之科諢，外、末有外、末之科諢。淨、丑之科諢，則其分內事也。然為淨、丑之科諢易，為生、旦、外、末之科諢難。雅中帶俗，又於俗中見雅。活處寓板，即於板處證活。此等雖難，猶是詞客優為之事，所難者，要有關係，關係維何？曰：於嘻笑詼諧之處，包含絕大文章，使忠孝節義之心，得此愈顯，如老萊子之舞斑衣，簡雍之說淫具，東方朔之笑彭祖面長，此皆古人之善於插科打諢者也，作傳奇者苟能取法於此，則科諢非科諢，乃引人入道之方便法門耳。

《牡丹亭》中湯顯祖「於嘻笑詼諧之處，包含絕大文章」之科諢，其中出之於淨、丑者固多，藉生、末口吻道其塊壘者亦復不少，足見其難度之高。而其內容除懷才不遇多屬酸秀才自我調侃之外，他如抗顏抨擊當時科考制度之不公與朝廷政治外交之庸懦等，則迥非一般文士所敢作為。

〈悵眺〉一齣湯氏有意違背史實，以嬉笑怒罵口吻編造柳宗元、韓愈遭時不濟之事蹟，並藉後代子孫柳夢梅之口向韓子才抒發牢騷：「假如俺和你論如常，難道便應這等寒落。因何俺公公造下一篇〈乞巧文〉，到俺二十八代玄孫，再不曾乞得一些巧來？便是你公公立意做下〈送窮文〉，到老兄二十幾輩了，還不曾送的箇窮去？算來都則為時運二字所虧。」雖語帶詼諧，但總也透出對當時人才遭埋沒之酸楚與諷刺。[20]祇是他們最後選擇向現實低頭——「不如干謁些須，可圖前進。」第二十一齣〈謁遇〉，柳夢梅終於找到了欽差識寶中郎苗舜賓，他對著滿眼琳琅的珍寶感嘆「這寶物蠢爾無知，三萬里之外，尚然無足而至」；而自己是箇「真正獻世寶」，「滿胸奇異，到長

---

[20] 茅暎評本與《柳浪館本》皆認為「此折極閑極趣，非臨川不能為。」《三婦本》評曰：「才子英雄失路，千古同慨。」楊葆光眉批：「有才齊下淚。」《才子評本》批云：「登臨不快，故曰悵眺。一片荒荒草場，豈知曾有無窮之事，千千萬萬之人，敗成哭笑於其間，始悟世事前往後來，真是各不相顧。……」

安三千里之近，倒無一人購取，有腳不能飛。」這段話與湯顯祖〈惠州府興寧縣重建尊經閣碑〉首段感嘆「教衰道微」，世人多貴珠翠奇麗而卑先聖六經之旨趣相同。㉑在遂昌知縣任上，湯顯祖為反對礦稅而作的〈感事〉詩：「中涓鑿空山河盡，聖主求金日夜勞。賴是年來稀駿骨，黃金應與築臺高！」㉒朝廷吸髓飲血地搜刮民財，重利而輕才，逼得文士只有向現實妥協，因而柳夢梅打秋風、干謁等不甚高尚的行止，與頗帶酸味的科諢，都可看出湯顯祖對當時才士不遇所透顯的無奈與嘲諷。

明代晚期科舉弊端叢生，考官素質低落、特權介入，怎能有所謂的公平可言。四十一齣〈耽試〉活脫寫出有司之昏昧與不公，擔任主考官的苗舜賓坦承「想起來看寶易，看文字難。為什麼來？俺的眼睛，原是貓兒睛，和碧綠琉璃水晶無二。因此一見真寶，眼睛火出；說起文字，俺眼裡從來沒有。如今卻也奉旨，無奈……」幾句自我嘲弄刻

㉑見《玉茗堂文》之八——碑，《湯顯祖詩文集》第三十五卷，一九八二，上海古籍出版社，頁一一三六。

㉒據《明史》卷三百五〈陳增傳〉記載，自萬曆二十年起，朝廷用兵不斷，國用大匱，二十四年帝命中官橫徵暴斂，「通都大邑皆有稅監，兩淮則有鹽監，廣東有珠監。或專遣，或兼攝，大璫小監，縱橫繹騷，吸髓飲血，以供進奉。大率入公帑者不及什一，而天下蕭然，生靈塗炭矣。」《明史紀事本末》卷六十五亦載萬曆二十四年，朝廷遣太監曹金往兩浙開礦，湯顯祖〈感事〉詩作於萬曆二十五年，即緣此而發，同年〈寄吳汝則郡丞〉云：「搜山使者如何，地無一以寧，將恐裂。」書尾特加註語：「時有礦使至。」該詩與尺牘見《湯顯祖詩文集》頁四七九、一二七七。

畫出不學無術卻又不得已奉旨來京典試，既是「奉旨」，則皇帝昏庸可知。當柳夢梅誤了試期，想參加補考，按理進士考試原是不能錄遺的，所以掌門的回他：「這是朝房裡面。府州縣道，告遺才哩。」柳生無路可投，哭喊「願觸金階而死」，苗舜賓一看是柳生，馬上准予補考。所以柳生之所以能補考，關鍵不在於他要觸金階，而是主考官與他是舊識，否則憑他一介寒儒，焉有出頭之日？

五十一齣〈榜下〉聖殿外，苗舜賓見陳最良前來「告揖」，吃驚地說了一句：「又是遺才告考麼？」《柳浪館本》在此處批了一字：「趣」，《三婦本》亦批：「奚落陳生，卻映帶柳生，妙。」湯顯祖一箭雙鵰的機趣筆法，淡然嘲諷當時不公的科考制度。而當陳最良帶李全降表進呈，聖上即刻封他為「黃門奏事官」，並賜其冠帶，老樞密笑說：「則這陳秀才夾帶一篇海賊文字，到中得快。」《柳浪館本》總評此齣云：

告考夾帶兩謔，可稱絕倒。

陳最良的快速升官，來自於他幫杜寶傳書招安李全，皇帝稱讚他有「奔走口舌之才」，湯顯祖卻以春秋之筆——「夾帶」（原係考試作弊之方式）二字貶諷此事。至於「告考」一事，按柳夢梅的出身，二十一齣〈謁遇〉中他的自白說得很清楚：「寒儒薄相，要伺候官府，尚不能勾，怎見的聖天子？」㉓何況在聖旨臨軒、翰林院封進的殿試階段，原不能再錄遺才，苗舜賓給了他破格的補考機會已是萬幸之至，居然還能補上狀元，真真如柳生說的是「千載奇遇」，而這「奇遇」的背後自然是整體考試制度公平性的徹底瓦解。

對於國家政治外交，湯顯祖是極度關心且勇於付諸行動的。當時政治腐化，言官噤若寒蟬，湯顯祖不想當鄉愿明哲保身，他上了一道〈論輔臣科臣疏〉，大膽指出明神宗登位二十年，「前十年之政，張居正剛而有欲，以群私人囂然壞之；後十年之政，時行柔而有欲，又以群私人靡然壞之。」結果當然是被貶到偏僻的徐聞縣當典史，受此打擊，他依然不改「狂奴」作風，《牡丹亭》中多處可見其以科諢為外衣而內藏辛辣諷刺之深心。〈硬拷〉齣中落難狀元柳夢梅被當成囚徒審拷，一進門獄卒就先向他勒索見面錢、入監油，見柳生交不出隨即威嚇喊打。〈冥判〉側筆寫出地獄官場現形記，被玉帝看作「正直聰明」的胡判官（偏巧姓的是胡塗的「胡」），一樣「要潤筆，十錠金、十貫鈔，紙陌錢財。」其實作者正對照諷刺著當時政壇的腐化，因為在同一曲牌【混江龍】下文即出現「比著陽世那金州判、銀府判、銅司判、鐵院判，白虎臨

㉓〈謁遇〉一折，柳生方感嘆自身寒微，沒門路見天子，苗舜賓回了一句：「你不知到是天子好見。」馮夢龍《風流夢》第十四折〈寶寺干謁〉特於此加註批語：「『倒是天子好見』，語含譏刺。」

官，一樣價打貼刑名催伍作」，愈下級的衙門愈有錢，因其直接審理民刑訴訟，易於敲詐勒索。湯氏以誇張的科諢寫陰間官吏似白虎凶神，其實正暴露陽世官場亦貪瀆黑暗得民不聊生。

晚明的軍事外交，湯顯祖更是痛心疾首。〈禦淮〉中他用淡筆寫出宋營兩位留守將軍之庸懦，淨云：「李全不來，替你託妻寄子。」丑問：「李全來哩？」淨答：「替你出妻獻子。」丑：「好朋友，好朋友！」〈圍釋〉的科諢可就明顯而辛辣的指射時政，堂堂安撫使對敵寇之妻寫信居然稱「通家生杜寶斂衽楊老娘娘帳前」，這一「通」簡直使詩壇李杜蒙羞，「斂衽」二字尤其用得卑瑣，內文居然利誘楊婆要封她為「討金娘娘」，難怪楊婆問：「封我討金娘娘，難道要我征討大金家不成？」得到的答案竟是：「受了封誥後，但是娘娘要金子，都來宋朝取用，因此叫做討金娘娘。」花錢退敵已極不光彩，何況又走裙帶關係愈發可恥。而這關目的科諢設計並非湯顯祖憑空臆造，說的正是當時首相張居正竭力支持邊將王崇古、吳兌、方逢時、鄭洛等利用三娘子招降俺答的事件。㉔而這些將軍確實因此做到兵部尚書之類的大官，以賄通楊婆的

㉔《明史・吳兌傳》云：「贈以八寶冠、百鳳雲衣、紅骨朵雲裙，三娘子以此為兌盡力。」《牡丹亭・圍釋》中宋朝亦答應打一副金製頭盔送楊婆，主戰派的湯顯祖藉此諷刺明代政壇「主和派」的應戰無能。

方式招降李全，杜寶也因此陞為同平章軍國大事的高官，難怪茅暎評點本與《柳浪館本》皆在此齣末尾下了相同的批語：「一切科諢極盡聰明巧妙，作者一肚皮不合時宜都發洩盡矣。」在《牡丹亭》最後一齣〈圓駕〉，湯顯祖更是藉男主角柳夢梅之口作層層遞進的諷刺：

（生笑介）古詩云：「梅雪爭春未肯降，騷人閣筆費平章。」今日夢梅爭辨之時，少不的要老平章閣筆。

（外）你罪人咬文哩。

（生）小生何罪？老平章是罪人。

（外）俺有平李全大功，當得何罪？

（生）朝廷不知，你那裡平的箇李全，則平的箇「李半」。

（外）怎生止平的箇「李半」？

（生笑介）你則哄的箇楊媽媽退兵，怎哄的全！

柳夢梅先用詩文諧音製造小波瀾，然後再直接而辛辣地諷刺杜寶只平的「李半」而非「李全」，難怪杜寶被氣得直扯柳生要去見官。湯顯祖這出之輕俏卻又咄咄逼人的科諢技巧令人拍案叫絕！

肆、俗謔鬧熱之遊藝戲筆

文士為了翻新出奇、逞才弄巧，有時常會在行文字句上挖空心思做文章，尤其韻文學更能表現這種形式、音韻之美，如詩詞常見的頂針、回文、嵌字、檃括、雙聲疊韻、雙關、諧音等皆是。曲之巧體，又稱「俳體」，更有所謂短柱體、獨木橋體、疊字體、嘲笑體等，均是作者有意在用韻、造語、立意、架構上用功夫，目的除了炫才，主要希望達到滑稽游戲、調侃譏訕的奇趣效果。㉕

湯顯祖熟諳「俳體」技巧，《牡丹亭》中除上述諸多因諧音關係產生的科諢之外，第三十九齣〈如杭〉兩支【小措大】曲牌，形式上明顯運用嵌字體技巧，將一至十之數目字按順逆次第嵌入曲文中，旦唱「喜的一宵恩愛，被功名二字驚開。好開懷這御酒三杯，放著四嬋娟人月在。立朝馬五更門外，聽六街裡喧傳人氣概。七步才，蹬上

㉕韻文學之「巧體」內容，宋・嚴羽《滄浪詩話》、明・謝榛《四溟詩話》、王驥德《曲律》均有介述，今人任二北《散曲概論》更載有散曲俳體二十五種，皆可資參酌。

了寒宮八寶臺。沈醉了九重春色，便看花十里歸來。」生唱「十年窗下，遇梅花凍九纔開。夫貴妻榮八字安排。敢你七香車穩情載，六宮宣有你朝拜。五花誥封你非分外。論四德、似你那三從結願諧。二指大泥金報喜。打一輪皁蓋飛來。」既貼合劇情與人物心理，並讓觀眾感受到遊藝戲筆的趣味。前一齣〈婚走〉杜麗娘幽契重生，怕還魂事露惹出麻煩，於是偕柳生往臨安赴試，柳生央石道姑同行伏侍麗娘，疙童作別時下場詩云：「禿廝兒堪充道伴，女冠子權當梅香」，既符合當時情境，其中「禿廝兒」、「女冠子」又是常見的曲牌名，湯顯祖如此對仗，形成一種雙關有趣的文字遊戲。至於第三十五齣〈回生〉，疙童幫小姐還魂，一上場即唱「豬尿泡疙疸偌盧胡，沒褲」，雖是自我嘲諷，但這種對癩痢頭的惡謔口吻，就顯得不登大雅。

《牡丹亭》科諢最受爭議的是「道覡」一齣，湯顯祖引用《千字文》一一六句來作為石道姑上場的家門，句句雙關、筆筆聳聽，雖有奇趣卻也大膽而駭俗。事實上，《千字文》相傳為梁・周興嗣編次而成，由於內容係常識性之韻文，千餘年來已成為家傳戶誦之訓蒙讀本，既是童蒙讀物，人人皆能默誦，因而環繞它而作鋪排取樂的說唱、戲曲自然為數不少。如元・陶宗儀《南村輟耕錄》卷二十五「院本名目」之「諸雜院爨」條下即列有「背鼓千字文、變龍千字文、摔盒千字文、錯打千字文、木驢千字文、埋頭千字文」等，王國維《宋元戲曲考·金院本名目》指出「此當取周興嗣《千字文》中語，以演一事，以悅俗耳，在後世南曲賓白中時遇之；蓋其由來已古，此亦說唱之類也。」㉖

說唱藝術敷演《千字文》，目的在調笑逗樂「以悅俗耳」，其內容如何，今已難稽考，而享譽盛名的《牡丹亭》，其〈道覡〉一齣筆法之驚世駭俗可是人所共視，湯顯祖特意在石道姑之「石」字上大做文章，當姓只是表相，主要在生理缺陷（石女）的雙關意涵。如：

大便孔似『園莽抽條』，小淨處也『渠荷滴瀝』。只那些兒正好叉著口，『鉅野洞庭』，偏和你滅了縫，『昆池碣石』，雖則石路上可以『路俠槐卿』，石田中怎生『我藝黍稷』？

形容石道姑的洞房花燭夜情形是：

㉖見《王國維戲曲論文集》頁七四，一九九三，臺灣里仁書局。

新郎，新郎，任你『矯手頓足』，你可也『靡恃己長』。三更四更了，他則待陽臺上『雲騰致雨』，怎生巫峽內『露結為霜』？他一時摸不出路數兒，……他沒奈何央及煞後庭花『背邶面洛』，俺也則得且隨順乾荷葉，和他『秋收冬藏』……

雖然也花巧思嵌上【後庭花】、【乾荷葉】等曲牌名作雙關語，但總的說來，箇中惡謔尺度之大膽令人咋舌！然而明清諸評點本大都肯定它是篇絕巧妙文，㉗只有少數顧慮《千字文》不夠通俗，怕影響演出效果。㉘

事實上，這類「房中道不出之話，公然道之戲場」，難免會使「雅人塞耳，正士低頭」，㉙平常置諸案頭，也祇可竊觀而羞於共論，若搬上高臺爨演，更將成何體統？陳士爭執導（上崑）全本五十五齣版《牡丹亭》，其中石道姑一腳用四川話自表履歷，

㉗茅暎評本云：「只是一部千字文，便成天花亂墜，與他曲套語可厭不同，晉叔又去之，何耶？」《柳浪館本》評語類此，《三婦本》云：「從《百家姓》轉出《千字文》，便不鶻突。一部《千字文》隨手拈來，分為十段。或笑或謔，忽惱忽語，真不從天降，不從地出，令人叫絕。」

㉘《柳浪館本》〈道覡〉總評曰：「用《千字文》處極為巧妙，臨川臨川毋乃太聰明乎？今世上有幾箇曉得《千字文》的，徒然費此一片苦心也。」

㉙參李漁《閒情偶寄・詞曲部・科諢第五》「戒淫褻」，《中國古典戲曲論著集成》第六冊，頁六二。

語多傖俗，殊非雅部格範；白先勇青春版則以正旦取代原來淨腳行當，湯作原有的科諢意趣刪卻不少，顯得單薄無味；浙崑版將〈道覡〉中石道姑之自報家門一段濃縮移置〈幽歡〉之開場，頗能觀照全局，剪裁得當，點到為止，王世瑤之道姑科諢雅俗兼備，令人解頤而不覺淫靡。㉚《牡丹亭》中其他有色科諢，若腳色按湯作原意安排，有時並不會因詞語淫褻而感尷尬，反而會有意想不到的突梯之趣，如第三十八齣〈淮警〉楊婆一出場即對李全「夜來鏖戰」略作嬌嗔，由於楊婆係由丑（男演員）扮飾，觀眾聞之發噱，而不覺過度涉穢。相對於上述所舉尺度過寬之情色科諢，第二十九齣〈旁疑〉中石道姑為了自清而表白：「誰引這秀才來？……俺是石的。」小道姑也反詰：「難道俺是水的？」陳最良忙上前勸解：「那柳下先生君子儒，到道籙司牒你去俗還俗，敢儒流們笑你姑不姑。」以柳下惠比擬柳夢梅為君子儒，以《論語・雍也》篇之「觚不觚」作諧音諷諭，湯顯祖此處科諢用得溫雅而恰如其份，故王思任批語云：「遊戲《四書》，正合腐塾文理。」

㉚詳參拙作〈牡丹亭場上表演的幾個問題〉之貳「新臺本之排場舞美問題」，「第三屆中國演出文化國際學術研討會」，大韓民國淑明女大，收於《中國文化研究學會》第五輯，頁六四～九二，漢城。見本書頁二四五～二四七。

此外，儒士通醫原是我民族文化傳統，如韓愈〈進學解〉即藉藥材之各具其用抒發才士不遇之牢騷，曲論如王驥德、李漁等亦常用醫理藥方取譬論述，以醫藥作為科諢素材之說唱、戲曲，宋金時代即頗流行，王國維曾列舉「又如《神農大說藥》、《講百果爨》、《講百花爨》、《講百禽爨》。案《武林舊事》（卷六）載說藥有楊郎中、徐郎中、喬七官人，則南宋亦有之。其說或借藥名以製曲，或說而不唱，則不可知；至講百果、百花、百禽，亦其類也。『打略拴搐』中，有《星象名》、《果子名》、《草名》等。以名字終者二十六種，當亦說藥之類。」[31]《牡丹亭》第十八齣〈診祟〉杜麗娘因傷春而病，陳最良聽春香說這病係因聽他講授《毛詩》而起，於是他迂腐而認真地想著：「這般說，《毛詩》病用《毛詩》去醫。」接下來所開出的藥方自然全與《毛詩》有關：酸梅十箇，因《詩》云：「摽有梅，其實七分」又云「其實三分」，合起來共有十箇；天南星三箇，因《詩》云：「三星在天」；又因《詩》云：「之子于歸，言秣其馬。」所以他告訴春香：「俺看小姐一肚子火，你可抹淨一箇大馬桶，待我用梔子仁、當歸，瀉下他火來。」雖是一派胡言，但這段科諢略具學養，所以顯

---

31 見同註26。

得可笑而不覺俗鄙。㉜之後陳最良為小姐診脈，居然錯按手背，春香一察覺，他還咬文硬拗「女人反此背看之，正是王叔和《脈訣》。」

類似庸醫看診的情節，《幽閨記》第二十五齣〈抱恙離鸞〉發揮得更多，這類逗笑題材與劇情之重要發展無關，若處理失當，不免令人生厭。如男主腳蔣世隆生病，女主腳王瑞蘭帶他就醫，不料遇到翁姓庸醫，他在正式上場前先向內說了一大段科諢，聯綴三四十種藥名，並夾雜有色穢語，雖是文字遊戲，但頗為不雅，故李卓吾認為可刪。接下來翁太醫把脈時，要蔣生伸腳，還諢說「病從跟腳起」，診脈時同樣因錯按手背而大呼「這脈息昏沈，兩手如冰駭死人，叫幾個尼姑和尚，做些功果，送出南門，鬼門關上去招魂，叫些木匠……早把棺材釘。」之後又誤拿痔瘡藥給大夥兒（包括他自己）吃得盡吐，以下的「望聞問切」更是諢鬧，惹得李卓吾特地加註眉批：「可厭，刪。作者極苦，看者又不樂。今日之人，多犯此病。」㉝其實這看似無關緊要的看病情節，就文士觀點，覺得是場胡鬧，應予刪卻；但就舞臺搬演來看，只要剪裁得當，倒

㉜王思任評本曰：「雅謔搭來，無隻字不妙。」臧晉叔亦云：「陳教授下藥多引《毛詩》，或以為諧謔甚，非末體，不知戲中往往用末科，且因詩起病，即按詩定方，此正老學究事，又何疑焉。」（第九折〈寫真〉批語）

㉝見容與堂刊本《李卓吾批評〈幽閨記〉》（下）第二十五齣。

是頗具調弄效果。如崑臺演出本即將它精鍊淨化成一齣輕鬆逗趣的折子戲〈請醫〉，這齣戲蔣世隆的病有沒有治好，觀眾並不關心，他們要看的是戲臺上如何把現實生活中江湖庸醫治病的種種招數誇張化，並藉機調笑一番，達到戲弄小戲平民化的娛樂效果。

同樣以藥名為科諢的《牡丹亭‧詗藥》，石道姑為求小姐還魂之藥，找上開藥鋪的陳最良，她問：「好『道地藥材』！這兩塊土中甚用？」陳答：「是寡婦牀頭土。男子漢有鬼怪之疾，清水調服良。」「這布片兒何用？」『是壯男子的褲襠。婦人有鬼怪之病，燒灰喫了效。』石再問：「這等，俺貧道牀頭三尺土，敢換先生五寸襠？」陳答：「怕你不十分寡。」石道姑回了一句：「啐，你敢也不十分壯。」這段頗為謔浪的科諢，一般僅看作是淨丑互逞口舌的調笑語。事實上，湯顯祖是略諳醫理的，他將特殊藥材加以剪裁、改裝成令人驚異噴飯的「哏」，的確深具巧思！原來李時珍《本草綱目》（刊於一五九〇年）及前代藥籍早已有「寡婦牀頭土」與「壯男子褲襠」所製成的「燒褌散」等相關記載，如：

《傷寒論注釋》（漢‧張機撰，晉‧王叔和編，金‧成無己注）卷七「辨陰陽易差後勞復病證并治法第十四」云：

傷寒陰陽易之為病，……燒裩散主之。大病新差，血氣未復，餘熱未盡，強合陰陽得病者，名曰易。……其人病身體重少氣者，損動真氣也。……與燒裩散，以導陰氣。

燒裩散方，……婦人病取男子裩襠燒灰。

宋·唐慎微《證類本草》卷四載：

寡婦牀頭塵土，主人耳上月割瘡，和油塗之，効也。

李時珍《本草綱目》承前代藥書之說，卷四〈諸瘡〉條之療藥亦有「寡婦牀頭土」，卷七亦載：「寡婦牀頭塵土，主治耳上月割瘡和油塗之。」卷三十八〈服器〉「褌襠」云：「主女勞疸及中惡鬼忤。」「發明」又云：

時珍曰：按張仲景云：陰陽易病，……燒裩散主之，……男用女，女用男。成無已解云：此以導陰氣也。童女者尤良。㉞

㉞明代唐順之編《武編》前集卷二與繆希雍《神農本草經疏》卷十五亦有類似記載。

明清諸評點本中，看出〈詗藥〉具醫理諧謔的有：柳浪館總評此齣云：「謔都佳，說醫處，亦按理，非漫作者。」《三婦本》批語：「以意為醫，得相制之理。錢曰：土受魄，襠近精，陰陽故足相制。」其實從上述藥籍看來，「寡婦牀頭土」僅可療瘡，並無治男子鬼怪之疾的記載，湯顯祖運用虛實相生的筆法，使這段淨丑科諢浪味十足。回頭看〈診祟〉齣陳最良聽春香說小姐「這病便是『君子好求』上來的」，於是他開出第一味藥「使君子」，並說「小姐害了『君子』的病，用的史（按：應作「使」）君子。《毛詩》：『既見君子，云胡不瘳？』」寫到這也就夠了，不料湯顯祖謔筆興致一發難以遏抑，居然寫出「這病有了君子抽一抽，就抽好了。」如此令淑女色變、雅士塞耳之諧音褻語，與陳最良老成之腐儒形象相距甚遠。㉟難怪李漁在論科諢技巧時要特立「戒淫褻」一項，並強調「鄭聲宜放，正為此也。不知科諢之設，止為發笑。人間戲語儘多，何必專談慾事？」情色科諢最聳觀聽，但其間尺寸之拿捏殊為不易，劇作家撰筆誠宜深慎。

㉟明代朱墨刊本《牡丹亭》茅暎（遠士）批語亦認為〈硬拷〉一齣柳夢梅在【雁兒落】曲文中居然對著杜寶唱出「我為他啟玉肱、輕輕送，我為他軟溫香、把陽氣攻」等語，殊為不宜，其評曰：「曲甚不雅，不似對丈人語也。」

此外，一般學者論《牡丹亭》中外型較為怪異的幾個人物亦略有微辭，㊱事實上，太過尋常之人無法成為戲臺上所需要的類型、典型人物，形象若不誇張特出，則觀眾印象不深，難以達到戲劇效果。《牡丹亭》劇中雖然陳最良迂腐、石道姑係道婆、癩頭黿染頭疾、郭駝背彎，但他們守份認真、無害於世，且熱心負責，極力協助護衛生旦邁向團圓佳境，並非如一般論者所稱的「麻木不仁」、「醜陋不全」。湯顯祖對他們人格性情的型塑技巧可說相當成功，㊲只是出自彼等之科諢，由於湯顯祖謔筆興致有時未多控制，不免出現若干俗惡涉穢之斑斑敗筆。

㊱徐朔方校註《牡丹亭》之〈前言〉云：「在叛逆者杜麗娘的身邊，派來教育她的陳最良與為她驅病的石道姑是鬼魅一樣的人物。」「在《牡丹亭》裡特別描寫了陳最良、石道姑、癩頭黿、郭橐駝四個在精神或生理上有著殘疾的人物。在他們身上，人們看到了在封建禮教的桎梏中，人的精神狀態是何等麻木不仁，人的生理狀況是何等醜陋不全！」（一九六五，北京，中華書局，頁五、一二）中國社科院文學研究所編《中國文學史》稱陳最良「是一個十足的迂腐、庸俗、虛偽、自私的道學先生。」（人民出版社，一九六二，頁九五九）劉大杰《中國文學發展史》也說「他迂酸頑固，腐朽虛偽，在他身上，沒有一點新的氣息和生機，成為封建道德的化身。」（一九六二，中華書局）。

㊲吳梅《顧曲麈談・論作劇法》云：「老駝在《牡丹亭》中是一不甚重要之人，而記中凡涉老駝諸曲如〈訣謁〉云：『俺橐駝風味，種園家世，雖不能展腳舒腰，也和你鞠躬盡瘁。』句句是駝背口吻，能移置他人口中否？」湯氏對其他三人之型塑技巧已多論及，茲不復贅。

結語

文士撰劇追慕風雅，觀眾看戲則喜諧謔鬧熱，為平衡雅俗差距，調劑排場冷熱，我國戲劇自萌芽、發展乃至成熟，雜技、調笑之排場不時貫串其間，「無丑不成戲」之特質已然使科諢成為古典戲曲不可或缺的表演傳統。湯顯祖雖嚮慕「意趣神色」之品格境界，對戲曲搬演之舞臺效果亦頗關注。其令《西廂》減價之《牡丹亭》，除風調流逸之幽情雅韻外，另有諸多鬧熱波瀾，就中科諢之運用洵是關鍵所在。

李漁曾讚歎《牡丹亭》之科諢已達「俗而不俗」之妙境，其氣長力足允為四夢之冠。㊳且看賊牢淘氣的丫環、迂腐村氣的老儒將原本極閒極淡的訓蒙敷演成諧謔鬧熱的〈閨塾〉；陰森可怖的閻羅殿，因為科諢的適時加入，使得〈冥判〉中審鬼過程變得詭奇可喜。而原屬戰爭場面的〈寇間〉、〈淮警〉也因突如其來的突梯科諢而變得活絡有致，箇中諧音雙關的妙用亦增添不少奇趣，至於〈秘議〉、〈僕偵〉中「無理而妙」

㊳見同註㉙頁六二～六三。

的關目設計亦能淡然博觀眾一粲，凡此皆是湯氏巧思安排善驅睡魔之戲劇眼目。

在權奸專擅、言官噤聲風雨如晦的時代，傲骨嶙峋之湯顯祖自與物多忤，面對才士不遇、科考不公與政治外交黑暗庸儒諸時弊，倘若心中無浩然正氣、忠義之勇，焉敢上書直諫、作傳奇以諷諭世人？而箇中包含絕大文章的科諢又豈但是一般科諢，直是可以廉頑立懦、引人入道的方便法門，正因為「一切科諢極盡聰明巧妙，作者一肚皮不合時宜都發洩盡矣。」無怪乎吳吳山三婦歎賞其「嬉笑怒罵，皆有雅致。宛轉關生，在一二字間。」㊴

至於在曲文賓白中鑲嵌數目字、曲牌名等文字遊戲，湯顯祖對此技巧亦頗嫻熟，而能呈現俳體特有之奇趣。然而有時遊藝戲筆謔浪過頭則不免涉穢遭譏。如宋金以來即多有藉《千字文》、藥名、果名、花名等，或說唱以調笑，或演劇以逗樂者。《牡丹亭‧道覡》一齣將一一六句的《千字文》解構重組成一千七百餘字，用典繁富而雙關原是湯氏炫才、調侃聖賢之謔筆，然其中若干惡謔實難登大雅；〈診祟〉、〈詗藥〉看診問藥之科諢令人發噱，祇是其中染色部分不免令人色變。或以為晚明倡慾文學，

㊴見吳吳山三婦評本《牡丹亭》卷首〈還魂記或問〉。

實有「藉男女之私情，發名教之偽藥」（馮夢龍〈序山歌〉語）底深意，然而就高臺教化之戲曲搬演而言，曲文賓白過度涉穢，著實有礙觀聽。誠如李漁所言，「科諢之妙，在於近俗，而所忌者又在於太俗。不俗則類腐儒之談，太俗即非文人之筆。」劇作家要達到「我本無心說笑話，誰知笑話逼人來」的科諢妙境，㊵原非易事，而當劇作付諸氍毹爨演時，如何翦穢存菁以耀觀聽，則更需要融鑄雅俗、涵納機趣的文化心靈。㊶

㊵見同註㉙頁六二～六四。

㊶本文原發表於二〇〇六中國．遂昌湯顯祖國際學術研討會，二〇一四年六月修訂，載《湯顯祖研究通訊》，浙江遂昌，二〇一四年第一期（總第十九期）。

從明清縮編版到現代演出版《牡丹亭》

——談崑劇重構的幾個關鍵

玉茗四夢，曲壇向有趙璧隋珠之譽①，《牡丹亭》一劇尤為箇中珍奇，不僅為湯顯祖一生所得意，四百餘年來舞臺爨演不輟，而今更為世界性的研究與搬演熱潮。然而這部曠世鉅著所煥發出的璀璨舞臺風華，並非湯氏一人所獨創，而是幾經斧削、增華所締造而成。明清之際，眾多文士、藝人根據各自的審美需要、藝術品味，乃至觀眾意識，從案頭到場上，先後對《牡丹亭》進行縮編，從而加速《牡丹亭》的傳播。換言之，《牡丹亭》的傳播史即是一部被不斷改編的歷史，也是一部不斷適應舞臺搬演的歷史。

①吳梅嘗云：「玉茗四夢，其文字之佳，直是趙璧隋珠，一語一字，皆耐人尋味。」見《顧曲麈談》第一章〈原曲〉第三節〈論南曲作法〉臺北：臺灣商務印書館，一九六九，頁七六。

迨至近現代，中西表演文化交互激盪，《牡丹亭》的搬演未嘗或歇，在綺穀紛披、異彩並呈的現代諸版《牡丹亭》競相奏技之餘，令人不禁省思，究竟傳統崑劇在時空移易而不得不重新建構時，何者該「遵古以正今之訛」？何者不妨「從俗以就今之便？」方能真正呈顯其所以為世界文化遺產底價值。緣此本文擬從明清縮編版探討《牡丹亭》全本戲之重整歷程，並就戲曲選本釐析折子戲之磨琢雕飾功夫，總結前賢將劇本文學演繹成舞臺藝術之場上化經驗，對照現代諸版《牡丹亭》之搬演得失，冀能尋繹出今日崑劇重構的成功關鍵。

壹、明清縮編版——《牡丹亭》全本戲之重整

《牡丹亭》雖有「幾令《西廂》減價」之譽，但湯顯祖甫一脫稿，即遭當時曲壇名家標塗改竄，改編者以序跋、眉批或校註方式，對該劇提出意見，且眾口一詞地宣稱其改編之目的在於使《牡丹亭》能完美地登於「場上」。沈璟將改本稱為「串本」，意在使湯作能順利串演於場上。②而臧晉叔、馮夢龍、徐日曦也紛紛表示《牡丹亭》詞致奧博難懂、情節繁冗且音韻欠諧，係「案頭之書」，而非「筵上之曲」或「當場之

譜」。③於是諸家競相改編，或更動劇本結構，或芟翦修潤曲文賓白，或裁汰劇中人物，旨在「刪改以便當場」。

《牡丹亭》之改編本甚夥，就傳播學角度而論，若干改本或仍存在爭議，如所謂「呂家改本」④，或曲目太少，如沈璟改本僅存殘曲二支，或更動篇幅不大、價值不高，如徐肅穎刪潤《玉茗堂丹青記》（又名《留真記》）、半園刪訂《還魂記定本》⑤，或因

---

② 明・沈自晉《南詞新譜・古今入譜詞曲傳劇總目》：「《同夢記》，詞隱先生未刻稿，即串本《牡丹亭》改本。」北京：中國書店影印，一九八五，頁六。

③ 見臧氏〈玉茗堂傳奇引〉，收於《負苞堂集》，臺北：河洛圖書，一九七五，頁六二；馮氏《風流夢・小引》，收於《馮夢龍全集》第十二冊，南京：鳳凰出版社，二〇〇七，頁一〇四七；徐日曦《碩園刪定牡丹亭・序》，轉引自徐扶明《牡丹亭研究資料考釋》「碩園本牡丹亭」條，上海：上海古籍出版社，一九八七，頁六〇。

④ 湯顯祖〈與宜伶羅章二〉曾云：「《牡丹亭》要依我原本。其呂家改的，切不可從。」所謂「呂家改本」目前學界有二種看法：一者認為「呂改本」實則為沈璟改本《同夢記》，並不存在另一個「呂玉繩」或「呂天成」改本，如徐朔方《湯顯祖評傳》頁二二五，南京大學出版社，一九九三、徐扶明《牡丹亭研究資料考釋》，頁五四；一者認為呂改本並非沈璟改本之誤，而是實際存在之呂玉繩改本，如夏寫時《論中國戲劇批評》頁二七九，濟南：齊魯書社，一九八八、周育德《湯顯祖論稿》頁三〇三～三〇八，北京：文化藝術出版社，一九九一，茲因文獻佐證不足，仍難成定論。

⑤ 徐肅穎《丹青記》錯譌字多，劇中主角名字更改，前後不一，又特意更改若干集句詩，藉以偽裝成一新劇作，係價廉而物差之贗品。半園《還魂記定本》凡二八齣，僅將原作刪約，並無任何新意。參根ケ山徹〈徐肅穎刪潤《玉茗堂丹青記》新探〉，收於華瑋主編《湯顯祖與牡丹亭》，臺北：中央研究院中國文哲研究所，二〇〇五，頁三六七～三九二。

政治需要而改竄，如清代冰絲館本《牡丹亭》⑥。上述諸改本因影響有限，故本文未遑細究，茲就傳播影響較為深遠之臧晉叔、馮夢龍、徐碩園諸大家，如何從結構、曲白、人物等視角，將《牡丹亭》予以縮編並重整釐述如次。

一、更動結構——刪併、調換場次

《牡丹亭》在「玉茗四夢」中結構最為玲瓏而奇麗⑦，李漁曾說好戲必長，戲長則劇作家方能盡情「闡揚志趣，摹擬神情」⑧。《牡丹亭》在四夢中恰是篇幅最長且最動人心魄之劇作。就劇本文學而論固然如此，然而戲劇之道，貴在搬演，劇作家若徒騁才

---

⑥清乾隆五十年刊行之冰絲館本《牡丹亭》，係根據明王思任清暉閣批點《牡丹亭》而重刻，刪原作第十五齣〈虜諜〉，並註明：「遵進呈訂本不錄」，第四十七齣〈圍釋〉亦刪金使臣上場一節，全劇凡涉「金」、「胡」等政治敏感字眼皆遭刪改。詳參拙文〈從清代文網看冰絲館本的避諱與評點〉，收於本書頁三一九～三七六。

⑦明・袁宏道云：「詞家最忌逐齣填去，漫無結構，《紫釵》、《南柯》、《邯鄲》都犯此，所以詞雖峻潔，格欠玲瓏，若《還魂》庶幾無憾乎！」見明・沈際飛評點《牡丹亭還魂記》卷首〈集諸家評語〉，明刻本，（中國）國家圖書館善本閱覽室微卷。明・王驥德《曲律・雜論第三十九下》：「《還魂》處處種種，奇麗動人。」《中國古典戲曲論著集成》第四冊，北京：中國戲劇出版社，一九五九，頁一六五。

⑧見《閒情偶寄・演習部・變調第二》「縮長為短」，《中國古典戲曲論著集成》第七冊，頁七七。

情而不諳舞臺規律，不僅情節易流於枝蔓，結構鬆散冗長，演員體力亦將不堪負荷，終不免遭受刪削改竄。臧晉叔在總評《邯鄲記》時已點明「臨川作傳奇，長怪其頭緒太多。」總評《紫釵記》時亦云：「計玉茗堂上下共省十六折，然近來傳奇已無長於此者。自吳中張伯起《紅拂記》等作，止用三十折，優人皆喜為之，遂日趍日短，有至二十餘折者矣，況中間情節非迫促而乏悠長之思，即牽率而多迂緩之事，殊可厭人。予故取玉茗堂本細加刪訂，在竭俳優之力，以悅當筵之耳知聽者。」總評《牡丹亭》時同樣提出：「常恐梨園諸人未能悉力搬演，而玉茗堂原本有五十五折，故予每嘲臨川不曾到吳中看戲。」⑨

為使《牡丹亭》結構緊湊，凸出主線，臧晉叔、馮夢龍與徐碩園大刀闊斧地刪併了近二十齣情節較為枝蔓的支線折目。其中碩園改本成書較晚⑩，且所更動之結構與臧、

---

⑨見臧氏改編評點《還魂記》第三五折〈圓駕〉眉批，明末吳郡書業堂梓行，臺北：國家圖書館善本書室微卷，卷下，葉七五上。

⑩臧改本《還魂記》約作於萬曆四十六年（一六一八），馮改本《墨憨齋重定三會親風流夢》則晚於臧改本五年以上，而徐日曦天啟二年（一六二二）才中進士，其改本《碩園刪定本還魂記》原序嘗提及湯作「詞致奧博，眾鮮得解」，然一般改本「剪裁失度，或乖作者之意」，徐氏乃「稍為點次，以畀童子」（見毛晉《六十種曲》初印本），故其成書當更晚。

馮改本頗多雷同，當是參酌前賢而成。碩園對「風流佚宕、道妙宗風」的湯顯祖頗為景慕，（見《碩園刪定牡丹亭・自序》），因而保留湯作齣目最多（四十三齣），與湯作相比，只是量的壓縮，較臧氏（三十六折）、馮氏（三十七齣）更忠實於原著。因而他僅刪去主腦以外、缺乏戲劇性之過場戲，如〈悵眺〉、〈勸農〉、〈慈戒〉、〈虜諜〉、〈道覡〉、〈繕備〉、〈詗藥〉、〈禦淮〉、〈聞喜〉等九齣，皆屬側出枝葉之支線，原是對劇情發展影響不大的閒場子，其中〈道覡〉、〈詗藥〉又多被視為湯顯祖筆下的糟粕，故最易被刪削。

臧、馮改本刪併的場次原本更多，除上述九齣以外，臧晉叔認為〈訣謁〉、〈僕偵〉「皆屬迂闊」⑪，〈旁疑〉、〈歡撓〉僅屬生旦歡會之小插曲，〈淮警〉、〈淮泊〉亦屬支線小過場，皆可刪除；其他折數太煩、情節鬆散之齣目，臧改本皆予以縮併，如將〈腐歎〉、〈延師〉、〈閨塾〉縮為〈延師〉一齣，又將〈診崇〉併入〈寫真〉，

---

⑪臧改本《還魂記》第六折〈謁遇〉有眉批：「又第五有越王臺與韓子才〈悵眺〉折，第十二有與園公郭駝〈訣謁〉折，第三十九有郭駝〈僕貞（偵）〉折，皆屬迂闊，刪之。」（卷上，葉二〇上）臧改本眉批中凡提及湯作之折次，皆較明代懷德堂刊本少一折，推知臧氏所據版本首齣〈標目〉當不佔齣目，故臧氏改本首折「開場」亦不佔折目。

〈秘議〉併入〈回生〉。馮夢龍除刪〈憶女〉、〈淮泊〉⑫……之外，另併〈悵眺〉入〈二友言懷〉，併〈腐歎〉、〈延師〉為〈官舍延師〉，併〈言懷〉、〈訣謁〉為〈情郎印夢〉，併〈詰病〉、〈道覡〉為〈慈母祈福〉，併〈拾畫〉、〈玩真〉為〈初拾真容〉，併〈旁疑〉、〈歡撓〉為〈石姑阻懽〉，併〈如杭〉入〈夫妻合夢〉，併〈移鎮〉、〈禦淮〉為〈杜寶移鎮〉，併〈遇母〉、〈急難〉為〈子母相逢〉。

由於大量刪併場次，結構雖緊實了，但也出現一個角色接連主唱兩三齣的情況，如旦角連唱〈遊園〉（〈驚夢〉）、〈尋夢〉、〈寫真〉，於是臧晉叔將〈詰病〉往上移置〈尋夢〉之後，生、旦主唱的〈冥誓〉、〈回生〉、〈婚走〉三齣相連，其後又將連唱三齣戲——〈如杭〉、〈耽試〉、〈急難〉，恐男女主角氣力難支，臧改本把〈移鎮〉往上移至〈回生〉之後，並加註眉批：「此臨川四十一折也，今移於此，蓋節生旦力也。」（卷下，葉十一下）並將〈寇間〉移至〈耽試〉之後。至於湯顯祖原作中〈魂遊〉與〈幽媾〉相連，臧氏也體貼地在兩齣中間夾上一齣〈奠女〉（湯顯祖原作〈憶女〉），並加註批語：「此折本在〈遊魂〉前，今改于後，為旦上場太數

⑫ 馮氏《風流夢・總評》云：「原本如老夫人祭奠，及柳生投店等折，詞非不佳，然折數太煩，故削去。」見《全明傳奇》第一輯，天一出版社，一九八五，頁二。

也。」（卷上，葉五九上）湯氏原著〈急難〉與〈寇間〉相連，臧改本特地加進兩齣〈耽試〉與〈折寇〉，並在〈寇間〉折中批註：

臨川此折在〈急難〉後，蓋見北劇四折止旦末供唱，故臨川于生旦等曲皆接踵登場，不知北劇每折間以爨弄隊伍吹打，故旦末常有餘力，若以概施南曲，將無唐文皇追宋金剛，不至死不止乎？（卷下，葉二三上）

意謂元雜劇雖是一人主唱，但每折之間穿插雜技樂舞，使主角得暇喘息（或換裝），傳奇篇幅太長，劇作家若不能調劑排場之冷熱，則無法達到「均演員之勞逸，新觀眾之耳目」的舞臺效果。

值得一提的是，諸改本為使結構緊湊，去蕪除贅地凸出主線，的確使《牡丹亭》在搬演時更具戲劇張力。然而古典戲曲之審美品格並非僅止結構嚴謹而已，臧改本將看似非緊要關目的〈拾畫〉刪除，雖無礙於劇情之發展，然此齣詞采俊逸靈秀，琢調妍媚賞心，是小生展現「玉樹臨風」氣格的經典主戲，至今爨演不輟，若隨臧氏貿然刪卻，無疑是崑臺文學藝術之一大損失！⑬

⑬本節所述諸改本結構，詳參本章表一，「湯氏原作與碩園、臧晉叔、馮夢龍諸改本結構對照表」（頁二二二）。

二、芟翦改竄曲調曲詞

湯顯祖《牡丹亭》一劇總計四三七支曲牌，但在明清諸改本中被大幅芟翦，碩園本只賸二四五曲，臧改本凡二二五二曲，馮改本計有二九三曲，除了上述因刪併場次而連帶削減曲牌之外，有些則是因不合格律而被更換、修改或重作。諸改本中碩園較乏音律素養，也較尊重湯作，對曲牌處理也僅止於刪曲或併曲，而未花心力重作。但雖是簡單的刪併亦未見完善，如〈移鎮〉一折，湯原作由杜寶先上場唱【雙調引・夜遊朝】，其後杜母再上場唱【雙調引・似娘兒】，不料碩園為節篇幅而罔顧曲意，刪掉【似娘兒】，讓二人分唱【夜遊朝】：

（外杜安撫引眾上）西風揚子津頭樹。望長淮渺渺愁予。（老旦）枕障江南，勾連塞北，如此江山幾處。

試想被王思任批為「軟」的杜母，怎會有「枕障江南，勾連塞北，如此江山幾處」這般憂心國事之胸次？如是忽略身分、口吻之併曲，手法頗為粗疏。此外，〈閨塾〉

一齣，臧、馮、徐三人皆著意重整、歸併，而徐改本效果最差，因他刪曲過多，賊牢的春香遇上腐儒陳最良，其天真鬧學的生動關目全被刪除，弄得演員無戲可做，整個場子變得空洞簡單。另如臧改本將〈驚夢〉中表現杜麗娘懷春入夢、情思幽怨纏綿的【山坡羊】給刪掉，令人興味索然，故王季烈批評他「矯枉過正」。⑭

沈璟的改本《同夢記》僅餘殘曲二支——〈言懷〉之【真珠簾】與〈遇母〉之【蠻山憶】，就音律而言，湯、沈之曲牌格律各有所據，尤其湯原作四支集曲【番山虎】組合得自由而靈活，在〈遇母〉中，杜母、春香、石道姑與還魂後的杜麗娘四人重逢，各唱一曲，將驚喜疑懼交雜的心情寫得活現，反觀沈璟卻將四人唱詞合而為一，無怪乎徐朔方反對說：「**四個人的唱詞全部相同，這是把人物個性與社會關係強行劃一了，在藝術上較原作倒退了一步。**」⑮一般學界推稱沈璟為「吳江派」之首，事實上，臧晉叔的音律造詣較沈璟為高，凌濛初曾云：「吾湖臧晉叔，知律當行在沈伯英之上，惜不從事於譜。**使其當筆訂定，必有可觀。**」⑯朱彝尊也稱讚：「晉叔精音律，持論斷不

⑭王季烈《螾廬曲談》卷二「論作曲」云：「明人臧晉叔於四夢均有改本，但臧之意在整本演唱，故於各曲芟削太多，不無矯枉過正之嫌。」上海商務印書館，一九七一，頁三二。
⑮見徐氏《湯顯祖評傳》南京大學出版社，一九九三，頁二二四。
⑯見凌氏《譚曲雜劄》，收錄於《中國古典戲曲論著集成》第四冊，頁二六〇。

爽。」（《靜志居詩話》）臧改本中常體現其獨到的音樂造詣，如〈尋夢〉一折，臧批云：「此下有【尹令】，吳人目為拽緶腔，與其厭聽，不若去之。」（卷上，葉二五上）即因不美聽而刪曲；〈折寇〉眉批：「原本外末共唱【榴花泣】一曲，無論曲名已見，且于場上不便下緊板，故以【四邊靜】易之。」（卷下，頁三三下）指出湯作前幾齣〈婚走〉、〈急難〉已用過【榴花泣】，為使音樂不重複而改用他曲。尤其湯作偶而聲情與劇中情境不合處，臧氏亦能予以改正，如〈寇間〉中陳最良身處兵燹離亂之際，湯原作讓他唱訴情而調緩之【駐馬聽】，臧批云：「末當此兵戈惶急之時，用【駐馬聽】曲殊不得調，故易以【縷縷金】，且重用『山前山後一聲鑼』句亦自有韻。」（卷下，葉二三下）至於馮夢龍之音樂素養雖未必出色⑰，但其改本〈初拾真容〉折所改竄過之曲調【商調二郎神】、【集賢賓】、【黃鶯兒】、【簇御林】等，確為後世藝人採入〈叫畫〉中，迄今傳唱不衰。

有關曲詞之改易，歷來對諸改本之評價皆不高，如最為膾炙人口的〈遊園〉（湯原

⑰馮改本中偶有刪曲不當、以俗詞入曲、以淨丑曲入生旦之口、不擅北套……等缺失，詳參朱夏君〈《牡丹亭》與《風流夢》對勘研究——兼論湯、馮審美意趣之差異與時代動因〉（上、下），《湯顯祖研究通訊》，二〇一〇年，第一、二期，頁四九、五三、五六、六〇、八二～八六。

著〈驚夢〉前半齣），其首曲【遶池遊】，臧晉叔為了避免重複用曲⑱，將它改為【霜天曉角】，此二曲曲文如下：

湯原本：【遶池遊】（旦）夢回鶯囀，亂煞年光遍，人立小庭深院。（貼）炷盡沉煙，抛殘繡線，恁今春關情似去年。

臧改本：【霜天曉角】（旦）夢回鶯囀，亂煞年光遍，香閨不慣相思怨，底事抛殘鍼線。

湯作詞致幽深蘊藉，將女子感春之情含而不露地摹寫出來，且旦、貼二人口吻與身份相合，臧改本在麗娘尚未夢見柳生時，無端抛出「香閨不慣相思怨」一句，顯得突兀，尤其本折【尾聲】，湯原作「困春心遊賞倦，也不索香薰繡被眠。天呵，有心情那夢兒還去不遠。」對春夢的期待含蓄而悠長；臧氏改作「春心只待眠，那夢兒還去不遠，可能勾再與纏綿。」雖不至於如朱恒夫所言「像一個因色慾膨脹而痛苦的村

⑱湯顯祖《牡丹亭》全劇【遶池遊】曲牌共有五齣出現，總計七支曲牌：第三齣〈訓女〉用二支、第七齣〈閨塾〉用一支、第十齣〈驚夢〉用一支、第三十三齣〈秘議〉用二支、第五十四齣〈聞喜〉用一支。

婦[19]」，但過於直接地吐露欲情，的確有失大家閨秀的氣格。

至於馮夢龍改本之詞采意境亦遠遜於湯作。如最是旖旎浪漫的〈驚夢〉，男女主角在夢中初會時所合唱的【山桃紅】名句：「是哪處曾相見，相看儼然，早難道好處相逢無一言。」馮氏改作「不是容易能相見，相看慘然，早難道好處相逢無一言。」還自鳴得意地批註：「原本分生旦夢為二截，生夢已在前，故此云『是那處曾相見』；今并作一夢，改云『不是容易能相見』，甚妙！」二人甜蜜的相會，怎會「相看慘然」？就意境而言，湯顯祖這句「相看儼然」，幽微而深刻地透露出真有情緣的男女，在初相逢的那一刻，必然會莫名地產生靈犀相通、似曾相識之奇妙感應（有如《紅樓夢》中寶玉之初見黛玉），馮氏作「不是容易能相見」，如此一改，毫鋒殊拙，筆致轉趨淺俗而乏意趣。接著〈尋夢〉一折【豆葉黃】曲：

湯原本：他興心兒緊嚥嚥，嗚著咱香肩，俺可也慢掂掂做意兒周旋。等閒間把一箇照人兒昏善，那般形現，這般輭緜。忑一片撒花心的紅影兒弔將來半天，敢是咱

⑲參朱氏〈論雕蟲館版臧懋循評改《牡丹亭》〉，《戲劇藝術》，二〇〇六年第三期，頁四五。

夢魂兒廝纏。

馮改本：他生情美滿，我著意周旋，不覺的水逐花流，忘卻往時覗䁌。千般柔媚，萬般輭緜。正在那愛煞人的時節，正在那愛煞人的時節，什麼花片兒弔將下來，敢則是花神嫉妒良緣。

湯氏詞采瓌奇，幽深艷異，意象豐富而暗寓雙關，寫麗情駘蕩而神秘；馮詞雖亦柔媚有致，但情意直顯，較乏餘韻。此外，馮改本增加旦生於中秋之情節，特意營造二十折〈魂遊情感〉中春香為旦開設道場祈福所云：「今日八月十五日，是小姐生辰，又是死忌，又是週年」的悲戚氛圍；而十五折〈中秋泣夜〉【尾聲】末句唱詞：「怎能勾月再團圓秋再中」，造語刻意，殊乏神色，遠不如湯原作「怎能夠月落重生燈再紅」來的悲切自然，並寄寓日後還魂之預示效果。整體言之，臧、馮改本之曲詞，誠如學界所言——「代替湯著詩情畫意的境界的是陳腐言詞的堆積」⑳。

⑳此語係夏寫時對〈驚夢〉【遶池遊】馮改本曲文（旦：花嬌柳顫，亂煞年華遍，逗芳心小庭深院。貼：鶯啼夢轉，向闌干立倦，恁今春關情勝去年。）之論評，見氏著《論中國戲劇批評》，濟南：齊魯書社，一九八八，頁二二二。

三、刪潤賓白以趨俗適演

李漁認為：「自來作傳奇者，止重填詞，視賓白為末著。……賓白一道，當與曲文等視。」㉑近代曲學大家吳梅推闡其說云：「若賓白不工，則唱時可聽，演時難看。且場面一冷，亦引不起曲情，此賓白不可不工者一也。」㉒《牡丹亭》之賓白，湯顯祖自是著意經營，衹是有時雕鏤過甚，「詞致奧博，眾鮮得解」，而明代家樂戲班之藝人又多為「童子」，文墨有限，因而徐碩園等改本乃「稍微點次，以畀童子」（見徐改本自序），好讓演員與觀眾能因解意而更入戲。可惜徐氏對湯作抱持只刪不改的態度，他只刪去原作中餘贅、重複的枝節㉓，對「詞致奧博」之曲白未作充分修正，倒是馮夢龍與臧晉叔於此措意較多，使原作變得較為通俗而淺顯易懂，如湯作〈驚夢〉前半折中杜麗娘的懷春之思是內蘊而漸進的，她唱完【皂羅袍】之後，春香只說了一句「是

㉑見《閒情偶寄・詞曲部・賓白第四》，《中國古典戲曲論著集成》第七冊，頁五一。

㉒參氏著《顧曲麈談》第二章〈製曲〉第一節〈論作劇法〉，商務印書館，一九六九，頁一一九。

㉓如〈回生〉中杜麗娘嘔出水銀事與還魂無關，〈准泊〉中柳夢梅欲用此水銀折抵酒錢，致水銀遁地而走與諸多酸腐曲白，碩園一併刪去，使劇情較為緊湊。

花都開，那牡丹還早。」馮夢龍的《風流夢》不僅齣名換成較淺顯的〈夢感春情〉，更在此處增加了主僕二人的對話：

（貼）小姐，你看牡丹亭畔，花開得好爛熳也。

（旦）正是，花木無情，逢春自發。

（貼）倘不遇春光，便有名花奇卉，也徒然了。

馮氏此處眉批說明：「傳奇名《牡丹亭》合當點破，舊作『百花臺』，似泛。」由春香點出劇名，再鋪陳花木雖無情，猶逢春自發，何況是年已及笄之女子！以便銜接湯作下一曲【好姐姐】中杜麗娘的感嘆：「牡丹雖好，他春歸怎占的先。」並與接下來的〈尋夢〉地點有所照應。馮夢龍也常運用口語化的賓白，使湯作變得淺顯易懂，如湯氏〈腐嘆〉、〈勸農〉、〈尋夢〉……諸折之曲詞賓白亦多所改動，目的在化雅為俗，使演出簡明易懂以貼近觀眾。

至於湯顯祖的齣末下場詩特用集唐方式藉以炫才，此後傳奇紛紛仿效，蔚為風氣。畢竟下場詩用集唐，需平仄、韻協、情境皆相吻合乃稱佳構，否則滿眼餖飣濫套，將不值一哂。如王驥德即云：「落詩，亦惟《琵琶》易詩語為之，於是爭趨於文。邇有集唐句以逞新奇者，不知喃喃作何語矣，用得親切，較可。」㉔臧晉叔亦表示：「凡戲落場詩宜用成語，為諧俚耳也，臨川往往集唐句，殊乏趣，故改竄為多。」（見〈言懷〉眉批，卷上，頁三下）孔尚任亦反對下場時用集唐詩，其《桃花扇》之〈凡例〉第十五則云：「上下場詩，乃一齣之始終條理，倘用舊句、俗句，草草塞責，全齣削色矣。時本多尚集唐，亦屬濫套。」事實上，集唐詩之優劣非關形式，而在於劇作家才情之高下。湯氏《牡丹亭》深心組接之集句詩，縱非全然佳妙致遭改竄，然大幅刪削而易以成語俗諺之臧改本，亦全部保留湯作〈移鎮〉之下場詩，只因它較為明白而曉暢㉕。平心而論，湯作〈驚夢〉之下場詩：「春望逍遙出畫堂張說，間梅遮柳不勝芳羅隱。可知劉阮逢人處許渾，回首東風一斷腸韋莊。」不僅格律穩諧、貼合劇情，亦為〈尋夢〉預作鋪墊㉖，有如臨去秋波令人回味不盡。反觀臧氏改得自豪又為馮氏沿用之

㉔見《曲律・論落詩第三十六》，《中國戲曲論著集成》第四冊，頁一四二。

㉕〈移鎮〉下場詩云：「隋堤風物已淒涼吳融，楚漢寧教作戰場韓偓。閨閣不知戎馬事薛濤，雙雙相趁下殘陽羅鄴。」

㉖趙山林《牡丹亭選評》云：「姹紫嫣紅的園林春色，牡丹亭畔的愛惜溫存，給青春剛剛覺醒的姑娘留下了甜蜜的回憶，也留下了無限的惆悵。這首下場詩不但是戲劇情境的延續，而且對於〈尋夢〉來說，也是一個不可缺少的鋪墊。」上海古籍出版社，二〇〇二，頁三五。

〈尋夢〉落場詩：

湯原本：（旦）武陵何處訪仙郎釋皎然（貼）只怪遊人思易忘韋莊

（旦）從此時時春夢裡白居易（貼）一生遺恨繫心腸張祜

臧（、馮）改本：（貼）小姐，我看你精神十分恍惚，為著何來（卻是為何）？

（旦）（作歎，不語介）我有心中事，難共傍人說（下）

（貼）小姐，你瞞我怎的？總（本）是一心人，何用隄防妾

（何須瞞賤妾）！

湯原作雖不盡出色，卻無多大問題，臧改本此處眉批云：「麗娘心事，到底不能瞞侍兒，故此落場詩最有做，何用集唐哉！」臧氏改得的確較為有戲可做㉗，但與大家閨秀內斂的個性卻不盡相符。因自主性強的杜麗娘不至於對春香落寞地說出自己有心事，且湯顯祖筆下的春香較為天真，不至於像機靈的紅娘隨時想觀察、窺探小姐的內心活動。賓白中最重要而最難處理的當屬「科諢」，故它被視為看戲之人蔘湯，然運用欠佳，

㉗周育德認為臧氏此處改得通俗且頗為成功。見氏著《湯顯祖論稿》，頁二四四。

將使全劇失色㉘。劇作家為驅睡魔，使嘔心撰就的佳曲好戲能達到雅俗同歡、智愚共賞的效果，無不特意留神於科諢。而科諢並非勉力可得，常與劇作家才性有關，如擁有聖裔光環的孔尚任撰《桃花扇》，不許伶人將劇中科諢增損一字，造成吳梅所說「通本殊少解頤語」的冷場面，難怪後世甚少搬演其原著；反觀湯顯祖的《牡丹亭》，李漁曾讚賞他將科諢運用得俗而不俗，且氣長力足㉙，然而明代諸改本卻多所刪削，如〈診祟〉一折，末為旦診脈，即留有古劇嘲弄醫者之風，陳最良既是腐儒又屬庸醫，故每為湯氏嘲諷調笑，然此折末角出語過迂且涉穢，故臧氏與碩園皆予以刪除，只有馮改本特意保留㉚。

在「戒淫褻」的原則下，〈道覡〉中石道姑敘石女身世，全齣引用千字文一一六句，以極文之語狀極俗之事，原是文士逞才之遊戲筆墨，但因過於俗謔淫穢，諸改本皆刪去。他如〈詗藥〉中陳最良與石道姑有關藥材之葷諢，〈僕偵〉中郭駝與癩頭黿之互

㉘參李漁《閒情偶寄・詞曲部・科諢第五》，《中國古典戲曲論著集成》第七冊，頁六一～六四。

㉙同上註，頁六二～六三。

㉚周育德認為馮改本既剔除原作中若干糟粕，如〈道覡〉、〈詗藥〉等，卻又「欣賞陳最良為杜麗娘診病時的大段黃色隱語，把它完整地保留在〈最良診病〉中。馮氏把這些穢言惡諢視為精華，表現了他意識中庸俗的方面。」見氏著《湯顯祖論稿》，頁二四八。

識生理缺陷，〈圍釋〉中金國使臣之惡諢，大都一併刪卻。只是馮改本〈初拾真容〉（併湯作〈拾畫〉、〈玩真〉而成）一折，除改動曲調曲文外，更在【尾聲】中添了一筆：「（小姐）你若戀這畫圖，不肯下來，我還有一句話商量，倒不如和我帶去圖中一樂呵！」如此癡語過於俗艷，有違志誠書生形象，故臺本多不取演。至於湯作若干科諢與情境氛圍不盡相合處，諸改本亦多刪削，如〈鬧殤〉一折，旦於中秋夜淒然魂歸，杜寶不得已須奉命起程平亂，場面哀慟，不料湯作於此出現一段石道姑與陳最良為爭祭田之科諢，以諧音曲解「漏澤院」、「遺愛記」，係湯氏對當時官場以生祠碑文等夤緣風氣作一嘲諷，但這段諢話與當場悲淒氛圍不合，難怪臧晉叔批云：「此時曲那得工夫打閒諢，削之。」

附帶一提的是，諸改本在刪潤過程中，若與原作者之創作旨趣相悖離，則頗堪商榷。如湯顯祖原是懷抱匡時濟世之熱忱，然與物多忤，仕途蹭蹬，因而劇作中不免流露蹇諤之士的不平之鳴，誠如臧晉叔所言：「臨川傳奇好為傷世之語。」（〈冥判〉批語，卷上，葉四六上）如〈謁遇〉折，柳生自矜獻世寶，「要伺候官府，尚不能勾，怎見的聖天子？」苗舜賓回答：「你不知到是天子好見。」明白點出天子好見而官府難見，隱含對當時朝臣之諷刺；〈耽試〉折中「一見真寶，眼睛火出，說起文字，俺眼裡從來沒有」的苗舜賓，原是珠寶鑑定商卻成了典試官，而柳生耽誤試期，卻因與苗使者是舊識，不僅補了考，還中了狀元，堪稱史無前例，此乃湯氏對當時科考制度不公之譏諷；〈圍釋〉中杜寶保奏封李全妻為「討金娘娘」，並非要她征討大金，而是「但是娘娘要金子，都來宋朝取用」之意，因而在〈圓駕〉中，柳生諷刺杜寶：「朝廷不知，你那裡平的箇李全，則平的箇『李半』！」杜寶反詰：「怎生只平的箇『李半』？」柳生笑答：「你則哄的箇楊媽媽退兵，怎哄的全！」凡此皆是湯氏對當時禦侮無策、外交失當之嘲諷，碩園本將此類譏刺語盡皆刪去，如此「剪裁失度」，誠有乖作者深意。而馮夢龍在〈驚夢〉一折杜麗娘遊園後之獨白改為：

> 天呵，春色惱人，信有之乎！常觀詩詞樂府，古之女子，因春感情，遇秋成恨，誠不謬矣。所以佳人才子，多有密約幽期之事，雖非正道，後來得成秦晉，翻為美談。

馮改本似乎只多了一句「雖非正道」而已，與湯作無異，實則「雖非正道」一句流露馮氏「情教說」之八股、衛道思想，與湯顯祖「以情抗理」之泰州學派思維仍有一段距離，值得商榷。

四、裁汰人物以減少頭緒

明清傳奇動輒數十齣，如此長篇鉅製，若劇作家未能立定主腦，旁見、側出之枝節過多，就全本戲而言，猶如斷線之珠、無梁之屋，觀眾難以掌握，舞臺效果頓減，故李漁嘗云：「頭緒繁多，傳奇之大病也」[31]臧晉叔《邯鄲記・總評》曾批評「臨川作傳奇，長怪其頭緒太多。」因而臧改本將原作中三個枝節人物——韓子才、郭駝、小道姑——予以刪除。臧氏認為湯顯祖塑造韓子才為昌黎後人，顯得「穿鑿太甚」，且在劇中的戲份不多——第六齣〈悵眺〉出場後，到第五十五齣〈圓駕〉才再穿官服捧詔出場宣讀，並與柳生敘舊，而他在〈悵眺〉中的作用，除了與柳生同抒懷才不遇之思外，也只是當謁見苗舜賓的媒介而已，因而只要在第二齣〈言懷〉點出柳生一生中的重要人物苗使者，既不顯突兀，且韓子才一角可順勢刪除，捧詔則改由苗使者擔任。其眉批云：

[31] 見《閒情偶寄・詞曲部・結構第一・減頭緒》，《中國古典戲曲論著集成》第七冊，頁一八。

柳夢梅柳州人也，而又姓柳，自可認子厚一派，更作韓子才為昌黎後人，則穿鑿太甚，且越王臺與牡丹亭有何干涉，而急于咨訪乎？如苗使者乃柳一生得力之人，此處不即點出，則下文香山看寶折為突然矣。（卷上，葉二上）

同樣地，郭駝在劇中只出現於〈訣謁〉、〈僕偵〉與末尾的〈索元〉、〈硬拷〉、〈聞喜〉數折，臧改本首折眉批云：「郭駝種樹直柳父耳，何必牽入。」（卷上，頁二下）既非主線人物，戲份又少，刪之無甚影響。至於遊方至梅花觀之小道姑，原只出現於〈魂遊〉、〈旁疑〉二折，更容易裁汰。

臧晉叔之裁汰人物有時係鑑於排場之煩冗，如〈冥判〉一折，湯原作【混江龍】增句過多，臧批曰：「此曲在北調元無定句，然太長則厭人，故為刪其煩冗者。下【後庭花】曲亦然。」同樣地，本折湯作原有四男犯接踵上場，臧氏以為「不如只用點鬼簿定罪為得。」（卷上，葉四七下）〈移鎮〉折原有三名報子上場，臧氏亦將最後一名報子刪除以精簡排場。

刪汰人物看似容易，但有時針線不密、照應不周，會讓觀者莫名所以，如碩園仿臧改本亦將發落四男犯轉世為「花間四友」之情節刪除，但在此齣末曲【賺尾】中卻保留「花間四友任你差排」之曲詞，顯得前後矛盾。又〈旁疑〉一齣，已將石道姑與小道姑互訾對方夜會柳生而為陳最良勸解之情節刪去，但其後的〈駭變〉，陳最良見梅花觀空無一人，碩園改本卻仍出現湯氏原作中的話語：「是了，日前小道姑有話，日昨又聽的小道姑聲息，於中必有柳夢梅勾搭事情。一夜去了，沒行止，沒行止！」刪削手法過於粗疏，顯得首尾難以照應。

諸改本於人物之裁汰或有異同，馮夢龍雖保留韓子才一角，但亦覺杜麗娘死後春香一線似乎較乏發展而顯得尷尬，湯原作又在其後添出小道姑一角，於是為使結構緊湊而將兩角合併，在麗娘死後，安排春香出家為小道姑，留守梅花觀而未隨杜寶赴任，馮氏於《風流夢．總評》中甚為自得地說：

> 凡傳奇最忌支離，一貼旦而又翻小姑姑，不贅甚乎！今改春香出家，即以代小姑姑，且為認真容張本，省卻葛藤幾許。

又在〈謀厝殤女〉折批云：「春香出家，可為義婢，便伏小姑姑及認畫張本，後來小姐重生，依舊作伴。原稿葛藤，一筆都盡矣！」春香與小道姑雖同屬貼旦，然二人性格迥異，勉強合併，讓天真賊牢的春香在小姐死後馬上頓悟出家，顯得過於牽強，於情理不合，殊不足取。

貳、明清戲曲選本——折子戲之場上化歷程

戲劇原為搬演而設。格高調雅的文士劇本，宜於案頭清玩，卻未必適合場上表演。明清縮編版的《牡丹亭》，臧晉叔、馮夢龍與徐碩園已就劇本結構、曲文賓白與劇中人物等方面，做大幅刪削與修潤，然而諸改本仍出自文人之手，由於文士缺乏演出經驗，導致劇本與舞臺之間依然存在相當大的距離；而明清家樂戲班盛行，其獨特的品戲美學，也基於現實因素考量，而由全本戲逐漸過渡為折子戲。明末清初戲曲藝人們為滿足觀眾的審美需求，更將原來受觀眾喜愛、蘊藏在全本戲裡的重要關目，運用經驗與智慧進行改編，以折子戲的形式搬演並傳播，而諸多選本的風行，正意謂著折子戲時代的來臨。

一、折子戲形成的背景

明清家樂戲班鼎盛，王侯戚畹、豪商富賈、武臣將帥皆競誇奢靡、蓄養家班，世風影響之下，文士縉紳亦靡然從之，巧建園亭，選伎徵歌，陶情絲竹，在當時幾乎被當作文采風流或門第尊貴的重要依據㉜，由於文士蓄養家樂除了自娛或用於節令習俗、壽誕婚嫁、款師酬醫之外，以曲宴款客成為一種規格極高的宴客方式，而「以戲會友」更是文人風致的絕佳體現。在家樂主人精心安排極富藝術氣息與浪漫氛圍的小型雅集中，賓主間通過聆曲看戲彼此交流，或顧曲品題，或賦詩唱酬，家樂的演技與劇作水準也隨之獲得提昇。由於文士家樂主人大都身兼劇作家㉝，在如是詩情畫意的情境中，

㉜明・葛芝《臥龍山人集》卷九〈王氏先像亭〉云：「吾吳中士大夫之族則不然，高門巨室，累代華胄者毋論已。即崛起之家，一旦取科第，則必堂前鍾鼓，後房曼鬋，金玉犀象玩好罔不具。以至羽鱗貍互之物，泛沈醍盎之齊；倡優角觝之戲，無不亞於上公貴族。」轉引自劉水雲《明清家樂研究》，上海古籍出版社，二〇〇五，頁一五四。

㉝明清家樂主人兼劇作家者有：王九思、康海、李開先、顧大典、陳與郊、屠隆、湯顯祖、沈璟、梅鼎祚、袁宏道、張岱、阮大鋮、吳炳、查繼佐、吳偉業、冒襄、李漁……等四十多人，詳參劉水雲前揭書，頁三一七～三一八。

自有心力、餘裕將自己或友人的劇作反覆磨較，因而花費二、三日夜搬演全本戲成為一種時尚，湯顯祖的《牡丹亭》就曾在吳越石家班中「一字不移，無微不極」地演出全本㉞。

然而全本戲的演出需耗費龐大的財力、人力與精力，如編導劇本、購置行頭、訓練演員、伴奏等，因而若非經濟、時間充裕，短暫的聚會，最適合演出即興式的「折子戲」，況且靈活而機動的「點戲」上演方式，不僅表現觀者熟諳劇本內容的文化素養，更因節約物力、時間而達到賓主盡歡的境地。如明萬曆初常熟權豪錢岱擁有規模不小的時髦家班，但若要演出全本傳奇仍有困難，據梧子《筆夢》記載，其「演習院本」計有《琵琶記》、《西廂記》、《浣紗記》、《玉簪記》、《牡丹亭》……等十本，但每次演出「就中止摘一、二齣或三、四齣教演」，且其女伶「戲不能全本，每嫻一、二齣而已。」「若全演，則力不逮也。」㉟及至明末吳三桂女婿王永寧有次在蘇州拙政

㉞潘之恒〈情癡——觀演《牡丹亭還魂記》書贈二孺〉：「余友臨川湯若士，嘗作《牡丹亭還魂記》，是能生死死生，而別通一竇於靈明之境，以遊戲於翰墨之場。同社吳越石家有歌兒，令演是記，能飄飄忽忽，另番一局於縹緲之餘，以悽愴于聲調之外。一字不遺，無微不極。……」見汪效倚輯注《潘之恒曲話》，中國戲劇出版社，一九八八，頁七二。

㉟詳參胡忌《崑劇發展史》中國戲劇出版社，一九八九，頁二〇七～二〇八。

園搬演崑劇，余懷嘗作詞以紀其事：「麗人演《牡丹亭・驚夢》、《邯鄲・舞燈》，嬌艷絕代，觀者銷魂。」二夢僅各演一折，說明《牡丹亭》在明末已多以「折子戲」的形式演出㊱。

家班如此，職業崑班在城市農村演出的雖名為「全本戲」，事實上，這些全本戲，並非按照傳奇原本一字不動的搬演，「而是經過職業藝人精簡場子、刪改過曲白的首尾連貫，情節完整的全本戲」㊲，因為積澱了藝人多年的舞臺經驗，將原劇中的重要關目挑出，仔細磨琢錘鍊，再進行組接，所以基本上應看作是折子戲的連綴。這種全本戲已非文士原來傳奇之舊貌，而是藝人的演出臺本，它講究演出效果，容易為群眾接受。到了清康熙末葉已迄乾嘉之際，由於折子戲的搬演形式活潑靈變，崑劇於是邁入折子戲時代，整個劇壇瀰漫盛演折子戲之風氣，時潮所趨，此時《牡丹亭》亦主要以折子戲形式呈現在宮廷舞臺、私人廳堂園林及近現代戲園與職業劇場。

㊱明嘉靖至清嘉慶間，家樂戲班搬演折子戲之史料記載，詳參劉水雲前揭書頁三一〇～三一六。
㊲見胡忌前揭書頁二三七。

二、戲曲選本中之《牡丹亭》折子戲

明代嘉靖、萬曆之後，戲曲的創作與搬演皆出現一片繁榮盛景，眾多優秀劇目在舞臺上爨演不衰，並逐漸邁向經典。著名劇本的情節已然深入人心，成為社會上婦孺皆知的常談，為了滿足觀眾更高的審美需求，戲曲藝人們將原來全本中最受觀眾鍾愛的齣目挑出，運用多年的舞臺經驗，精心刪潤磨剔，捏塑出「科諢曲白，妙入筋髓，又復叫絕」的精彩折子戲。

由於折子戲的搬演形式靈活自由，最適合應付社會習俗、應酬等各種特殊場合，因而普遍受到歡迎。為了適應新風尚的需求，名目繁多的戲曲散齣（折）集於是大量湧現，如《風月錦囊》、《樂府精華》、《玉谷新簧》、《摘錦奇音》、《詞林一枝》、《八能奏錦》、《徽池雅調》、《堯天樂》、《時調青崑》、《樂府紅珊》、《萬錦嬌麗》、《歌林拾翠》……，令人目不暇給。茲將明清之際選輯《牡丹亭》齣目之戲曲選集羅列如次：

戲曲選本	編者	刊刻年代	選錄齣目（括號內為湯氏原著齣目）	齣數
月露音	凌虛子	明萬曆間	驚夢、尋夢、寫真、鬧殤、玩真、魂遊、幽媾、硬拷	八
詞林逸響	許宇	天啟三年（一六二三）	驚夢、尋夢	二
萬壑清音	止雲居士編 白雲山人校	天啟四年（一六二四）	冥判還魂（冥判）	一
怡春錦（纏頭百鍊）	沖和居士	崇禎間	驚夢、尋夢、幽會（幽媾）	三
纏頭百鍊二集	沖和居士	崇禎間	存真（寫真）、冥誓、硬拷	三
珊珊集	周之標	明末	言懷	一
玄雪譜	鋤蘭忍人輯 媚花香史批評	明末	自敘（言懷）、驚夢、尋夢、幽歡（幽媾）、吊拷（硬拷）	五
醉怡情	青溪菰蘆釣叟	明崇禎間刻本 清初古吳致和堂刊本	入夢（驚夢）、尋夢、冥判、拾畫	四

最娛情	邀月主人	清順治四年（一六四七）	驚夢、尋夢、幽媾	三
綴白裘	錢德蒼	乾隆廿九至卅九年（一七六四～一七七四）	學堂（肅苑、閨塾）、勸農、遊園（驚夢前半折）、驚夢、尋夢、離魂（鬧殤）、冥判、拾畫、叫畫（玩真）、問路（僕偵）、吊打（硬拷）、圓駕	十二
審音鑑古錄	佚名編 王繼善訂定	道光十四年（一八三四）	學堂（肅苑、閨塾）、勸農、遊園（驚夢前半折）、驚夢、尋夢、離魂（鬧殤）、冥判、吊打（硬拷）、圓駕	九
七種曲㊳	佚名	清	學堂（肅苑、閨塾）、勸農、遊園（驚夢前半折）、驚夢、尋夢、離魂（鬧殤）、冥判	七

㊳藏於大阪大學懷德堂文庫，從文字或圖版缺損情形看，應與《審音鑑古錄》版本相同，詳參根ケ山徹〈《還魂記》在清代的演變〉，《戲曲研究》，二〇〇二年第四期，頁五五。

由上列明清十二種戲曲選本所錄《牡丹亭》折子戲，係從湯顯祖原著：〈言懷〉、〈閨塾〉、〈勸農〉、〈肅苑〉、〈驚夢〉、〈尋夢〉、〈寫真〉、〈鬧殤〉、〈冥判〉、〈拾畫〉、〈玩真〉、〈魂遊〉、〈幽媾〉、〈冥誓〉、〈僕偵〉、〈硬拷〉、〈圓駕〉等十七齣中刪削修潤而成。其中收錄比例較高的是〈驚夢〉（包括〈遊園〉）、〈尋夢〉兩齣（共九種），其次為〈冥判〉、〈硬拷〉（共五種），再其次為〈幽媾〉（共四種）、〈閨塾〉、〈勸農〉、〈肅苑〉（共三種），其他〈言懷〉、〈寫真〉、〈拾畫〉、〈玩真〉、〈圓駕〉、〈魂遊〉、〈冥誓〉、〈僕偵〉雖曾被輯錄，亦僅一、二種而已。足見讀者、觀眾最喜讀樂看的仍在生旦之愛情主線，尤其〈驚夢〉、〈尋夢〉案頭、場上兼美，迄今尤膾炙人口，至於政治外交之副線，幾至乏人問津。

三、場上化之雅俗內涵

折子戲改本不像明清縮編版諸文士將改編者的思想貫串全劇，對全本情節作一統籌規畫，折子戲的多重創作幾乎完全擺脫原劇作之束縛，不再關注原劇作中的社會背景，而只從實用性出發，關注觀眾的審美需要，戲只要唱做俱佳，就能賣座。於是戲曲藝人在縮編版邁向場上化的基礎上，紛紛就場次、曲白與人物等方面，按舞臺與觀眾需求，挖空心思將舊段子重新捏塑成極具表演性的「戲核」。

能活躍在明清舞臺且屢演不衰的精彩折子戲，大都經過縮編版諸文士的芟翦與戲曲藝人的鎔鑄所成。在更動劇本結構方面，繁蕪場次的刪併最為顯著，如〈學堂〉一齣，馮夢龍的改本《風流夢》第五折〈傳經習字〉，已將湯作〈閨塾〉與〈肅苑〉併為一齣，尤其將〈肅苑〉之【一江風】移作本齣首曲，並添一段說白作為春香的開場，為藝人襲用至今；又如陳最良責麗娘遲到而與春香之科諢，及講解〈關雎〉之一段問答，較諸湯作，春香鬧學之形象凸出而鮮明，由此可知後世搬演的〈學堂〉版本實濫觴於馮改本。至於曲文方面，則大抵保留湯氏的典雅詞采，僅少部分參酌臧、馮改本而成㊴。

湯作〈驚夢〉一齣排場更動較大，由上述戲曲選本所列，不難發現清代舞臺上〈學

㊴《綴白裘》【前腔（掉角兒）】末句「我是個嫩娃娃怎生禁受恁般毒打」，襲用馮改本【掉角兒序】「俺嫩娃娃怎生禁受恁般毒打」，《審音鑑古錄》作「你待打這哇哇，桃李門牆險把負荊人慌煞」，係參酌臧改本第三折〈延師〉【前腔（棹（掉）角兒）】「那些個春風桃李門牆之下」與前述馮改本而成。

堂〉、〈驚夢〉二折常是接連演出，然〈驚夢〉唱唸身段特別繁複多姿，尤其加上後來的〈堆花〉，費時較久，因而從《綴白裘》開始，即將〈驚夢〉一分為二，前半折為〈遊園〉，後半折仍作〈驚夢〉。若連演〈學堂〉、〈遊園〉、〈驚夢〉三齣名劇，為了給演員留出換裝的時間，通常會在〈遊園〉開場時，先由「花郎吊場」。（如單演〈遊園・驚夢〉，及湯作〈驚夢〉乙齣，則取消「吊場」）有人認為這種在〈遊園〉開始先上花郎唱【普賢歌】的演出方式，係創自近代曲家王季烈的《集成曲譜》，事實上，遠在明末徐碩園的改本就曾如此更動——將湯作〈肅苑〉中喝醉的小花郎所唱【普賢歌】與春香一段科諢移到改本第五齣〈驚夢〉（今臺本〈遊園〉）之首，只是徐改本魯莽第刪掉旦貼二人優雅對鏡梳妝的兩支美聽曲牌——【步步嬌】與【醉扶歸】，使舞臺減色不少，故不為藝人所取，清代崑臺本折子戲依然保留（此二曲）至今。

在細部分折方面，《綴白裘》以【隔尾】一曲作劃分，前半折為〈遊園〉，【山坡羊】以下屬〈驚夢〉較為合理，今臺本仍之。《審音鑑古錄》則將【山坡羊】（旦唱）、【山桃紅】（生唱）二支曲牌皆劃歸〈遊園〉，試想小生已經上場了，表示旦已然入夢，怎會仍在遊園的場景之中，故今臺本皆未沿用。倒是《審音鑑古錄》首度在〈遊園〉與〈驚夢〉之間增入〈堆花〉齣目——眾花神「依次一對徐徐並上」，增唱【出隊子】、【畫眉序】、【滴溜子】與【五般宜】四支曲牌㊵。據聞揚州小張班演出〈遊園‧驚夢〉時，特製全套十二月花神衣飾，耗費一萬兩銀子（見《揚州畫舫錄》卷五），清末宮廷戲中，〈堆花〉更踵事增華成為開場戲，除十二花神、大花神外，另增四個雲童、十二個仙童「手執挑竿絹花燈」，上場演員近三十人，道具精美，舞臺上一派雍容華貴㊶。

至於「睡魔神」的增入，當在清代前期，《綴白裘》與《審音鑑古錄》皆於杜麗娘睡後安排睡魔神上場㊷，雙手執紅綠綢飾日月鏡，自稱奉花神之命勾取二人魂魄入夢，先引柳上場，再引杜與柳相見。這種近乎儀式的排場，陸萼庭認為其作用在使觀眾「幾乎誤認夢神兼任了贊禮之職……與花神的話語（杜、柳『有姻緣之分』）前後輝映，表明夢中之事名正言順，不算『苟合』……搬演家的用意無可厚非，但與湯氏本念畢

㊵湯原作僅末角一人扮花神唱【鮑老催】一曲，《審音鑑古錄》則增加眾花神數人，所唱曲牌係採自《醉怡情》，而將第五曲【雙聲子】刪去，換成馮改本的【五般宜】。

㊶參李玫〈湯顯祖的傳奇折子戲在清代宮廷裡的演出〉，《文藝研究》二〇〇二年第一期，頁九三～一〇三。

㊷《綴白裘》中睡魔神為丑扮，《審音鑑古錄》為副扮。

竟相悖了。㊸」的確，觀眾樂見新增的睡魔神為男女主角牽線，排場熱鬧有趣，但靜心細想，湯氏筆下為情生死以之的杜麗娘忽然間變得被動了，而感春慕情心念所成之夢境竟成了夢神一手安排，女主角形象頓時減色不少，而湯氏所執著的「不知所起，一往而深」的「至情」，也在不知不覺中染上一層世俗化的色彩。

〈尋夢〉一齣寫杜麗娘留連夢中旖旎情事，欲背卻春香，悄向花園重尋夢境，這原是少女極為深幽而神祕之事，但此折湯顯祖安排春香四次上場，因而臧晉叔認為「旦之尋夢，有不可以語人者，止宜悄入後園，默想蹤跡，而母氏申其警戒，梅香多其絮刮，豈是當家之作。故此折有春香送早膳諸曲並刪，雖有佳句，不敢惜也。」馮夢龍也表示「原本旦入園後，貼又上，勸旦回房上嗔責方下，似煩雜，刪之。」這齣少女癡情、傷感之內心戲，若丫頭頻頻上場干擾，將破壞靜雅之意境，故臧改本將原來的二十支曲牌刪成十支，馮、徐改本刪作十二支，《醉怡情》再將春香所唱全部削去，只保留【夜遊宮】引子前二句而已。如此一改，旦的唱做不致過於勞累，清代《綴白裘》（存十六曲）與《審音鑑古錄》（存十九曲）雖是臺本，但因保留曲調過多，演

㊸參陸萼庭〈遊園驚夢集說〉，收於華瑋主編《湯顯祖與牡丹亭》，頁六九九～七三六，引文見該書頁七一七。

出效果欠佳，後世搬演遂多所芟翦。今日舞臺演出，更將前面春香的唱念一概刪除，改由旦開場，迨旦傷情悵然倚梅時，貼才上場扶旦回房，整個畫面變得文靜嫻雅而抒情。

〈拾畫〉為小生唱做俱佳之主戲，臧改本粗率地將它刪掉，殊欠考量。馮夢龍《風流夢》第十九回〈初拾真容〉係將湯作二十四齣〈拾畫〉與二十六齣〈玩真〉捏合而成。湯原作柳生先上場敘臥病梅花觀，春懷鬱悶，淨扮石道姑再上場告知柳生，有花園一座盡可玩賞；馮夢龍改由柳生道白「聞得老道姑說，觀後有花園一座，雖是荒廢，尚堪遊覽。」一語帶過，淨免上場，場面簡淨，可盡現折子戲之精緻唱做。

曲調方面，馮改本對原作〈玩真〉作了大幅度的改竄，除了他新增添的【鳳凰閣】與【其二】沒被《綴白裘》襲用之外，其他【二郎神】、【集賢賓】、【黃鶯兒】、【簇御林】皆被後世藝人採入〈叫畫〉，傳唱不衰。清代馮起鳳的《牡丹亭曲譜》曾輯錄〈附叫畫〉，度曲名家葉堂的《牡丹亭全譜》在卷末也附了一齣〈俗玩真〉，足見曲調改竄得悅耳有致，能風行舞臺，就算再「俗」，也能入大雅方家之眼進而被輯錄。

在唸白方面，馮夢龍將柳夢梅形象塑造得更「癡」！如【集賢賓】中加了幾句淺顯有情的唱唸：「美人，美人，你能有此容貌，怕沒個好對頭，為甚傍柳依梅尋結果。世上梅邊柳邊也不少，只小生叫做柳夢梅，論梅邊小生也有分，論柳邊小生也有分，喜偏咱梅柳停和」；【簇御林】更多了句夾白「呀！小娘子走下來了，美人，請，小娘子，請」，這類風魔癡心的唱唸全被《綴白裘》諸臺本所採用，而《綴白裘》更變本加厲地在齣末讓柳生加了幾句獨白：

呀，這裡有風，請小娘子裡面去座罷。小姐請，小生隨後。豈敢，小娘子是客，小生豈敢有僭，還是小姐請。如此沒並行了罷。

這類情癡到幾乎失態的言行舉止，在舞臺上卻頗受歡迎，祇因它與俊雅的唱詞相配搭，雅俗兼融，有戲可做，故迄今仍爨演不輟。

叁、崑劇重構的幾個關鍵

一、異彩紛呈之現代演出版

明代千古逸才湯顯祖之曠世鉅著《牡丹亭》，自問世以來即引發舉世矚目。世人或贊、或嘆、或感動、或仿效，「家傳戶誦，幾令《西廂》減價」。《牡丹亭》更成為舞榭歌臺寵兒，據說「當其脫稿時，翌日而歌兒持板，又翌日而旗亭已樹赤幟矣」。作為案頭文學來閱讀，《牡丹亭》當然是無可挑剔的傑作，但作為舞臺演出的「場上之曲」，《牡丹亭》卻不免有其不足。許多人評說：此「案頭之書，非場上之曲。」如臧懋循〈玉茗堂傳奇引〉，如馮夢龍《風流夢・小引》。湯顯祖自己也說：「駘蕩淫夷，轉在筆墨之外，佳處在此，病處亦在於此」，「此案頭清供，非氍毹上生活也。」於是當時曲壇名家幾乎眾口一辭地認為《牡丹亭》「欲付當場敷演，即欲不稍加竄改而不可得也」（《風流夢・小引》）正因為如此，《牡丹亭》自萬曆二十六年（一五九八）問世後不久，即遭到不同程度之改竄，自明而清而近現代，綿延不絕。

在當代舞臺上，原封不動地搬演《牡丹亭》，同樣面臨諸多問題：全劇篇幅太長，許多文辭過雅，某些場次中科諢過於俗惡，古代題材和現代生活的距離難以泯除……因而劇作家們的改編熱情似乎從明代以來就未曾消退過，雅部、花部、國內、海外，《牡丹亭》的身影在當今舞臺上層現疊出，宛若奼紫嫣紅開遍，奇花異卉，未嘗或歇。

當代舞臺上《牡丹亭》的演出改本，單是崑曲就有十多種，如一九五七年上海市戲曲學校有蘇雪安改編本，一九五九年北京崑曲研習社有華粹深改編本，而後六大崑劇團紛紛各有演出版，且同一劇團還不止有一種，如上海崑劇團即有一九八二本（陸兼之、劉明今改編）、一九九九與二〇〇〇年本（王仁杰改編），而浙崑、江蘇省崑亦有多種不同演出版。其他地方戲之演出改本有粵劇本、贛劇本、越劇本、黃梅劇本……，而同一聲腔的劇種之《牡丹亭》亦不限一種。此外，外國版的《牡丹亭》雖是紛支衍派，卻也爭奇競艷，演出型態之多元化令人驚異。

早在一九三四年，《牡丹亭》經北京大學德文系教授洪濤生譯為德文後，中德人士就曾在中、德兩地合演過《牡丹亭》，受到觀眾歡迎。但這個德譯本的演出，只是幾個折子戲，如〈勸農〉、〈肅苑〉、〈驚夢〉等。近年來海外上演的《牡丹亭》則豐富許多，有：譚盾（Tan Dun）作曲、彼德・賽勒斯（Peter Sellars）導演的現代實驗歌劇《牡丹亭》；美籍華人陳士爭執導的五十五齣全本《牡丹亭》；美國的中國戲劇工作坊（Chinese Theatre Workshop）演出的玩偶劇場《牡丹亭》；以及大型現代歌劇《牡丹亭外傳》等。隨著中國文化影響的擴大，可以說整個世界都掀起了「《牡丹亭》熱」。《紐約時報》、《華爾街日報》等主流媒體也給予高度關注，這與以前中國傳統戲曲只在華人社區演出已不可同日而語。

《牡丹亭》之現代演出版至此已然如繁花綴錦般開放在整個世界舞臺上。每一個改編者心中都有自己的一本《牡丹亭》，而改編者不同的理解與斧斫同時也決定了《牡丹亭》不同的舞臺面貌。中外諸多新版《牡丹亭》，雖與傳統演法或即或離，卻競相強調「重現」《牡丹亭》原貌，並各自以保留《牡丹亭》「原汁原味」作標榜。然而諸版所傳湯氏《牡丹亭》之「形」與「神」究竟有多少？的確值得省思，並作為今日重構崑劇之有效借鑑。

二、珍視世界文化遺產——宜遵古以正今之訛

湯顯祖的「臨川四夢」，就思想性與藝術性而言，在同時代的傳奇作品中，無庸置疑地當列為「上之上」（呂天成《曲品》）之神品；就舞臺性而言，《牡丹亭》確有若干結構、曲詞和念白不利於搬演，明清縮編版諸改本與戲曲選本對它做了不同層次的芟裁與修潤，上述改竄的失敗教訓與成功經驗，皆給予當時與後來的演出提供莫大的借鑑。

有人認為崑曲過於古老，再不改就得進博物館了，有人更沉重地表示：崑曲再一意胡改，只怕連進博物館的資格都要喪失！改與不改之間存在著更為深邃的藝術智慧。

上述紛支衍派的舞臺版《牡丹亭》中，海外版的前衛作風令人驚異，如美國Peter Sellars版的〈驚夢〉，雖有旅美崑伶華文漪在舞臺一角著便服唱著崑曲，但另一角卻出現一對穿牛仔裝的美國青年男女（主角）親密的寫實動作；〈寫真〉的表現更突梯，女主角只用手提錄相機（camcorder）對準自己的臉，將現代時裝的西方杜麗娘臉龐投射於電視螢幕上便算了事㊹。雖說如此安排可能較容易使西方觀眾因了解而入戲，但卻仍與中國古典戲曲的寫意表現出現極大的落差。

陳士爭五十五齣版似乎想解決中西內在的文化差異問題，除了展現傳統折子戲的精緻典雅之外，劇中更穿插了採茶調、評彈、踩高蹺、杖頭傀儡等民俗曲藝與雜技表演，頗能調劑排場之冷熱，但舞臺上同樣出現〈驚夢〉之當場寬衣解帶、〈鬧殤〉〈冥判〉之撒冥紙、燒紙人與地獄死人等新派的寫實手法，勾欄外圈的一泓清流似乎很具意境，可惜池中鴨鳴干擾著演員的唱唸，最引人詬病的是竟然出現倒馬桶的傳統陋俗，而劇中淫褻科諢的還原同樣令人難耐！綜而言之，五十五齣版的《牡丹亭》對西方觀眾而

㊹參桑梓蘭〈三種《牡丹亭》的舞臺新想像〉（非常美學）www.sinologic.com/aesthetics 上網時間：二〇〇七年一月中旬。

言好像「賣點」頗多，特意展現傳統中國的社會文化與生活百態，但對崑劇本身的藝術傳承，似乎無多大意義與作用。

其實，「腳色制」是中西戲劇的差異所在，西方戲劇不存在腳色觀念，中國古典戲曲則無論劇本結構或場上技藝皆以「腳色綜合制」為中心，即劇作家撰寫劇本時係按腳色分類而塑造出類型、氣質各自不同之劇中人物，演員學藝應按腳色分工而作培訓，各行當之唱唸身段亦皆各有其「程式」要求，因而形成與西方戲劇截然不同的表演體制。《牡丹亭》中石道姑屬淨角，李全之妻楊婆係丑角，二人皆由男演員扮飾，方顯突梯詼諧，然而白先勇青春版《牡丹亭》中，楊婆改由武旦扮飾，石道姑則由正旦擔綱，行當錯位，頓使表演簡單化，且刪掉湯顯祖原著中別饒特色的科諢意趣，遂使演出顯得單薄而無味。

舞臺美術方面，傳統戲曲向來採寫意虛擬方式，「景隨人移」的特殊表演手法，使燈光舞美幾乎毋須設計。但一進入現代化劇場，由於戲劇整體審美風格的要求，以及觀眾欣賞品味的變化，傳統戲曲開始重視舞臺美術烘托劇情、營造氛圍的功效，祇是其間表現手法仍有可議之處。如一九九九年上崑號稱「經典版」的《牡丹亭》，〈驚夢〉中十二花神穿著釘滿亮片珠花、坦胸露背的銀色西式晚禮服，簇擁著古裝之劇中男女主角，古今錯雜，怪異而突兀；背景帷幕或花團錦簇，或為巨型螢光牡丹，有如賭城歌舞秀，華麗得蓋過主角；〈冥判〉中的陰司小鬼跳現代 rap 勁舞，中西雜併，使崑劇的雅境盡失。

二〇一〇年臺灣蘭庭崑劇團推出的《尋找遊園驚夢》，塑造一現代女子因嚮往愛情而走入古典崑劇《牡丹亭》的搬演之中，這女子既是讀者、評論者、尋夢者，同時又是杜麗娘的投影、春香的化身。構思立意雖新，但全劇無法將現代女子與杜麗娘的幽情怨懷作一今昔對比，內涵與張力不足，以致現代女子的無端闖近古雅情境，顯得過於突兀，甚至造成觀眾入戲的無謂干擾，殊為可惜。尤其全劇將情節倒置——〈拾畫〉置於〈尋夢〉與〈寫真〉之間，倒敘時燈光舞美設計不足，破壞傳統戲曲簡明易懂之「線性結構」，反而使一般對《牡丹亭》劇情未盡諳熟之觀眾感到錯愕——麗娘尚未寫真，柳生如何拾得畫像？

上述異彩紛呈之現代諸版《牡丹亭》無不力圖為經典名劇作一新人耳目之另類詮釋，然而因文化差異、行當錯位、舞美駁雜與關目倒置等諸多問題，致未能達到預期之目標，有些竟是「繁華熱鬧到如此不堪的境地！」嚴格來講，諸版僅停留在實驗性質階段，距離「經典」尚存在相當大的努力空間。既然標新創異之路難臻理想，何不回顧崑劇史上是否存在既「源於傳統」，又能「新於傳統」的大師格範，借鑑其寶貴經驗，使改革創新能建立在更為厚實的基石上。

就湯顯祖《牡丹亭》而言，「音律」是明清縮編版斷斷訾議的焦點所在。當時改本蠭出，湯氏雖憤慨卻未提及補救之道，重「意趣神色」而輕曲律的結果，只有孤獨地「傷心拍遍無人會，自掐檀痕教小伶」（〈七夕醉答君東〉詩）。平心而論，就當時曲壇格律標準，湯顯祖違律情況並不嚴重，如馮夢龍就明白指出《牡丹亭》「情節可觀而不甚奸律」㊺，明・沈自晉《南詞新譜》、清・呂士雄《南詞定律》與卷帙浩繁、集前人之大成的《九宮大成南北詞宮譜》亦皆漸次收錄「四夢」曲牌。然而後世格律漸趨謹嚴，《牡丹亭》在諸曲律大家檢視下，出現乖宮犯調、字句旁出、用韻龐雜、襯字較多致亂板眼等諸多問題，一般的樂工俗伶譜曲水準有限，難以救正，雖有鈕少雅撰《格正還魂記詞調》，亦未稱完善。葉堂有鑑於此，於是冀望以「塵世之仙音」與「玉茗入聖之筆」（王文治《納書楹玉茗堂四夢曲譜・序》語）相合，他致力為「四夢」全本訂譜，不論宮調曲牌、句法字聲或正襯用韻，皆設法遷就湯氏原作曲詞並加

㊺馮氏《雙雄記・敘》云：「發憤此道良久，思有以正時尚之訛。因搜戲曲中情節可觀而不甚奸律者，稍為竄正。」「他不及格者悉罷去，庶南詞其有幸乎！」收入《馮夢龍全集》第十二冊，頁四八〇。

以彌縫修潤㊻，誠如其〈凡例〉所云：

> 臨川用韻，間亦有筆誤處，……至其字之平仄聱牙，句之長短拗體，不勝枚舉。特以文詞精妙，不敢妄易，輒宛轉就之。知音者即以為臨川之韻也可，以為臨川之格也可。

如此殫聽傾聽、積有歲年地參酌舊譜，深心釐定，使功深鎔琢的《納書楹曲譜》不僅成為臨川四夢之功臣，道光、咸豐以來如《遏雲閣曲譜》（清・王錫純訂，蘇州曲師李秀雲拍正）、《六也曲譜》（清末殷溎深原稿，張怡庵校訂）與《集成曲譜》（王季烈訂）諸譜選輯《牡丹亭》時皆依是譜，在崑臺爨演上，近代名家俞粟廬、振飛父子、梅蘭芳與目前兩岸各崑劇院團，甚至美國陳士爭版的《牡丹亭》皆標榜根據葉譜搬演，一系列成功的改編活動，既是對湯顯祖原作的繼承、傳播，更是對經典藝術的一種完善。

葉堂因為嚮慕湯顯祖的經典詞采，因而苦心孤詣地在音律上汰粕存菁，使《牡丹亭》

㊻詳參郝福和「《納書楹牡丹亭全譜》成因及特點分析」，二〇〇六年六月，河北大學文學碩士論文。

因「文律俱美」而在後世舞臺上臻於不朽。而今崑曲已然成為一種範型，二〇〇一年五月十八日聯合國教科文組織更將崑曲評定為人類文化遺產（全名為 a Masterpiece of Oral and Intangible Heritage of Humanity），肯定了崑曲的歷史價值與絕高的文化藝術品位。因而在一切求新求變的現代化社會中，如何珍視世界文化遺產，讓經典能真正成為「永恒的時尚」，應是肩負文化道統的我們所應深切省思的重要課題。

三、排場的精緻化——宜從俗以就今之便

精緻高雅的文化在社會傳播上天生受限制㊼，任何一種高雅文化要永遠保持其主導地位幾乎是不可能的，藝術史上任何一種範型也都不可能永恆不衰。崑曲既是範型，更將躋身為經典，自然會無可避免地走向衰落的歷史必然，因而唯有不斷地與時俱進，

㊼愛德華・希爾斯〈大眾社會和它的文化〉一文云：「沒有任何社會可以在文化上達到徹底的一致：高雅文化的標準和產品在社會傳播上天生受限制。文雅的傳播自身內部就充滿著矛盾，而且它還有其內在的創造力本性。創造力意味著對傳統的改變。甚至，僅僅因為它傳統的傳播方式，高雅文化就會不可避免地引起有些人對它的重要部分加以抵制和否定。」收於汪凱、劉曉紅編《媒介研究的進路》，北京：新華出版社，二〇〇四，頁九九。

汲取新的養分，才能豐盈它的藝術生命。

就音律而言，上述葉堂訂譜的成就並非一意襲舊而成，相反地，他比起前賢諸譜還更「近俗」⑱。在譜曲觀念上，他有諸多權變作法。如依據《九宮大成譜》，引子絕無集曲之理，馮起鳳《吟香堂曲譜》為《牡丹亭》改訂時亦未用集調格，但葉堂破除舊格，按實際需要，將引子釐定為集曲者凡七支⑲。其實葉堂這種作法並非師心自用、自我作祖，而是在深諳音律、借鑑前賢的基礎上，更積極地作開展性的創發⑳，讓曲唱變得靈活而多姿，功不可沒。

此外，節奏促急的「流水板」，在湯顯祖的萬曆末期仍被曲壇視為異端，如王驥德即批評弋陽、太平腔之用滾唱，採用流水板，是「拍板之一大厄」。事實上，流水板

⑱吳新雷曾就同一劇目比較馮起鳳、葉堂二譜云：「由於製譜者的理念不同，即使同一曲牌的主腔相同，但在細節處理上往往出現差異。以馮譜和葉譜相比，就可以看出馮譜近雅，葉譜近俗。」〈《牡丹亭》的崑曲工尺譜全印本的探究〉，《戲劇研究》創刊號，二〇〇八年一月，頁一一五。

⑲詳參郝福和前揭書頁八〜九。

⑳如〈寫真〉一折，旦出場所唱「徑曲夢回人杳，閨深珮冷魂銷……」幽深瓌奇的【破齊陣】即是正宮引子，此一集曲名稱最早見於高明《琵琶記》，《九宮大成譜》卷三十雖破例收錄，但特別在曲末注云：「此【破齊陣】引，遍查詞譜、曲譜，并無是名。所以蔣、沈二譜析作集調。前二句為【破陣子】頭，中三句為【齊天樂】，後三句仍為【破陣子】尾。但引從無集調之理，元牌名不隨意新創，不作集調為是。」事實上，明代當時較權威的蔣孝《舊編南九宮十三調曲譜》與沈璟增補校定之《南曲全譜》皆已出現此新調名稱。

節奏明快、表現力強，由時調〈思凡〉一齣迄今仍盛演於崑劇舞臺上可知。《牡丹亭》中，〈繕備〉與〈禦淮〉之【紅繡鞋】，因舞臺節奏較快，葉堂特別將它譜作流水板。至於淨丑一上場所唱的粗曲[51]，馮起鳳一律訂為正曲，並加譜上板，與生旦所唱之細曲無甚區別，葉堂則考慮行當差異，改為乾唱（或數唸）點板，而不注工尺譜，使淨丑躁急粗獷之性格更容易發揮。

就戲曲組成內涵而言，在遵古與從俗的取則上，李漁認為「曲文與大段關目不可改，科諢與細微說白不可不變」[52]，《牡丹亭》的曲詞與重要關目設置，的確較明清諸改本來得高明，至於科諢方面，前述若干語涉淫褻之糟粕自當翦除，而諸改本偶爾出現的解頤妙語亦可參酌以提高舞臺效果，如〈索元〉一折，軍校們一時找不著狀元柳夢梅，想找人頂替，湯氏原作老旦只說：「使不得，羽林衛宴老軍替得，瓊林宴進士替不得，他要杏苑題詩。」到了馮夢龍改本，因他熟諳通俗文學，於是接了幾句諷世的科諢：

（老旦）這使不得，羽林衛宴，老軍替得；瓊林宴，進士都要題詩哩！

---

[51] 如〈勸農〉之【普賢歌】、〈訣謁〉與〈回生〉之【字字雙】、〈寇間〉之【豹子令】，以及〈索元〉全齣六支曲牌等。

[52] 《閒情偶寄・演習部・變調第二》「變舊成新」，《中國古典戲曲論著集成》第七冊，頁七九。

（丑）如今那一個謅不出幾句歪詩？
（老旦）韻不熟。
（丑）叫俺家老婆去罷，俺老婆孕極熟，一年養一個孩子。

馮氏自加眉批云：「又為詩客發科」，這幾句諧音的科諢，對當時文壇詩人墨客虛浮之風多所嘲諷，至今聞之亦頗可發噱。而前述〈尋夢〉旦的下場，湯顯祖的集句詩既不甚出色，臧、馮改本的說白又不符人物性格，何妨盡皆刪去，今日舞臺上旦唱完末句「咱麗娘呵，少不得樓上花枝也則是照獨眠」，無論曲詞或聲情皆已將杜麗娘尋夢無著、淒美靜幽的心境型塑而出，在輕峭柔遠的樂聲中退場，遠比與春香落於言筌的對話來得有餘味。

就表演藝術而言，前輩藝人對《牡丹亭》的成功詮釋，往往能型塑出令人欣羨的表演典範，如乾隆末年集秀班的金德輝演〈尋夢〉時，有如春蠶欲死，「冷淡處別饒一種哀艷」，而當時揚州崑班演柳夢梅時，竟出現「手未曾一出袍袖」（《揚州畫舫錄》卷五）的「沒手身段」功夫，令人讚嘆！值得一提的是，有不少曾搬演過千萬遍的「熟戲」，如果在細節處理上別出慧心巧思，將會使整個表演猶如上了亮色般地出彩，如二〇〇五年江蘇省崑劇院推出的「精華版」《牡丹亭》（張弘改編），即在〈遊園〉一折，杜麗娘將進花園時作了別具匠心的設計。湯氏原著並未註明由何人開園門，歷來舞臺搬演按《綴白裘》、《審音鑑古錄》演法，讓春香先加念一句：「來此已是花園門首，請小姐進去」，一般傳統演法，花園並不另設園扉，或者門雖設而常開，所以小姐執摺扇似扶鬢狀，將身一側，優雅地進了園門；而「精華版」則是春香將為小姐推開園門時，杜麗娘示意阻止，由她親自把園門推開，乍見姹紫嫣紅的爛漫春色，不由得脫口讚道：「不到園林，怎知春色如許！」然而如是煙華盛景竟付與斷井頹垣，半零星的畫廊金粉，意味著園中美景已有多時乏人照看，猶如年已及笄青春正盛的她卻仍在幽閨自憐，而忒把這韶光看賤，懷春惜春之際，此時她並不能預知這園子將成為她的長眠之所。生命中第一次踏進後花園，這扇園門是她的心門，也是命運之門，春香替代不得，由她親自推開，意義、境界格外不同。

結語

戲劇為搬演而設。格高調雅的文士劇本，宜於案頭清玩，卻未必適合場上表演。

玉茗四夢，曲壇向有趙璧隋珠之譽，《牡丹亭》尤為湯顯祖一生得意之作，「麗藻憑巧腸而浚發，幽情逐彩筆以紛飛」的境界足以凌轢塵寰，然當其脫稿時，卻因聲律備受訾議而出現諸多改本。

明清縮編版大抵就更動結構、芟翦曲白與裁汰人物等視角對《牡丹亭》全本戲進行縮編。歷來對全本戲重構之評價不高，儘管改編者殫精竭慮，但畢竟是仿作，難免予人割蕉加梅之慼，而湯顯祖心花筆蕊隨處可見的詞采鮮有企及者，故稍有改竄，即遭「頭等笨伯」、「點金成鐵」之譏；尤其劇作中所揭櫫的「至情」思想，正是湯氏實踐泰州學派「以情抗理」底重要藝術理念，其「生者可以死，死可以生」的超凡境界，遠非諸改本所能望其項背。如馮夢龍改本劇名作「墨憨齋重定三會親風流夢」，凸顯「梅柳一段因緣，全在互夢」，「敘出三會親來，針線不漏」，表面看來關目連絡照應有致，實則過份強調生旦互夢與姻緣天定的手法，反而顯得刻意而殊欠自然，尤其削弱了杜麗娘之死靡它、追慕至情的那股自主性格。

諸改本思想、詞采雖不及湯氏原作之「意趣神色」，但在更動結構與刪潤賓白方面，卻因更為精鍊而搬演性提高。明清藝人在縮編版邁向場上化的基礎上，運用多年的實踐經驗，按實際舞臺與觀眾需求，精心刪潤打磨，揑塑出唱做俱佳的精彩折子戲，從明清戲曲選本之輯錄齣目，肯定讀者、觀眾喜讀樂看的依然在生旦之愛情主線，〈遊園〉、〈驚夢〉、〈尋夢〉案頭、場上兼美，傳綿至今仍是精品中之精品。至於原是「庸版可刪」之〈勸農〉，卻因為帝王「勸課農桑」、「親御耒耜」的儀式傳統，而成為清代宮廷盛演之折子戲，又因與吉慶節令相結合，而在民間堂會戲與娛神戲中持續搬演。

迨至近現代，中西表演文化相互激盪，《牡丹亭》蔚為世界性的研究與搬演熱潮，在異彩紛呈的現代諸版《牡丹亭》競相奏技之時，其中文化差異、行當錯位、舞美駁雜與關目倒置等問題也一一浮現，諸版雖與傳統演法或即或離，卻競相以「原汁原味」作標榜。事實上，在經典劇目的演出上，並不存在絕對意義原汁原味，崑劇面對時空移易，也不得不重新建構以穩住老觀眾並爭取新觀眾，而如何「仍其體質，變其丰姿」——珍視世界文化遺產，遵古以正今之訛，並與時俱進地從俗以就今之便，當是肩負文化道統的我們亟需深切省思的重要課題。[53]

---

[53] 本文原發表於二〇一一年《成大中文學報》，第三十二期，二〇一四年十月修訂。

表一「湯氏原作與碩園、臧晉叔、馮夢龍諸改本結構對照表」

湯顯祖《牡丹亭》		碩園刪定《還魂記》			臧晉叔改本《還魂記》			馮夢龍改本《風流夢》		
齣次	齣目	齣次	齣目	移動、刪併情形	折次	折目	移動、刪併情形	折次	折目	移動、刪併情形
一	標目	一	標目			開場	不佔折目	一	家門大意	
二	言懷	二	言懷		一	言懷	言懷、部分悵眺	二	二友言懷	縮併部分言懷、悵眺
三	訓女	三	訓女		二	訓女		三	杜公訓女	
四	腐歎	四	閨	縮併四腐歎、五延師、七閨塾，刪六悵眺	三	延	縮併四腐歎、五延師、七閨塾，刪六悵眺	四	官舍延師	縮併四腐歎、五延師
五	延師									
六	悵眺									
七	閨塾		塾			師		五	傳經習字	
八	勸農			刪	四	勸農				刪

九	肅苑	五	驚夢	合併九肅苑、一〇驚夢			刪	六	春香肅苑	
一〇	驚夢				五	遊園		七	夢感春情	
一一	慈戒			刪			刪			刪
一二	尋夢	七	尋夢		七	尋夢		九	麗娘尋夢	
一三	訣謁	六	訣謁	↑上移			刪	八	情郎印夢	與二一言懷部分合併，↑上移
一四	寫真	九	寫真		九	寫真	合併一四寫真、一八診祟	一一	繡閣傳真	↓下移
一五	虜諜			刪						刪
一六	詰病	一〇	詰病		八	詰病	↑上移	一二	慈母祈福	與一七道覡部分合併
一七	道覡			刪			刪			刪

一八	診祟	一二	診祟	↓下移		∞	↑併入寫真（新九）	一三	最良診病	
一九	牝賊	八	牝賊	↑上移	一〇	牝賊		一〇	李全起兵	↑上移
二〇	鬧殤	一三	鬧殤		一一	悼殤		一五	中秋泣夜	↓二〇鬧殤前半齣
								一六	謀厝殤女	↓二〇鬧殤後半齣
二一	謁遇	一一	謁遇	↑上移	六	謁遇	↑上移	一四	寶寺干謁	↑上移
二二	旅寄	一四	旅寄		一二	旅寄	旅寄	一七	病客依庵	
二三	冥判	一五	冥判		一三	冥判	冥判	一八	冥判憐情	
二四	拾畫	一六	拾畫				刪	一九	初拾	合併二四拾畫、二六玩真

二五	憶女	一七	憶女		一六	奠女	↓下移			刪二五憶女
二六	玩真	一八	玩真		一四	玩真	↑上移		真容	
二七	魂遊	一九	魂遊		一五	魂遊	↑上移	二〇	魂遊 情感	
二八	幽媾	二〇	幽媾		一七	幽媾		二一	梅菴 幽遘	
二九	旁疑	二一	旁疑				刪	二二	石姑 阻懽	合併二九旁疑、三〇歡撓
三〇	歡撓	二二	歡撓				刪			
三一	繕備			刪	一八	繕備				刪
三二	冥誓	二三	冥誓		一九	冥誓		二三	設誓 明心	
三三	秘議	二四	秘議		二〇	回	合併三三秘議、三五回生	二四	協謀 發墓	
三四	詗藥			刪						刪
三五	回生	二五	回生			生		二五	杜女 回生	
三六	婚走	二六	婚走		二二	婚走	↓下移	二六	夫妻 合夢	

三七	駭變	二七	駭變		二三	駭變		二七	最良省墓	
三八	淮警	二八	淮警				刪			刪
三九	如杭	二九	如杭		二四	如杭			∞	部份情節併入夫妻合夢（新二六）
四〇	僕偵	三〇	僕偵				刪			刪
四一	耽試	三一	耽試		二六	耽試	↓下移	二八	告考選才	
四二	移鎮	三二	移鎮		二一	移鎮	↑上移	二九	杜寶移鎮	縮併四二移鎮、四三禦淮
四三	禦淮			刪			刪			
四四	急難	三三	急難		二八	急難	↓下移		∞	部分情節併入子母相逢（新三〇）
四五	寇間	三四	寇間		二五	寇間	↑上移	三一	最良遇寇	↓下移

符號說明：▇刪除　↑上移　↓下移　∞部分情節併入他齣

四六	折寇	三五	折寇		二七	折寇	↑上移	三二	圍城遣間	
四七	圍釋	三六	圍釋		二九	圍釋		三三	溜金解圍	
四八	遇母	三七	遇母		三〇	遇母		三〇	子母相逢	↑上移
四九	淮泊	三八	淮泊			▇	刪		▇	刪
五〇	鬧宴	三九	鬧宴		三一	鬧宴		三四	柳生鬧宴	
五一	榜下	四〇	榜下		三二	榜下			▇	刪
五二	索元	四一	索元			▇	刪	三五	行訪狀元	
五三	硬拷	四二	硬拷		三三	硬拷		三六	刁打東床	
五四	聞喜		▇	刪	三四	聞喜			▇	刪
五五	圓駕	四三	圓駕		三五	圓駕		三七	皇恩賜慶	

《牡丹亭》場上表演的幾個問題

戲劇原為搬演而設，古今戲曲皆存在「文學定本」與「舞臺演出本」相生互變的問題。思想高標、詞采粲然、曲律謹嚴而合乎「案頭清玩」的文士劇本，欲付諸氍毹搬演，必將通過場次曲白之刪併增汰，依腔定譜之音樂設計、演員唱唸身段之磨合、穿關服飾與舞臺美術之構建等一系列調整程序方能竟其功。湯顯祖的曠世傑作《牡丹亭》脫稿時，即在聲律上備受訾評而出現諸多改本，諸改本之「意趣神色」雖不及湯氏，但其排場則多為明清舊臺本所襲取，從而締造「折子戲」之光輝。近年來「新臺本」競演全本《牡丹亭》，但因文化差異、行當錯位與舞美駁雜等問題而未臻盡善。而如何珍視傳統，使案頭文學價值與場上藝術價值互補交融，更是當今面對戲曲經典所應深刻省思的審美取向。

四百年來，《牡丹亭》在舞臺上雖彩爨不輟，然隨著歷史場景的更替、觀眾審美意趣的歸趨，它從案頭走向場上，亦幾經斧削之滄桑與添彩之榮華。尤其在本世紀交替之際，中外諸多紛支衍派的《牡丹亭》次第登場，如美籍導演Peter Sellars的實驗劇、陳士爭執導的全本版、王仁杰縮編的折衷新版以及白先勇的青春版，與傳統演法或即或離，一時之間，《牡丹亭》成為世界性話題。究竟《牡丹亭》文本當如何舞臺化，其間又牽涉場次、曲白之增刪、行當之改易與燈光佈景等設計問題，而這也正是當今整理經典劇目時，如何重現原著精神所應深刻省思的重要課題。故本文擬就新舊臺本之場上化趨勢及其所面臨之排場舞美諸方面，嘗試探討《牡丹亭》付諸場上表演時所呈顯之關鍵內涵。

壹、舊臺本之場上化趨勢

明代文士多自矜才情，除妄加改竄宋元戲文雜劇外，對當代劇作亦恣意標塗，形成文人圈類乎酬唱的時興作風。幾令《西廂》減價的《牡丹亭》一問世，更是聚焦所在，當時改本蠭出，不下六種。其中呂玉繩改本與徐肅穎改本《丹青記》下落不明；沈璟《同夢記》（又名《合夢記》、《串本牡丹亭》）始終未曾刻出，僅其侄沈自晉《南詞新譜》收錄殘曲兩支，止改動字句而已；臧懋循改本則刪併齣目、調換場次，並改動曲詞；徐日曦（或云王惟善）碩園改本改動較大，除刪全齣、併數齣為一齣之外，還刪曲並移動場次，力求趨俗以便場上搬演，削弱原作意趣而顯得粗暴；馮夢龍改本《墨憨齋重定三會親風流夢》除刪併齣目外，更大刀闊斧改寫湯作。①

綜觀諸改本改竄情形歸納為改詞、改調與變換排場三種。嫌湯作有拗嗓之病而加以改竄曲詞者，以沈璟與臧晉叔為最，然其曲文儘管合律，其詞采皆不如湯氏遠甚，致有斷鶴續鳧、點金成鐵之譏；改調者，即不改原作一字，運用（集曲）音樂使之合調，達到「文律俱美」，乃鈕少雅、葉堂等國工造詣有以致之；至於變換排場，則與《牡丹亭》之場上搬演趨勢有關。

一、諸改本之刪併場次

由於五十五齣費時較長，在名公才士、金紫熠爚之家的家樂家班裡，賢主嘉賓固然

①諸改本情形可詳參拙文〈從明清縮編版到現代演出版《牡丹亭》——談崑劇重構的幾個關鍵〉，收於本書頁一六九～二二七。

可以心逸興雅地悠閒聆賞全本演出，但一到民間開放性的劇場中，一般觀眾不免覺得湯作「詞致奧博，眾鮮得解」（碩園本語），某些齣目枝葉過繁，或劇詞不便當場敷演如〈道覡〉者，因而《牡丹亭》才剛問世，「縮編本」隨即相應而生——碩園本四十三齣、臧改本三十六齣與馮改本三十七齣等皆刪併李全亂事副線之過場戲及若干不利高臺唱演之曲白，以符兩天演畢之經濟效益與劇情緊湊之觀聽需求。故吳梅雖譏臧氏改湯曲係點金成鐵，但也肯定臧改本在「佈置排場，分配角色，調勻曲白」等方面，「洵為玉茗之功臣！」（《顧曲麈談》）其實不只是臧晉叔，徐日曦、馮夢龍在改本排場上較合情理的更動，同樣對《牡丹亭》後來的場上搬演產生相當大的影響。

戲曲搬演為掌握觀眾的注意力，在布關串目上極需費心經營，如王驥德《曲律》強調「大頭腦」，即「傳中緊要處，須重著精神，極力發揮使透」，李漁《閒情偶寄》提出「立主腦」，皆主張戲劇主題宜鮮明突出，其他無關緊要的枝蔓情節應刪削，若「只管敷演，又多惹人厭憎」。基於此種理念，儘管湯顯祖堅持五十五齣增減不得，但《牡丹亭》諸改本依然大幅刪併齣目，更調換場次。其中被視為繁蕪枝蔓而遭刪削的齣目如〈悵眺〉、〈勸農〉、〈慈戒〉、〈虜諜〉、〈詰病〉、〈道覡〉、〈繕備〉、〈詗藥〉、〈淮警〉、〈如杭〉、〈僕偵〉、〈移鎮〉、〈御淮〉、〈急難〉、

〈淮泊〉、〈榜下〉、〈聞喜〉等十七齣，當時不論以文士案頭審美意趣為標準的戲曲選集如《月露音》、《詞林逸響》、《萬壑清音》、《玄雪譜》、《怡春錦》、《醉怡情》等未嘗收錄，到了清代，以舞臺時尚爨演劇目為實錄的臺本選集如《綴白裘》、《審音鑑古錄》等更不見著錄，其原因在於這十七齣大都屬過場短劇，無關「主腦」，〈道覡〉齣更因過度涉穢而從未見搬演。其中唯一例外的是清初演出本皆特別選錄〈勸農〉，此當與〈勸農〉盛演於宮廷有關，具有特定的社會內涵與點綴昇平的政治意義。②

二、折子戲之精緻排場——〈學堂〉、〈遊園〉、〈尋夢〉

「折子戲」在明代中葉已然形成，其產生主要因應全本戲之結構龐大而難盡付搬演，故初時僅揀選全本戲中精采、較具特色之折子戲獨立演出。就財力、人力、家班主人宴客觀戲之精力與興趣而言，家庭戲班自然以演折子戲為最適宜，如錢岱家班有「演習院本」十本，皆非全本上演，《筆夢》云：「以上十本，就中止摘一、二齣或三、

② 李玫〈湯顯祖的傳奇折子戲在清代宮廷裡的演出〉一文據內務府昇平署檔案資料，指出〈勸農〉在清代宮廷裡演出機率高，具有特殊政治意義。載《文藝研究》二〇〇二年第一期，頁九三～一〇三。

四齣敷演。張樂時王仙仙將戲目呈侍御（錢岱）親點，點訖登場演唱。」諸女樂「戲不能全本，每媢一、二齣而已。」其中馮翠霞即擅演《牡丹亭》之〈訓女〉③。萬曆年間，散齣選本大量刊行，文士以「風雅」為揀選品味，講究「調協」、「詞雋」、「韻永」、「情深」（如《怡春錦》）；而梨園則就觀聽效果將全本戲作精簡場次之處理，要求劇本結構緊湊，關目生動。諸多藝人更針對常演折子作進一步加上，增刪文士原作以符場上之需（如《醉怡情》、《綴白裘》等），使單一折子轉變為能夠獨立演出的「折子戲」，表演藝術的日益精湛與腳色分工的日益明確，從而締造出「折子戲的光芒」④。

戲劇經典劇目的非凡成就，常是前人的智慧所積澱而成。清代中葉迄今依然盛演不衰的《牡丹亭》精品「折子戲」，大都可上溯到明代諸改本與演出臺本。如乾隆間玩花主人編選、錢德蒼續選的《綴白裘》（一七六三～一七七四），其中〈學堂〉一折情節大致與馮夢龍改本《風流夢·傳經習字》相同，曲文、說白亦極類似，尤其將湯

③詳參胡忌《崑劇發展史》頁二〇八，一九八九，中國戲劇出版社。

④參陸蕚庭《崑劇演出史稿》頁一九三～二〇二，一九七九，上海文藝出版社。

作第九齣〈肅苑〉之【一江風】移作本齣首曲，並添一段說白作為春香的開場，頗為後世所襲用；又如陳最良責杜麗娘遲到而與春香之科諢，及講解〈關雎〉之一段問答，較諸湯作，春香鬧學之形象突出而鮮明，由此可知後世搬演的〈學堂〉版本實濫觴於馮改本。

目前舞臺上經常連演的〈學堂〉、〈遊園〉、〈驚夢〉三齣名劇，為了給演員留出換裝的時間，通常會在〈遊園〉開場時，先由「花郎吊場」。（如單演〈遊園・驚夢〉，即湯作〈驚夢〉乙齣，則取消「吊場」）明末徐日曦的《碩園刪定還魂記》（收於毛晉《六十種曲》）中，曾將湯氏原作〈肅苑〉中喝醉的小花郎所唱【普賢歌】及與春香的一段科諢移到改本第五齣〈驚夢〉（前半齣臺本俗稱〈遊園〉）之首，祇是，碩園改本刪去旦貼二人優雅對鏡梳妝的兩支美聽曲牌——【步步嬌】與【醉扶歸】，殊為可惜。

在湯氏原作中，旦一人連唱【步步嬌】與【醉扶歸】兩支曲牌，「裊晴絲吹來閒庭院，搖漾春如線……則怕的羞花閉月花愁顫。」流露少女巧妝顧盼之思，曲情深婉嬌美，並無不妥，只是舞臺演出時，旦貼二人同時出場臨鏡梳妝並相偕遊園，身段對稱，具相反相成之妙，若全齣過曲僅由旦一人獨唱，則不但舞臺表演節奏缺少變化，也會使觀眾有冗長之感。於是，重視演出效果的《綴白裘》乃於旦唱完【步步嬌】最末一句「我（按：「我」字為《綴白裘》所加）步香閨怎便把全身現」之後，改由「貼」接唱【醉扶歸】首二句：「你道翠生生出落的裙衫兒茜，艷晶晶花簪八寶瑱」，再由旦接唱「可知我常一生兒愛好是天然」。如此一改，整齣戲變得節奏分明而具亮彩，因為貼的唱做動感較強，頗能襯托旦的淑靜，當春香唱到「八寶瑱」之「瑱」時，與杜麗娘俏俏的一對看，杜麗娘回應一聲「春香」，然後接唱「可知我」句，整個過程銜接妥貼自然。尤其春香在接唱前先捧梳妝盤「虛下」，讓杜麗娘表現「怎便把全身現」的內心周折羞澀之感；春香亦趁「虛下」時取雙扇再度上場，使以下二人的身段藉團扇、摺扇的開合、翻飛與對稱，將整個舞臺粧點得更顯精緻豐盈而和諧。

至於〈驚夢〉與〈尋夢〉之間，湯氏原作夾有一齣過場短戲〈慈戒〉，諸改本皆以為累贅而將它刪去，目前舞臺演出本常見的組接方式依然是〈學堂〉、〈遊園〉、〈驚夢〉、〈尋夢〉，〈慈戒〉一齣則幾已消泯。尤其〈遊園〉、〈驚夢〉、〈尋夢〉三折相聯的關目架構，為演員的技藝施展提供絕好的空間，形成崑臺閨門旦必習之三折好戲。〈尋夢〉一折，清中葉以後一般折子戲皆刪去首支曲牌【夜遊宮】，而由次曲【月兒高】開場，如道光間由王繼善補訂校讎的《審音鑑古錄》（一七三六～一八三四）即保留湯作全齣十九支曲牌，唯獨刪卻首曲【夜遊宮】，《綴白裘》除刪首曲外，另刪【月兒高】與【川撥棹】之次曲。如此刪首曲而由次曲開場的演出方式，並非清代演出臺本所創，早在明代徐日曦的碩園改本就已出現，碩園本共刪八曲，尤其將溫婉纏綿的【嘉慶子】與【尹令】刪卻，不免失之粗率。如今成為閨門旦必學的經典劇目——〈尋夢〉，其演法則在積累前代藝術經驗的基礎上，再著重刻畫杜麗娘幽深閒雅、暗自尋夢的私密心境，把首曲【夜遊宮】與接下來的二支【月兒高】一併刪去，由旦一人清逸出場，以思致緜緲的【懶畫眉】為首曲，連唱近十支心緒遞轉之細曲，中間免去春香的絮聒，形成排場靜雅細膩的「獨腳戲」風格。

三、〈驚夢〉「堆花」、睡魔神之增飾

〈驚夢〉中的「堆花」排場頗有踵事增華之妙。花神原係行業神，明洪武中虎丘桐橋已建花神廟，祀主神及十二月花神⑤。清乾隆時袁棟《書隱叢說》則表示《牡丹亭》之增扮十二花神，靈感係來自雍正時李總督（名衛，謚敏達）於西湖所立之十二花神

⑤參徐扶明《牡丹亭研究資料考釋》頁三四六「驚夢中的『堆花』」所引顧祿《桐橋倚棹錄》。

廟，陸萼庭據《清史列傳》證成其說。然而，以花神引男女主角入夢相會之情節，明末清初「采芝客」所撰《鴛鴦夢》傳奇第十六齣〈合夢〉亦有「雜扮花仙六人，各執巧花一枝」合唱【對玉環帶清江引】慶賀秦璧與崔嬌蓮之夢會。又明崇禎年間青溪菰蘆釣叟選編的《醉怡情》所錄〈入夢〉（即湯作〈驚夢〉）一折，即將湯氏「末扮花神，唱【鮑老催】一曲」擴增為「小生扮花神，眾（花神）隨上」唱【出隊子】、【畫眉序】、【滴溜子】、【鮑老催】、【雙聲子】等五曲贊頌，形成後世所稱的「堆花」排場。可見花神之擴增為十二，並非遲至清雍正後才出現。此外，陸萼庭特別指出，《醉怡情》所增之合唱套曲重言「幽會」乃「三生石上緣」，彷彿一首「結婚進行曲」，其聯套靈感當來自《琵琶記・花燭》（即〈強就鸞凰〉）一齣蔡伯喈勉強就婚牛府時所用【畫眉序】、【滴溜子】、【鮑老催】、【滴滴金】、【雙聲子】之婚宴套曲⑥。此說兼顧觀眾心理與戲劇效果，頗具創見。

到了清代，折子戲的演出型態逐漸發展成熟，其新增折目亦相應而生。由於花神歌舞排場之擴增與旦貼遊賞花園前後唱做身段之精雕細琢，於是，湯氏原作〈驚夢〉一

⑥參陸萼庭〈遊園驚夢集說〉一文，發表於二〇〇四年四月臺北「湯顯祖與牡丹亭國際學術研討會」。

齣析分為二，成為〈遊園・驚夢〉，且通行至今。祇是，《綴白裘》以【隔尾】一曲作劃分；《審音鑑古錄》則以眾花神【依次一對徐徐並上】作為第二齣〈驚夢〉的開場，並將《醉怡情》中眾花神所唱第五支曲牌【雙聲子】刪去，換成馮夢龍所改寫的【五般宜】，而原刊總目上更在〈遊園〉與〈驚夢〉中首度增入〈堆花〉齣目。至於「堆花」中之十二月花神所指者何？舞臺上演法不一，或作歷史人物，或採民間傳說，或為文士杜撰，行當、穿戴與所執之花亦各自有別⑦。清末宮廷戲中的〈堆花〉，由於常作為開場戲，排場一派奢華靡麗，舞臺上除十二花神、大花神之外，還另外增加四個雲童、十二個仙童「手執挑竿絹花燈」，演員將近三十人，行頭精緻華美，展現皇家特有的雍容氣派⑧。一九六〇年，梅蘭芳、俞振飛的〈遊園驚夢〉電影版，場景已

---

⑦乾隆時梨園抄本《堆花花神名字穿著串頭》一書，載大花神、閏月花神與十二月花神共十四位，有蓂莢門主、庚嶺仙官、九英仙姥……等八男六女，生旦淨丑行當齊全，參傅惜華〈遊園驚夢之花神〉，天津《大公報・劇壇》副刊，一九三五年一月五～六日；晚清《吳友如墨寶，古今人物畫》載「十二月花神圖」，與當時蘇州文全福班所演〈堆花〉花神名目全同，花王唐明皇，正月柳夢梅……十二月佘太君，曾長生口述《崑劇穿戴》，一九六三，蘇州戲曲研究室出版；陳鍾麟《紅樓夢》傳奇第八十齣〈幻圓〉以金陵十二釵為十二花神；俞樾〈十二月花神議〉則將歷史人物另作組合，詳參陸萼庭前揭文。

⑧見同註②。

然趨向寫實，〈堆花〉的花神二十人，則全用旦角扮成仙女模樣，配合現代乾冰特效，特意營造出披帛飛池、芳菲爭春的浪漫夢境。

此外，「睡魔神」之增入當在清代前期，《綴白裘》與《審音鑑古錄》皆於杜麗娘睡後安排睡魔神上場⑨，自稱奉花神之命勾取二人魂魄入夢，他先以日鏡引柳生上場，再以月鏡引著麗娘與柳生相見。用夢神（睡魔神）引導腳色進入夢境，這在古代聲光設備不足、民俗信仰心理的背景下，是傳統戲曲常用的表現手法，如明代鄭若庸《玉玦記》第三十四齣〈陰判〉即有「睡魔引生冠舉上」，采芝客《鴛鴦夢・合夢》亦以雜扮夢神引男女主角入夢，清乾隆時黃圖珌《雙痣記》第二齣〈夢祥〉亦有「生扮夢神引外立椅上」等，按劇情氣氛而有不同的上法。〈驚夢〉的睡魔神雙手執紅綠綢飾日月鏡出場，充滿喜慼，形象有如月下老人般地為生旦的歡合牽線。陸萼庭認為這種近乎儀式的排場，使觀眾「幾乎誤認夢神兼任了贊禮之職……與花神的話語（杜、柳『有姻緣之分』）前後輝映，表明夢中之事名正言順，不算『苟合』……搬演家的用意無可厚非，但與湯氏本念畢竟相悖了。」⑩一般觀眾自然喜歡熱鬧有趣的排場，然而

⑨《綴白裘》中睡魔神為丑扮，《審音鑑古錄》為副扮。

⑩見同註⑥。

細想湯氏筆下的杜麗娘，的確自主性相當強，為一份「不知所起」的至情，可以赴死又重生，她的入夢，花神的「緣定說」，預言式宿命中還帶點浪漫主義的味道，但若再加上睡魔神落實地牽線，女主角相對之下倒顯得被動了，因而目前崑臺就有不上睡魔神的演法。

四、集句下場詩之改易

集句詩之撰作係明代詩人之普遍風尚，一首好的集句詩，不但要具備「字諧音比」、「不戾乎音律」之基本條件，更需「會眾善之長，推舊為新，貼題用事，如一氣呵成」（羅綺序明・夏宏《聯錦集》語），使人感覺如出一人之手而無拼貼之痕。湯顯祖《牡丹亭》五十五齣每齣末皆集唐詩四句作為下場詩，無論平仄、韻協皆頗合律，更有貫串劇情、彰顯人物性格之妙，其難度之高自不待言。湯氏首創通篇集唐之風炫示曲壇，有清一代洪昇、孫郁等甚且引領倣效以為高標，影響不可謂不大。如是巧構功夫，原是湯氏自矜詩才之筆，而集句詩所營造的唐詩意境，置諸案頭靜心玩索，餘味無窮，不免使人驚服湯氏使事之巧、琢句之工。

祇是，一到場上搬演，由於戲曲是「耳聞即詳」的藝術，面對臺上瞬息變換的畫面，觀眾若對古詩詞涵養未盡淵厚，著實無暇及時領會箇中神韻，反而會覺得落於套語，產生「隔」的感覺。若五十五齣每齣演員皆以集句詩下場，更容易顯得流於窠臼而少變化，無法引起觀眾懸念，當時諸改本以及後來的藝人於是按舞臺搬演實際需要而加以改動。尤其中國舞臺不落幕，三面對著觀眾，上下場必須留給觀眾鮮明的形象感受，如何下場，更是臺本最為關注之處。

湯氏的集句詩在舞臺表演時也並非全然不可取。如〈閨塾〉的四句下場詩：「也曾飛絮謝家庭，欲化西園蝶未成，無限春愁莫相問，綠陰終借暫時行。」由於寓意深婉，又能引起下一齣〈遊園〉之興味，因而至今依然被保留作為〈學堂〉的下場詩。相對地，湯作〈驚夢〉之末的四句詩，明末選集《怡春錦》、《醉怡情》都還保留，到了清代的《綴白裘》、《審音鑑古錄》併皆刪去，原因主要在於清代中葉折子戲已發展成熟，臺本通常將〈遊園〉、〈驚夢〉、〈尋夢〉三折連演，〈驚夢〉與〈尋夢〉之間足以沖淡、間隔少女逐夢幽懷的〈慈戒〉，既自明代以來就已經刪除，而〈驚夢〉【尾聲】又以「天呵！有心情那夢兒還去不遠」一句收尾，曲詞既淺白又具詩意，餘味未盡，頗能引起觀眾對〈尋夢〉的期待，若唱完此句再多唸四句下場詩就會感到蛇足、中斷戲劇氣氛，故目前臺本演法依然刪汰此四句詩。

至於湯作〈尋夢〉的下場詩：「武陵何處訪仙郎，只怪遊人思易忘，從此時時春夢裡，一生遺恨繫心腸。」情詞俱佳，《醉怡情》與《綴白裘》保留，而《審音鑑古錄》則刪去。臧晉叔與馮夢龍認為過於艱深不適合場上，將它改為春香與杜麗娘的對話，臧改作「貼：小姐，我看你精神十分恍惚，為著何來？旦：（作嘆，不語介）我有心中事，難共旁人說……（下）貼：小姐，你瞞我怎的？總是一心人，何用提防妾。」馮改作：「貼：小姐，我看你精神十分恍惚，卻是為何？旦嘆介：我有心中事，難共旁人說。（先下）貼背指旦介：唉！小姐，本是一心人，何須瞞賤妾。」雖是淺白生動，但特別指出春香覺得小姐「瞞」她、「提防」她，則春香的天真可愛自然減卻幾分，故為後來演出本所不取。如今舞臺上的〈尋夢〉依然不採集句詩下場，因為【尾聲】末句「咱麗娘呵，少不得樓上花枝也則是照獨眠」，無論曲詞或聲情皆已將杜麗娘尋夢無著、淒美靜幽的心境型塑而出，讓女主角凝眄有情地隨著清柔婉折的音樂下場，自然比與春香落於言筌的對話來得有意境。

貳、新臺本之排場舞美問題

獨領「雅部」風騷的崑曲，與追慕「至情」的《牡丹亭》相結合，在晚明以迄清中葉形成高標的表演藝術範型，傳緜至今依舊韻致未減，尤其世紀交替之際，中外陡然掀起一陣《牡丹亭》狂熱——美籍先鋒派導演彼得・塞勒斯 Peter Sellars 的實驗性歌劇（一九九八～一九九九，三小時）、陳士爭執導的全本五十五齣版（一九九九・七，二十小時）、王仁杰縮編、郭小男執導的上崑折衷新版（一九九九・八～二〇〇〇・四，七小時）以及白先勇的青春版（二〇〇〇・四，六小時），千姿百態的《牡丹亭》相繼登場，由於這些「新臺本」與「舊臺本」的傳統演法出現若干差異，因而引發劇本改編所帶來的思想文化、音樂配搭、行當改易與舞臺美術等相關問題。而如何在承繼與創造之間掌握原著精神，正確詮釋湯顯祖的「意趣神色」，重現《牡丹亭》的表演格範，該是當今面對經典劇目所應深思的文化課題。

一、文化差異之省思

塞勒斯版的實驗劇《牡丹亭》，由旅美崑伶華文漪、史潔華與歐美話劇、歌劇、舞蹈演員，以三組主角在同一表演時空，運用各自的舞臺語彙來表述相同的自然覺醒與復甦，從而肯定《牡丹亭》的現代價值。其表現劇情，主要以西方現代亟欲掙脫性禁錮的理念，來推闡《牡丹亭》一劇係揭示性意識的自然覺醒與復甦，藉以肯定《牡丹亭》的現代意義與價值。然而由於文化闡釋錯位，表現方式過於露骨俗陋，以及後現代「錯置」、「反深度」的美學手法貫串其中，在文化意境經營上形成極大的反差，使得該劇雖在歐美公演時帶來熱潮，但也引發激烈訾評⑪。

陳士爭版的《牡丹亭》有其獨特的戲劇觀，能觀照全局並運用多重藝術手段（非僅崑曲），企圖呈顯中國社會風貌，調劑排場之輕重冷熱，既能均演員之勞逸，又可新觀眾之耳目；音樂設計亦能尊重古譜，據葉堂《納書楹曲譜》整理改編；服飾雖非盡

⑪參廖奔〈觀念挪移與文化闡釋錯位──美國塞氏《牡丹亭》印象〉，《文藝爭鳴》二〇〇一年一期，頁五五～六〇；桑梓蘭〈三種《牡丹亭》的舞臺新想像〉，《非常美學》網站 www.sinologic.com/aesthetics。

善卻是雅俗分明，若干齣目如〈驚夢〉、〈幽媾〉、〈如杭〉頗能展現詩、樂、舞三者化合的崑曲獨特意境。祇是〈寫真〉、〈玩真〉原是《牡丹亭》的精華齣目，卻改用蘇州評彈來表現，其他如演員在臺上當場化妝、寬衣以及撒冥紙、倒馬桶等寫實手法都顯得過於新派。在《牡丹亭》邁向國際舞臺時，如何汰粕存菁，其間分寸之拿捏攸關成敗，有時刻意曲從西方現代思維模式，未必能收到預期效果，而愈能保有傳統精粹，反而更具民族特色，而這也正是目今珍視文化遺產的審美新取向。

二、行當改易之錯位

中國古典戲劇自唐宋「參軍戲」發展至今，無論劇本結構或場上技藝皆以「腳色綜合制」為中心，即劇作家撰寫劇本時係按腳色分類而塑造出類型、氣質各自不同之劇中人物⑫，演員學藝亦按腳色分工而作培訓，各行當之唱唸身段亦皆各有其「程式」要求，因而形成與西方戲劇截然不同的表演體制。

⑫ 孔尚任〈桃花扇綱領〉即將劇中人物按男女、正邪分為五部，各部中腳色分明，作者並以不同之色、氣、星闡釋人物出現之特質與作用。

在中國戲劇中科諢的表現通常由「淨」、「末」、「丑」來擔任。由於科諢具有「戲劇眼目」、「能驅睡魔」之特殊作用⑬，誠未可「作小道觀」，就劇場效果與觀眾心理而言，淨、末、丑在傳奇中尤具有不可替代之地位。《牡丹亭》承繼南戲「發喬」、「打諢」的劇謔效果，並使人物塑造更為立體而深化。在《牡丹亭》中淨、末、丑所引發的科諢，有單純的詼諧逗趣，深具「養精益神，使人不倦」的「人參湯」作用（李漁語），隨時為觀眾提神，看完長達五十五齣的大戲；亦有針砭政治外交之時弊，諷刺仕途世情之現實等，讓觀眾對當時世態有一番全知的觀照。此外，由於明代情色文學充斥文壇，《牡丹亭》亦不可免的雜有不少有色科諢，其中佔戲最多的石道姑（淨）、陳最良（末）與佔戲較少的楊婆（丑），理當由男演員扮飾。如第四十七齣〈圍釋〉，番將用蠻語對楊婆的調戲頗為粗鄙，因而惹惱李全動武。此齣番將由老旦扮飾，楊婆則丑扮，演員與劇中人物在性別上形成反差，能使舞臺效果更為突梯，正

⑬明．王驥德《曲律．論插科第三十五》云：「大略曲冷不鬧場處，得淨、丑間插一科，可博人哄堂，亦是戲劇眼目。」清．李漁《閒情偶寄》卷三亦云：「科諢第五」亦云：「插科打諢，填詞之末技也。然欲雅俗同歡，智愚共賞，則當全在此處留神。文字佳，情節佳，而科諢不佳，非特俗人怕看，即雅人韻士，亦有瞌睡之時。作傳奇者，全要善驅睡魔。」

如第三十八齣〈淮警〉楊婆一出場即對李全「夜來鏖戰」略作嬌嗔，由於楊婆係由丑（男演員）扮飾，觀眾聞之發噱，而不覺過度涉穢。

白先勇青春版《牡丹亭》中楊婆由武旦扮，石道姑則由正旦扮飾，並刪去湯顯祖原著中別饒特色的科諢意趣，顯得單薄無味。石道姑在《牡丹亭》中出場十五齣，地位與陳最良（出場十七齣）相當，誠未可隨意誤扮。由「淨」一行在《牡丹亭》中所扮為李全、番王、郭駝、苗舜賓、判官、武官……等十餘種劇中人物看來，其腳色特質實不宜由女演員扮演。尤其石道姑頗多科諢皆過度染「色」，由男演員（淨、丑）道來可引人噴飯，若改由女演員（旦）說出則甚為不妥。如〈道覡〉一齣，石道姑一出場，則表白自己是石女，原不宜結婚，卻嘗盡婚姻苦楚，湯顯祖特意將童蒙必讀《千字文》解構重組，改寫成石道姑洞房之夜男女性事之妙文，所引《千字文》凡一一六句，句句雙關譬喻，令人絕倒，這原是湯氏逞才調侃聖賢的遊藝之筆，本係案頭解頤之作，雖不適宜全文搬演於舞臺，但實未可將其間機趣全筆抹煞。如陳士爭版鋪陳多而趨俗，浙崑之處理則有點到為止之妙。青春版製作者可能以為既是「道姑」，當由女演員以「旦」行扮飾。事實上，崑劇淨行（包括副、丑）之中亦多有以花面扮女者，如《玉簪記》之〈秋江〉，以白大扮女；《琵琶記》之〈稱慶〉，以二面扮女；《風箏誤》之〈驚醜〉，以小丑扮女⑭。石道姑（與楊婆）若以淨（丑）行（男演員）扮演，其科諢當愈發突梯逗趣，令人捧腹，如上崑名丑劉異龍以四川話發展出的念白有聲有色，頗令全場爆笑；而浙崑名副（丑）王世瑤身段柔軟而具格範，吐辭不溫不火，雖念白無多卻語帶雙關，令人心會解頤而不覺涉穢，頗能呈顯雅部崑曲蘊藉生趣之表演風格。

三、燈光舞美之駁雜

中國傳統戲曲的舞臺時空處理採寫意方式，三面臨空的伸出式舞臺，不可能像西洋鏡框式舞臺那樣設置佈景，而只能靠演員的身段來虛擬環境，這種「景隨人移」的特殊表演形式，使舞臺時空變得靈動而自由⑮，凸出的是演員的唱唸身段功夫，相對地，燈光佈置等舞臺美術之設計，則顯得較為次要。然而，古典戲曲一進入現代化劇場，由於戲劇整體審美風格的要求，以及觀眾欣賞品味的變化，傳統戲曲開始重視舞臺美

⑭見楊蔭瀏〈天韻雜談〉記先輩李靜軒對崑劇角色之剖析。收於《楊蔭瀏音樂論文選集》頁三～五，一九八六，上海文藝出版社。

⑮參拙著《曲學探賾・由表演美學論古典戲曲的特殊綜合歷程》頁一～三八，二〇〇三，臺灣學生書局。

術烘托劇情、營造氛圍的功效，祇是其間表現手法仍有可議之處。

〈驚夢〉中膾炙人口的【皂羅袍】一曲，其中「原來姹紫嫣紅開遍，似這般都付與斷井頹垣，良辰美景奈何天，賞心樂事誰家院」，四百年來向被視為曲壇名句，描寫杜麗娘在十六歲時第一次遊春，由於看到後花園春景正盛卻乏人欣賞整理，以致「畫廊金粉半零星」，正象徵著她青春正熾卻乏人憐愛，【皂羅袍】中滿園燦爛的「姹紫嫣紅」卻開在「斷井頹垣」上，是她的深切感嘆，人間四美——良辰、美景、賞心、樂事，自古難以齊有，她雖幸運地得以私出遊園，然而無人關愛的青春，怎不令她對天徒喚奈何！湯氏摹寫少女懷春之情極為細膩而具層次。在〈驚夢〉中，花園一直是百花盛放、春意盎然的，由【皂羅袍】、【好姐姐】二支曲牌可知當時園景——朝飛暮捲、雲霞翠軒、雨絲風片、煙波畫船，杜鵑荼靡爭相綻放，燕語鶯歌引人凝眄，好一派繽紛熱鬧的江南暮春美景，曲牌音樂恰好又是清新緜邈的仙呂宮聲情。然而青春版《牡丹亭》製作者可能認為此時花園正從「姹紫嫣紅」凋殘成「斷井頹垣」，因而燈光色調偏暗，與原著情境迥異；男女主角最為旖旎浪漫的粉紅夢境中，舞臺上同樣出現一片冷色系燈光，並且全場著白衣，長杆上白幡飄盪，不免令人有鬼氣森然之感，且十二花神之舞雖美，其唱做身段卻與傳統曲牌之板眼節奏難以配搭，明顯的「外貼」

痕跡與崑劇的樂舞風格相去甚遠。至於舞臺設計方面，雖說是擷取蘇州園林意象，但因高牆用灰色，過於厚重，缺少園林借景「移步換形」的穿透感，臺前兩個凹陷的深洞，讓不少觀眾提著心看戲，既無美感又具危險性，值得商榷。上崑縮編版的《牡丹亭》因受命製作，創作方向受限，敘事凌亂而欠統一，舞美方面，〈驚夢〉中十二花神穿坦胸露背之銀色西式禮服，簇擁著古裝之劇中主角，顯得怪異而突兀，背景幛幕或花團錦簇，或為巨型螢光牡丹，其華麗有如賭城歌舞秀。雖然火樹銀花之「燈戲」舞臺背景有其歷史淵源，排場綺麗華靡競誇豪奢，也未嘗不是菊部之盛事⑯，但今日舞美設計若未能掌握中國古典戲曲精神與風格，中西雜拼，或喧賓奪主，以俗豔花俏佈景干擾演員之表演，則是有違崑曲之「雅部」風範。

值得一提的是，由於追慕古雅的聆賞趨勢逐漸風行，舊臺本十餘齣折子戲已難滿足一般觀眾，於是近年來「新臺本」競相編演全本《牡丹亭》，企圖讓人一窺《牡丹亭》的全貌。事實上，文士劇本儘管筆酣墨飽可讓家樂家班全劇唱演，但一到崑班藝人的

⑯清‧畹香留夢室室主黃協塤編《淞南夢影錄》卷三云：「紅豔乍展，光分月殿之輝，紫玉橫吹，新試霓裳之曲。每演一戲，蠟炬費至千餘條，古稱火樹銀花，當亦無此綺麗。先期園主人遍散戲單，招人觀賞。至是輕貂怒馬，蟻擁蜂喧，隔座花枝，向人招展，直至銀蟾彩匿，珠鳳煙消，始唱陌上花開之句。誠菊部之大觀，花叢之盛事也。」收入《筆記小說大觀》正編第六冊，頁四二八九，一九七三，臺北，新興書局。

舞臺上，所展現的卻是另類的「團圓」之趣。如清康熙間洪昇的《長生殿》儘管被譽為案頭、場上雙絕之作，藝家於賓白、曲詞幾無增刪，然而崑臺表演多以〈迎像哭像〉作結，且滿場用紅衣，不管洪昇如何不滿，說此齣「如禮之凶奠，非吉祭也。今滿場皆用紅衣，則情事乖違。」但藝人與觀眾的默契認為：此折明皇已充分表現對貴妃生死不易之摯情，即預示生旦將喜慶團圓，故可以此齣作結束，表現「美的殞落，美的完成」的特殊排場。一部《西廂》的「團圓」亦在〈長亭餞別〉上，此折後之筆墨全屬蛇足，因為在〈拷紅〉中老夫人被迫承認理虧、情虧、家法虧，被迫同意鶯鶯與張生既成事實的結合，雖說老夫人要求張生須金榜題名才能洞房花燭，然以張生之才「視官如拾芥」，可以預見夫妻終將團圓，故藝人與觀眾形成一個默契點：張生赴京之日，即是該劇團圓之時，乾隆時的《綴白裘‧長亭》一折云：「時下新興俱用旦腳妝，不用生、丑，名曰女長亭。正旦扮張生，小旦扮鶯鶯，貼旦扮紅娘，作旦扮琴童，老旦扮車夫。如班中旦腳少者，仍照舊小生、丑腳等做可也。」〈女亭〉的演法，展現女子追求婚姻自由的勝利⑰。

⑰詳參洛地〈關於崑班演出本〉一文，收於中國戲曲學院編《戲曲藝術二十年紀念文集》（戲曲表演卷）頁三六五～三八六，二〇〇〇，中國戲劇出版社。

基於此種「預示團圓」的特殊理念，歷來崑臺本的《牡丹亭》很少演至最末一齣〈圓駕〉，有些以第三十五齣〈回生〉作結，有些則演至〈寫真．離魂〉為止，因為杜麗娘唯有死，方能實現夢想，與情人結合，故〈離魂〉可視作另一種「團圓」，明代吳炳《療妒羹》傳奇〈題曲〉中小青不也感嘆道：「天哪！若都許死後自尋佳偶，豈惜留薄命活作羈囚。」而杜麗娘的「回生」，從禮教觀點看，其實是一種悲劇，在〈婚走〉中她明白指出「鬼可虛情，人須實禮」，一旦回生，就得遵從「父母之命，媒妁之言」等禮教之壓力與束縛，實質上是杜、柳思想情感的悲劇和破滅，同時它也在一定程度上體現了劇作者創作思想的一種局限和無奈[18]。崑臺本的「團圓」，並非皆演至末齣，反而以拘泥於形式上的結合為俗套，而以精神上的深情相契相聚為高標。執此以觀今日新臺本所謂的「全本牡丹亭」，若下本不能更有深度地體現杜麗娘「回生」的悲劇感，以及作者對當時政治外交與仕途世情的諷刺，則「全本」《牡丹亭》亦將趨於俗套而乏深刻意涵。

[18] 參朱為總〈難煞《牡丹亭》——從青春版崑曲《牡丹亭》說起〉，《浙江文化月刊》二〇〇四年第十期。

結語

戲劇的生命在舞臺，曲雅詞美的文士案頭劇欲付諸場上搬演，必將面臨音樂、身段、排場與舞美等配搭問題。湯氏《牡丹亭》一問世即改本蠭出，諸改本思想、詞采之「意趣神色」雖不及湯氏，但排場配搭方面卻因更為精鍊而搬演性高。因為當時「一字不遺」地搬演全劇，這種近乎奢侈的浪漫，只可能發生在作者為才士名公或貴胄間相互酬酢的清玩雅集，一般民間劇場的觀眾既無餘暇亦無此等高品味的雅興逐曲推敲，在經濟效益的考量下，通常會將劇本縮編，《曲海總目提要・牡丹亭》條有云：「其驚夢、尋夢、寫真、悼殤、冥判、拾畫、玩真、幽媾、冥誓、回生、折寇、鬧冥、硬拷、圓駕等折，流傳眾口，莫不豔稱。」反映的是清初讀書界公認的《牡丹亭》精品齣目選。而這十四齣精品折子還不及明代諸改本的三分之一。

到了演藝界更是選之又選，明末全折註明科介、曲詞點板、案頭場上兼美的選集《怡春錦》，只選〈驚夢〉、〈尋夢〉、〈幽媾〉三齣，以場上為主的《醉怡情》選〈入夢〉、〈尋夢〉、〈拾畫〉、〈冥判〉四齣；清代舞臺實錄本《綴白裘》錄十二齣，《審音鑑古錄》則僅九齣而已。這些舊臺本在詞采上保留湯氏原文，但排場調配則受臧晉叔、徐日曦、馮夢龍等諸改本影響，刪併枝蔓情節之齣目凡十六齣，並將能出戲的「折子戲」精緻化，如〈學堂〉、〈遊園〉、〈尋夢〉對曲文、身段之刪併汰潤，〈驚夢〉增添「堆花」聲容之美與「睡魔神」之熱鬧排場，至於湯氏各齣齣末極為典麗精工之集句詩則按戲劇氛圍與觀眾心理而予以保留或改易。

近年來熱烈登場的「新臺本」，以多元的視角重新詮釋《牡丹亭》，藉千姿百態的現代聲光設計，冀望《牡丹》還魂重生，再現璀璨風華。立意不可謂不宏遠，祇是在面臨中西文化思想差異時，塞氏版與陳士爭版中諸多新派的表現手法可能使《牡丹》變色終而減色，其間分寸之拿捏不可不慎；名作家白先勇於崑曲藝術深富推展熱誠，其青春版亦頗具吸引年輕觀眾之功，唯該劇於湯氏思想意境之掌握與相關舞美之配搭則仍有不足。在「新臺本」一片競演全本《牡丹亭》的呼聲中，回顧歷史印痕斑斑，若無法觀照全局，呈顯湯氏追慕「至情」底浪漫本色、「回生」後的悲劇意味以及政治外交的入骨諷刺，則回復崑臺本「預示團圓」的演法或將舊臺本中特別出戲的「折子戲」反復推磨，作真正的「經典」演出，所謂「傳古人之神方為上乘」，將是我們尊重戲曲經典的重要歸趨。⑲

⑲本文原發表於第三屆中國演出文化國際學術研討會，大韓民國漢城淑明女子大學，收於《中國文化研究學會》第五輯，轉載於《湯顯祖研究通訊》，浙江遂昌，二〇〇五年第一期（總第二期），二〇一四年十月修訂。

重讀經典《牡丹亭》的幾個門徑
——以訓詁、音律、民俗、表演學切入

藉重讀經典將前賢研究關注未盡全面或值得商榷處，作一番檢視釐清，在重現原著精神上具有一定的積極意義。千古逸才湯顯祖《牡丹亭》一出，幾令《西廂》減價，「婉麗妖冶，語動刺骨」的詞采性靈，被王驥德譽為曲壇「射鵰手」，更為呂天成《曲品》列為「上上品」。然而由於古今文化背景的差異與湯氏文筆的妍巧深密，當他體現為表演藝術時，現代舞臺上演員的唱唸身段與燈光道具的詮釋，難免出現若干與原典文義、意趣相互背離的情景。本文嘗試就訓詁、音律、民俗、表演學等多方視角切入，掘發更多探討空間，藉使原是多元化的戲曲文學藝術，能重現其本色與價值。

壹、詮釋曲情之訓詁基礎

清代李漁曾盛讚湯顯祖《牡丹亭》之藝術地位足以「配饗元人」，並肯定〈驚夢〉、〈尋夢〉為其精華所在。他對此劇「心花筆蕊，散見于前後各折之中」頗為賞心，然亦感嘆湯作「字字俱費經營，字字皆欠明爽」，致「索解人不易得」，①足見湯氏詞采雖享有曲壇「射鵰手」盛譽，然其曲文之深奧難懂卻是不爭的事實。

一、唱曲須解明曲意

戲曲畢竟是付諸場上搬演的立體文學與藝術，所謂「填詞之設，專為登場。」湯顯祖《牡丹亭》儘管妍巧深密，不易解讀，但一搬上舞臺，演員若不明曲意，其唱唸、身段、表情將如何詮釋、發揮？這可是一大難題。湯顯祖本人也曾諄諄明示演員學戲

①見《閒情偶寄・詞曲部・詞采第二・貴顯淺》，《中國古典戲曲論著集成（七）》頁二三～二四，一九五九，中國戲劇出版社。

之道宜專心致志，並以「擇良師妙侶，博解其詞而通領其意」為首務。②同時代被曲界譽為「賞音」、「獨鑑」的評曲大家潘之恆，更揭櫫「夫曲先正字，而後取音。字訛則意不真，音澀則態不極。」③他曾嘆賞當時的家班主人吳琨（越石）深諳此理，訓練家伶的過程是「先以名士訓其義，繼以詞士合其調，復以通士標其式。」故其家伶江孺、昌孺扮演杜麗娘、柳夢梅，能將「曲意」表達得「一字不遺」，別具境界而享譽甚高。④

唱曲須有曲情，方能自然動人，否則「口唱而心不唱，口中有曲而面上、身上無曲」的「無情之曲」，如何能引發觀眾共鳴？由於古代梨園通文墨者少，李漁建議「欲唱好曲者，必先求明師講明曲意。師或不解，不妨轉詢他人，得其義而後唱」，如此方能「變死音為活曲，化歌者為文人。」⑤徐大椿在《樂府傳聲》中也標出〈曲情〉，並

② 湯氏〈宜黃縣戲神清源師廟記〉一文嘗提及演員學戲要領：「汝知所以為清源祖師之道乎？一汝神，端而虛。擇良師妙侶，博解其詞而通領其意。……」除通達曲意外，另有觀照宇宙人世、修養聲容、體察腳色與鍾鍊劇藝諸要點。參徐朔方編《湯顯祖集》頁一一七二～一一七三，一九七八，上海人民出版社。

③ 見《鸞嘯小品》卷三〈正字〉，載汪效倚輯《潘之恆曲話》頁二六，一九八八，中國戲劇出版社。

④ 潘之恆〈情痴——觀演《牡丹亭還魂記》書贈二孺〉一文，見同註③，頁七二～七三。

⑤ 見《閒情偶寄·演習部·授曲第三·解明曲意》，《中國古典戲曲論著集成（七）》頁九八。

闡示其重要性：

唱曲之法，不但聲之宜講，而得曲之情為尤重。蓋聲者眾曲之所盡同，而情者一曲之所獨異。……故必先明曲中之意義、曲折，則啟口之時，自不求似而自合。若世之止能尋腔依調者，雖極工亦不過樂工之末技，而不足語以感人動神之微義也。

〈頓挫〉條云：「唱曲之妙，全在頓挫」。「頓挫」功夫能使演員「一唱而形神畢出」，但徐氏也感嘆「今人不通文理，不知此曲該於何處頓挫。」⑥足見曲意曲情之曼妙騰宣，須來自堅實詳明的訓詁功夫。

二、〈遊園驚夢〉訓詁之商榷

今日曲壇劇場傳唱遞演《牡丹亭》，固是梨園之盛事，然而在紛支衍派的諸版《牡丹亭》唱演中，若干曲義之解讀曾出現與原著相互悖離之情景，值得曲界學界商榷與深思，茲略舉數例條述如次。《牡丹亭》中最膾炙人口的〈遊園．驚夢〉，目前舞臺

⑥徐文見《中國古典戲曲論著集成（七）》頁一七三～一七六。

演出本與傳統演法或即或離，其中若干文意之詮釋，誠有商榷之必要。如〈遊園〉【步步嬌】寫謹守閨閣女教的杜麗娘，第一次將偕丫環春香私遊後花園，內心既期待又羞怯周折的微妙心理：

> 停半晌，整花鈿，沒揣菱花偷人半面，迤逗的彩雲偏。（行介）步香閨怎便把全身現。

句中「菱花」代稱鏡子；「迤逗」，惹、引逗之意；⑦「彩雲」係指美麗如雲之秀髮（演員切莫做出覷指天上彩雲之身段）。數句曲文，徐朔方解作「想不到鏡子（擬人化）偷偷地照見了她，害得（迤逗的）她羞答答地把髮捲也弄歪了。這幾句寫出一個少女的含情脈脈的微妙心理，她是連看見鏡子裡的影子也有些不好意思的。」⑧剖析少女心理細膩入微。接著「步香閨怎便把全身現」一句，意謂杜麗娘自覺如是艷妝，怎好出遊？這原是大門不出、二門不邁的大家閨秀首次遊園前欲進還退、瞻前顧後的忐

⑦〈尋夢〉【嘉慶子】「是誰家少俊來近遠，敢迤逗這香閨去沁園」，〈旁疑〉【剔銀燈】「敢則向書生夜窗，迤逗的幽輝半牀。」其中「迤逗」之意同此。

⑧見徐朔方、楊笑梅校注《牡丹亭》頁四七，一九六五，北京，中華書局。

忑情態，故明．朱墨刊本《牡丹亭》⑨茅暎曾針對此句做出批語：

> 臧（晉叔）云：步香閨怎便把全身現，其自斂若此，而為夢中人所持，信知有女懷春，吉士固能誘之矣。

指出當時杜麗娘的情態是極其「自斂」的。然而梅蘭芳在講解〈遊園驚夢〉時，卻將此數句曲文解作「剛才鏡子裡看到的是自己的半個臉，因而牽掣著只能看見雲鬢的偏影。」杜麗娘此時似乎僅有照鏡動作而內心並無任何周折變化，尤其梅先生更將「步香閨怎便把全身現」一句解作「老關在房裡，誰能看見我呢？」一反杜麗娘之自斂情態而為奔放心理，⑩頗堪商榷。

詩才縱橫的湯顯祖，有時造語為求「斫巧斬新」，曲白濃縮化用古人故實、成句與用典現象隨處可見。如〈遊園〉【皂羅袍】之「朝飛暮捲」即隱括唐．王勃〈滕王閣

---

⑨《古本戲曲叢刊初集》明．朱墨刊本《牡丹亭》四卷，明光宗泰昌元年（一六二〇）刻本，茅暎（遠士）評點，現收入天一出版社《全明傳奇》。

⑩〈梅蘭芳講解《遊園驚夢》〉一文，見中國崑曲網，係作者於一九六一年為中國戲曲學院戲曲表演藝術研究班所作的報告，講稿由許源來先生記錄、整理。

詩〉：「畫棟朝飛南浦雲，珠簾暮捲西山雨。」「宜春髻子恰憑欄」係用南朝．宗懍《荊楚歲時記》所載，婦女於立春之日，剪綵作燕子狀以繫於髻上之習俗掌故。〈尋夢〉【懶畫眉】「玉真重遡武陵源」混用劉晨、阮肇天臺山桃源洞遇仙女與陶潛〈桃花源記〉典故，【二犯么令】「羅浮夢邊」則用《柳河東集．龍城錄》卷上〈趙師雄醉憩梅花下〉典故。湯氏這類瓌巧優雅的深密筆法，搬上舞臺唱演，演員雖未盡諳熟，似乎對表演影響不大。事實上，未能解明曲意的表演終不踏實，如〈遊園〉「惜花疼煞小金鈴」係用唐代寧王為惜花而綴金鈴之典故，⑪演員唸此句時宜作扯金鈴狀，然現代演員之身段多未盡相符。又〈驚夢〉【鮑老催】「景上緣，想內成，因中見」句，即運用佛家因緣觀念，故「景」字音義同「影」，而「見」字音義同「現」，則屬一般戲曲常識。

三、現代版〈寫真〉砌末之誤用

至於第十四齣〈寫真〉中杜麗娘究竟該手執柳枝或梅花？湯顯祖原著並未說明，而

⑪《開元天寶遺事》：「天寶初，……寧王於後園中紉紅絲為繩，密綴金鈴，繫於花梢之上。每有烏鵲翔集，則令園吏掣鈴索以驚之。蓋惜花之故也。」

明清以文士案頭審美意趣為標準的戲曲選集如《玄雪譜》、《宜春錦》、《醉怡情》與以舞臺時尚爨演劇目為實錄的臺本選集如《綴白裘》、《審音鑑古錄》等均未嘗著錄此齣，更遑論身段砌末之說明。而今戲場搬演，為增加舞臺效果與杜麗娘形象美之塑造，固可適度添置行頭，如《審音鑑古錄》載杜麗娘在〈尋夢〉出場時「袖中暗帶細扇」以利唱做，別具巧思，而今氍毹搬演相沿成習。因而現代版〈寫真〉，江蘇省崑劇院張繼青上、下場皆手執柳枝，所飾杜麗娘形象深惋悵觸，蓋因柳枝為柳夢梅之重要標誌，〈驚夢〉時，湯顯祖讓他「持柳枝上」，並邀杜麗娘為此柳枝作詩題詠，杜雖驚喜，終因羞怯而未題詩。夢中悵戀情事，幽懷懸掛致悄然消瘦，〈寫真〉中她興奮地對春香訴說：「那夢裡書生曾折柳枝一枝贈我，此莫非他日所適之夫姓柳乎？故有此警報耳。」心心念念的是那象徵柳夢梅的柳枝。

青春版〈寫真〉中的杜麗娘改執半枝白梅，不知有何根據？按湯著〈寫真〉中杜麗娘自畫的女子是「撚青梅廝調」（【傾盃序】），第二十六齣〈玩真〉中柳夢梅撿到的畫也是「半枝青梅在手」。而「青梅」係指青色之梅實，並非梅花，⑫且「青梅竹

⑫白居易〈偶作詩〉：「紅杏初生葉，青梅已綴枝。」施肩吾〈少婦游春詞〉：「無端自向春園裡，笑摘青梅叫阿侯。」

馬」更是由來已久的文學愛情典故，⑬故第十八齣〈診祟〉中杜麗娘感嘆：「咱弄梅心事，那折柳情人，夢淹漸暗老殘春。」〈玩真〉中柳夢梅想像「小姐似望梅止渴」，用曹操讓士兵望梅（子）止渴的典故更是明白。就季節而論，杜麗娘在第十二齣〈尋夢〉時，後花園已是「梅子磊磊可愛」，暮春梅花已然落盡，〈尋夢〉過了一段時日，迨杜麗娘消瘦，乃有〈寫真〉之想，按當時時序已由夏入秋，⑭哪有梅花可執？至於《牡丹亭》中梅花之象徵，最明顯的是出現在杜麗娘死後三年，第二十七齣〈魂遊〉，石道姑折殘梅半枝在淨瓶中供養，主要因為「這瓶兒空像，世界包藏。身似殘梅樣，有水無根，尚作餘香想。」（【孝南歌】），希望小姐受此供養得返魂回陽。而這梅花，據杜麗娘所言，並非她手中所執，而是「俺那塚上殘梅哩。梅花呵，似俺杜麗娘半開而謝，好傷情也。」她為了顯些靈聖，於是將梅花散在經臺之上，因而此時梅花象徵的是死後的杜麗娘，而非夢中的柳夢梅。

⑬李白〈長干行〉：「郎騎竹馬來，遶床弄青梅。同居長干里，兩小無嫌猜。」白居易〈井底引銀瓶〉：「妾弄青梅憑短牆，君騎白馬傍垂楊。牆頭馬上遙相顧，一見知君即斷腸。」

⑭〈寫真〉雖未點明季節，然【山桃紅】中旦所唱「這春容呵，似孤秋片月離雲嶠，甚蟾宮貴客傍的雲霄？」似是藉景抒情之語。

貳、音律、民俗視角之佐證

戲曲畢竟是披諸管絃、播諸口齒的立體文學與藝術，有時平面的案頭文本解讀出現瓶頸時，若能從它與生俱來、互包互孕的音律與民俗內涵予以觀照，則視角將更為全面而周延。

一、「**愛好是天然**」之「**好**」字係上聲或去聲？

即如〈遊園〉「一生兒愛好是天然」句，徐朔方、梅蘭芳均謂「愛好」猶言「愛美」、「喜愛美麗」之意。徐朔方運用戲曲慣用方言等資料作旁證，並舉湯顯祖《紫簫記》相同詞彙予以作註：

第十一齣【懶畫眉】：『道你綠鬢烏紗映畫羅。』係丫環讚李十郎詞，下接十郎云：『小生從來帶一種愛好的性子。』用法正同。現在浙江還有這樣的方言。⑮

---

⑮見同註⑧，頁四八。

周貽白在談湯顯祖生死哲學時，曾引《牡丹亭．魂遊》【小桃紅】曲：「咱一似斷腸人和夢醉初醒，誰償咱殘生命也。雖則鬼叢中姐妹不同行，窣地的把羅衣整。……」並加以詮釋：「她不但把『死』看成如夢如醉的初醒，同時還顧到自己的美麗，不甘自下於其他姐妹，這就是說，她做鬼也不曾忘記她『一生兒愛好是天然』。」⑯同樣認為「愛好」即「愛美」之意。就上下文意來看，此處係主僕二人相偕遊園前細細整妝的一段對話，小姐欲行還止地說：「步香閨怎便把全身現」，春香誇她：「今日穿插的好。」小姐答：「你道翠生生出落的裙衫兒茜，豔晶晶花簪八寶瑱，可知我常一生兒愛好是天然。」數句問答全是就女子打扮而言。然而目前坊間演繹杜麗娘內在自主思想時，常會引用此句而將它說成愛好大自然，將原本上聲的「好」字解作去聲。

若從音律角度來看，如此看似複雜的問題將有一番澄清。因為古典戲曲（尤其是崑曲）有一套相當嚴謹的譜曲理論，所謂「腔隨字轉」，平上去入四聲各有其腔格與唱唸口法，大抵去聲譜高腔並常用豁腔，而上聲譜低腔並常用嚯腔。⑰此句「愛好是天

⑯見《中國戲劇史長編》頁三一一，二〇〇四，上海書店。

⑰詳參拙著《曲韻與舞臺唱唸》第三章第二節「清代以降曲韻與唱唸之配合」壹、「四聲腔格」，二〇〇七，臺灣學生書局。

然」之「愛好」兩字，從《九宮大成南北詞宮譜》、《吟香堂曲譜》、《納書楹四夢全譜》、《遏雲閣曲譜》、《崑曲大全》到《集成曲譜》，均譜作「$\underline{21}\ \underset{\cdot}{6}\ 12$」，⑱「好」字工尺明顯較前後兩個去聲字「愛」、「是」為低，且唱時運用「呼腔」之特殊口法——「出口時應用力噴吐，使其出音較本工尺略高，惟歷時甚暫，約止半眼，其音即應回本工尺之原音。」⑲由譜曲學與度曲口法觀之，「好」字在此應作上聲而非去聲，「愛好是天然」係指愛美是其天性，試問：若杜麗娘真正熱愛大自然，為何遲至十六歲才初次踏入自家後花園？

二、曲牌【皂羅袍】之聲情呈現

〈遊園〉【皂羅袍】「原來奼紫嫣紅開遍，似這般都付與斷井頹垣。良辰美景奈何天，賞心樂事誰家院。」原是《牡丹亭》之名曲名句，但歷來對這支曲牌的解讀大都

⑱有關《牡丹亭》現存曲譜之比對，本人曾作系列整理，詳參楊振良《牡丹亭研究》附錄六「六種曲譜〈閨塾〉、〈肅苑〉、〈驚夢〉齣之唱腔簡譜對照」，一九九二，臺灣學生書局。

⑲參《粟廬曲譜・習曲要解》頁一八，一九五三，手稿石印本。

環繞在「傷春」、「青春易逝」上發揮。梅蘭芳〈講解《遊園驚夢》〉一文說：「杜麗娘在園內看見斷井頹垣的殘破景象，感到好景不常，聯繫到自己的心事，她就傷春起來了。」徐朔方也說：「她惋惜的不是三月殘春，她惋惜的是眼看青春瞬即逝去，而她卻無能為力，不能自主。」[20]這種詞義上的過度解釋，教學界沿襲成說，不僅影響二〇〇四年青春版《牡丹亭》的舞美設計——將原本百花盛放、春意盎然的江南暮春美景，改採冷色系燈光，呈現蕭瑟凋殘之衰景；更引發該年臺灣大學入學考試命題的嚴重疏失。事實上，當時杜麗娘的心情僅是懷春、惜春而已，尚未「傷春」情重。[21]

就文義解讀而言，杜麗娘唱此曲之前有句唸白：「不到園林，怎知春色如許！」語氣是對園中美景的驚嘆，唱完「原來姹紫……誰家院」四句曲文後，即有夾白：「恁般景致，我老爺和奶奶再不提起。」其興奮之情依然不減，此時哪有心情感傷青春易

⑳見同註⑧〈前言〉頁三。

㉑詳參拙文〈大考《牡丹亭》，以上皆非〉，二〇〇四年七月十日《聯合報·「民意論壇」》；〈《牡丹亭》場上表演的幾個問題〉，大韓民國《中國文化研究會》第五輯，頁六四～九二，該文轉載於《湯顯祖研究通訊》二〇〇五年第二期，頁二六～三六；楊振良〈《驚夢》案頭與場上的幾點商榷〉，《湯顯祖研究通訊》二〇〇七年第一期（總第四期），頁六七～七一。

逝？甚至接下來整支【皂羅袍】加上【好姐姐】也都是對一派繽紛鬧熱春景的讚嘆。從音律角度來檢視，〈遊園〉首曲【繞池遊】係商調引子，淡筆細述深閨女子「悶無端」的幽然閒愁，接著【步步嬌】、【醉扶歸】、【皂羅袍】、【好姐姐】四支曲牌皆屬於仙呂宮正曲，聲情清新綿邈，整個整妝與首次遊園的過程新奇而閒雅，杜麗娘的心底也隨之漾起了由懷春而惜春的漣漪變化，中等速度的仙呂宮音樂體現出清悠淡雅的舞臺情境。這樣的氛圍一直持續著，直到進入【隔尾】「觀之不足由他繾，便賞遍了十二亭臺是枉然，到不如興盡回家閒過遣。」聲情轉為悽愴怨慕的商調，才略有傷春之感，因而臧晉叔特別在此處加註批語：「便有酸楚之意。」㉒接下來〈驚夢〉首曲【山坡羊】延續【隔尾】的商調聲情，杜麗娘這時也才明白道出虛度青春的一腔幽怨。王思任對此齣筆法曾有如是的評：「從天氣入草木，入花鳥，步步情深，次第不亂。」足見湯顯祖對女性心理描摹入微的刻劃是極具層次的，後人解讀也必須深心體察方能略得其意趣神色。

㉒見同註⑨

三、〈勸農〉之民俗場景

此外，湯顯祖特殊的治政經歷也豐富了《牡丹亭》的創作內涵，尤其俗曲音樂的吸納與民土風情的採擷，使《牡丹亭》不僅具備文士所固有「雅」的意境與氣韻，更兼及庶民觀眾所需「俗」的別趣與興味。在《牡丹亭》脫稿之前，湯顯祖曾有五年遂昌知縣（一五九三～一五九七）的豐富政績。當時遂昌地僻民稀，賦寡田薄，「學舍、倉庾、城垣等俱廢」（〈答王伯皐〉），面對「殆不成縣」的艱苦環境，他毅然興教化、懲盜寇、滅虎患、平稅制，尊經崇德，獎掖農事，輕刑寬獄，甚至「除夕遣囚，縱囚觀燈」，且創下無一人逃獄的奇蹟。他的政績確鑿可鑒，誠如鄒迪光〈臨川湯先生傳〉所述：「一時醇吏聲為兩浙冠」，而離縣之後，「遺愛祠」的興建更道出全縣吏民對他無盡的愛戴與懷思。㉓湯顯祖的親民惠政也如實地體現在《牡丹亭》中，第八齣〈勸農〉杜寶竟一改古執寡情形象而別具熱忱地下鄉務農宣化，因他此時正是湯顯

㉓詳參鄒自振〈遂昌善政與棄官——《湯顯祖與玉茗四夢》之一節〉，《二〇〇六中國・遂昌湯顯祖國際學術研討會論文集》頁一〇四～一〇九。

祖在遂昌勸農生活的真實寫照，杜寶吟【長相思】：

你看山也清，水也清，人在山陰道上行，春雲處處生。官也清，吏也清，村民無事到公庭，農歌三兩聲。

在第五齣〈延師〉開場時唱【浣沙溪】：

山色好，訟庭稀，朝看飛鳥暮飛回，印牀花落簾垂地。

正與湯顯祖備花酒，帶春鞭，下鄉務農詩中的歡樂場景相呼應。㉔在戲曲音樂的選取方面，由於親身耳聞目見，〈勸農〉中他如實反映出當時的農歌野調，如丑、老旦扮演扛酒提花的公人，所唱【普賢歌】正是一般淨丑衝場所用之粗曲；㉕而杜寶稱讚「前村田歌可聽」時，舞臺上傳出的音樂是「內歌【泥滑喇】介」，不僅田夫所唱的「泥滑喇……天晴出糞渣，香風腌鮓。」鄙俚可聽，其他牧童、採桑女、採茶婦所唱俗曲，

㉔湯詩〈初至平昌與蘇生說耕讀事〉云：「杏花輕淺訟庭閒，零雨疏風一往還。……」其他春月勸農詩作有：〈班春二首〉、〈迎春口占二首·甲午〉、〈丙申平昌戲贈勾芒種〉、〈丁酉平昌迎春口占〉等。

㉕馮起鳳《吟香堂曲譜》將該曲譜成短腔，而葉堂《納書楹牡丹亭全譜》則僅點板而無工尺，以數唸方式處理。

湯顯祖同樣用【孝白歌】來呈現，而杜寶也說出「龍涎不及糞渣香」、「騎牛勝騎馬」、桑樹「絲絲葉葉是綾羅」、「鬪茶風光清」諸多讚語，他對農民賞酒插花的肯定，農民對他「陽春有腳」的頌揚，皆是湯顯祖以惠政治遂昌的真實寫照。

四、俗曲、儺風之吸納投射

《牡丹亭》中俗曲的穿插運用也出現在第二十三齣〈冥判〉中，【後庭花滾】曲牌中胡判官（淨）向花神（末）勘問杜、柳二人姻緣，花神連續道出三十八種花名，每種花判官皆一一賦予人格特質，係湯顯祖藉用花名寫女子從受聘、結婚到生子，一生歡愛歷程之遊藝文筆。這種將花與人之氣格相比附的遊戲筆墨古已有之，㉖而以十二月的時序聯章演唱的曲子〈十二月花名〉在唐代已盛行，發現於敦煌莫高窟藏經洞的寫本曲子詞中，便有許多這類作品；明清近代吟詠十二月花名之民歌，各地均有流傳。

㉖宋・程棨《三柳軒雜識》〈花客〉條云：「花名十客，世以為雅戲，姚氏殘語，演為十一客。……且復得二十客，併著之，以寓獨賢之意。牡丹為貴客，梅為清客，蘭為幽客，桃為夭客……李花為俗客，迎春花為僭客，牡丹為豪客，菱花為水客。」見《筆記小說大觀》第三十八編第九十帙，頁二五二，一九八五，臺北，新興書局。

而明代傳統的散曲（南北曲），其俗曲化的趨勢促使俗曲數量遽增，許多曲牌（曲調）在群眾口頭傳唱中與各地民歌相結合，成為「時調」、「小曲」，其中〈十二月花神〉、〈十二月花名〉、〈百花名〉等俗曲廣被傳唱，形成地方性小調，㉗而目前各地方小調與劇種中〈表花名〉之唱段表演仍所在多有。湯顯祖〈冥判〉中的【後庭花滾】運用滾句，連續將三十八種花名由淨末排比問答：

（末）便數來。碧桃花。（淨）他惹天臺。（末）紅梨花。（淨）扇妖怪。（末）金錢花。（淨）下的財。（末）繡毬花。（淨）結得綵。（末）芍藥花。（淨）心事諧。（末）木筆花。（淨）寫明白。……（末）旱蓮花。（淨）憐再來。（末）石榴花。（淨）可留得在？

曲調風格與傳統南北曲迥異，因為一般南北曲曲牌，具有一定的字句數與平仄韻協等謹嚴格律之規範，即便滿眼盡是青樓韻語的《彩筆情辭》，亦謹守格律地「諧音節而煥珠璣」（張栩〈序〉），從未出現〈冥判〉【後庭花滾】中類似「急口功」的問

㉗參鄭土有《吳語敘事山歌演唱傳統研究》，頁一〇九～一一一，二〇〇五，上海辭書出版社。

答語氣，㉘而這類滾句俗曲風格的穿插，著實豐富了《牡丹亭》的民間性。

至於民俗場景體現在《牡丹亭》中，上述〈勸農〉一折所呈現的民間稻作歌謠，即與自周代「籍田」大禮乃至歷代地方官立春下鄉務農宣化的民俗傳統息息相關，而【孝白歌】中，老旦、丑持筐采茶所唱的：

> 乘穀雨，采新茶，一旗半槍金縷芽。……學士雪炊他，書生困想他，竹煙新瓦。……官裡醉流霞，風前笑插花，采茶人俊煞。

正展現江西采茶戲之別樣風貌。〈冥判〉中的判官，則象徵宋元以來民間社火活動的重要人物——鍾馗，他擔任為民祈福驅邪的特殊功能；而劇中判官對枉死城囚犯的發判，反映出民間對「冥界十廷」的認知，也與臨川儺風之盛行密不可分。㉙

尤其臨川儺文化中，一般民眾若家中有事，可請儺班到家裡演戲、跳覡舞以驅疫逐

㉘葉堂《納書楹牡丹亭全譜》在〈冥判〉【後庭花】曲牌中間大段「表花名」裡雖譜上工尺，但皆屬字多腔少之短腔，節奏明顯較首尾曲句為快。

㉙詳參楊振良〈《牡丹亭》的世俗選材與民俗觀照〉，《二〇〇六中國．遂昌湯顯祖國際學術研討會論文集》頁七三～七九，收於本書頁三七七～三九五。

祟。《牡丹亭》第十七齣〈道覡〉與第十八齣〈診祟〉中，杜麗娘因病半年未癒，父母於是請紫陽宮石道姑到家中作法祈禳，她用小靈符與掌心雷為小姐驅魅，情境有如民間道教之驅邪。第二十三齣〈冥判〉，杜麗娘因情而死後魂魄受冥判的經歷，如判官（鍾馗）掌管生死簿，將自己審判鬼判比作禹王鑄九鼎以辨善惡，手下有鬼使、夜叉、牛頭獄吏等，審案時隔壁九殿鬼哭求饒等種種情狀，皆與南豐民間儺祭戲之內容頗為近似。㉚祇是，按冥界審判，亡者分四種，極惡之人乃轉生為鳥獸蟲魚。㉛〈冥判〉中四名男犯罪不至極惡，但湯顯祖卻按其生前癖好發落為「花間四友」——愛唱的趙大貶做黃鶯兒，住香泥房子的錢十五做個小燕兒，愛嫖妓的孫心變成蝴蝶，好男風的李猴罰作蜜蜂，屁窟裡長拖一箇鍼。足見湯顯祖巧妙運用民俗信仰，並將它轉化成文人捉狹式的科諢，令人拍案叫絕。

㉚章軍華《臨川儺文化》曾就南宋末年南豐隱士劉錡所作〈觀儺〉詩推斷「湯顯祖的《牡丹亭》中諸多的神鬼描寫，在一定程度上是吸收臨川儺文化的內容而演化的結果。」見該書頁八三～九二，二〇〇一，江西高校出版社。

㉛按《大正藏》卷五十二所收唐・釋法琳《弁正論》記載，一般將亡者分為四種：至善的人升天，次善者（即生不為善，亦不為惡）「當在鬼趣千歲，得出為人」；次惡的收容在「地中」；極惡之人下地獄，待固定刑期過後，被召到「受變形城」，轉生為鳥獸蟲魚。

叁、舞臺表演之審美取向

經典名著付諸氍毹搬演時，在固守傳統與因應時潮之間往往會出現兩難情境，而如何珍視傳統，掌握湯顯祖所揭櫫的「意趣神色」，使案頭文學價值與場上藝術價值互補交融，更是當今面對戲曲經典《牡丹亭》所應深刻省思的審美取向。

清初劇壇曾吹起一陣追求奇幻荒誕的怪風，張岱〈答袁籜庵〉一文指出：「傳奇至今日怪幻極矣。生甫登場，即思易姓；旦方出色，便要改妝。兼以非想非因，無頭無緒，只求熱鬧，不論根由，但要出奇，不顧文理。……」（見《瑯嬛文集》卷之三）時至今日，雖科技昌明，民智大開，但在中外競演《牡丹亭》的一片熱潮中，「只求熱鬧，不論根由，但要出奇，不顧文理」的現象依舊存在，甚且變本加厲。拙文〈《牡丹亭》場上表演的幾個問題〉曾就「文化差異之省思」、「行當改易之錯位」、「燈光舞美之駁雜」數端，對目前中外諸版《牡丹亭》（如Peter Sellars版、陳士爭版、上崑縮編版與白先勇青春版等）排場、舞美之怪誕提出訾評。㉜舞臺表演之所以脫序，主

㉜拙文收於本書頁二二九～二五六。

要在於編劇、導演與演員未能全心深究原著之關目筋節與情理，若能「知其義味，知其指歸」，則場上「咬嚼吞吐」自能使人「尋味不盡」。[33]

一、身段宜遵虛擬寫意程式

我國古典戲曲之表演，不像西方寫實話劇表達得那樣直接，無論舞臺時空之處理、道具服飾之製作，乃至演員化妝身段之設計，皆經過無數先輩長期加工提煉而形成「程式」，並運用虛擬、象徵、寫意手法締造出一種美的規範。[34]

由於表演謹守寫意傳統，即便曲詞偶涉情色，觀眾亦不致鄙為「有傷風化」。如《牡丹亭》〈驚夢〉一折，雖是造語大膽、內容奔放，但在古典戲曲虛擬寫意的表演程式中，生旦藉搭袖、拋袖、甩袖等水袖的牽扯翻飛，配合眼神的「意到」，自已呈顯旖旎纏綿、春光無限的舞臺情境。且生旦初次相逢，礙於古代禮教，雖是身在夢中，臉

[33] 參張岱《陶庵夢憶》卷八〈阮圓海戲〉。

[34] 詳參拙文〈由表演美學論古典戲曲的特殊綜合歷程〉，收於拙著《曲學探賾》頁一～三八，二〇〇三，臺灣學生書局。

頗亦不宜如青春版般靠得如此貼近；兩人繾綣，縱是歡情無限，亦應運用象徵手法體現夢中人飄忽蹁蹮的形態，[35]不宜過度落實。至若陳士爭版的寬衣解帶，甚至出現檢場偷窺而挨花神輕揍的「出格」演出，則難免惡俗之誚。

美國 Peter Sellars 版的實驗劇則以西方現代亟欲掙脫性禁錮的理念，將《牡丹亭》理解成一部揭示性意識自然覺醒與復甦的前衛劇作。由於中西文化思想的根本差異，體現在舞臺表演時，不免顯得過於直接而露骨，如〈驚夢〉中雖有旅美崑伶華文漪在舞臺一角唱著崑曲，但另一角卻出現一對穿著牛仔裝的青年男女（主角）表現寫實的親密動作，殊欠調諧。〈寫真〉一齣的表現則更直接而乏美感，女主角僅用手提錄相機（camcorder）對準自己的臉，將現代時裝的西方杜麗娘臉龐投射於電視螢幕上便算了事。[36]雖說如此安排可能較容易使西方觀眾瞭解、入戲，但卻與傳統中國戲曲的寫意表演出現巨大藩籬，〈驚夢〉含蓄蘊藉的審美意趣已然流失，而〈寫真〉裡中國古典的仕女圖像——輕撚畫筆淡描細繪、持鏡顧盼、凝眺沉思、低吟題詩的種種意境之美，

---

[35] 梅蘭芳講解〈驚夢〉中「和你把領扣鬆、衣帶寬、袖梢兒搵著牙兒苫也，則待你忍耐溫存一晌眠」諸句身段時，杜麗娘常出現轉身、躲避、擋臉、「臉偏右，避開柳（夢梅）的注視」，而「這種輕快動作，既表示了愉快心情，又描寫了夢中人飄忽蹁蹮的形態。」見同註⑩。

[36] 參桑梓蘭〈三種《牡丹亭》的舞臺新想像〉（非常美學）www.sinologic.com/aesthetics

至此似乎也完全泯滅殆盡而了無情致。

二、服飾、道具宜貼合劇情

中國戲曲表演既遵從虛擬寫意程式，則舞臺上一切演員服飾與道具的使用，不宜過度繁複而落實。如〈遊園〉的舞臺毋須出現金魚池、斷井頹垣、煙雨青山與各色花卉等實景，表演時連「嚦嚦鶯歌溜的圓」也都僅用笛聲帶過即可，然而浙江越劇團不僅從空降下一座結綵的「牡丹亭」，舞臺中間也出現有實階可踩的老舊亭臺，顯得有些俗陋。

穿關服飾方面亦不宜過於拘執，如〈遊園〉中春香幫小姐梳髻、添香、更換羅衣、開關園門等動作，皆不可能如現實生活般實際操作，而僅能以虛擬之身段帶過，即便湯顯祖寫杜麗娘穿的是「翠生生出落的裙衫兒茜」，舞臺上的衣裙只要光璨照人即可，若真正讓杜麗娘穿上紅裙上臺，將顯得過於俗麗而非屬雅部崑曲之美學品格。除遵循寫意傳統，演員服飾之搭配，更應貼合劇情，如《牡丹亭》中杜寶的思想極為封建而保守，不准女兒晝寢、遊後花園，並要求妻子也如是訓誡、管束女兒，因而他一聽見女兒白日眠睡，就責備杜母「縱容女孩兒閒眠，是何家教？」（〈訓女〉）；當他得知女兒遊後花園時，更氣憤地訓斥杜母：「我請陳齋長教書，要他拘束身心，你為母親的，倒縱他閒遊！」（〈詰病〉）杜母在這嚴厲閨禁的時代思想下，自然是遵守三從四德而無任何自主性思維，故王思任以「古執」評杜寶，而以一「軟」字評杜母。（〈批點玉茗堂牡丹亭敘〉）〈驚夢〉中杜母的幾句上場詩：「夫婿坐黃堂，嬌娃立繡窗，怪他裙衩上，花鳥繡雙雙。」很能體現杜母的「從夫」思想，基於傳統封閉的保守觀念，她連女兒裙子上繡上一對花鳥都要責怪，足見當時女教之森嚴令人生畏。沒想到青春版〈驚夢〉中杜麗娘竟敢違「母親嚴命」地穿著繡滿數十隻蝴蝶的白帔，服飾美則美矣，卻與明代閨閣大家之傳統禮教大相逕庭。

生旦旖旎纏綿的〈驚夢〉，舞臺上為呈現如是浪漫的粉紅夢境，杜麗娘理所當然地穿著粉帔，且自明末以降，花神更由末角一人擴增為十二人，曲牌由一支增添為五支，形成後世所稱的「堆花」排場。而這「堆花」聲情彷彿一首結婚進行曲，據陸萼庭研究，其聯套美感來自《琵琶記‧花燭》（即〈強就鸞凰〉）一齣蔡伯喈勉強就婚牛府時所用【畫眉序】、【滴溜子】、【鮑老催】、【滴滴金】、【雙聲子】之婚宴套曲。㊲

㊲參陸萼庭〈遊園驚夢集說〉一文，發表於二〇〇四年四月，臺北，「湯顯祖與牡丹亭國際學術研討會」。

然而青春版之「堆花」卻全場著白衣，高舉長旛，一片鬼氣森然。「眾花神手中不持鮮花，演崑曲『堆花』不唱曲牌，一個個花仙身披寬大拖地披風（底色灰白繡小花）如同白色幽靈成群飄蕩出入」，「大花仙手持長杆掛一條白色長飄帶，高舉搖盪領隊而行，好似東洋能劇幽魂附體，大演東洋治喪扶靈出殯！舉座嘩然。」㊳花神原是引柳夢梅香魂入杜麗娘之美夢，旨在成二人好事，青春版移植西方婚禮新娘著白紗之慣例，㊴並嚴重誤用《楚辭》招「亡魂」之喪禮排場，如此不辨吉凶禮制，不諳中西戲劇舞臺色彩不同的表現功能與文化意義，難怪「舉座嘩然」。

三、關目妄意增刪之商榷

全本五十五齣的《牡丹亭》盡數搬上舞臺㸑演，這在名公才士、金紫熠爚之家的家

㊳見楊明〈崑曲綺夢——評白先勇青春版《牡丹亭》理念得失，中國崑曲研究會主編，《蘭》，第十四、十五期合訂本，頁一二八～一二九。〉

㊴張淑香註解青春版《牡丹亭．驚夢》云：「這一齣春夢的服裝設計很有唯美特色。所有衣服都以白色為底色，暗示神話與夢幻之境，也引發婚紗聖潔的聯想。而杜麗娘的白衫裙上繡了很多翩翩飛舞的彩蝶，若有莊周夢蝶的妙意，男主角的白褶衫上則繡著春意飽滿的紅梅長枝。」見白先勇編著《牡丹還魂》頁四九，二〇〇四，時報文化出版公司。

樂戲班裡自然不成問題，賢主嘉賓以品曲為能事，固有雅興可閒情逸致地花上數晝夜來聆賞全本演出。但一到民間開放性的劇場中，由於古代缺乏字幕設備，一般觀眾難免覺得湯作「詞致奧博，眾鮮得解」（碩園本語），加上某些齣目枝葉過繁，演出效果大為減色，因而《牡丹亭》才剛問世，「縮編本」隨即相應而生——碩園改本四十三齣、馮夢龍改本三十七齣、臧晉叔改本三十六齣皆緊湊劇情以利視聽需求。

明代中葉以降，精采出色的「折子戲」風行，由於它能機動地以單折方式獨立搬演，就財力、人力與觀眾之精力而言，不但較為經濟且配合度高，尤其諸多藝人更殫精竭慮地針對常演之折子作進一步加工，表演藝術的日益精湛，使得折子戲的演出形式從明清到現代一直盛行不衰。

折子戲的搬演，原本是為了便宜行事，但當它蔚為風尚時，甚至幾乎壓倒性地使全本戲湮沒不彰。湯顯祖《牡丹亭》將近二十齣在明代以文士案頭審美意趣為標準的戲曲選集如《月露音》、《詞林逸響》、《萬壑清音》、《玄雪譜》、《怡春錦》、《醉怡情》等均未嘗收錄，到了清代，以舞臺時尚爨演劇目為實錄的臺本選集如《綴白裘》、《審音鑑古錄》等同樣不見著錄。[40]可以說，四百年來，《牡丹亭》五十五齣的

---

[40] 見同註[32]。

全本搬演實在寥寥可數。至於一九九九年陳士爭執導的「全本版」牡丹亭，由於企圖運用多重藝術手段呈現（如蘇州彈詞、杖頭傀儡與高蹺表演等），其型態已非湯氏原貌。折子戲風行既久，不僅一般觀眾對湯作整本劇情之原委疏於瞭解，就連崑劇團的編導、演員也未必能深心研讀全劇，對全本劇情始末的盲昧不知，導致北方崑曲劇院早年編演的《牡丹亭》（溫宇航主演），因未詳柳夢梅與苗舜賓之特殊情誼（見〈謁遇〉、〈耽試〉等齣），在柳生自嘆懷才不遇時，竟譏諷起欽差識寶使臣兼看卷官的苗舜賓來，令人感到錯愕。同樣地，上海崑劇團舊編的《牡丹亭》，演至第三十五齣〈回生〉時，柳夢梅帶石道姑與癩頭黿掘杜麗娘之墳時，竟有春香與陳最良在一旁觀看、協助。若說是為了慶賀小姐還魂，讓排場變得熱鬧些，那往下第三十七齣〈駭變〉，陳最良驚覺小姐墓被劫，之後又急忙稟報杜寶的戲該如何演？且還魂後的杜麗娘必須等到李全兵退（第四十七齣〈圍釋〉）之後的第四十八齣〈遇母〉，才與杜母、春香見面，現代改編本如此紊亂情節、倒置關目，不免貽笑大方。

反觀粵劇的改編本《牡丹亭》，㊶雖刪李全一線，而情節大體尊重湯作，曲詞清雅，

㊶由唐滌生編劇，文劍飛（飾柳夢梅）與崔玉梅（飾杜麗娘）主演，全劇分七場：〈遊園驚夢〉、〈魂遊拾畫〉、〈幽媾〉、〈回生〉、〈探親會母〉、〈硬拷〉、〈圓駕〉。

音韻鏗鏘。〈遊園驚夢〉固不及崑劇意境之經典，然〈幽媾〉排場妥貼，〈圓駕〉結尾杜麗娘巧智化解父親與丈夫之矛盾，亦別具新意。祇是，湯作〈硬拷〉中，杜寶原以為柳生暢述小姐回生種種係「著鬼」所致，遂持「打鬼」之桃條吊打柳生，而粵劇卻改持柳枝鞭笞，較乏深意。至於浙江越劇團改編的《牡丹亭》，㊷為濃縮劇情，締造高潮，讓杜寶撞見正在掘墳的柳生而激起一番爭執，藉以凸顯柳夢梅冒死開棺而讓杜麗娘還魂之至情。花部劇種改編湯氏名劇而作如是之安排，固無可厚非，只是之前駝孫曾教石道姑認識園中花卉，二人唱完一段〈表花名〉之後，竟曖昧地相擁而下，這突增的枝節真令觀眾莫明所以。

誠然，以舞臺表演的審美意趣來看，湯顯祖的《牡丹亭》剛一問世，就出現改本蠭出的尷尬局面，足見湯作並非全然經典得不可移易。現代各劇種聲腔更是心裁別具地締造千姿百態的《牡丹亭》，如莆仙戲的〈庵裡幽會〉（即〈幽媾〉）緊緊圍繞「夢」與「畫」來呈現杜、柳之相會，較湯作合理而具深情；陳俐主演的贛劇《還魂後記》特別增加杜寶不認女兒，找道籙司捉鬼，且以三鞭抽打杜麗娘的情節，藉以凸顯杜麗

㊷ 該劇由李沛婕（飾杜麗娘）與廖琪瑛（飾柳夢梅）主演。

娘再生後個性上「內動外靜」的沉毅氣韻。而朱學的華劇文學本《風流夢》則增加杜寶將麗娘許與王大人的公子，並嚴厲逼嫁的情節，祇是這樣的枝節，非但不能使故事變得曲折，反而落入俗套，並且淺化了杜麗娘追慕至情而生死以之的內在深度。

青春版之編導曾費心整理全本《牡丹亭》，自無上述關目妄增枝節之烏龍情事，但在處理經典折子戲〈驚夢〉時，可能為節約時間，讓杜麗娘夢醒低喚秀才時，由春香上場接話，從而刪去杜母訓女的一段戲，如是刪改似乎無礙於劇情之進展，但卻弱化了前述杜麗娘所處時代係思想極其封建保守之嚴重性，雖然第十一齣〈慈戒〉只是過場而已，明清以來的折子戲也從未著意於此，但杜母（與杜寶）訓女的思想卻是貫穿全劇，也正因為這嚴厲的閨禁壓制，才激起杜麗娘追慕至情，達到「生者可以死、死之可以生」的超凡境界，而這也正是湯顯祖撰作《牡丹亭》，實踐泰州學派「以情抗理」底重要藝術理念。因而今日面對戲曲經典之現代化趨勢，其間重要關目之或增或刪，尤不可不慎。

結語

經典，彷彿正因為是經典，而越少出現真正能解構它的人。湯顯祖《牡丹亭》事涉玄幻，語臻葩雅，抉發人世間「超生死，忘物我，通真幻，而永無消滅」之至情，情神所發，憺蕩人意，旁薄獨絕而肆入微妙。四百年來曲壇拍唱、氍毹爨演未嘗或歇。然而由於湯作詞致奧博，索解不易，現代劇場搬演又因古今文化背景懸殊，後人解讀學力有限，以致演員唱唸身段之詮釋與燈光舞美之設計等多未到位。

而今欲重讀經典，抉發名劇蘊奧，誠宜以堅實詳明之訓詁作為詮釋曲情之基礎，唱曲原須解明曲意，乃能充分掌握並展現曲情，如此唱唸音義不致訛誤，身段與道具之使用亦不致乖違曲意。若平面的案頭文本解讀出現瓶頸，不妨從音律與民俗內涵予以觀照、佐證，使視角更為全面而周延，如〈遊園〉【皂羅袍】之音樂設計即與曲文寓意暗相呼應，而〈勸農〉與民間迎春採茶戲相關，〈診祟〉、〈冥判〉則與臨川儺風密不可分。至於舞臺表演之審美取向，身段誠宜遵傳統戲曲虛擬寫意之程式，服飾、道具之添置亦宜貼合劇情，妄意增刪關目與過分新派之作風，雖取悅觀眾於一時，終不免貽笑大方。

戲曲原是一門多元化的綜合文學與藝術，在今日重讀經典名劇《牡丹亭》的時潮中，欲珍視傳統，掌握湯顯祖所揭櫫的「意趣神色」，若能嘗試以訓詁、音律、民俗、表演學等多方視角切入，則對原著精神當能有更為全面之掌握。[43]

---

[43] 本文原發表於重讀經典：中國傳統小說與戲曲國際學術研討會，二〇〇八，香港；收於《重讀經典：中國傳統小說與戲曲多重透視》，香港中文大學中國語言及文學系編，牛津大學出版社。轉載於《湯顯祖研究通訊》，浙江遂昌，二〇一一年第一期（總第十二期）。

索解人不易得

——大考《牡丹亭》的爭議

一部「情文飄動，人自軟心」的《牡丹亭》，〈驚夢〉一齣尤其膾炙人口，劇中女主角杜麗娘，湯顯祖更是以「飛神吹氣」的浪漫筆法加以型塑。然而或許過於深心經營，書本氣太過濃厚而不夠淺近，使得一般人在賞鑒、解讀時，不免出現若干歧義。即如清代李漁雖肯定〈驚夢〉一折為《牡丹亭》精華所在，足以「配饗元人」，但對箇中幽深艷異的詞采也大嘆「索解人不易得」，《閒情偶寄．詞曲部．詞采第二》「貴顯淺」云：

> 〈驚夢〉首句云：「裊晴絲吹來閒庭院，搖漾春如線」。以遊絲一縷，逗起情絲。發端一語，即費如許深心，可謂慘澹經營矣。然聽歌《牡丹亭》者，百人之中有一二人解出此意否？……由晴絲而說及春，由春與晴絲而悟其如線也？若云作此原有深心，則恐索解人不易得矣。……其餘「停半晌，整花鈿，沒揣菱花偷人半

面」及「良辰美景奈何天，賞心樂事誰家院」，「遍青山啼紅了杜鵑」等語，字字俱費經營，字字皆欠明爽。

果然，當臺灣地區大學入學考試國文科試題首度出現〈驚夢〉曲文時，即引發若干爭議。二〇〇四年四月白先勇的青春版《牡丹亭》在臺北首演造成轟動，由於媒體大肆報導，餘波盪漾，七月的大學指考命題組為凸顯考題與時事結合的靈活度，於是出了一道與《牡丹亭》有關的試題，其內容如下：

白先勇改編湯顯祖《牡丹亭》搬上舞臺，是近期藝文界的盛事。《牡丹亭》向以詞藻優美，情致深婉著稱，下列《牡丹亭》的文句，運用景物對比手法，藉春色難留寓託青春易逝的選項是：

（A）閒凝眄，生生燕語明如翦，嚦嚦鶯歌溜的圓（B）雨絲風片，煙波畫船，錦屏人忒看的這韶光賤（C）遍青山啼紅了杜鵑，荼蘼外煙絲醉軟，春香啊，牡丹雖好，他春歸怎占的先（D）原來姹紫嫣紅開遍，似這般都付與斷井頹垣，良辰美景奈何天，賞心樂事誰家院。

考後二日，大考中心公布答案為（D），立即引起教學界的質疑，考生雖提出書面意見，但大考中心仍維持原議，直至七月十日筆者發表專文於聯合報「民意論壇」（詳本文附錄），七月十四日《中國時報》以「焦點新聞——牡丹亭搬上考場演出爭議劇」大幅報導追蹤，十五日立法院召開記者會，電子媒體連續播報，……大考中心始迫於輿論壓力，緊急開會研議對策，唯試卷均已核分無法彌補，只有低調處理，以淡化爭議並發函向本人「致謝」。

造成詞義誤讀的原因，應是命題者古典素養不足，以為「姹紫嫣紅」已變成了「斷井頹垣」；類似說法，也出現於部分高中國文老師，臺北市立第一女子中學某位教師，便持校內教學研究會所聘講課教授的說法，認為原來姹紫嫣紅開遍乃「眼前明景」；似這般都付與斷井頹垣為「心中暗景」（所以隱約顯示杜麗娘覺得眼前繁盛終有一日成為頹敗），乍聽之下似乎合理，然而仍是訓詁不明而致誤的例證。因為本句較為合理的解釋應是：「原來（驚嘆語氣）這園子開遍了姹紫嫣紅，然而可惜的是，它卻閒置於如此乏人整理的斷井頹垣，（寓託青春正盛卻乏人憐愛），如此美景，上天竟是這般安排，真是莫可奈何！而人間之得良辰、美景、賞心、樂事四椿美事同時出現，又何處可尋呢？」①

① 按末二句出於謝靈運〈擬魏太子鄴中集詩序〉：「天下良辰美景賞心樂事，四者難并。」

相沿已久的「傷春」誤讀

為青春版《牡丹亭》作注的《白先勇說崑曲》一書中，白先勇與姚白芳曾沿用「易逝」的說法，舉「摽有梅」、「傷彼蕙蘭花」……來述說中國有以春色難留之意象來寓託青春易逝的文學傳統。②中國歷代文人的確常藉落花、流水抒發傷春情懷，然而未必所有的三春美景皆惹人感傷。若要探究把「都付與斷井頹垣」一句，誤解成杜麗娘見春色難留致有傷春情愫，其原因可能起源於《牡丹亭》的讀者看《紅樓夢》第二十三回〈西廂記妙詞通戲語　牡丹亭艷曲警芳心〉所引發的聯想。該回寫黛玉走到梨香院牆角上，聽見十二官在演習崑戲〈遊園驚夢〉：

偶然兩句吹到耳內，明明白白，一字不落，唱道是：「原來姹紫嫣紅開遍，似這般都付與斷井頹垣。」林黛玉聽了，倒也十分感慨纏綿，便止住步側耳細聽，又聽唱道是：「良辰美景奈何天，賞心樂事誰家院。」聽了這兩句，不覺點頭自嘆，心

---

②見《白先勇說崑曲》頁一七二、二〇二……，臺北：聯經出版社，二〇〇四年四月。

下自思道：「原來戲上也有好文章，可惜世人只知看戲，未必能領略這其中的趣味。」想畢，又後悔不該胡想，耽誤了聽曲子。又側耳時，只聽唱道：「則為你如花美眷，似水流年……」林黛玉聽了這兩句，不覺心動神搖。又聽道：「你在幽閨自憐」等句，亦發如醉如癡，站立不住，便一蹲身坐在一塊山子石上，細嚼「如花美眷，似水流年」八個字的滋味。

曹雪芹的運筆也是具有層次的，他寫風露清愁、極其易感的黛玉聽〈遊園〉【皂羅袍】曲牌前四句時，心裡只嘆賞箇中的絕妙佳文，覺其感慨纏綿，迨「胡想」一陣（約一刻鐘左右），再聽時已是〈驚夢〉小生出場唱【山桃紅】了，而「如花美眷，似水流年」、「在幽閨自憐」的警句，讓年方青春的她聽來格外觸心，這才「心動神搖、如醉如癡」，再與古人詩詞「水流花謝兩無情」、「流水落花春去也，天上人間」、《西廂記》中鶯鶯的「花落水流紅，閒愁萬種」等一時湊想起來，「不覺心痛神癡，眼中落淚。」……

「閒談不說《紅樓夢》，讀盡詩書亦枉然」③，自清代以來，《紅樓夢》幾乎成為國

---

③清・得碩亭《草珠一串》詩句，見路工編選《清代北京竹枝詞》頁五四，北京：北京古籍出版社，一九八二。

人的最愛，而今「紅學」又已蔚為世界性熱潮，人們很容易把黛玉的感喟與杜麗娘作聯結、類比。事實上，從「賞心樂事誰家院」到「如花美眷，似水流年」，中間還有許多曲文賓白，曹雪芹用靈動跳脫的筆法略過不寫，只聚焦於情癡的顰卿心中所感，而這一略筆，卻讓部分讀者忽略了湯、曹二人原本細膩描摩主角心理的鋪寫次第。

大陸前輩學者徐朔方在校注《牡丹亭》時說：「她（杜麗娘）的嘆息是多麼深沉！『原來姹紫嫣紅開遍，似這般都付與斷井頹垣！良辰美景奈何天，賞心樂事誰家院！』她惋惜的不是三月殘春，她惋惜的是眼看青春瞬即逝去，而她卻無能為力，不能自主。」④京劇表演名家梅蘭芳也認為：「杜麗娘在園內看見斷井頹垣的殘破景象，感到好景不常，聯繫到自己的心事，她就傷春起來了。」⑤而白先勇也因為個人的特殊家世背景，在聆賞【皂羅袍】一曲時，感傷昔日榮景（大陸）「姹紫嫣紅」已然成為今日滄桑（臺灣）的「斷井頹垣」。這類「多情」的過度解釋相沿已久，而臺灣二〇〇四

④見徐朔方校注《牡丹亭》之〈前言〉頁三，北京：中華書局，一九六五。

⑤〈梅蘭芳講解《遊園驚夢》〉一文，見中國崑曲網，係作者於一九六一年為中國戲曲學院戲曲表演藝術研究班所作的報告，講稿由許源來先生記錄、整理。見中國崑曲網，梟晴絲 http://www.kunqu.net/

年大考的命題手法，亦可明顯看出其中的因襲之迹。

事實上，要探討《牡丹亭》〈遊園〉（原著〈驚夢〉前半段）【皂羅袍】曲牌真正的曲情曲意，杜麗娘生命中初次踏進的「後花園」，其春景是絢麗爛熳抑或凋殘衰敗？她的心情是懷春惜春或已然傷春？只要平心靜氣翻檢《牡丹亭》原著，由齣目曲文賓白貫串間，當能推想湯顯祖結撰此劇之時空安排；再從音律角度擘析當時家傳戶誦的《牡丹亭》搬上舞臺爨演時，可能呈現的排場與音樂氛圍；至於幾乎與《牡丹亭》同時存在的改本與明清諸評點本，此類《牡丹亭》賞鑒者，他們的觀點經過時代的檢視而刊刻存留於世，就中亦具有若干參考價值，藉上述種種資料，當可幫助我們尋繹出接近真相的答案。

壹、《牡丹亭》原著中的時空安排——後園春色如許明媚

劇作家要創作一步成功的戲劇，在「引商刻羽之先，拈韻抽毫之始」，心中必須先有一完整的架構藍圖，將全部綱領布置妥帖，猶如造物之賦形、工師之建宅，能成竹在胸，始可點血貫氣、揮斤運斧，否則漫然隨調、逐句湊泊，終將顛倒零碎、不成格

局。⑥《牡丹亭》既是湯顯祖一生最為得意之作，其結構之縝密，更當為四夢之冠。該劇既以「因情成夢，因夢成戲」聞名，對夢境的發生地點——後花園之特殊時空，也必然是深心構築，而不致漫亂無章。以下嘗試就《牡丹亭》的劇本結構，看湯顯祖如何安排他心中的「後花園」。

傳奇是明清文學的主流，劇作家承宋元南戲「題目」之意，通常會在劇作首齣開場時，由副末（或末）先登場，用兩闋詞牌介紹劇情梗概與創作旨趣。傳奇的開場有諸多名稱，如：副末開場、家門大意、家門大略、家門始末、本傳開宗、梨園鼓吹、傳奇綱領、家門、開宗、開演、標目、傳概、敘傳、提綱、先聲等等。⑦《牡丹亭》的第一齣〈標目〉，湯顯祖用【漢宮春】說明劇情大要：

> 杜寶黃堂，生麗娘小姐，愛踏春陽。感夢書生折柳，竟為情傷。寫真留記，葬梅花道院淒涼。……

---

⑥有關撰劇之「結構」理論，可詳參明．王驥德《曲律．論章法第十六》、清．李漁《閒情偶寄．詞曲部．結構第一》、近代吳梅《顧曲麈談》、《詞餘講義》等說法。

⑦詳參拙著《曲選》頁三七，一九九八，臺北：五南圖書公司。

因著春陽燦爛，晴絲飄裊搖漾，才惹得錦屏繡戶中的小姐愛出閨門踏青。若是後花園已然眾芳寥落，杜麗娘將如何遊春遣興？而她的「情傷」，湯顯祖明白地指出是來自「感夢書生折柳」（驚夢歡會之後），而非甫入後園乍見姹紫嫣紅開遍的那一刻。原著第二、四、五、六齣〈言懷〉〈腐歎〉〈延師〉〈悵眺〉，於杜家府衙後園之春景無多著墨，可暫略不論。第三齣〈訓女〉係女主角在《牡丹亭》劇中的第一次亮相，她出場向父母請安，唱【繞池遊】：「嬌鶯欲語，眼見春如許。寸草心，怎報的春光一二。」杜寶問她「捧著酒肴，是何主意？」旦跪介：

今日春光明媚，爹娘寬坐後堂，女孩兒進三爵，少效千春之祝。

所謂的「春如許」，正是「春光明媚」之意。第十齣〈驚夢〉唱【皂羅袍】曲牌前，她唸的一句：「不到園林，怎知春色如許！」湯顯祖的〈驚夢〉既是「慘澹經營」（李漁語），他所運用的筆法、語碼，自然不至於相互抵牾，可見得此時的後花園依舊是「春光明媚」。

第七齣〈閨塾〉，春香藉故出恭時，發現原來這南安府衙有座後花園，「花明柳綠，好耍子哩！」待小姐追問「可有甚麼景致？」春香回答得很清楚：

景致麼，有亭臺六七座，鞦韆一兩架，遶的流觴曲水，面著太湖山石。名花異草，委實華麗。

真真是春景華麗。第八齣〈勸農〉原是太守杜寶於春深時節下鄉勸農，此刻鄉間亦是一派「如畫」春景：「洪杏深花，菖蒲淺芽，春疇漸煖年華。竹籬茅舍酒旗兒叉，雨過炊煙一縷斜。」⑧第九齣〈肅苑〉，小姐因〈關雎〉篇而被講動情腸，主僕二人亟欲遊園，於是趁杜寶下鄉勸農，取曆書選日，預喚花郎掃清花徑，熱切張羅之際，見陳最良走來，春香說了二句：「年光到處皆堪賞，說與癡翁總不知。」道出此時春景處處皆堪遊賞，真箇是「亂煞年光遍」。春香還強調：「小姐說，關了的雎鳩，尚然有洲渚之興，可以人而不如鳥乎！」所以她與小姐「明後日遊後花園，要把春愁漾」。當然也只有美麗的春景才能使少女排遣春愁，若後園已是「殘春」，豈不更添春傷？

第十齣〈驚夢〉，旦一上場就點明了當時的春景：「夢回鶯囀，亂煞年光遍」，繚亂的春光到處都是，若不是「間梅遮柳不勝芳」、很適合憑欄眺賞的宜人春色，春

---

⑧〈勸農〉【排歌】曲，茅暎以「如畫」二字作評。

香就不會說出「你（小姐）側著宜春髻子恰憑闌」這麼貼心的話語。接下來主僕二人所感受到的春景，由【步步嬌】、【醉扶歸】、【皂羅袍】、【好姐姐】所呈現的是：

【步步嬌】裊晴絲吹來閒庭院，搖漾春如線。……

【醉扶歸】……恰三春好處無人見。不隄防沉魚落雁鳥驚喧，則怕的羞花閉月花愁顫。……

畫廊金粉半零星，池館蒼苔一片青。踏草怕泥新繡襪，惜花疼煞小金鈴。不到園林，怎知春色如許！

【皂羅袍】原來姹紫嫣紅開遍，似這般都付與斷井頹垣，良辰美景奈何天，賞心樂事誰家院。恁般景致，我老爺和奶奶再不提起。朝飛暮捲，雲霞翠軒，雨絲風片，煙波畫船，錦屏人忒看的這韶光賤！是花都放了，那牡丹還早。

【好姐姐】遍青山啼紅了杜鵑，荼蘼外煙絲醉輭，春香呵，牡丹雖好，他春歸怎占的先！……閒凝眄，生生燕語明如翦，嚦嚦鶯歌溜的圓。……這園子委是觀之不足。

……

空氣中瀰漫著春天的訊息，一絲絲一縷縷飄飄裊裊地吹進這悠閒的庭院，（「晴絲」雙關暗喻「情思」），也吹進了少女的心中，使她不自覺地為著遊春開始打扮起來，她發現自己竟與後花園的春天一樣美麗，「沉魚落雁鳥驚喧、羞花閉月花愁顫」明是寫景，暗是自矜貌美。池館花徑蔥綠生姿，百花姹紫嫣紅開遍，更有翠軒雲霞、畫船雨絲、青山啼紅、鶯歌燕語……妝點出教人看不厭的絢爛春色。

「驚夢」之後的她，為圖舊夢重來，特地於次日悄向花園尋看。第十二齣〈尋夢〉【懶畫眉】的經典名句：「最撩人春色是今年」，後園的春色若不美，如何能撩撥她懷春的心弦？【忒忒令】描繪的春景更加細緻：

那一答可是湖山石邊，這一答似牡丹亭畔。嵌雕闌芍藥芽兒淺，一絲絲垂楊線，一丟丟榆莢錢，線兒春甚金錢吊轉。

這後園的花花草草的確美得惹人生戀，因而在杜麗娘為情而死之後，第二十三齣〈冥判〉中，閻羅界的胡判官聽杜麗娘說自己是「一夢而亡」，覺得不可思議。於是找南安府後花園花神來勘問，並逼問花神是否「司花忒弄乖，眨眼兒偷元氣、艷樓臺……？」揣測花神可能偷取天地元氣，化成萬紫千紅，使亭臺樓閣頓時「艷麗」起來，才迷惑了杜麗娘。

由上述《牡丹亭》諸多齣目曲文賓白的檢視，可以看出湯顯祖對後花園景緻的描繪是相當一致的——明媚豔麗，觀之不足。園中的「斷井頹垣」，原是修辭上的一種誇飾，形容它久未經人細心整理，呼應著「畫廊金粉半零星」，並非是衰敗蕭索的殘春。一般人在品賞【皂羅袍】曲文時，之所以產生誤讀，主要因為目前演唱《牡丹亭》時，大都將這支曲牌中間的夾白「恁般景致，我老爺和奶奶再不提起」⑨省略不唸，而湯顯祖這句關鍵性的唸白，正點明杜麗娘對明媚春光的驚嘆，與乍進園門的驚喜：「不到園林，怎知春色如許！」相呼應。接著與春香忙著欣賞「朝飛暮捲……」的美麗韶光，尚無暇滋生「青春易逝」或「春色難留」的感傷。

詞義正詁可使劇本內容得到具體生動的呈現。由【皂羅袍】到【好姐姐】，當杜麗娘正沉浸在美景中，兀自感嘆從前不知辜負多少韶光時，玩得意酣興暢的春香，由於未見到牡丹花開，於是就隨口說了一句：「是花都放了，那牡丹還早。」這無心的一

⑨父母視撩人春色的後園為閨女禁地，故從未提起；又本齣杜母上場詩云：「怪他裙衩上，花鳥繡雙雙。」皆可見明代女教森嚴之一斑。

句，卻勾起杜麗娘幽居深閨而嚮慕春情的微妙心理，她若有所思地向春香唱道：「遍青山啼紅了杜鵑，荼蘼外煙絲醉軟，春香呵，牡丹雖好，他春歸怎占的先！」⑩這時節，滿山遍野盡是綠意盎然，連晚春的杜鵑也綻放了，然而萬卉之中最美的花王牡丹卻遲遲未開。杜麗娘不由得心頭湧現複雜的情緒，她想：自己才貌出眾，生命中原該出現的愛情，迄今猶未降臨，我是美麗的，可是，為甚麼屬於我的真愛卻最晚出現！這樣的思緒在欣賞美景時，沉潛得像一條伏流，而真正的「傷春」，是在劇情進入【隔尾】之後，她的低首沉吟：「天呵，春色惱人，信有之乎！常觀詩詞樂府，古之女子，因春感情，遇秋成恨，誠不謬矣。吾今年已二八，未逢折桂之夫；忽慕春情，怎得蟾宮之客？……誠為虛度青春，光陰如過隙耳。」這份懷想良緣而無處訴衷情的幽怨，在【山坡羊】「沒亂裡春情難遣，驀地裡懷人幽怨……想幽夢誰邊，和春光暗流轉」思致纏綿的唱腔中逐漸醞釀發酵，也才流露出青春將隨春色消逝的感傷。

〈驚夢〉的動人處在於此，湯顯祖成功也即在乎此！作者對女性心理深入細微的描

---

⑩陳多〈讀《牡丹亭》札記〉一文認為「首二句是反駁春香，認為是：杜鵑、荼蘼等等不都也還沒有開。」此說有待商榷，參見江西省文學藝術研究所編《湯顯祖研究論文集》頁二六〇，北京：中國戲劇出版社，一九八四。

摩觀察、瞭解，在此道出天下女子共同的心聲，王思任對此齣筆法曾有如是的評：「從天氣入草木，入花鳥，步步情深，次第不亂。」足見湯顯祖對女性心理描摹入微的刻劃是極具層次的，後人解讀也必須深心體察方能略得其意趣神色。

貳、湯作在〈驚夢〉的音律構思——【皂羅袍】清新綿邈

清代李漁曾說：「填詞首重音律。」⑪的確，古典戲曲與其他文體的中外文學相較，最大的差異就是撰劇者必須懂音律，否則劇本之主題、架構、詞采再好，無法披諸管弦、播諸口齒，也只有束諸高閣成為案頭劇，畢竟戲劇的生命在舞臺。反過來說，戲曲既與音樂結合緊密，有時在詞義訓詁發生爭議時，若能從音律的視角切入，問題的癥結倒有可能迎刃而解，何況能「自掐檀痕教小伶」的湯顯祖，他本身就懂音律（不像孔尚任等需請人譜曲），劇作中的曲情曲意以及他想營造的情境氛圍，雖說距今已

⑪見《閒情偶寄．詞曲部．結構第一》，《中國古典戲曲論著集成》第七冊頁一〇，一九五九，中國戲劇出版社。

相隔四百餘年，但藉由文本所呈現的選宮配調、曲牌聲情的揀擇，以及明清燈燈遞續的搬演傳統，我們對〈驚夢〉中杜麗娘情態思致的發展變化，應當能有更進一層的掌握。

〈驚夢〉的前半段，清代以來舞臺演出本慣稱〈遊園〉，杜麗娘一出場唱：

【繞池遊】夢回鶯囀，亂煞年光遍，人立小庭深院。

由「亂煞年光遍」的春景，對比「人立小庭深院」的幽寂，一個身處庭院深深深幾許的大家閨秀，面對爛漫春光，卻無遊春的自由。雖說她的情態窈窕——「嬌姿弱質，百態橫生」（茅暎批語），但那種在傳統「女教」規範下的不得自主，⑫湯顯祖還是很準確地採用聲情「悽愴怨慕」的商調，作為她出場的引子，以勾勒她的幽情悶懷。接下來「剪不斷，理還亂，悶無端」的沉吟，湯顯祖用的是詞牌【烏夜啼】，聲情依舊是幽悶悶的。等杜麗娘意識到此刻正是遊後花園的吉日良辰時，他吩咐春香取鏡臺衣服來梳妝打扮，曲牌【步步嬌】、【醉扶歸】皆是仙呂宮正曲，聲情清新綿邈，女子

---

⑫第七齣〈閨塾〉（旦引貼捧書上）唱【繞池遊】：「素妝纔罷，……《昔氏賢文》，把人禁殺。」

俏絲絲地照花前後鏡，花面交相映的一幅佳人試妝圖，自是清新流宕。而生命中第一次踏進私密的後花園，乍見「三春好處」，怎不令她驚喜？「不到園林，怎知春色如許！」是她忻慕、驚歎的口吻，接著姹紫嫣紅、雲霞翠軒、燕語鶯歌……一連串玩賞不盡的美景，在春香憨頑的導引下，一幕接一幕地呈現在眼前，而鋪展後園無邊春色與佳人遊芳遣悶，此等既「賞心」又「悅目」的曲牌——【皂羅袍】、【好姐姐】，雖然小姐共花爭發的春心在【好姐姐】中似乎微露端倪，但湯顯祖依然沿用「清新綿邈」的仙呂宮，來呈顯小姐遊春的好心情。

直待小姐興盡欲回房歇息，此時「因春感情」的思緒陡地湧上心頭，湯顯祖抓住主角細微的心理變化，讓她唱「悽愴怨慕」的商調【隔尾】，藉以抒發「春色惱人」、「忽慕春情」的心緒，而王思任也在此【隔尾】上加了「頓爾一斷」的評語，凸顯女主角此刻心境上的變化。

本齣下半段〈驚夢〉，杜麗娘已然從懷春、惜春的心情逐漸增擴為濃濃的傷春情懷，湯顯祖自然持續用商調來渲染她「春情難遣、懷人幽怨」的心情，而正曲【山坡羊】是最典型的悲調，紆徐婉轉的贈板曲，最適合緩緩地寫悲訴怨。唱完無可奈何的「潑殘生，除問天」，杜麗娘真的深感困乏，於是隱几而眠。接下來的綺夢，自然是美滿幽香不可言，小生在夢境中兩次出場唱的都是「陶寫冷笑」的【山桃紅】，它是支過場細曲，表示柳夢梅在此齣出場的時間雖不甚長，並非「正場」而僅是個「過場」，但他畢竟是溫文儒雅的巾生，自然應當唱文靜細膩、宜於訴情的「細曲」，而非鄙俚噍殺、過脈短劇的淨丑「粗曲」。

夢境中專管惜玉憐香的花神「末」，他引柳生入夢、出夢，所唱的【鮑老催】一曲雖多情色語彙，然因其宮調隸黃鐘宮，屬快調性質，聲情顯得「富貴纏綿」而不頹靡，舞臺搬演又多以嗩吶伴奏，觀之儼有鬧熱恢宏聲勢，故不覺淫靡涉穢。至於杜麗娘夢醒所唱的【綿搭絮】雖亦隸越調，然曲牌性質係細膩慢調，與她此刻心悠步嚲、如有所失的情態頗為吻合。而劇末【尾聲】（又名【情未斷煞】），又回歸之前「清新綿邈」的仙呂宮，烘托女主角雖春遊困倦，而末尾「有心情那夢兒還去不遠」，不僅期盼追夢的心思暗自飛颺起來，也為接下來的〈尋夢〉預作鋪墊。

整體觀之，湯顯祖對〈驚夢〉的音樂、排場——宮調、曲牌之配搭，可說是深心經營的。然而近代許之衡《曲律易知》卻對他有毀譽參半的批評：

> 借宮之法，非熟悉各宮調管色，及曲牌排場性質，尤萬不宜輕用。雖古人有一二

名曲，借宮甚多，傳誦已久，亦不宜按之照填。如《牡丹亭．驚夢》折，名曲也，後人譜之者，指不勝屈，然皆自誤誤人而已。

此折除【隔尾】以前之外，接【山坡羊】是商調，【山桃紅】是越調，【鮑老催】是黃鐘，【綿搭絮】是越調，已自宮調雜亂極矣。曲牌之性質，則【山坡羊】是悲調，【山桃紅】是過場細曲，【鮑老催】是快調，【綿搭絮】是細膩慢調，亦極不倫不類，除管色僅可通融外，幾於無一合律。而後人愛其詞句，照此填詞，不知誤盡多少。……仍不宜學也。⑬

文中肯定〈驚夢〉一折是名曲，後世傳誦已久，但對它宮調數目太多，以致變換得過於雜亂頗有微詞。事實上，許之衡的觀念過於保守，明清傳奇在宋元南戲與元代北曲雜劇的基礎上，兼融南北之長，已出現更為整飭而靈活的聯套格律。它沒有南戲「本無宮調、亦罕節奏」粗陋的缺點，也不像元雜劇墨守一折一韻一宮調那樣呆板，傳奇的劇作家可隨劇情轉變而改換宮調與押韻，只要管色銜接自然，曲牌的性質能與劇中

⑬見吳梅覈訂、許之衡撰述《曲律易知》卷下，《飲流齋著叢書》頁一四～一五。

人物的類型、特質相吻合即可。⑭許之衡可能站在初學者立場，認為這種「不倫不類」的聯套方式「不宜學」，但他也認同〈驚夢〉的管色運用是合律的，尤其對【隔尾】以前（即〈遊園〉一折）宮調、曲牌的格律是相當肯定的。換言之，律曲甚嚴的曲學家也認為遊後花園中的杜麗娘，心情是驚奇、愉悅的，湯顯祖用「清新綿邈」的仙呂宮細曲來襯托她的心境，是合律而佳妙的選擇。

叁、明清諸評改本的觀點——春韶爛熳可賞

《牡丹亭》向有「上薄《風》《騷》，下奪屈宋」之譽，不僅可與《西廂》交勝，⑮甚且幾令《西廂》減價。此一經典鉅著，自萬曆迄清末，其行世版本已逾三十種，明清「遞相夢夢」，續作、仿作數量繁多，促使環繞《牡丹亭》所產生的評點改本亦蔚

⑭有關南戲、元劇、明清傳奇之體製與格律簡述，可參拙著《曲選》頁二七～四二，一九九八，臺北：五南圖書公司。

⑮明．張琦《衡曲麈談》云：「杜麗娘一劇，上薄《風》《騷》，下奪屈宋，可與實甫《西廂》交勝。」見《中國古典戲曲論著集成》第四冊頁二七〇，一九五九，中國戲劇出版社。

為風潮。

「戲曲評點」此一特殊文學批評形式，匯集文人、書商、劇作家等多種人物，視角較為多元，具有文學鑑賞、學術考訂、文本評改等多種格局，在形式上，亦往往融「評」與「改」為一體。⑯李卓吾嘗云：「書尚評點，以能通作者之意，開覽者之心也。」⑰由於評點者往往超前閱讀原著，對原作者具有特殊交誼或情感，故能逐字逐句潛心閱讀，所下批註雖片言隻語，卻是凝鍊而頗具悟性。這種闡幽析微的特殊觀照，自然能成為作者與讀者、觀眾之間的橋梁，在原著的解讀上，展現出別具隻眼的慧心與巧思。就傳播角度來看，他們非但不是「臨川之讎」，有時反而是臨川之知音與功臣。

從這個角度來看，《牡丹亭》的評點改本雖不下數十種，良窳不一，而就中亦不乏「能通作者之意，開覽者之心」之佳構，當有助於抉發原作者底創作旨趣。故本文嘗

⑯詳參譚帆〈中國古代曲論研究的回顧與展望〉之三「關於戲曲評點研究之檢討」，《文藝研究》二〇〇〇年第一期。

⑰見施耐庵撰，羅貫中纂，李卓吾評《忠義水滸傳．發凡》，收入《明清善本小說叢刊》頁一，一九八五，臺北：天一出版社。

試爬梳諸評改名本有關〈驚夢〉【皂羅袍】一曲之批註，茲釐述如次。

清代錢塘文學名家吳人（字吳山、舒鳧），與同鄉洪昇私交甚篤。娶妻陳同、談則、錢宜，皆雅耽文墨而酷嗜《牡丹亭》，其批註合為《吳吳山三婦合評牡丹亭還魂記》，筆致獨具細膩而感性之女性特質，故吳梅曾給予極高評價：「獨吳山三婦，合評此詞，名教無傷，風雅斯在，抉發幽蘊，動合禪機，尤非尋常文人所能及矣。」⑱當杜麗娘剛踏進後花園時，《三婦本》批云：

> 前云眼見春如許，見得卻淺；此處不知卻深，忽臨春色，驀地動魂，那不百端交集。陡見春光滿目，不能遍述，僅約略歎惜之，神理絕妙。悠悠世上，多是忙過一生，了與韶光無涉，不獨錦屏人也。若錦屏人，園亭雖麗，不解賞心樂事，又不如斷井頹垣動人低回也。⑲

對《三婦本》深有所感的楊葆光，係江蘇華亭人，曾於同治年間以行草書寫一一二

---

⑱見吳梅《中國戲曲概論》卷中「明人傳奇」條，收入王衛民編《吳梅戲曲論文集》頁一五七，一九八三，北京：中國戲劇出版社。

⑲見《吳吳山三婦合評牡丹亭》頁二一一，二〇〇八，上海古籍出版社。

條批語於《三婦評本》上端，[20]他評杜麗娘乍進花園時之心境是：「觸目警心」，又在《三婦本》「悠悠世上」一段批語之上評曰：「解人難得」，足見麗娘驀然見到的園亭是絢麗的。事實上，早在乾隆四十七年冰絲館重刻清暉閣《玉茗堂還魂記》時，即特意於此加圈并評曰：

> 正是王龍標閨中少婦詩所謂「忽見」二字。

春意盎然的楊柳色，深閨中人觀之最是觸心，因而以「色情難壞」為宗旨的《才子牡丹亭》評本[21]，更進一步摹繪此時的後花園：

> 「春情不可狀，艷艷令人醉」是「怎知春如許」之神。蓋無意相遭，春光已到銷魂處矣。[22]

---

⑳詳參趙山林〈楊葆光及其《牡丹亭》手批本〉，《江西大學學報》（社會科學版）第三期，一九八三，頁七六～七八。

㉑《才子牡丹亭》由清康、雍間吳震生、程瓊夫婦合編，引據大量文史資料，以情色角度全面解讀《牡丹亭》，於乾隆時曾遭禁毀。詳參江巨榮、華瑋點校《才子牡丹亭・導言》，二〇〇四，臺灣學生書局。

㉒見華瑋、江巨榮點校《才子牡丹亭》頁一三四，二〇〇四，臺灣學生書局。

綜而論之，明清《牡丹亭》諸多評點本，幾乎全都肯定深閨杜麗娘第一次踏進的後花園是令人驚艷的爛熳春色，這些評本的作者，他們對湯顯祖的命意運思並無半點曲解。而且，早在明代幾乎與湯顯祖同時的馮改本《墨憨齋重定三會親風流夢》，其筆致才力雖遠不如湯顯祖，祇將【皂羅袍】一曲全文照抄下來，但馮夢龍對此曲的「情」、「景」詮釋仍有相當程度的掌握。如此齣〈夢感春情〉旦與貼唱完「錦屏人忒看的這韶光賤」，馮改本即增加若干對話：

（貼）：小姐，你看牡丹亭畔花開得好爛熳也。
（旦）：正是。花木無情，逢春自發。
（貼）：倘不遇春光，便有名花奇卉，也徒然了。……
（旦嘆介）多少國色芳姿，寂寞空閨之內，比如這妖花艷蕊，埋沒荒園之中，可惜可惜。
（沉吟介）……花花，雖埋沒在此，還有我杜麗娘賞鑒看你，也不枉了。

馮夢龍這般增減杇塑的筆法，固然不及臨川飛神吹氣而成的意趣神色，但至少淺白落實地揭示後花園的春景是爛熳盛麗的。而杜麗娘面對這般「妖花艷蕊埋沒荒園之中」

甚覺可惜，心情僅是「惜春」而尚未「傷春」，㉓景緻雖是「斷井頹垣」（荒園），然名花奇卉猶兀自怒放，頗堪賞鑒。

不只馮改本的後花園如此，自《牡丹亭》問世以來，據明清諸多爨演資料記載，以及目前大陸與臺灣具有「傳頭」的崑臺搬演，〈驚夢〉中的後花園一向是春韶爛熳可賞的。如清乾隆年間馮起鳳編《吟香堂曲譜》與葉堂編《納書楹牡丹亭全譜》時，就已經把湯顯祖原著中花神只唱【鮑老催】一曲，擴增為一齣〈堆花〉，如今這些描繪後園花團錦簇與生旦歡會的曲牌——【出隊子】、【畫眉序】、【滴溜子】、【五般宜】、【雙聲子】等，依然保留在《遏雲閣》、《集成》、《崑曲大全》、《與眾》等曲譜中，唱詞：「嬌紅嫩白逕向東風次第開」、「好景艷陽天，萬紫千紅盡開遍」……，可見春景爛熳。而舞臺上的花神，也由湯著原本的一位增加為數十位（如梅蘭芳電影版〈遊園驚夢〉）。如此踵事增華的設計，無非想呈現後園旖旎綺麗的繽紛場景，藉以締造新人耳目的鋪張排場。就連民間廣為流行的說唱曲藝如安徽俗曲、子弟

㉓《三婦本》第二十四齣〈拾畫〉批語：「獨任驚春，鍾情特甚，宜為麗娘戀戀。前麗娘亦云：『眼見春如許』，總是惜春語也。」

書、彈詞開篇等，亦皆是「對春光有女正懷春，聞說後園花似錦」、「碧桃濃豔襯垂楊」、「晴風吹暖總芬芳」、「（真所謂）美麗人看花美麗，（只落得）花容人面兩無雙。牡丹亭上敧身坐，心曠神怡樂趣長」……等一派靡麗春景。㉔

經典，彷彿正因為是經典，而愈少出現真正能解讀它的人。二〇〇四年，風光一時的青春版《牡丹亭》與臺灣地區大考國文試題沸沸揚揚的爭議，至今雖然都已然落了幕，然而，二〇〇八年筆者應邀參加香港中文大學以「重讀經典」為主題的戲曲小說國際會議，發表論文提出個人看法，㉕會中一、二位學者仍有若干疑慮，甚至迄今兩岸三地的戲曲教學，面對此問題似乎也莫衷一是。其實，戲曲的研究，除了資料蒐羅功夫、古典文言的基礎訓練之外，在曲文訓詁發生疑義時，還需關注與戲曲相伴而生的音律、評點、舞臺搬演及民間曲藝，從不同視角切入，所得到的答案當更全面而接近真相。

㉔詳參楊振良《牡丹亭研究》第五章第五節「有關之戲曲及說唱文學」，頁二七七～三一四，一九九二，臺灣學生書局。

㉕詳拙文〈重讀《牡丹亭》的幾個門徑——以訓詁、音律、民俗、表演學切入〉。《重讀經典：中國傳統小說與戲曲多重透視》頁八九〇～九〇九，香港中文大學中國語言及文學系編，香港：牛津大學出版社。收於本書頁二六一～二九二。

附：大考牡丹亭……以上皆非㉖

明代戲劇大師湯顯祖創作不朽劇作《牡丹亭》，四百年來一直被公認為曲壇的典範，由於他的文筆妍巧瑰麗，一般古典學養未盡淵厚的人，解讀時難免產生值得商榷的情形。就如二〇〇四年大學指考的國文單選第四試題：

白先勇改編湯顯祖《牡丹亭》搬上舞臺，是近期藝文界的盛事。《牡丹亭》向以詞藻優美，情致深婉著稱，下列《牡丹亭》的文句，運用景物對比手法，藉春色難留寓託青春易逝的選項是：

（一）閒凝眄，生生燕語明如翦，嚦嚦鶯歌溜的圓。

（二）雨絲風片，煙波畫船，錦屏人忒看的這韶光賤。

（三）遍青山啼紅了杜鵑，荼蘼外煙絲醉軟，春香啊，牡丹雖好，他春歸怎占的

㉖二〇〇四年七月十日《聯合報》「民意論壇」專欄。

先。

（四）原來姹紫嫣紅開遍，似這般都付與斷井頹垣，良辰美景奈何天，賞心樂事誰家院。

大考中心公布的答案是（四），乍看之下似乎沒問題，實則不然，甚至其中沒有一個選項是正確的。

《牡丹亭》原著第十齣〈驚夢〉，由於唱做繁複，舞臺演出本通常從「隔尾」曲牌析分為〈遊園〉、〈驚夢〉前後兩齣。今年大考試題選項集中在前半段的〈遊園〉，事實上，女主角杜麗娘在遊園時，因為是生命中第一次遊後花園，心中滿是興奮驚嘆，必待到「隔尾」之後的〈驚夢〉才逐漸出現所謂「藉春色難留寓託青春易逝」的心情。換言之，湯顯祖摹寫少女懷春慕色之情是相當具有層次的。

大考中心公佈的答案，問題在於出題者可能認為此時花園正從「姹紫嫣紅」凋殘成「斷井頹垣」，正如白先勇此次的《青春版牡丹亭》在〈遊園〉、〈驚夢〉時全場著白衣，一片冷色系燈光，將原本旖旎浪漫的粉紅夢境，改換成鬼氣森然的氛圍，同樣引人非議。

事實上，在〈遊園〉中後花園一直是春意盎然的，從乍進園門時對池館亭臺的驚喜，到遊園尾聲時，對燕語鶯歌也依然是凝眄有情的讚嘆。然而春景正盛卻乏人欣賞，它象徵著杜麗娘青春正熾卻乏人憐愛，「醉扶歸」中杜麗娘唱「恰三春好處無人見」的曲文說得非常明白。而「沉魚落雁鳥驚諠」、「羞花閉月花愁顫」，明是寫景，暗是自矜貌美。

由於看到「畫廊金粉半零星」，她才感嘆的唱出「皂羅袍」中滿園燦爛的「姹紫嫣紅」，卻開在「斷井頹垣」上，無人關愛的青春，怎不令她對天徒喚奈何，花園景緻甚美：朝飛暮捲，雲霞翠軒，雨絲風片，煙波畫船—她這個「錦屏人」卻在十六歲才第一次遊賞春景，豈非辜負大好春光！

接下來的「好姐姐」曲牌，更可證明當時並非眾芳寥落的蕭條景象，而是滿園百花盛放，唯獨牡丹遲開。牡丹是花中之王，艷冠群芳，杜麗娘說：「牡丹雖好，他春歸怎占的先。」主要暗喻自己儘管才貌出群，生命中卻遲遲未曾出現愛情。

「隔尾」之後，她幽幽道出：「吾今年已二八，未逢折桂之夫；忽慕春情，怎得蟾宮之客？……誠為虛度青春，光陰如過隙耳。」這份懷想良緣而無處訴衷情的幽夢，在〈驚夢〉前段才開始醞釀發酵，首支曲牌「山坡羊」中「想幽夢誰邊，和春光暗流轉」

也才流露出青春將隨春色消逝的感傷，之後「千般愛惜，萬種溫存」的夢境則是纏綿無限，夢醒之後的感喟，更是魂繫夢中人，而與自然春色是否難留的關係自是更遠了。㉗

㉗本文原發表於二〇〇四年臺灣聯合報「民意論壇」，二〇一四年七月增訂，載《湯顯祖研究》，浙江遂昌，二〇一四年第二期（總第二十期）。

從清代文網看冰絲館本的避諱與評點

古代貴為萬乘之尊的帝王與下層黎民，其身份地位何啻霄壤，擁有至高權勢的天子，既將百姓視作「黔首」、「蚩蚩愚民」，稍有拂逆，豈能不斧鉞加諸？於是，中國一部文字禍史，自周秦以降，也從這判若雲泥的懸殊關係中無情地展開。當帝王啟動國家機器來箝制、禁毀戲曲時，享譽曲壇、樹大招風的《牡丹亭》，在文禍殊深、查繳甚厲的乾隆禁令下，將如何順時因應？冰絲館重刻的進呈本《牡丹亭》，是否全面如梳篦般地加以避諱？而其與快雨堂之評點美學，對日後的舞臺搬演曾否造成影響？這些都相當值得關注。

壹、清代文網對戲曲之箝制

在中國歷史上，異族統治時期，由於民族矛盾很容易上升為主要衝突，文禍的發生率也隨之提高。蒙元帝王雖入主中原，然文化落後形成異族心胸之狹隘，科舉時行時輟，且將文人菁英之儒士列為第九等，極盡壓抑與屈辱，主要在杜絕漢族文士晉身之階。對當時文壇主流——元曲之創作與唱演，亦頒布多條禁令予以箝制，如「諸妄撰詞曲誣人以犯上惡言者處死」、「諸亂製詞曲為譏議者流」（《元史・刑法志》）、「倡優之家，及患廢疾若犯十惡奸盜之人，不許應試」、「除係籍正色樂人外，其餘農民市戶良家子弟，若不務本業習學散樂，般唱詞話，並行禁約」（《通制條格》），《元典章》亦令：「今後不揀甚麼人，十六天魔休唱者，雜劇裡休做者，休吹彈者，四大天王休粧扮，骷髏頭休穿戴者，如有違犯，要罪過者。」①然而，由於元代君主閱讀能力有限，加上行政虛乏，這類律法科條往往令繁而少行，以至於語含譏刺的關漢

①詳參王利器《元明清三代禁毀小說戲曲史料》頁三～一〇，一九八一，上海古籍出版社。

卿《竇娥冤》、充滿民族氣節的馬致遠《漢宮秋》等傑出劇作能得一線生機，故章太炎〈討滿洲檄〉曾云：「胡元雖虐，未有文字之獄」。②

一、乾隆文網之密，史上之最

清廷雖僅用四十日工夫便奠定北京，卻耗費四十年工夫乃得擁有全中國，積數十年之經驗，深感以武力制伏降將悍卒，並無多大困難，然影響統治前途之暗礁，全在少數文化學者身上。於是自順治一代開始，不斷兼採利用、高壓、懷柔等政策③，希望能消弭漢民族文化中「別夷夏」、「論正閏」、「尊王攘夷」、「抵抗侵略」的傳統。

清初順治、康熙兩朝，文網尚寬，為對付漢人頑強不屈的民族意識，首由史學發難，在「明」、「清」、「華」、「夷」等文字上做血腥文章，製造僧函可《變紀》案、莊氏《明史》大獄、戴名世《南山集》大獄。雍正猜忌刻薄而雄鷙，既以陰謀權術奪得帝位，為立威自固，便以文字獄打擊各類朋黨，陳夢雷《古今圖書集成》案、汪景

② 見《章太炎全集》第四冊，頁一九一，一九八五，上海人民出版社。

③ 詳參梁啟超《中國近三百年學術史》頁一四～一六；一九六六臺四版，臺北：臺灣中華書局。

祺《西征隨筆》案、查嗣庭試題案、呂留良大獄，皆由雍正匠心獨運羅織而成。乾隆承祖、父衣鉢，以胡中藻《堅磨生詩鈔》案等打擊朋黨、鞏固皇權，又製造徐述夔《一柱樓詩》案鎮壓百姓，更變本加厲地「創造」出與禁書運動相結合的文字獄，如王錫侯《字貫》案、沈大綬《碩果錄》、《介壽辭》案等即是。

綜觀古代文字禍以清代最為嚴重，清代文禍集中於順、康、雍、乾四朝。四朝文禍中又以乾隆朝為最，且歷時最長，自十六年（一七五一）正式開始，至五十五年（一七九〇）結束，持續四十年之久。據不完全統計，順治朝十八年間，文字獄至少有五起；康熙朝六十一年間，至少有十一起；雍正朝十三年間，約有二十五起；而乾隆朝六十年間，則在一百三十五起以上。換言之，乾隆朝文字獄為前三朝的三點三倍。以文禍出現頻率言，順治朝文字獄平均三年半有一樁，康熙朝五年半，雍正朝半年，而乾隆朝大約五個月即有一樁④，足見乾隆帝手段之毒辣與當時文網之深密。

又乾隆三十七年（一七七二）以「稽古右文」的堂皇名號下詔訪求遺書，目的在查辦違礙書籍，曉諭各地「悉行查繳，剔釐淨盡」，且幾乎年年催繳，反覆折騰長達十九年。這「寓禁於徵」的運動，不僅貫穿於編纂《四庫全書》的始終，且延至《四庫》

④詳參胡奇光《中國文禍史》頁八、一八四～一八六，二〇〇六，上海人民出版社。

散館之後。藉著官府的嚴究與小人的告密，使文字獄發揮威懾作用，形成肅殺恐怖、人人自危的氣氛，達到文化專制底目的。《四庫全書》收書不過三千四百餘種，而所焚書的數量竟與之相彷彿，令人驚異。焚書原是歷代君主為強化文化專權的伎倆，乾隆較諸前代帝王更為陰狠老辣，在搜書、焚書的同時，即已對刪書做了相當的部署，乾隆四十年（一七七五）他指示四庫館，編書時「總裁務須詳慎抉擇，使群言悉歸雅正，副朕鑒古斥邪之意。」為了「斥邪」以歸於雅正，致使古籍遭受前所未有的大浩劫。如《舊五代史》原為宋代薛居正所監修，編纂《四庫全書》時，該書已散佚，於是館臣邵晉涵等乃從《永樂大典》等書中加以輯佚而成，《四庫》一出，世人皆以為薛史原貌如此。後經陳垣（援菴，一八八〇～一九七一）重新與《永樂大典》、《冊府元龜》等書作校勘，赫然發現遭改竄處竟高達一百九十四條，《四庫》編纂中忌諱之字詞甚多：

虜、戎、胡、夷狄、犬戎、蕃、酋、偽、賊、犯闕、漢、敗衄、北朝、獫狁、引契丹、穹廬之長、腥羶、左衽、蕃寇、亂華、殊俗、戎虜盜國、湩酪賤類、編髮⑤

⑤詳參陳垣《舊五代史輯本發覆》，收於《陳援菴先生全集》第一冊，一九九三，臺北：新文豐出版公司。

當時因怕犯忌而改易的避諱風氣，幾乎達到凡違皆改、無礙不易的地步，館臣為了謹慎行事，免於獲罪，也採寧枉毋縱的手段，誠如傅增湘為該書作序時所慨嘆：「今觀是書，其嫌諱避忌之蹟，何其屑屑焉不憚煩耶？」如此「指瑕索瘢，若惟恐其不盡」之改篡方式，使世上平添許多錯誤的「古籍」，而此種蹂躪文化的行徑，更非今日學術界所能容許。

雖然清初書籍對「胡」、「虜」、「夷」、「狄」等字的敬慎避諱，曾引起雍正、乾隆的反感，並詔諭明斥其非，以為如此避諱「固背理犯義不敬之甚者也」⑥，乾隆四

---

⑥雍正十一年四月己卯諭內閣：「朕覽本朝人刊寫書籍，凡遇『胡』、『虜』、『夷』、『狄』等字，每作空白，又或改易形聲，如以『夷』為『彝』，以『虜』為『鹵』之類，殊不可解。揣其意蓋為本朝忌諱，避之以明其敬慎，不知此固背理犯義不敬之甚者也。」見乾隆六年（一七四一）敕撰：《大清世宗憲（雍正）皇帝實錄》卷一百三十，第三冊，頁一九〇九，一九六四，臺灣華文書局。

乾隆四十二年十一月丙子諭：「前日披覽四庫全書館所進《宗澤集》，內將『夷』字改寫『彝』字，『狄』字改寫『敵』字，昨閱《楊繼盛集》內改寫亦然，而此兩集中又有不改者，殊不可解。『夷』『狄』二字，屢見於經書，若有心改避，轉為非禮，如《論語》『夷狄之有君』，《孟子》『東夷』『西夷』，又豈能改易，亦何必改易！且宗澤所指係金人，楊繼盛所指係諳達，更何所用其避諱耶！……除此二書改正外，他書有似此者，並著一體查明改正。」見清嘉慶十二年（一八〇七）敕撰：《大清高宗純（乾隆）皇帝實錄》卷一千四十四，第二十一冊，頁一五三三一，一九六四，臺灣華文書局。

十二年更將此諭載《四庫提要》卷首。但同年發生的王錫侯《字貫》案，只因誤犯御名及廟諱，被小人告發，竟慘遭誅戮。乾隆如此不按律法⑦，竟憑己意而以諱殺戮多人，難怪陳垣大嘆此真「從來未有之事」⑧。帝王的兩手策略與反覆莫定，使得有清一代古籍、文化面臨前所未有的浩劫。

二、清廷對戲曲之箝禁

由於戲曲小說造境曼妙生動，思致綺靡紛披，自來最易動人心魄。然清廷以胡夷入主中國，慮患心態格外敏感，將日趨蓬勃發展的小說戲曲視為「瑣語淫詞」、「褻曲俗劇」，最易使人遊目蠱心。為「端本維風」，整頓社會風氣，於是自順治起嚴禁私刻、學唱、聽戲、蓄優等活動，終清之世禁令未嘗或斷。清代帝王本身一方面窮奢極侈地享受觀劇之樂，另方面卻又計畫周詳地展開禁戲行動，他們因好戲而觀劇，因觀

⑦明太祖文字獄雖酷，然未嘗以御名字樣殺人；《大清律例．吏律》亦明文規定：「上事奏事誤犯御名及廟諱者，杖八十。」參胡奇光前揭書頁二三一。

⑧見陳垣《史諱舉例》頁一六八，楊家駱主編《增補中國史學名著》第一二三集合編，第十五冊，一九六三，臺北：世界書局。

劇而知戲用戲，進而禁戲毀戲，典型地呈現帝王對待戲曲的矛盾心態與雙重文化性格，目的只在鞏固王權，而強烈的民族偏見，促使其禁毀戲曲的行動愈演愈烈，手段之運用較諸元帝亦更為嚴密而毒辣。

清代官方不僅沿襲歷代禁戲的諸種策略和手段，且形成制度性禁戲的羅網。除頒布一系列禁止旗人出入戲園、聽戲學戲、禁懲軍人武臣好戲蓄優的律令之外，還指罪戲劇「誨盜誨淫」，聚眾演戲不僅妨農害本、靡費貲財，且男女混雜、傷風敗俗，易招致匪類，鬥毆生事，引起社會動亂⑨，甚至為了強化王權而展開大規模制度性的禁毀活動——乾隆查繳曲本、揚州設局刪曲本、蘇郡與浙江設局毀淫書、丁日昌禁書禁戲等，造成戲曲文本佚失量較之前任何時代多出許多，其禁毀對象包括整個戲曲參與群——劇作家、評點家、曲論家、優伶樂戶以及以文人和女性為代表的觀眾，如此廣泛地禁戒所有參與與戲曲活動的社會人群，堪稱前所未見⑩，導致清代中後期花部地方戲崛起興盛之後，原本講究曲律的優雅文士劇本在創作上呈現一片衰靡現象，劇壇上花部諸

⑨見《大清世宗憲（雍正）皇帝實錄》卷六十七雍正五年三月，第二冊，頁一〇五一，一九六四，臺灣華文書局。

⑩詳參丁淑梅《中國古代禁毀戲劇史論》頁二五五～三六七，二〇〇八，北京：中國社會科學出版社。

腔競相以表演為中心，普遍缺乏深刻的精神氣質與文化風韻，王權過度擴張，禁毀清劇過熾的結果，造成清代戲劇整體發展生態的嚴重失衡。

乾隆後期，白蓮教亂事乍萌，引起清廷側目、戒警，在「寓禁毀於編纂」的《四庫全書》即將完成時，乾隆發動規模巨大的劇目審查，《大清高宗純皇帝實錄》卷一千一百十八（乾隆四十五年十一月）載：

> 乙酉，諭軍機大臣等：年前令各省將違礙字句書籍，實力查繳，解京銷毀。現據各督撫等，陸續解到者甚多。因思演戲曲本內，亦未必無違礙之處，如明季國初之事，有關涉本朝字句，自當一體飭查。至南宋與金朝關涉詞曲，外間劇本，往往有扮演過當以致失實者，……，有應刪改及抽掣者，務為斟酌妥辦。並將查出原本暨刪改抽掣之篇，一併黏籤，解京呈覽。但須不動聲色，不可稍涉張皇。……⑪

類似詔諭之文字內容在卷一千一百十九、卷一千一百三十一（乾隆四十六年五月）……亦不斷出現⑫。同時期的李斗《揚州畫舫錄》卷五〈新城北錄下〉亦載：

⑪見《大清高宗純（乾隆）皇帝實錄》第二十三冊，頁一六三七五。
⑫見同註⑪頁一六三八七、一六五四七……。

乾隆丁酉（一七七七）巡鹽御史伊齡阿奉旨於揚州設局修改曲劇，歷經圖思阿并伊公兩任，凡四年事竣。⑬

這場規模巨大的劇目審查⑭，不僅文士撰作的雅部崑曲遭殃，其他花部諸腔也在查繳之列，「再查崑腔之外，有石碑（牌）腔、秦腔、弋陽腔、楚腔等項，江、廣、閩、浙、四川、雲、貴等省，皆所盛行。……查江西崑腔甚少，民間演唱，有高腔、梆子腔、亂彈等項名目，其高腔又名弋陽腔，……恐該地或有流傳劇本，飭令該縣留心查察。⑮」乾隆下詔通敕各督撫查辦，焚書的烈火就此燒向了民間戲曲。

---

⑬見清・李斗撰，汪北平、涂雨公點校《揚州畫舫錄》頁一〇七，一九六〇，北京：中華書局。

⑭有關乾隆設局修曲之時間、主要人員與經過，可詳參袁行雲〈清乾隆間揚州官修戲曲考〉、吳書蔭〈書「清乾隆間揚州官修戲曲考」後〉二文，《戲曲研究》第二十八輯，頁二二五～二四八，一九八八，文化藝術出版社。

⑮乾隆四十五年十二月二十五日〈江西巡撫郝碩覆奏遵旨查辦戲劇違礙字句〉，載《史料旬刊》第二十二期，一九三一，故宮博物院文獻館編，神武門外發售室，京華印書局，臺大圖書館藏。

貳、冰絲館《牡丹亭》的避諱問題

清乾隆期文網之密堪稱史上之最，而其查禁手段又極為陰險，這招「寓禁於徵」的老辣手法，主要是想禁絕戲劇表現清人入關前後若干不光彩的罪行，這道查繳、刪改、抽撤劇本的諭令遍及全國。山陬僻壤的花部劇本，「其詞曲悉皆方言俗語，鄙俚無文，大半鄉愚隨口演唱，任意更改。」抄本破爛不全，曲詞荒誕，「不值刪改，俱應竟（逕）行銷燬」；至於「崑腔傳奇，出自文人之手，剞劂成本，遐邇流傳」⑯，影響力既深且遠，因而同樣在江西一省，花部戲班「純為流動性質，不能行於江西者，卻可在他處演唱，故違礙依然違礙，禁毀乃成具文。⑰」但《牡丹亭》情況就大不同了。

一、進呈本《牡丹亭》的曲意刪改

⑯見同註⑮。

⑰見周貽白《中國戲劇史》頁四四八，二〇〇七，湖南教育出版社。

由於《牡丹亭》名氣太大，目標過於顯著，在當時已流行一百八十多年，原與清朝無關，但在別具心眼者看來，《牡丹亭》無疑係「南宋與金朝關涉詞曲」，且發現劇中竟有不少「違礙之處」。為配合清廷要求，乾隆四十六年產生了《牡丹亭》的「進呈本」，乾隆五十年（乙巳，一七八五）冰絲館即據此刻印。該本係據《清暉閣》原本加以重刻，愜目賞心，冀存玉茗舊觀。故所附插圖，即取自明萬曆刊石林居士序本⑱，細緻流麗，紙質、刻工考究精好。蓋因此本——「冰絲館重刻清暉閣《玉茗堂還魂記》」係根據進呈給乾隆皇帝御覽之定本所刻印而成，也正因為進呈御覽，儘管質地珍奇非凡，但內容卻慘遭粗劣地刪改與抽撤。

其中，冰絲館本對《牡丹亭》原著改動較大的部分是：

一、第十五齣〈虜諜〉全部抽撤，主因是此齣寫大金皇帝完顏亮「身為夷虜，性愛風騷」，為吞取「三秋桂子，十里荷花」之西湖，封賊漢李全為溜金王，騷擾淮揚，「以開征進之路」。全齣與清兵入關行徑相類，關涉民族矛盾，故冰絲館「遵進呈訂

⑱冰絲館本〈重刻清暉閣批點牡丹亭凡例〉第八條云：「著壇不取繡像，然左圖右書，自古有之，今為增補。」又鄭振鐸〈冰絲館本《還魂記》跋〉云：「予有萬曆刊石林居士序本，白棉紙印，最為精好。插圖出虬村諸黃手，尤流麗可愛。線條細如毛髮，而人物神態活躍有聲色，他本皆不及遠甚。《冰絲館本》插圖即出于此本。」見蔡毅編著《中國古典戲曲序跋彙編》頁一二三三～一二三四，一九八九，北京：齊魯書社。

本不錄」。

二、第四十七齣〈圍釋〉刪金國使臣上場一節，明代碩園改本亦刪此部分，然其意在翦穢⑲，冰絲館則礙於金使穢行恐影射當朝，遂將【出隊子】、【北夜行船】、【北清江引】、【前腔】、【北尾】五曲刪卻，並將討金娘娘之唸白：「你俺兩人作這大賊，全仗金韃子威勢」改為「全仗北朝威勢」；又將【江頭送別】【前腔】「險做了為金家傷炎宋」改為「悔殺了鬧江淮傷炎宋」，並特加註明「此齣遵進呈本略從刪節」。

至於其他〈慈戒〉、〈牝賊〉、〈鬧殤〉、〈冥判〉、〈繕備〉、〈耽試〉、〈移鎮〉、〈禦淮〉、〈急難〉、〈寇間〉、〈折寇〉、〈榜下〉等齣，凡遇有「羶風、雜種、胡兒、金寇、韃子、旗、虜、夷、『胡』塵」等字眼，進呈本無不深心刪改，思慮之縝密，令人稱奇。茲參酌趙景深所校勘結果⑳，將湯氏原著與冰絲館本相異處製表臚列如次：

⑲明代《牡丹亭》諸改本曾在「戒淫褻」原則下對湯氏原著作若干改動，詳參拙文〈從明清縮編版到現代演出版《牡丹亭》——談崑劇重構的幾個關鍵〉，《成大中文學報》第三十二期。見本書頁一八七～一八八。

⑳趙景深〈讀湯顯祖劇隨筆〉之三「清暉閣本《牡丹亭》」，曾據暖紅室覆刻冰絲館刊清暉閣本《牡丹亭》，不憚其煩地校勘進呈本刪削部分，除〈虜諜〉、〈圍釋〉之外，改諱之處多達二十六條。該文收於《戲曲筆談》頁一二〇～一二二，一九六三，上海：中華書局。

湯氏《牡丹亭》原著			《冰絲館本》	《納書楹譜》
齣次	齣目	原曲文唸白	曲文唸白改作	改諱者○ 未改諱者×
一一	慈戒	曲牌名【征胡兵】	曲牌名【蒸餬餅】	○
一二	尋夢	【不是路】【前腔】敢「胡」言	狐	×
一四	寫真	【鮑老催】有人問著休「胡」嘌	狐	×
一六	詰病	【駐馬聽】【前腔】嘴骨稜的「胡」遮映	狐	×
一九	牝賊	【北點絳紅唇】世擾羶風，家傳襍種	殺氣秋橫，陣頭雲湧	○
		（白）漢兒學得胡兒語，又替胡兒罵漢人	受他封爵聽他令，不算虧心負義人	
二〇	鬧殤	（白）金寇南窺	李全作亂（本齣齣目作〈悼殤〉）	
		（白）休「胡」說，老夫人來也	狐	
		（白）「胡」說，但是舊規	狐	
二三	冥判	（白）和「金達子」爭占江山	那金朝	
		【天下樂】小鬼頭「胡」亂篩	狐	×
		【後庭花滾】「胡」弄的花色兒	狐	×

三一	繕備	【番卜算】胡塵漲	邊塵漲	×
		【舞霓裳】文武官僚立邊疆，「立邊疆」……	好關防；	×
		敢「大金家」早晚來無狀	那人家	
三八	淮警	上場詩「賊子豪雄是李全，忠心赤膽向胡天。靴尖踢倒長天塹，卻笑江南土不堅。」	（刪）	
		（白）「胡」說，俺自請楊娘娘	狐	
四〇	僕偵	（白）便「胡」亂結幾箇兒	便狐亂長幾箇果	
四一	耽試	（白）金兵搖動	邊疆多故	
		（白）近聞金兵犯境	近日邊疆未靖	
		【滴溜子】金人的、金人的	邊關的、邊關的	×
		【滴溜子】怕「邊關」早晚休	孤城㉑	×
		（白）「金兵」為何而動	邊兵	
		（白）金主此行	此次興兵	
		（白）癡韃子	好癡子	

㉑【滴溜子】首句「金人的、金人的」，冰絲館本為避諱已改作「邊關的、邊關的」，此曲末二句「怕『邊關』早晚休，要星忙厮救」，冰絲館將「邊關」改作「孤城」，蓋為免曲文過度重複之故（全曲僅五句而已），趙景深將之列作避諱（見註⑳頁一二一），可再商榷。

四二	移鎮	（白）「金兵」要來	邊兵	
		（白）為「金兵」寇淮事	邊兵	
		【不是路】【前腔】萬騎胡奴	萬騎喧呼	○
		【不是路】【前腔】要降胡	事難圖	○
四三	禦淮	（白）被「胡笳」吹斷	邊笳	
		【四邊靜】「胡兵」氣驕	邊兵	○
		【金錢花】【前腔】「胡塵」染惹征袍	邊塵	○
		（白）（丑）則怕大金家來了（外）金兵呵	（刪）	
		（下場詩）日日風吹「虜騎」塵	鐵騎	
四四	急難	（白）你不知「大金家」兵起	那李全	
四五	寇間	【包子令】娘娘原是「小旗婆，旗婆」	小軍婆，軍婆	○
		【駐馬聽】學先師傳食走「胡旋」	狐旋	×
		【普賢歌】南朝俺不蠻，北朝俺不番	南朝道俺番，北朝笑俺蠻	○
四六	折寇	（集唐詩）萬里「胡天」鳥不飛	寥天	
		【玉桂枝】有三光不辨華夷，把腥羶吹換人間	黯三光慘淡紅旗，把烽煙吹滿人間	○

五一	榜下	【駐雲飛】「金主」聞知	邊塞	×
		【駐雲飛】取次「擒胡過汴梁」	勤王到汴梁	○
		（白）李全賊平，「金兵」迴避	邊兵	
五二	索元	（白）中了狀元「胡」廝踁	狐	
五三	硬拷	（白）不候榜開，來淮揚「胡」撞	狐	
※四八	遇母	「狐」支亂衍三昧話兒	（冰絲館評語）	

冰絲館本刪改者如此鉅細靡遺地逐字逐句篩汰、曲意彌縫，卻在重刻〈凡例〉第一條宣稱：

《牡丹亭》傳奇，以詩人忠厚之旨，為詞人麗則之言。句必尖新，義歸渾雅。高東嘉為曲聖，湯玉茗為曲仙，洵樂府中醇乎醇者。是編悉依原刻，或有一二字句似乎失檢之處，則謹遵乾隆四十六年進呈訂本。此外不敢妄有增刪，幸識者鑒之。㉒

如是宣言，奉玉茗為「曲仙」，說《牡丹亭》蘊含「忠厚之旨」，是「醇乎醇者」，

㉒見〈重刻清暉閣批點牡丹亭凡例〉，清乾隆乙巳（五十年，一七八五）冰絲館快雨堂《清暉閣本增圖重刊本》。

似乎有意把《牡丹亭》包裝成有裨風教的「善書」，事實上，冰絲館為了避諱而對湯氏原著所作的改動，絕非「悉依原刻」，其刪改動作之大更非僅在「一二字句似乎失檢之處」，之所以如此飾言，在文網深密的時代，其中苦衷不言可喻。而這也直接影響此後清代的《牡丹亭》刊本多不再出現〈虜諜〉一齣，乾隆五十七年（一七九二）葉堂《納書楹四夢全譜》也因缺〈虜諜〉宮譜而顯得不「全」了，這種特殊的歷史現象，呈現的是滿清帝王為掩人耳目所留下一段摧殘文化的痛史。

二、冰絲館本的犯忌問題

乾隆年間一道道雷厲風行的禁毀條文，促使「進呈本」《牡丹亭》不得不採取因應之道，質地精美而黏籤奉覽的改本，呈現的是一派刻意討好的卑靡氣息。而據此刻印的冰絲館本，由上列釐述，似乎也謹小慎微地生怕出現「違礙」字眼，以致觸忌罹禍。然而，平心將湯氏原著與此文字獄下的特殊改本相互參較、仔細檢覈，居然發現冰絲館本中觸犯忌諱之字詞竟高達二十餘處之多，有些還是編纂《四庫全書》時，館臣嚴禁而特為改篡者，冰絲館竟能視若無睹、大膽干禁，茲將其犯諱字眼標出，臚列如次：

齣次	齣目	《冰絲館本》曲白（與評點）
一二	尋夢	（白）敢再跟娘「胡」撞
二一	謁遇	（白）這寺原是「番」鬼們建造
		（白）分付「番」回獻寶
		（白）替「番」回海商祝贊一番
		【駐雲飛】【前腔】偏出在「番」回到帝子家
二三	冥判	（白）「胡」判官是也
二七	魂遊	【醉歸遲】睡夢裡語言「胡」啞
三〇	懽撓	（白）一天好事，兩箇「瓦剌」姑
三二	冥誓	【三段子】鬼「胡」由
三五	回生	【字字雙】豬尿泡疙疸偌盧「胡」
三八	淮警	（白）打聽「大金家」兵糧湊集，將次南征
		（白）聞得「金主南侵」
四〇	僕偵	（白）拖「番」柳秀才
四一	耽試	（白）能辨「番」回寶色
		【馬蹄花】【前腔】敢今「番」著了鰲頭
四二	移鎮	【不是路】【前腔】你星霜滿鬢當「戎虜」
四四	急難	「平白地」對「半青天」，工極活，極「匪夷」所思（快雨堂評語）

四五	寇間	【普賢歌】「北朝」笑俺蠻（冰絲館本所改）
四七	圍釋	（白）溜金王…「討金」娘娘
		【一封書】【前腔】怕「金家」成禍苗
四八	遇母	【不是路】【前腔】我避「虜」逃生到此間㉓
五〇	鬧宴	（白）李寇既去，「金兵」不來
		【梁州序】【前腔】也是燕支卻「虜」
五一	榜下	（白）淮寇來降，「金兵」不動
		（白）李全「賊」平，「金兵」迴避
五二	索元	（白）瓦市王大姐家歇著箇「番鬼」
五五	圓駕	（白）一花為「金朝」

㉓「避虜」二字，各版諸多異文。萬曆丁巳（一六一七）序刊本（卷首載清遠道人萬曆戊戌（一五九八）秋〈牡丹亭還魂記題辭〉，末題「程子美刻」；次〈書牡丹亭還魂記〉，署「萬曆丁巳季夏石林居士書於銷夏軒」。現藏國家圖書館（臺北），以下簡稱「萬曆丁巳序刊本」）、九我堂印本（扉頁刻「出像牡丹亭還魂記」、「槐塘九我堂發行」，卷首載湯氏〈題辭〉，後有「程子美刻」，無石林居士序。全書竹紙精印，墨色清晰，版畫線條尤其明麗，與萬曆丁巳序刊本係屬同版，異文處皆同，現藏外雙溪國立故宮博物院，為「研易樓」主人沈仲濤先生捐贈，以下簡稱「九我堂本」，見本書書影）、朱墨刊本與錢南揚校點本（《湯顯祖戲曲集》頁四五二，一九七八，上海古籍出版社。）皆作「被擄」。事實上，杜母（偕春香）自四十二齣〈移鎮〉與杜寶分開，逕走臨安之後，至四十八齣〈遇母〉才又出現，並與女兒相認。這中間雖是長路孤苦，萬死逃生，卻未嘗敘及「被擄」情節，故仍以徐朔方校注本及冰絲館本之「避虜」為是。

若再認真檢索，冰絲館本犯忌之處應當不只這些，㉔雖說有些字眼已屬慣用語詞，如「匪夷所思」、「鬼胡由」、「瓦剌姑」……等，但《牡丹亭》最末齣〈圓駕〉中，杜麗娘提及陰司中曾見秦檜一進門「忒楞楞的黑心鎚敢搗了千下，淅另另的紫筋肝剁作三花」，眾人驚問：「為甚剁作三花？」她回答：「道他一花兒為大宋，一花為金朝，一花兒為長舌妻」，因為通「金朝」而肝被剁，這在清朝文網深密時代，怎能不觸忌而罹災？

至於浮靡香豔的詩文，原與政治上之直接觸犯忌諱無關，然而若專對思想之違礙而刪削大量古籍，就已然立國一百三十餘載的大清帝國雄主而言，未免顯得過於小器瑣屑且暴露其鈐束心機之陰毒，「獨夫固自知不能自圓其說，於是託於世道人心」㉕，對各類文籍進行刪毀。乾隆四十六年十一月諭：

㉔若將上述《四庫》忌諱字詞如「賊」、「漢」……等添入而計，則冰絲館本犯諱處，其再增之例當數逾五十。

㉕陳登原《古今典籍聚散考》頁八九語，二〇一〇，上海：華東師範大學出版社。陳氏該書第八章專論《四庫全書》之抽毀與竄改，分列五類：一直接忌諱之抽毀，二託辭道德之抽毀，三以人廢言之抽毀，四為利己之道德而竄改，五為利用其書而竄改。

昨閱四庫館進呈書，有朱存孝編輯《迴文類聚補遺》一種，內載美人八詠詩，詞意媟狎，有乖雅正。夫詩以溫柔敦厚為教，孔子不刪《鄭》、《衛》，所以示刺示戒也，故三百篇之旨，一言蔽以無邪。即美人香草，以喻君子，亦當原本風雅，歸諸麗則。……朕輯《四庫全書》，當採詩文之有關世道人心者，若此等詩句，豈可以體近香奩，概行採錄？所有美人八詠詩，著即行徹出，至此外各種詩集內有似此者，亦著該總裁督同總校等，詳細檢查，一併徹去，以示朕釐正詩體、崇尚雅醇之至意。㉖

乾隆既明白詔諭媟狎浮靡的詩集有礙世道風教，必須抽撤，而《牡丹亭》摩繪綺麗艷情部分，較諸美人八詠、香奩體等實有過之而無不及，如〈驚夢〉、〈尋夢〉、〈幽媾〉、〈歡撓〉……，甚至〈道覡〉、〈診祟〉、〈肅苑〉等多齣還語涉淫褻。但冰絲館本不僅未加芟翦，更在評點中流露知音妙賞之贊歎。如〈驚夢〉生旦歡會時所唱【山桃紅】「恨不得肉兒般團成片也，逗的箇日下胭脂雨上鮮……是那處曾相見，相

㉖見《大清高宗純（乾隆）皇帝實錄》卷一千一百四十四，同註⑥頁一六七七二～一六七七三。

看儼然，早難道這好處相逢無一言」，冰絲館於此加圈并評：「複此數句，更覺迷離。」〈尋夢〉齣首，王思任曾評：「連前〈驚夢〉，幾爭宋玉蒙莊」，冰絲館進一步肯定：「山陰妙評，讀者須用妙悟方得之。」而情文飄動、令人軟心的【懶畫眉】「最撩人春色是今年，少甚麼低就高來粉畫垣，原來春心無處不飛懸……」冰絲館亦於此數句加圈并評：「神情活現」。對湯顯祖語帶雙關描寫情色的筆法，更讓冰絲館大為歎服：「〈幽媾〉、〈懽撓〉二折情艷語，以幽澀出之，古今獨絕。」至於備受爭議的〈道覡〉，以〈千字文〉一一六句諢寫石道姑的境遇，王思任「一片精諢說，恰覺靈洞錦穿」的歎賞，也被冰絲館肯定地加以錄存。

朝廷如是明令禁抑情色艷辭，且假託道德予以抽毀，充滿綺情麗語的冰絲館本顯得相當惹眼，為何它能不刪媟狎而倖存？個人以為，最主要的原因是《牡丹亭》不在御纂《四庫全書》之列，故刊行標準不像一般古籍那麼嚴峻，何況刊印者很有技巧地在〈凡例〉第一條大肆宣稱湯玉茗是「曲仙」，《牡丹亭》是一部「以詩人忠厚之旨，為詞人麗則之言」的傳奇，不僅「句必尖新，義歸渾雅」，還是「醇乎醇者」的曠世傑作（詳上文）。如此深心為《牡丹亭》貼上堂皇雅正的標籤，在斟酌用語上完全與乾隆四十六年十一月所頒的詔諭緊密相扣合著，這等揣摩聖意、預作輸誠，進而掩人耳目的伎倆，是冰絲館本行世的基本功夫。

由上列二表可見，冰絲館本一方面按進呈本對《牡丹亭》原著〈虜諜〉、〈圍釋〉二齣作大幅抽撤與刪節，其他改避之迹四十餘處亦歷歷在目，另方面它犯諱處也高達二十餘則，乾隆果真能視若無睹，或者箇中另有原因。有清一代文字獄所查繳、禁毀的書籍大抵有兩類：一類是明末反清、抗清之作，另一類則是清代不合作、不甘馴順之文字。之所以羅織入獄，通常起於言官、「文佞」小人的告發，或皇帝親自部署，目的在強壓漢人反滿意識並打擊形形色色的朋黨，藉以強化帝王的獨裁。萬曆年間的《牡丹亭》距明代覆亡百餘年，作者與清廷素無瓜葛，不可能產生任何民族意識與政治意圖，劇中與金朝關涉的文句，亦屬偶然巧合，並非蓄意影射譏刺。至於刊刻者冰絲館與快雨堂背景單純，僅屬一介官紳名士，政治上既乏朋黨結怨，亦無小人挾仇誣告，缺乏文字獄的形成要素，使得冰絲館本《牡丹亭》縱有諸多犯忌字眼，也能倖免於難。何況乾隆朝文字獄打擊的對象是地位偏低的諸生及識字有限的平民如生員、書吏、訟師、郎中、遊民、江湖術士、轎夫、商販……等㉗。與前三朝相比，乾隆的文字

㉗胡奇光《中國文禍史》頁一八七統計順、康、雍三朝文字獄的案件，官紳、名士占七十一％，諸生、平民占二十九％；乾隆朝前者下降為二十二％，後者上升為七十八％。二〇〇六，上海人民出版社。

獄顯得猥雜而無聊，而這也使得屬於優雅名士階層的冰絲館本較不可能成為文字獄下的犧牲品。

乾隆五十七年（一七九二）葉堂《納書楹曲譜》為《牡丹亭》訂譜時，曾戰兢兢地刪掉〈虜諜〉一齣，並在刻本上特別標明「此齣遵進呈本不錄」，〈圍釋〉也刪節若干曲白；而比他早三年（一七八九）的馮起鳳《吟香堂曲譜》則不管禁忌，照常為〈虜諜〉製譜，讓《牡丹亭》得以保有全譜。時至於今，依然未見馮氏因此譜而罹禍的任何相關記載。事實上，據現藏中國第一歷史檔案館的內務府昇平署檔案記載，《牡丹亭》中的〈學堂〉、〈勸農〉、〈肅苑〉、〈遊園〉、〈驚夢〉、〈堆花〉、〈尋夢〉、〈寫真〉、〈冥判〉、〈拾畫〉、〈叫畫〉、〈問路〉、〈吊打〉、〈圓駕〉……等著名選齣，皆曾是清代宮廷裡的常演折子戲[28]。文采爛然搭配珠喉宛轉、美度綽約的搬演藝術，連異族君主都被深深吸引，即便出現若干違礙字眼，在帝王心裡似乎也變得微不足道了！

---

[28] 詳參李玫〈湯顯祖的傳奇折子戲在清代宮廷裡的演出〉，《文藝研究》二〇〇二年第一期。

叄、文網之外——冰絲館本的評點意趣

一部真正具有經典指標的作品，在每個時代都會出現能深度妙賞它的知音。湯顯祖的《牡丹亭》以「意趣神色」超軼時流，內容之博奧淵微，使快雨堂捧讀數十年而愛不忍釋。於是與同好冰絲館居士取紙質精好、刻工流麗可愛的石林居士序本編較重刊，在愜目賞心之餘，將彼此別抽新意的心得，寫於書眉㉙，娟雅可喜。這類遊於文網之外的評點文字㉚，雖僅片言隻語，卻警峭而靈動，內容兼賅筆致、章法、校勘、音韻、曲律……，其中若干觀點與如今崑臺爨演亦頗多關涉，茲略舉數則釐述如次：

一、筆致

快雨堂主人王文治在〈冰絲館重刻還魂記敘〉中嘗言：「世有見玉茗堂還魂記而不

㉙快雨堂〈冰絲館重刻還魂記敘〉云：「予童子時愛讀此記，讀之數十年，自恨於其佳處尚有未能悉者。冰絲館居士與余同好，取清暉閣原本編較重刊，務存玉茗舊觀，不敢增刪隻字。至於愜目賞心，莫能自割，輒於原評之外，略綴數言，另署冰絲館、快雨堂之名以別之。」見冰絲館快雨堂《清暉閣本增圖重刊本》卷首。

㉚冰絲館本評點文字，僅上列第四十八齣〈遇母〉「「狐」支亂衍三昧話兒」出現改諱字眼，其他多與文網無關。

歎其佳者乎，然欲真知其佳，且盡知其佳，亦不易言矣。」明代清暉閣王思任堪稱湯顯祖的知音，他對《牡丹亭》不僅真知其佳、盡知其佳，更將妙賞俊語逐齣批註，而這類珠璣評點也被珍視地錄存於冰絲館刻本之中。如最是思致纏綿的〈驚夢〉一齣，杜麗娘（與春香）一出場唱【繞池遊】「（旦上）夢回鶯囀，亂煞年光遍，人立小庭深院。（貼）炷盡沉煙，拋殘繡線，恁今春關情似去年。」齣首即見細膩總評：

> 王思任評：屯蒙困姤，豫泰同人，忽醉忽醒、半真半假俱妙。更佳處，聲聲女兒香口。
>
> 冰絲館云：此評可謂無微不到。

膾炙人口的「裊晴絲吹來閒庭院」一句，快雨堂加圈并評：「起處飄忽無端」。柳生夢中乍見麗娘時所唱【山桃紅】「則為你如花美眷，似水流年」，冰絲館加圈并評：「字字刺入麗娘心坎裡，下折所謂如遇平生也。」情癡雅緻的〈尋夢〉，麗娘唱【尹令】「咱不是前生愛眷，又素乏平生半面。則道來生出現，乍便今生夢見。……」

> 王思任評：文已超神入化。

冰絲館云：乍便今生夢見，「乍」字最有神理。三婦本改「怎」字，謬甚。

又唱【江兒水】「偶然間心似繾，梅樹邊。這般花花草草由人戀，生生死死隨人願，便酸酸楚楚無人怨。待打併香魂一片，陰雨梅天，守得箇梅根相見。」

冰絲館加圈并評：偶然間，妙甚。情到至處，自家不解。

在明清曲論中，「當行本色」往往成為戲曲藝術批評與鑑賞的標準。儘管各家對「當行本色」所賦予的意義與內涵不一，但「元人」特色已然成為一種範型。它代表「元曲」中質古、渾厚、豪辣灝爛，一派天然、一股爽氣流貫其間的自然風致，是何良俊、沈璟、臧懋循、凌濛初、孟稱舜、張大復……等曲論大家心目中的最高評價。李漁稱《牡丹亭》〈驚夢〉、〈玩真〉諸曲「去元人未遠」、「純乎元人，置之《百種》前後，幾不能辨。」王驥德甚至歎賞臨川之曲「掇拾本色，參錯麗語，境往神來，巧湊妙合，又視元人別一蹊徑。」㉛

冰絲館本評點中，以直逼「元人」評騭臨川之筆致亦不乏其例，如第二十九齣〈旁

㉛詳參拙文〈曲論中的「當行本色」說〉，收於《曲學探賾》頁一九五～二六〇，二〇〇三，臺灣學生書局。

疑〉陳最良所唱【一封書】【前腔】「教你姑徐徐。撤月招風實也虛？早則是者也之乎，那柳下先生君子儒，到道錄司牒你去俗還俗，敢儒流們笑你姑不姑。……好把冠子兒扶水雲梳，裂了這仙衣四五銖。」

王思任評：游戲四書，正合腐塾文理。

快雨堂云：妙在又是元人三昧。

第五十三齣〈硬拷〉杜寶不認女婿，扯住宮袍，柳生唱【收江南】「你敢抗皇宣罵敕封，早裂綻我御袍紅。似人家女婿呵，拜門也似乘龍。偏我帽光光走空，你桃夭夭煞風。老平章，好看我插宮花帽壓君恩重。」快雨堂加評：

違宣抗敕是元人熟爛語，用在此處，異樣精彩，插宮花句亦然。

第五十五齣〈圓駕〉運用南北合套作壓軸，冰絲館讚賞旦所唱北曲【喜遷鶯】曰：「好句如仙」，對【四門子】「看上他戴烏紗象簡朝衣挂，笑、笑、笑，笑的來眼媚花……則你箇杜杜陵慣把女孩兒嚇，那柳柳州他可也門戶風華。……叫俺回杜家，赸了柳衙。便作你杜鵑花，也叫不轉子規紅淚灑。（哭介）哎喲，見了俺前生的爹，即世嬚，顛不刺俏魂靈立化。」一曲，更熱情加評：

> 俚極俗極而筆趣異樣飛動，元人佳處如是如是。

他如第三十一齣〈繕備〉寫宋代眾商人為供軍需，送糧秣至邊境以換取領鹽執照，官、商「中納」交易時，面對如霜似雪的鹽山，杜寶唱「這鹽呵，是銀山雪障連天晃，海煎成夏草秋糧。……」此等筆致，冰絲館無限歎賞，補點又評曰：

> 詠鹽俊語，當補入海賦中。

至於《牡丹亭》中聯絡照應之細微鋪墊，冰絲館亦能別具隻眼地拈出，如第五齣〈延師〉結束時，杜寶說了一句：「請先生後花園飲酒。」冰絲館云：「先逗『後花園』三字。」意謂著臨川此處已先巧妙地透露《牡丹亭》中最關鍵的場景——後花園，手法高妙而不顯斧鑿。至於〈尋夢〉旦一出場自白：「昨日偶爾遊春，何人見夢。綢繆顧盼，如遇平生。」冰絲館在「如遇平生」四字上加圈并評曰：「如此方直得一死，文情全從『如花美眷』數語生出。」道出臨川摩繪女子感春癡夢手法之細緻。

二、校勘

上薄《風》、《騷》，下奪屈宋且幾令《西廂》減價的《牡丹亭》，自明萬曆迄清末，其刊刻行世版本在三十種以上，而為了能通作者之意，開覽者之心，環繞它的評點版本也多達十餘種。每個評點者各自以其見聞、學養、藏弃對《牡丹亭》的各色刊本，提出不同校讎觀點，其中除了學術考訂之外，也透顯出評點者個人的文學鑑賞品格。

冰絲館本對《牡丹亭》的校勘，其細微處，或略嫌瑣碎，或發人所未發，而顯得瑕瑜互見。如第四十四齣〈急難〉，麗娘要柳生代她尋訪父母，柳生擔心他們若問及回生之事，該如何作答？旦唱【漁家燈】「說的來似怪如妖，怕『爺爺』（或作『爹爹』）執古裝喬……則說是天曹，偶然註定的姻緣到，驀踏著墓壙開了。」柳生云：「說你先到俺書齋纔好。」旦害羞唱「休喬，這話教人笑。略說與春香賊牢。」「休喬」之「喬」，自萬曆以來，幾乎所有刊本皆作「喬」，冰絲館本將它改作休「調」，認為：

「調」舊作「喬」，誤，今從三婦本改訂。

事實上，休喬、休調，就文意而言，並無不可。九我堂本、朱墨刊本為了避免與「執古裝「喬」」韻字重複，於是將「執古裝喬」之「喬」改作「蹻」。而原來各本相沿作「休喬」，並非訛字。再如第四十八齣〈遇母〉石道姑所唱【番山虎】【前腔】「近的話不堪提嚥，早森森地心疎體寒。空和他做七做中元，怎知他成雙成愛眷？」快雨堂云：

「蘇」，諸本俱誤「疎」，茲從葉譜改訂。

他認為「心疎」應改作「心蘇」。雖說〈訓女〉折亦有「心蘇體劬」之語，然與此折石道姑所言文意有別㉜。實際上，本折用「心疎」，在文義上並無不妥，各本皆如此，僅憑起鳳《吟香堂》、葉堂《納書楹》二譜作「心蘇」而已。

㉜第三齣〈訓女〉杜母唱【玉胞肚】【前腔】「眼前兒女，俺為娘『心蘇體劬』，嬌養他掌上明珠，出落的人中美玉……」各本俱作「蘇」字，指母親嬌養女兒，身體雖勞累，內心卻頗欣慰。而〈遇母〉折石道姑所唱，則是恍知麗娘還魂，自己卻仍為她超渡祭奠之森冷感覺。

至於第五十四齣〈聞喜〉，杜母見女兒回生，女婿高中狀元興奮地唱【滴溜子】【前腔】「雖則是，雖則是，稀奇事業……你那爹爹呵，沒得『箇』符兒，再把花神召攝。」明代九我堂本、故宮本（萬曆刊修補本）㉝、朱墨刊本、文林閣本、懷德堂本皆作「箇」，他本或因「箇」字，俗作「个」，而進一步訛作「介」，快雨堂直指其形近之誤：「『个』，舊本俱訛『介』，茲從葉譜訂正。」最末齣〈圓駕〉，杜寶問女兒陰司對私奔一事是否也有條法責罰？旦回答：「有的是！」唱【北刮地風】「桃條打，罪名加，做尊官勾管了簾下，則道是沒真『常』風流罪過些，有甚麼饒不過這嬌滴滴的女孩兒家。」各本幾乎皆作「真場」，文義欠條鬯；唯《吟香堂曲譜》作「真常」，快雨堂對此段曲白頗為歎賞，加圈并評曰：

驅遣元人出神入化，又云「真常」，見竺典。作「場」，誤。

㉝《牡丹亭還魂記》二卷二冊，附圖四十。卷首清遠道人〈題辭〉後未見「程子美刻」，係經剜除；次影鈔石林居士序，缺前半頁，寫者以墨筆精心摹擬版刻刷印質感，乃至邊框界欄之刷白缺斷，皆唯妙唯肖。此為白棉紙印本，與九我堂本同一書版，唯墨色字跡不如前者清爽，文字亦多有校正，係就九我堂本剜改印行，原藏國立北平圖書館，一九八八年六月外雙溪國立故宮博物院曾影印出版，以下簡稱「故宮本」。本文有關故宮藏本之比勘，得圖書文獻處曾紀剛先生協助，謹此誌謝。

湯顯祖素稟淵厚之佛學造詣，快雨堂此處以佛典詮釋並勘諸本之誤，頗具見地。

然而，冰絲館本有時泥於諸本之比勘，另創新說，則頗堪商榷。如第十九齣〈牝賊〉，李全形容自己懼內，又被金帝封為溜金王時的兩句詩「山妻獨霸蛇吞象，海賊封王魚變龍」，運用巴蛇吞象、魚躍龍門的典故，原本極為淺白，萬曆刊本（故宮善本）、懷德堂本與朱元鎮校本皆如是。然而，上句之「蛇」字，朱墨刊本、著壇清暉刻本、獨深居本皆作「蜘」字，殊不可解。冰絲館逕改作「蛛」字，越發顯得文義不通。再看第四十八齣〈遇母〉，旦悲傷地對杜母唱【番山虎】【前腔】：「你拋兒淺土，骨冷難眠……可也不想有今日，也道不起從前。似這般糊突謎，甚時明白也天！鬼不要，人不嫌，不是前生斷，今生怎得連！」其中「糊突謎」，形容杜麗娘還魂遇母時乍見翻疑夢的恍惚之感，各本俱無異文。詎料冰絲館竟（與葉譜）將它臆改作「糊突地」，並加上眉批：

「糊突地」對「明白天」，玉茗偶句之工如此！

改「謎」作「地」，已失臨川原意，還進一步說「糊突『地』」可與「明白『天』」

相對偶，難怪惹來徐朔方的譏誚：「其實，（冰絲館）這是自己捧自己，很可笑的。[34]」

三、音韻

由於古典戲曲之形成歷時悠長且幅員遼闊，聲腔劇種繁多，劇本體製涵蓋雜劇、南戲與傳奇，戲曲語言顯得格外複雜。因而研究戲曲音韻之學，對南北曲音之異、雅言方音之別，以及各劇作家用韻習慣等相關問題皆需關注，方能對曲韻做出較為全面而客觀之評騭。冰絲館本之評點，對《牡丹亭》曲文、唸白之字音與韻叶問題，曾提出意見，茲略舉數端分析如下：

第五十二齣〈索元〉，柳生赴淮揚稱婿求見，杜寶不認，反將他遞解臨安。適朝門放榜，柳生高中，眾人遍尋狀元不著，軍校笑介：「好笑，好笑，大宋國一場怪事。你道差不差？中了狀元干鱉煞。你道奇不奇？中了狀元囉唣唏。你道興不興？中了狀元胡廝踁。你道山不山？中了狀元一道煙。」這段唸白猶如數來寶式的押韻，其中「差不差」的「差」字，自然與「干鱉煞」之「煞」字叶韻，應唸去聲，故快雨堂特於此

[34] 見徐朔方、楊笑梅校注《牡丹亭》頁二九一，一九六五，北京：中華書局。

注云：

差字，去聲。〈幽媾〉【滴滴金】曲中亦然，中州韻有此音。

〈索元〉之「差」字，應唸去聲，意即「異」也，強調尋不著狀元是大宋國一場「怪」事。而〈幽媾〉【滴滴金】曲，柳生說旦「認書生不著些兒差」之「差」字，作「錯誤」解，此句按律韻腳須為仄聲，故快雨堂提點讀者：「差」字此處宜叶去聲韻，亦俾作曲、度曲者有所遵循。

第四齣〈腐歎〉陳最良一上場即唱高大石調正曲【雙勸酒】「燈窗苦吟，寒酸撒吞。科場苦禁，蹉跎直恁！可憐辜負看書心，吼兒病年來迸侵。」第二句韻腳「吞」字，快雨堂強調：

按中州韻，「吞」字入侵尋，不入真文。

【雙勸酒】全曲六句，以句句押韻為正格，「吞」字既是次句之韻腳，就必須與「吟、禁、恁、心、侵」等韻腳相叶而隸入侵尋，但事實上，「吞」字自元代周德清《中原音韻》以降，明清曲韻專書不論南北曲，皆未曾將「吞」字歸入侵尋閉口韻，快雨堂於此特意加註，可能為掩臨川出韻之失而作此評。質實而言，由於【雙勸酒】次句韻腳宜作仄聲，故快雨堂此評反而不如《吟香堂曲譜》將「吞」字改作「唔」（他禁切，癡貌），來得合理而諧韻，且更能彌縫臨川之疏失，故葉譜亦從馮譜作「唔」。至於第三齣〈訓女〉杜母所唱【玉胞肚】【前腔】，其中「八字梳頭做目呼」一句，被認為文句「非常不自然」㉟。快雨堂針對此句「目」字之音註提出看法：

友人嚴道甫謂「目」作「麼」音，元人有之。

【玉胞肚】係南仙呂宮正曲，末句為七言句，末二字格律必作「仄平」，即「目」字須用仄聲，按律本曲「目」字宜唱南曲入聲。儘管元曲常將「目」字派入魚模韻的「入作去聲」，但不太可能會唱成歌戈韻陰平聲的「麼」音。何況「做目呼」係「目呼為四」，識人文盲之典故㊱，故此處「目」字應非虛字，不知快雨堂此評有何根據？第八齣杜寶下鄉〈勸農〉，父老們稱頌唱【八聲甘州】【前腔】「千村轉歲華，愚

㉟參徐朔方校注《牡丹亭》之〈前言〉，見同註㉞頁一七。

㊱《誠齋樂府．豹子和尚》第四折：「你罵我目呼，你笑我是蠢物不識字，目呼做四也。」《雍熙樂府》卷十四、《盛世新聲》戌集亦有類似記載，詳參徐朔方前揭書頁一一～一二。

父老香盆兒童竹馬，陽春有腳，經過百姓人家。月明無犬吠黃花，雨過有人耕綠野。真箇，村村雨露桑麻。」（故宮刊本）全曲八句，「四。九。四，六。七。七。二。七。」除第三句可韻可不韻之外，其他句句押韻。第六句「有人耕綠野」之「野」字，屬車遮韻，第七句「真箇」之「箇」字屬歌戈韻，似與全曲押家麻韻未能諧叶。於是文林閣與朱墨刊本將第六句俱改作「看牛踏綠莎」，並將末句之前增「佳話」二字，末句則作「真箇村村雨露桑麻」。針對諸本文句之改動，快雨堂評曰：

> 「箇」字押韻，歌、麻古通，《琵琶》體也。俗妄增「佳話」及「非假」者，謬甚。

指出歌戈與家麻二韻，自高明《琵琶記》以來，就有通押之現象，此說頗能掌握曲壇叶韻之遷變脈絡。事實上，明清傳奇之用韻，向有「戲文派」與「中原音韻派」之分。早期「戲文派」神襲《琵琶》，雜揉鄉音，符合南曲與生俱來之地域色彩，切合當時觀眾聆賞之需要，為曲壇名家李開先、梁辰魚、張鳳翼、湯顯祖、高濂……所肯定，除入聲單押外，其他則較為自由，如車遮、歌戈、家麻三韻借押、開閉口韻混押現象頗為常見[37]。上述「野」、「箇」與家麻韻同押之現象，就明代前中期「戲文派」

劇作家而言，並無不可。

第三十齣〈歡撓〉【醉太平】一曲寫生旦歡會豔情「細哦，這子兒花朵，似美人憔悴，酸子情多。喜蕉心暗展，一夜梅犀點污。如何?酒潮微暈笑生渦。待噷著臉恣情的嗚嘬，些兒箇翠偃了情波，潤紅蕉點，香生梅唾。」全曲十二句，韻叶歌戈（第三、五、一一句毋須押韻），快雨堂此時站在「中原音韻派」立場，特別指摘臨川出韻之失：

「嘬」字，皆來韻，今押作歌戈，臨川失檢。

實際上，若真要指瑕索瘢，臨川此曲不僅「嘬」字犯皆來韻（清．沈乘麐《曲韻驪珠》作「策愛切」），「一夜梅犀點污」之「污」字亦犯魚模韻，故《吟香堂曲譜》曾將「污」字改作「涴」字，使其合韻。然而其他《牡丹亭》諸多刊本對此曲韻腳幾乎無任何改動，原因可能是被認為犯韻的「嘬」、「污」二字，在許多南方語言唸來，

㊲詳參拙著《曲韻與舞臺唱唸》第二章第三節「中原音韻派與戲文派」，頁一四八～一六八，二〇〇八，臺灣學生書局。

與歌戈韻頗為相近，故毋須改易。再者，臨川酷嗜北劇，案上插架盡是金元佳製，此曲正脫化自金《董西廂》卷五正宮【甘草子】、【梁州三臺】而來，不僅「輒把梅犀點污」、「貪歡處污損臉窩，辨得箇噉著摸著，偎著抱著，輕憐惜痛一和。恣恣地覷了可喜冤家，忍不得恣情嗚嘬。」等香豔語彙近似，且用韻同押歌戈，如此妙文，即便韻略失檢，知音在妙賞之餘亦無意再多疵求了！

四、曲律

冰絲館本的兩位評點者：冰絲館主人大抵就《牡丹亭》之詞采、章法、筆致、校勘等方面加以賞鑑，快雨堂主人王文治則因著個人的藝術異稟，而能更進一步地就音韻、曲律等曲學核心問題作深度評騭。王文治能詩，工書，喜聲伎而兼通佛理，常備家樂戲班自隨，在作曲、度曲、聆曲、顧曲之餘，其「辨論音律，窮極幽渺」的功夫，每每散見於冰絲館本眉批之間。㊳又因與葉堂相見恨晚，對《納書楹曲譜》多所參訂，而被譽為「葉譜功臣」㊴。茲將其對《牡丹亭》曲律之糾謬、委曲依就與歎賞部分羅列析論如次：

《牡丹亭》的【尾聲】格律，快雨堂認為常有正襯不分的問題。針對第三十齣〈歡撓〉【尾聲】小道姑所唱「動不動道錄司官了私和……」一曲，他評述：

> 臨川【尾聲】多以襯作正，歌譜最難安頓，當委曲就之，首句不標襯字，以正襯難分故也。

今檢視《牡丹亭》各齣【尾聲】，其正襯互誤較為嚴重者另有：十八齣〈診祟〉、五十三齣〈硬拷〉、五十四齣〈聞喜〉；其次為十五齣〈虜諜〉、二十三齣〈冥判〉、

㊳王文治（一七三〇～一八〇二）字禹卿，號夢樓，江蘇丹徒人。乾隆探花，授編修，擢侍讀，官至雲南臨安知府。一七六一年罷官後，主講杭州、鎮江書院。能詩，工書，書名與劉墉相埒，人稱「濃墨宰相，淡墨探花」，著有《夢樓詩集》、《快雨堂題跋》。詳參周駿富輯《清代傳記叢刊》第九十五冊《清史稿》卷五三〇，列傳二九〇，藝術二王文治，頁一三八九，一九八五，臺北：明文書局。《清代名人書札（上）》頁七，一九八七，北京師範大學出版社。又清、楊恩壽《詞餘叢話》卷二：「王夢樓先生以書法名海內，性喜詞曲，行無遠近，必以歌伶一部自隨。客至，張樂共聽，窮朝暮不倦。其辨論音律，窮極要眇。」見《中國古典戲曲論著集成》（九）頁二五四，一九五九，中國戲劇出版社。

㊴葉堂《四夢全譜．自序》：「晚獲交於夢樓先生」，王文治序云：「頃相遇於吳門，頹然老矣。」時葉堂已年近七十（一七九〇）。楊恩壽《詞餘叢話》卷二：「長洲葉氏纂《納書楹》，偏取元明以來院本，審定宮商，世所稱葉譜也。其中多（王夢樓）先生所糾正，論者謂葉譜功臣云。」見《中國古典戲曲論著集成》（九）頁二五四。

二十九齣〈旁疑〉、三十二齣〈冥誓〉、四十七齣〈圍釋〉;他如二十四齣〈拾畫〉、三十五齣〈回生〉、三十七齣〈駭變〉、四十二齣〈移鎮〉、四十四齣〈急難〉、四十八齣〈遇母〉、五十二齣〈索元〉……亦有少數若干字出現正襯訛混現象。凡此馮起鳳《吟香堂曲譜》皆有釐訂,正襯分明,頗可參酌。

古典戲曲曲牌多至四、五千支,文士撰曲時若未細審曲牌本身所蘊含的音樂特色,僅憑調譜之平仄比對而填就曲詞,對於數目龐雜、樊然殽亂的曲牌名稱,輒不免心眩目迷致生訛誤。如〈幽媾〉中極為幽姿峭豔的「幽谷寒涯」一曲,《牡丹亭》萬曆刻本作【耍鮑老】,快雨堂認為:

> 牌名全然不對,因另有《納書楹》譜行世,此處皆姑仍舊貫,不加考正。

此曲鈕少雅《格正》譜㊵與葉堂《納書楹》譜皆加以重新釐訂,牌名題作【金馬

㊵明末清初曲家鈕少雅撰《按對大元九宮詞譜格正全本還魂記詞調》(簡稱《格正》譜),卷首有康熙甲戌年(一六九四)胡介祉序。此譜對湯氏原著「不增減一字」,詳考曲律,辨韻識牌,格正字格句格,注反切,別正襯,分析集曲牌名,點正板式,然未譜工尺。

樂】，意指以【駐馬聽】為主而犯【普天樂】、【滴滴金】二曲之「帶格之犯」；馮起鳳《吟香堂曲譜》則作【二馬普金花】，乾隆十一年周祥鈺等奉敕編《九宮大成南北詞宮譜》即以此曲作為中呂宮集曲之範曲，其綴集內容為：【二馬普金花】（舊名【金馬樂】）「（【駐馬聽】首至四）幽谷寒涯，你為俺催花連夜發，俺全然未嫁，你箇中知察，拘惜的好人家。（【普天樂】五至六）牡丹亭，嬌恰恰，（【四季花】第七句）湖山畔羞答答。（【滴滴金】四至五）讀書窗，淅剌剌。（【駐馬聽】合至末）良夜省陪茶，清風明月知無價。㊶」

曲牌名稱訛混情形亦出現在第二十七齣〈魂遊〉中，標名【醉歸遲】的曲牌「生和死，孤寒命……」將近二十句，事實上，【醉歸遲】按律僅十句而已，其後半段「不由俺……」以下，萬曆刻本並無任何曲名，不知是臨川漏列，抑或是刊刻者混同誤併，鈕少雅《格正》譜、馮譜與葉譜均將它析為【五韻美】、【黑蠊令】二曲，馮氏《吟香堂》特意批註：「（越調）【五韻美】，舊名【醉歸遲】，與仙呂正曲不同，原題

㊶見《善本戲曲叢刊》第九十二冊，《九宮大成南北詞宮譜》（四）頁一四〇五～一四〇六，一九八四，臺灣學生書局。

與下闋統為一闋，名【醉歸遲】，謬。」㊷冰絲館本自然也補上【黑蠊令】牌名，快雨堂批云：

> 舊本多失去【黑蠊令】牌名，今依《九宮》補訂。

《牡丹亭》這支以疊字取勝、聲情悲切錯落有致的曲牌：「不由俺無情有情，湊著叫的三聲兩聲，冷惺忪紅淚飄零。呀，怕不是夢人兒梅卿柳卿？俺記著這花亭水亭，趁的這風清月清。則這鬼宿前程，盼得上三星四星？」終於呈現出它應有的曲名——【黑蠊令】。㊸

其他如臨川揭櫫「意趣神色」，以致「不甚合譜」之處，快雨堂亦略為拈示，如於第十二齣〈尋夢〉評云：「【忒忒令】以下十餘曲，臨川匠心獨運，不甚合譜，惟《納書楹》考訂極精，此處所分正襯尚沿舊譜。」今觀《納書楹》譜上眉批有「不嫌破

㊷《玉簪記．追別》（臺本作〈秋江〉）亦誤合【五韻美】、【黑蠊令】二曲為一曲，題作【醉遲歸】。且舊譜多誤稱【黑蠊令】為【五般宜】，如《納書楹》將【醉遲歸】析為【五韻美】與【五般宜】，實則【五般宜】並無疊字叶韻特色，且末句為三三句式，與〈秋江〉原曲格律不符。

㊸湯氏此曲文律俱美，不僅洪昇《長生殿．雨夢》多所取則，更為《九宮大成譜》列作越調正曲【黑蠊令】之範曲。

格」、「舊譜作……與《大成》不合，……今改正」、「度曲者宜知之」等語，不難體會葉堂如何深心地改調就詞，兼訂俗伶之失，使〈尋夢〉達到文律俱美的境界，迄今依然是崑臺熠熠生輝的折子戲。

整體而言，冰絲館本對湯顯祖的才情是極度佩服的，其〈凡例〉第七條云：「玉茗所署曲名，因填詞時得意疾書，不甚檢核宮譜，以故訛舛致多，然被之管弦，竟無一字不合，且無一音不妙，益服玉茗之神明於曲律也。」因而對玉茗偶然的失律現象，評點者除非是劇中出現嚴重的疵謬必須及時勘誤之外，通常都會以湯氏原曲為尚，並主張「委曲就之」，甚至給予它美好的別稱「玉茗體」或「臨川體」㊹。如〈幽媾〉折【香遍滿】一曲「於宮譜大有出入，即以為玉茗體也可，若傅會增刪，徒形庸妄。」而〈驚夢〉中最顯懷春慕色的【山坡羊】，快雨堂也表示：

> 「睡情誰見」以下，本是上四下三七字二句，今將四字為句，作四句，乃臨川之別體也。

㊹ 葉堂《納書楹四夢全譜．凡例》第二條亦云：「臨川用韻，間亦有筆誤處……至其字之平仄聱牙，句之長短拗體，不勝枚舉，特以文詞精妙，不敢妄易，輒宛轉就之，知音者即以為臨川之韻也可，以為臨川之格也可。」

悽愴怨慕的【山坡羊】由於旋律膾炙人口，自宋代南戲《張協狀元》以來，每為劇作家選作烘托悲調聲情，舞臺運用日廣，造成句數、句法的多樣變化。其中第七句，一般劇作家常用七言，湯顯祖則喜用破為兩個四言句的「又一體」。如第二十二齣〈旅寄〉柳生風雪中所唱之【山坡羊】，亦將第七句破為兩個四字句，如此作法並非乖律，故快雨堂名之為「臨川之別體」。而第五十三齣〈硬拷〉「我為他禮春容叫的凶」一曲，原刻本題作【雁兒落】（故宮刊本），然【雁兒落】原曲僅四句而已，此曲共十四句，於是朱墨刊本、鈕少雅《格正》譜、馮譜與葉譜均補「帶（過）得勝令」四（五）字，將此曲訂為帶過曲，快雨堂更進一步指出：

> 【得勝令】多二句，即以為臨川體也可。

沒錯，【得勝令】按律僅八句而已，但此刻臨川筆勁雄肆，欲罷不能，於是在四個五字句之下，索性多加了兩句，於是這支帶過曲總共用了十個「我為他……」，使柳夢梅在回答杜寶詰問時，形成振振有詞、咄咄逼人的氣勢，終於惹怒杜寶而被硬生生地高吊拷打，衝突性高，帶來強烈的戲劇張力，即使多了兩句，快雨堂亦肯定地表示「即以為臨川體也可」！

事實上，湯顯祖也並非全然率意孤行，以「拗折天下人嗓子」為樂，有時刊刻手民之誤，或訂譜者過度疵求，對湯著所產生的曲解，快雨堂亦能客觀而公允地給予釐清。如第三十七齣〈駭變〉【懶畫眉】曲首句，湯著原刻作「深徑側老蒼苔」，僅六字而已。按曲律觀之，【懶畫眉】係習見之南呂宮正曲，其首句必作七字句，原是一般作曲、度曲者之基本常識，如今刊刻者漏了一字，於是文林閣與朱墨刊本皆在句首補一「園」字，作「園深徑側老蒼苔」，鈕少雅也作了註語：「首句上脫一字，疑『林』字，不敢妄補。」《吟香堂》遂補作「林深徑側老蒼苔」，葉堂則補作「深林徑側老蒼苔」，快雨堂仍葉譜版本而作註云：

【懶畫眉】從無六字起句，今按葉譜增一「林」字，此等處，定係傳寫之訛，不得概以隕越宮譜歸咎臨川也。

這段批語寫得溫柔敦厚而頗為合理。因為【懶畫眉】一曲不僅出現在此折，《牡丹亭》其他齣中，此曲首句之正字皆為七字（襯字除外），如第十二齣〈尋夢〉作「最撩人春色是今年」，第二十八齣〈幽媾〉作「輕輕怯怯一箇女嬌娃」，第三十二齣〈冥誓〉作「畫闌風擺竹橫斜」。足見〈駭變〉折偶然之漏字，係傳寫刊刻之訛，洵非臨川之過。

又如〈如杭〉生旦一上場輪唱的仙呂宮引子【唐多令】，一般讀作「海月未塵埋，新妝倚鏡臺，捲錢塘風色破書齋。昨夜天香雲外吹，桂子月中開。[45]」然而，【唐多令】曲牌共六句，譜式是「五。五。七。六。三，三。」，與湯著相比，似乎多了一句，且字數亦欠合律。於是，鈕少雅《格正》譜將此曲改題作【多卜算】，認定是【唐多令】犯【卜算子】的集曲，因為【卜算子】也屬仙呂宮引子，譜式是「五。五。七，五。」末二句看起來較合湯文之句讀。只是，不管就詞律或曲律而言，【卜算子】或【番卜算】，除首句或叶平聲襯韻之外，其二、四兩句必押仄聲韻，卻與臨川此曲末句韻腳「開」之平仄不合。在諸本句讀、諸譜釐訂幾乎定案時，快雨堂獨闢蹊徑，將此曲末三句之句讀重新標訂，並加上註語：

> 海月未塵埋，新妝倚鏡臺，捲錢塘風色破書齋[46]。昨夜天香雲外，吹桂子，月中開。[47]
>
> 【唐多令】句讀如此，清暉與三婦俱誤以「吹」字為句，音律文義皆舛。

王文治如是標點，廓清一切俗本迷霧，不僅文氣朗鬯，儵然有出塵之致，也呈現臨川此曲原本合律之真相㊽。就曲律而言，冰絲館本釐正曲牌，校對正襯，堪稱慘澹經營，無怪乎吳梅對它有相當高的評價：「冰絲以寧菴之律，校海若之詞，可謂匠心獨苦，雖鈕少雅且不能專美於前矣。㊾」

值得一提的是，冰絲館主人對《牡丹亭》的評點視角，大都集中在文學層面作賞析，他似乎不像快雨堂因醉心於徵歌度曲，能深度探觸曲韻、曲律，並究其奧窔，對當時氍毹搬演的改易手法，冰絲館的態度也顯得較為保守。如〈寫真〉折中，杜麗娘憶起夢中書生曾折柳枝相贈，於是她心有所感地對春香說：「此莫非他日所適之夫姓柳乎？

㊺朱墨刊本、徐朔方前揭書頁一八六、錢南揚校點《湯顯祖戲曲集》（頁四〇七，一九七八，上海古籍出版社）等，此曲皆如是標點。

㊻冰絲館本將「捲」字誤作正字，茲按鈕譜改為襯字，方合律。

㊼【唐多令】第四句，一般皆為七字句，而《九宮大成譜》以《紫釵記》為範曲，則作六字句，曲文為「客思繞無涯，青門近狎邪，愔愔巷陌是誰家。半露紅粉簾下，閒覓柳，戲穿花。」湯氏此曲亦作六字句。

㊽此曲《吟香堂》與葉譜之點板位置，與快雨堂句讀相合。另五十三齣〈硬拷〉杜寶所唱【唐多令】「玉帶蟒袍紅，新參近九重。耿秋光長劍倚崆峒，歸到把平章印總，渾不是，黑頭公。」亦合律，諸譜俱無改定。

㊾見《瞿安讀曲記》，收於王衛民編《吳梅戲曲論文集》頁四二四，一九八三，北京：中國戲劇出版社。

故有此『警報』耳。」冰絲館認為：

「警報」，三婦改作「先兆」，便覺庸鄙。

「警報」即是預先的徵兆，杜麗娘是個「雋過言鳥，觸似羚羊」（王思任語）的女子，對愛情、未來有著異乎常人的靈敏感應，明代馮夢龍的《墨憨齋重定三會親風流夢》[50]與清代的三婦本把「警報」二字改作「先兆」，其實也算不上庸鄙，目前崑曲舞臺即如是搬演，若真就演員咬字時的嘴形而論，「先兆」還可能比「警報」顯得細秀些呢！[51]再如〈驚夢〉折生旦在美滿幽香的春夢將盡時，臨川濃墨重彩地讓二人複唱【山桃紅】末尾三句「是那處曾相見，相看儼然，早難道這好處相逢無一言。」即原刻本所謂的「合前」部分，藉以強調愛情中靈犀相感、如遇平生的特殊悸動。然而，

---

[50] 馮夢龍《風流夢》第十一折〈繡閣傳真〉旦云：「春香，我閒想起來，此夢非常，莫非我他日所適之夫或姓梅或姓柳，故有此先兆。」

[51] 如〈遊園〉【步步嬌】中「迤逗的彩雲偏」之「迤逗」，元曲中或作「拖逗」，故「迤」字唸「拖」音，極為自然（如徐朔方前揭書頁四七之音註）。然今曲界唱演多叶「移」或「蟻」音（如《曲韻驪珠》），蓋因旦角嘴形較為美觀故也。

到了乾隆年間的舞臺演出本，卻作了若干改動，冰絲館在「合前」部分讚賞地特意加圈，並對當時的臺本作如是評論：

複此數句，更覺迷離。搬演家有改作「欲去還留戀」者，不止點金成石矣。

原本兩人合唱的「合前」部分，早在馮夢龍的《風流夢》中已改為柳生一人獨唱，並將第一句「是那處曾相見」改為「欲去還留戀」[52]，馮本的詞采、意境皆頗淺俗，經過百餘年民間伶人的舞臺淬鍊，汰蕪存菁的結果，僅揀選馮本中最為精粹的「欲去還留戀」一句，如此一改，雖較湯著淺白，但也使得小生更顯得多情而風流，較為有戲可做，故如今崑曲舞臺依舊保留此種演法。

文人高標意境的純文學觀點，有時未必適合舞臺，「俗伶」的改動發明，往往更具戲劇效果，更能擁抱觀眾。在乾隆年間，連一向對曲律凜遵不違的馮起鳳與葉堂，都曾關注民間崑班的實際搬演情狀，《吟香堂曲譜》附載了〈俗叫畫〉，《納書楹曲譜》

[52] 馮夢龍《風流夢》第七折〈夢感春情〉將生旦歡會的兩支【山桃紅】末三句，改作：「不是容易能相見，相看慘然，早難道好處相逢無一言。」、「欲去還留戀，相看悄然，只願他日重逢得並肩。」文句頗為淺俗。

除〈俗玩真〉之外，更進一步加載〈俗增堆花〉，肯定藝人傳本的藝術價值。畢竟，戲曲的生命在舞臺，文士再高雅的劇本若一旦失去觀眾，都將不免淪為案頭而被棄諸高閣。

結語

文網的出現，來自於施政者對自身統馭能力的缺乏信心，以及內在潛存的不安全感。滿清以胡夷入主中國，慮患心態格外嚴重，就連明嘉靖年間的王世貞，「家藏琬琰之書，世擅雕龍之業」，所著《弇州史料》，時人以「是非不謬，證據獨精」（楊鶴〈弇州史料序〉）許之，其意固未嘗詆斥滿州，祇因文中出現「蠻夷」、「金虜」、「建州」、「女直」……等直接觸忌之語詞，竟慘遭抽毀。乾隆文網之密，堪稱史上之最，對戲曲之箝禁，兼賅花雅二部，崑曲《牡丹亭》中與金朝關涉之違礙字眼，格外引人側目。

於是，為配合清廷要求，《牡丹亭》的「進呈本」與冰絲館本相應而生，除大幅抽撤〈虜諜〉、刪削〈圍釋〉之外，其改避之迹亦多達四十餘則。表面看來，冰絲館本曲意彌縫之心昭然可見，但仔細檢覈，居然發現其犯諱字眼高達二十餘處，評點者對全劇情色艷語亦多所肯定，如此干禁而未嘗罹禍，除了刊印者的政治背景缺乏文字獄的形成要素之外，（又快雨堂與紀昀、畢沅交善）帝王本身對《牡丹亭》文學與搬演的雅好，都使得冰絲館本能穿越文禍存留至今。

至於遊於文網之外的冰絲館本評點，筆觸靈動而語多可採，其評臨川之筆致，頗能掌握清暉閣「超神入化」之妙賞原則，對作者「因情成夢」的至情觀，以及「情文飄動，人自軟心」的詞采與意境，皆有啟人心竇的悟性導讀功能。相較而言，冰絲館偏重文學層面析幽闡微之賞鑑，對「俗伶」搬演《牡丹亭》之改易，態度多趨於保守；快雨堂則能深入曲學核心，擘析音韻、曲律諸問題。二人在校勘方面，多就諸刊本與葉堂《納書楹》譜作比勘，有時不免失之瑣碎，或昧於文理，然偶爾亦有若干閃光點之發見，音韻方面之析評，亦良窳並見。至於醉心徵歌度曲、對葉譜有參訂之功的快雨堂，對曲律方面之評騭，自是數見新猷，不僅校正舊本之闕漏，亦能彰顯臨川雪中芭蕉之特殊意趣。

冰絲館本的面世，由於避諱刪改太多，曾引發學界的負面評價。如鄭振鐸曾慨嘆：「自臧晉叔改本《還魂記》出，而《還魂記》失其真面目矣；自冰絲館刊本《還魂記》

出，而《還魂記》遂無全本矣，何若士之多厄也。[53]」周育德也表示：「這種刪改，直接關係到「臨川四夢」的出版及演出，它是一種特殊的歷史現象，是清帝國文化專制統治的證據。在戲曲史上是不可忽視的一節。[54]」事實上，政治淫威永遠敵不過私人藏書之癖好，清廷焚書再厲、文網再密，《名山藏》、《四書講義》、《南山集》、《滇黔紀聞》等書，至今仍有完帙[55]，真是筆墨有靈，炳煒千古。同樣地，《牡丹亭》在道光、同治年間雖曾因「誨淫」而多次被禁，但明清以來，不論民間戲班、官宦家樂或宮廷劇團，《牡丹亭》的搬演似乎未曾間斷過，臨川的原刊本與宮譜迄今皆存完帙。這說明，真正的經典是永遠不會被埋沒的，它永遠能穿越時空綻放屬於它特有的藝術風華，而與它相伴而生的評點如冰絲館本，亦多有發人所未發之文學、藝術價值，在珍視傳統經典的今日，洵有重新回顧省思之必要。

---

[53] 鄭振鐸《牡丹亭（萬曆石林居士本）．跋）》見蔡毅編著《中國古典戲曲序跋彙編》頁一二二五。
[54] 見周育德《湯顯祖論稿》頁二五二，一九九一，北京：文化藝術出版社。
[55] 詳陳登原前揭書第九章「論禁書無益」，頁一〇一～一〇二。

後記

本文主要探討冰絲館本《牡丹亭》在清代深密文網下，如何曲意改諱又安然犯忌，及其評點美學等相關論題。至於冰絲館主人究竟為何人？此問題歷來鮮受關注，學界至今亦尚無確切說法。承周育德教授惠示，袁行雲先生〈清乾隆間揚州官修戲曲考〉一文（《戲曲研究》第二十八輯）曾考訂冰絲館主人即是《納書楹》作者葉堂。袁先生的主要論據是：

一、《納書楹曲譜》的〈凡例〉和冰絲館本的〈凡例〉有許多近似之處，竟是一個人說出的話。

二、快雨堂（王文治）評語時常提到冰絲館，還有兩處直接說出葉氏納書楹，如〈尋夢〉、〈聞喜〉二齣。

三、冰絲館本〈凡例〉云：「近日吳中葉氏《納書楹譜》考訂極精，爰另為鋟板行世。」一部書的鋟板行世只有刊刻者自己才能決定，從冰絲館本《還魂記》的快雨堂評語和〈凡例〉中稱讚葉氏納書楹的話，已經暗示給讀者所謂冰絲館也就是納書楹。

四、兩書刻工、字體完全相同，一署真名，一用室名，均由王文治作序，葉堂撰〈凡例〉。

袁先生說法看似有理，實則值得商榷處有：

一、袁先生所稱冰絲館本〈凡例〉：「翻刻乃賈人俗子事，大足痛恨。遠至之客，或利其價之稍減，而不知其紙板殘缺，字畫模糊，批點遺失。本壇獨不禁翻刻，惟賈者各認原板，則翻者不究自息矣。」事實上，此條〈凡例〉乃是附刻於冰絲館本〈凡例〉之後，係明代張氏「著壇」校刻之清暉閣本〈凡例〉第七條。《納書楹曲譜》〈凡例〉最末條：「翻刻係俗人射利事，最足痛恨。賈者或幸其價之稍廉，而不知舛誤錯謬處，不可勝計。況此譜不比他書易於校讎，即在一板一眼，有失毫釐而謬千里者。知音之士必能識別，則翻刻不究自息矣。」兩相對照，應是規仿著壇而成，袁先生張冠李戴，誤以為同出一人之手，顯非事實，更不可能作為冰絲館主人即為葉堂之佐證。

二、冰絲館本中的兩位評點者，其批語不僅各自分立，亦未與王思任所評相互夾雜，誠如其〈凡例〉所言：「快雨冰絲，各有所見。……使古人廬山真面與管蠡私臆了了分明，庶閱者知所決擇。」快雨堂評點中論及曲律時，曾多次提及《納》譜，（〈幽媾〉、〈駭變〉亦有之〉，王、葉二人係摯交，即便多所讚譽，亦未必暗示冰絲館即是葉堂。

三、袁先生認為冰絲館本〈凡例〉係葉堂所作，然據行文口吻而論，則較似王文治手筆[56]，且王文治於《納》譜具有參訂權[57]，因而亦能（與葉堂）同時決定《納書楹譜》之鋟板行世。

四、冰絲館與納書楹皆為典型的清初中葉版刻字體，且刊印時間接近，因而未可就此推論二者為一家所刻，亦難據此證明作者為同一人。

此外，《納書楹四夢全譜》曲文校勘方面雖大都與冰絲館本相同，然其改諱之處，

---

[56] 冰絲館本〈凡例〉第五條云：「俾曲律彰而文律倍顯」，快雨堂評〈言懷〉【九迴腸】有「所謂曲律彰而文律倍顯也。」王文治為《納書楹曲譜》作序亦有「順文律之曲折，作曲律之抑揚」。〈凡例〉第七條云：「玉茗所署曲名，因填詞時得意疾書，不甚檢核宮譜，以故訛舛致多。……是刻曲名，且仍舊貫。……」王文治為《納譜》作序云：「且玉茗興到疾書，於宮譜復多隕越。」快雨堂評〈幽媾〉【耍鮑老】亦云：「……因另有納書楹譜行世，此處皆姑仍舊貫……」

[57] 從《納書楹》之〈凡例〉與眉批中，隨處可見王文治之觀點，如《納書楹四夢全譜・凡例》第二條：「臨川用韻，間亦有筆誤處，如〈歡撓〉中『嗚嘬』之『嘬』字，以皆來押歌戈。」《納書楹牡丹亭全譜》〈勸農〉【八聲甘州】【前腔】眉批：「歌、麻古韻通用，茲『真個』，『個』字為韻，正用古體，俗增『佳話』二字，紕繆可笑。」皆與冰絲館本中王文治所評全同（詳上文「音韻」所引）。

僅占冰絲館本一半（詳上文表格所列）。尤其冰絲館主人評點內容大都為文學、意境、校勘等方面，批語竟無一條論及曲律，與葉堂「自弱冠至今，靡他嗜好」五十年來專心度曲、訂譜之形象不甚吻合。在有限資料下，誠難遽斷冰絲館主人即是葉堂，此問題可俟諸他日文獻具足，再作定論。[58]

[58] 本文部分原發表於二〇一三韓國首爾第三十三次中國學國際學術大會主題：「帝國傳統與中國化」，二〇一四年十月修訂，載《湯顯祖研究》，浙江遂昌，二〇一五年第一期（總第二十二期）。

《牡丹亭》的世俗選材與民俗觀照

楊振良

歷來《牡丹亭》的研究，泰多由晚明心學或文學性質比勘著手，極少接觸民俗背景或信息領域。唯以湯氏才情如海，其創作動機必不受縛於當日理學及傳統情節，而有另一番眼目。本文著眼於此，認為湯氏之作成功結合「世俗選材」及「民俗觀照」二條管道，予劇作源源不絕靈感，並擅用遊戲之筆騁奇思，化俗為雅，堪謂該作與其他傳奇最大不同與成就之處。

明代前後期的文學性質不同，前期與民俗性比較密切，屬於民間大眾；中晚期之後的文學由於已進入了文士個人創作與精神解放的文藝思潮，在當日社會文化背景下所出現的作品，無疑可視為文化思想轉型的產物，屬於市民階層。因此學界前賢對湯顯祖戲曲作品的研究觀察點，便透過晚明心學思潮的角度作各方面的論述，也歸結出湯作「主情說」、「真情說」或「唯情論」的種種說法。然則，自一九五八年，學者譚正璧於《光明日報》上推測《牡丹亭》可能有寫作藍本①；一九六三年，姜志雄於北京大學圖書館發現《杜麗娘慕色還魂話本》之後②，學界開始考察此一題材在小說與戲曲間的流變軌迹，努力發掘戲曲中的小說因素，以及注目於彼此文學性質的互動關係。在鈎稽解析過程中，《牡丹亭》內深厚的民俗底蘊，也逐漸為世人注意，而且著眼於此，更可為研究帶出較廣闊的天地，這個獨特的切入口，其實就是《牡丹亭》創作時所採取的世俗選材與民俗觀照。

一、世俗心態與文學個案

取材於話本小說《杜麗娘慕色還魂》的明代戲曲《牡丹亭》，其故事情節怪誕離奇，

① 譚正璧〈傳奇「牡丹亭」和話本「杜麗娘記」〉一文，發表於一九五八年四月二十七日《光明日報》，後收入作者《曲海蠡測》一書，浙江人民出版社。

② 姜志雄〈一個有關「牡丹亭」傳奇的話本〉，刊於《北京大學學報》一九六三年第六期，文章中指出：湯氏《牡丹亭・驚夢》一齣，其賓白十之八九皆是話本原句；而〈鬧殤〉等齣之賓白亦然，肯定：「湯顯祖的《牡丹亭》傳奇乃據話本擴大改作而成。」該文後收入江西省文學藝術研究所編《湯顯祖研究論文集》，北京：中國戲劇出版社，一九八四，頁二八五～二八九。

作者湯顯祖將其中民間耳熟能詳的故事修飾加工，一方面保存原有的情節，另一方面則提昇精緻的藝術層面，呈現其意趣新奇、神色俱麗，以致《牡丹亭》一出，幾令《西廂》減價。全劇五十五齣，借助離奇的情節，通過夢幻與現實、陰間與陽世，凸顯「情」的主脈，從〈言懷〉（第二齣）到〈鬧殤〉（第二十齣），描寫杜麗娘「自生而之死」；從〈謁遇〉（第二十一齣）到〈回生〉（第三十五齣），則寫杜麗娘「自死而之生」。用此種結構設計搭配另一副線寫作：現實世界中杜寶的文治武功、政績、威嚴、謹守法度，可謂相輔相成。而湯氏在《牡丹亭題詞》中回答這個問題，所謂「傳杜太守事者，彷彿晉武都守李仲文、廣州守馮孝將兒女事，予稍為更而演之。」卻使讀者對本作的理解，就是《牡丹亭》係湯顯祖對故典舊事翻新創作，距離世俗較遠，是一本「典雅」的文士作品，秉持端正的創作態度，以及朝著脫俗高韻的藝術實踐經營的傳統文學。

然則，《牡丹亭》中的科諢運用，屢見情色暗示，呈現市井俗趣，如第三十四齣〈詗藥〉裡，陳最良與石道姑一段對話便有此種妙趣，二人對話如下：

（石）：這兩塊土中甚用？（陳）：是寡婦床頭土。男子漢有鬼怪之疾，清水調服良。（石）：這片布兒何用？（陳）：是壯男子的褌襠，婦人有鬼怪之病，燒灰喫了效。（石）：這等，俺貧道床頭三尺土，敢換先生五寸襠？（陳）：怕你不十分寡。（石）：啐，你敢也不十分壯！

又該劇第十八齣〈診祟〉又有杜麗娘病，陳最良為其診脈，一段利用《詩經》和藥方搭配的敘述：

（陳最良）小姐害了「君子」的病，用的使君子。《毛詩》：「既見君子，云胡不瘳？」這病有了君子抽一抽，就抽好了。（旦羞介）哎也！

至如第十七齣〈道覡〉，石道姑（是石女）以《千字文》嵌一段夫妻之道說洞房之夜的情況，原文長達一七〇〇餘字，均為湯顯祖特別撰就的遊戲之筆，以供人解頤。這說明一時代與社會的歷史發展，有其精神風貌、價值取向、生活情趣，情色內涵在歷史各個階段，始終無法真正禁絕的原因在於世俗心態的欣賞與支持，而士大夫熱衷此道者亦不在少數，故湯顯祖將大眾喜愛的「俗」，與自己理念中的「雅」結合，這種雅俗共賞的創作原則，用傳統戲曲的行話來說就是「本色」之作，即清・徐大椿《樂府傳聲》所云：「取直而不取曲，取俚而不取文，取顯而不取隱，……使愚夫愚婦共見共聞，非文人學士自吟自詠之作……總之，因人而施，口吻極似，正所謂本色之至也。」③劇作的文字力圖使民眾一聽就懂，一看就明白，以表達大眾的品味心聲為首要。劇作不俗，群眾難以接受欣賞；不雅，則戲曲表演與戲曲文學便難與傳統藝術、傳統文學並駕齊驅。俗，是戲曲表演、戲曲文學必行的大方向；而雅，則是戲曲表演、戲曲文學應有的格調、意蘊。雅無定格，以作詩為譬：「平、奇、濃、淡、巧、拙、清、濁無不可為詩，而無不可以為雅，詩無一格，而雅亦無一格，惟不可涉於『俗』」（《已畦文集》卷九〈汪秋原浪齋二集詩序〉），《牡丹亭》之雅俗運用堪謂化境，誠如王思任〈批點玉茗堂牡丹亭詞敘〉所云：「其文治丹融，詞珠露合，古今雅俗，泚筆皆佳。」即為最貼切之形容。

在此，湯顯祖正是吸取大眾所熟悉熱愛的俗趣以成不朽之作。以戲曲傳播論言之，戲曲係為適應大眾的娛樂需求而存在，其鮮明的特色便在於一「俗」字，由於民俗、俗文學為世俗民眾所喜聞樂見，所以那些生活於民眾間，或出自社會下層的文人雅士，

③徐大椿：《樂府傳聲》之〈元曲家門〉，見《中國古典戲曲論著集成》冊七，北京：中國戲劇出版社，一九五九，頁一五八～一五九。

也就自然受其影響，以仿製、加工民間文藝，反映民眾的好尚，記錄其見聞，甚至化俗為雅，成為其作品創作的特色所在。

另一方面，由於性心理的普遍存在，俗趣的世俗心態實則可視為整個民族心理、文化上的趨向。一如勃蘭兑斯所言：「文學史，就其最深刻的意義來說，是一種心理學，研究人的靈魂，是靈魂的歷史。」④湯氏除了上述以市井人物科諢顯示俗趣，亦以唯美之曲文浪漫描述性愛，建立另一種性文學的藝術模式，迥異於當日大量艷情小說近乎雷同的性技巧描寫。〈驚夢〉一曲【山桃紅】演杜麗娘與柳夢梅携手赴巫山繾綣，便有「見了你緊相偎，慢廝連，恨不得肉兒般團成片也，逗的個日下胭脂雨上鮮。」的露骨用詞；而到了〈尋夢〉一折，則更以鮮活之筆寫出男歡女愛那一刻所共同擁有的世界：

【品令】他倚太湖名，立著咱玉嬋娟。待把俺玉山推倒，便日煖玉生煙。捱過雕闌，轉過鞦韆，掯著裙花展。敢席著地，怕天瞧見。好一會分明，美滿幽香不可言。

④勃蘭兑斯：《十九世紀文學主潮・引言》。

【豆葉黃】他興心兒緊嚥嚥，嗚著咱香肩。俺可也慢掂掂做意兒周旋。等閒間把一箇照人兒昏善，那般形現，那般軟緜。忑一片撒花心的紅影兒弔將來半天，敢是咱夢魂兒廝纏？

這種文字，完全以唯美的情調來表現，不同於一般出版品的淫行褻語，色欲相矜，汙人眼目，而是將一切淨化、雅化。湯顯祖的文筆，雖寫雲雨，但不去刺激讀者的器官，也能看出他創作戲曲能掌握世俗心態，卻以高雅藝術手法轉化，給予讀者文學美的享受，其中，雅俗共存的品味，自有其創作時捏拿的尺寸與角度。⑤

二、地域文化之民俗內涵

如上述，湯顯祖創作《牡丹亭》時的世俗選材，以及湯氏所採取的藝術觀點，決定

⑤然而學術界對於此一問題的思考也有另外的角度，認為杜麗娘的「薦枕」與獻身，是屬於一種中國文人的「巫山神女情結現象」，葉舒憲並在《高唐神女與維納斯》一書中，列舉「雲雨」類不同的表達措辭四十六種；「巫夢」類措辭二十二種，並羅列唐宋元明清詩詞曲句例數百句。見氏著，頁三九五、頁四〇二、頁三三一、頁四一一，北京：中國社會科學出版社，一九九七。及李定廣、徐可超〈論中國文人的「巫山神女情結」〉，《復旦學報》二〇〇二年第五期。

了這部傳奇的藝術高度。

而有別於世俗角度的地域文化，則有其特別的民俗內涵。包括歲時習俗與口傳文化（oral tradition），在《牡丹亭》的結構排場上，均發揮了相當熱鬧的效果，使整個戲劇場面不致凝滯在男女愛情和家庭父女的情感交戰上。至於歲時習俗與口傳文化作為農業文明與農村普遍共同的文化特徵，也並非是與城市文化相對立、抗衡的東西，相反的，它是一切文化的胚胎。

在《牡丹亭》一劇中，民俗場面分別見於〈勸農〉與〈冥判〉二齣。勸農，是中國古代地方官在春天時的例行公事，官員通常下鄉鼓勵農民從事生產，《後漢書・鄭弘傳》註引文：「太守常以春行所主縣，勸人農桑，振救乏絕。」，顯示「民以食為天」的重農思想。是以《尚書・无逸》早有記載西周初年，周公就告誡成王要知「稼穡之艱難」，為了表示國君對農業的重視，周王朝還舉行隆重的「籍田」大禮，以天子親執耒耜，躬耕隴畝，勸導天下重視農耕，這應是我國古代重農思想的最初萌芽，也是立春「勸農」此一舉措的思維基礎所在。歷代承襲，深入民心，並因農耕生產的影響產生一系列地域民俗內涵，如江南地區形成了一些特殊禮俗與地方性節日，皆是由於稻作生產的季節性致然。⑥又，在〈勸農〉裡，杜寶趁著立春日，下鄉務農宣化，末、貼、淨、丑諸色人物，皁隸、門子、父老、公人登臺上場：田夫挑糞、牧童耍著春鞭、採桑婦女持筐簍、以及採新茶的茶娘，杜寶身為太守，賜花賜酒……這些鄉民父老，鬧鬧嚷嚷，唱著【古調笑】、【排歌】、【長相思】、【泥滑喇】、【孝白歌】。所謂「紅杏深花、菖蒲淺芽，村村雨露桑麻」，眾腳色的歌聲，展示出一派物阜民豐的氣象。

這些歌謠應屬民間稻作歌謠，按情節內容和社會功能，稻作歌謠可分為：勞動歌、生活歌、儀式歌、民情歌、農民敘事長歌、兒歌等類別，它們共同的特點是：篇章結構短小，以抒情為主；音樂特點是聲調高亢嘹亮，或直暢抒展，節奏自由，即興性較強。⑦

以上述【孝白歌】而言，由老旦、丑持筐采茶上唱的「乘穀雨，采新茶，一旗半槍金縷芽。……學士雪炊他，書生困想他，竹煙新瓦。……官裡醉流霞，風前笑插花，

⑥稻作生產禮俗乃江南傳統節日的基礎，受季節之區隔，江南大致有五類節日：農事節日、祭祀節日、紀念節日、慶祝節日、社交遊樂節日。參姜彬主編：《稻作文化與江南民俗》，上海：上海文藝出版社，一九九六，頁四八七～四八八。

⑦同註⑥，頁七二九～七四一。

采桑人俊煞。」就是采茶戲的唱詞。采茶戲誕生在茶文化的環境中，古老的茶區，尤有與采茶勞動同步產生的茶歌茶舞，清・曾燠《江西詩徵》云：「江西婦女春日采茶，編歌聯臂唱和，諸郡間有異同。」又清・謝肇禎《南安吟》一詩云：「采茶歌，嘔啞嘈雜減平和。」采茶歌舞，一般的內容是姊妹二人上山采茶，手提茶籃，邊唱邊舞，另有茶童手搖紙扇，穿插科諢，其分佈地區大致分為：（一）贛南（閩粵贛三省交界地區）（二）贛北（三）贛西（四）贛中。贛中采茶戲統稱為「中路」，分為贛中東部與贛中西部兩個系統，東部包括撫州采茶戲、吉安采茶戲和寧都采茶戲；西部則包括高安采茶戲、袁河（宜春）采茶戲與萬載采茶戲。撫州本是戲曲之鄉，其宜黃、臨川、崇仁、安樂交界山地，尤為興盛。⑧

立春風俗，按清同治十二年刻《崇仁縣志》，有以下記載：「立春先一日，本邑官迎芒神、土牛于東郊，所經街衢結彩，少長雜遝，遊觀相樂，至期焚香，放爆竹，曰接春。」崇仁屬江西撫州地區。又同屬撫州之《建昌府志》亦云：

> 新春，觀土牛，以牛首紅白等色占水火等災，以句芒鞋帽占寒燠晴雨。人家以生

---

⑧參見龔國光《江西戲曲文化史》，南昌：江西人民出版社，二〇〇三，頁一四九～一五六。

菜作看盤，茹春餅；集親友，謂之會春客，謂之春臺座。⑨

浙江麗水地區，清雍正六年刻《青田縣志》亦有：

迎春日，士女皆出觀，各坊以童子裝像古人故事，皆乘牛，以應土牛動之令。立春，取樟樹枝及雜柴于中堂焚之，作霹靂聲，謂之燂春。獻歲後皆酬酢，飲春酒，自旦至暮。有見召不及赴者，醉人臥于路。⑩

遂昌屬麗水地區，立春之日的慶祝活動十分熱烈，湯顯祖在遂昌任上所寫《班春二首》⑪就記錄如此的迎春風俗：

今日班春也不遲，瑞牛山色雨晴時。迎門競帶春鞭去，更與春花插兩枝。

家家官裡給春鞭，要爾鞭牛學種田。盛與花枝各留賞，迎頭喜勝在新年。

⑨見丁世良、趙放主編：《中國地方志民俗資料匯編》華東卷（中），北京：書目文獻出版社，一九九五，頁一一二四、一一二九。

⑩同註⑨，頁九二七。

⑪見《湯顯祖詩文集》，上海：上海古籍出版社，一九八二，頁五〇七。

所謂「給春鞭」即「鞭春」、「打春」，也就是鞭土牛，其俗起於唐末。李涪《刊誤》卷上云：「今天下州郡立春日製一土牛，飾以文彩，即以采杖鞭之，既而碎之，各持其土以祈豐稔，不亦乖乎？」至南宋，甚至皇帝也親自參加宮中的鞭牛儀式，《武林舊事》卷二〈立春條〉載：「（立春）前一日，臨安府造進大春牛，設福寧殿。及駕臨幸，內官皆用五色縏采杖鞭牛。」迄乎明清，鞭春儀式均載入官方禮典⑫，而帶有「勸農」意義之外，鞭春更有催助陽氣的象徵意涵，清嘉慶十年四川《馬邊廳志略》：「季冬，月建丑，丑為土，屬牛，故塑土以象牛，鞭之者，欲陽氣破土而暢達以成春也。」即持此義。

可見〈勸農〉一齣所呈現的民俗場景，是把民間迎春活動搬上舞臺。整場戲的表演主軸，是「合歌舞以演一事」，這樣一個戲曲舞臺已甚麼都告訴了觀眾，悅耳醒目與

---

⑫如《大明會典》卷七四〈進春儀〉：「（立春日）各官執彩杖排立土牛兩旁，贊擊鼓三聲，長官擂鼓，贊鞭春，各官環擊土牛者三，贊禮畢。」又清雍正《大清會典》卷六六〈迎春儀〉：「立春日早……行舁土牛芒神、香亭，鼓樂前導，各官朝服隨后，至東郊，各官執彩杖環立土牛兩傍，贊擊鼓，樂工擊鼓，贊鞭春，各官𢧐擊土牛三，禮畢各退。」

賞心愜意之中，觀戲者看到官員的勸農活動、也看到田夫、牧童、桑婦、茶娘的挑擔舞、打春牛、采桑舞、摘茶舞，以及簪花飲酒等立春時的景象，熱鬧喧填的氛圍，頓時依約在耳目之前，使人百般聯想。

湯顯祖創作《牡丹亭》，在〈勸農〉一齣所鋪陳的情景，當與在遂昌任上所接觸的民風有關。遂昌僻處浙南，萬山環搭，民眾農閒之餘，時以歌舞調劑自娛，山歌俚曲，吟謳遺興。自湯顯祖治遂昌，此地民眾在湯公倡導啟發下，唱演活動漸盛，而尤以昆曲為勝，習唱之風，行於宣平、遂昌，迄清代乾、嘉年間，更形興盛。⑬〈勸農〉的民俗場景是時令的還原，是農耕文化的呈現，是反映地域色彩、民情風俗的特殊面向，與前述世俗產生的市井文藝截然不同。「打春牛」帶著對社稷神的敬祀心理，而前述市井文藝則著重文學技巧的延伸。由二者之比較，可見湯氏《牡丹亭》創作之堂奧兼收並蓄，錯落有秩的結構安排。

---

⑬參見豫章〈遂昌民間的崑曲活動〉，文收於《藝術研究》第三輯（總第十二輯），杭州：浙江省藝術研究所，一九八五，頁二五八～二六四。

三、冥界十廷觀念的呈現

《牡丹亭》另一民俗場面〈冥判〉，則出現民間宗教與地獄景象。這場戲，人物調度變化靈活，尤其是以鬼判造型、亡靈聽判、鬼卒夜叉、奈何橋、鬼門關、閻浮殿、刀花樹、無間地獄⋯構成森羅陰森的恐怖氣氛，而處置罪犯的剉、燒、舂、磨的手段，令人寒慄。

然而如此陰曹地府場景，《牡丹亭》也仍有科諢運用而令人莞爾。枉死城中罪男四名：趙大、錢十五、孫心、李猴兒，趙大生前愛唱；錢十五生前用沉水香塗刷牆壁；孫心生前愛嫖妓；李猴兒好男風，是一個斷袖癖者。判官一一宣判：趙大做個黃鶯兒；錢十五做個小燕子；孫新變成蝴蝶兒；至於好男風的李猴兒，去做一隻蜜蜂，屁窟裡長拖一箇鍼。四個罪男，最後發落為「花間四友」。⑭

⑭按冥界審判，如以《大正藏》卷五二所收唐・釋法琳《弁正論》所云，一般是將亡者分為四種：至善的人升天；次善的人（即生不作惡，亦不為善），「當在鬼趣千歲，得出為人」；次惡的收容在「地中」；極惡之人下地獄，過了固定刑期之後，被召到「受變形城」，轉生為鳥獸蟲魚。此處科諢當不至於極惡之列，僅是戲曲寫作手法而已。

文字遊戲亦在〈冥判〉中淋漓盡致發揮。判官找來南安府後花園花神，勘問杜、柳二人姻緣，花神便如數家珍，道出：碧桃花、紅梨花、金錢花、繡毬花、芍藥花、木筆花、水菱花、玉簪花、薔薇花、臘梅花、翦春花、水仙花、燈籠花、酴醾花、金盞花、錦帶花、合歡花、楊柳花、淩霄花、辣椒花、含笑花、紅葵花、女蘿花、紫薇花、宜男花、丁香花、荳蔻花、奶子花、梔子花、奈子花、枳殼花、海棠花、孩兒花、姐妹花、水紅花、瑞香花、旱蓮花、石榴花、杜鵑花等三九種花名，判官則一花一解，煞甚有趣。

最後判官取出斷腸簿、婚姻簿查看，道出：「有箇柳夢梅，乃新科狀元也。妻杜麗娘，前係幽歡，後成明配。相會在紅梅觀中，不可泄漏…有此人和你姻緣之分，我今放你出了枉死城，隨風游戲，跟尋此人」。

這一切劇中情節不僅是反映出民間對「冥界十廷」的認知，也透露出杜麗娘已死三年。（見二十五齣〈憶女〉）按：民間傳說對冥界十殿（十廷）及相應布施時間為：

（一）秦廣王：死後第一七日。

（二）初江王：死後第二七日。

（三）宋帝王：死後第三七日。
（四）五官王：死後第四七日。
（五）閻羅王：死後第五七日。
（六）變成王：死後第六七日。
（七）太山王：死後第七七日。
（八）平等王：死後百日。
（九）都市王：死後一年。
（十）五道轉輪王：死後三年。⑮

故〈冥判〉起句云：「十地宣差，一天封拜。閻浮界，陽世栽理……自家十地閻羅王殿下一箇胡判官是也。」冥界組織架構與陽世基本是類似的，陰陽兩界管理自己的人犯，均有獨立的權限，也有行政疏失或不能持守原則的情事發生的可能，如〈冥判〉一中，淨所扮演的判官一見杜麗娘鬼魂，立時打背供曰：「這女鬼倒有幾分顏色！」

⑮按冥界十廷見《閻羅王授記四眾預修生七齋往生淨土經》巴黎 P 二〇〇三敦煌卷子。轉引自美・太史文《幽靈的節日》，杭州：浙江人民出版社，一九九九，頁一六一～一六二。

旁小鬼交頭接耳：「判爺權收做箇後房夫人。」判官立即斥說：「哇！有天條，擅用囚婦者斬。」這也是冥界與陽世規範尺度相同之處。

〈冥判〉中的判官，指的是鍾馗。宋元以來，他是民間社火活動的重要人物，擔任祈福驅邪功能。吳自牧《夢粱錄》〈十二月〉條載云：「街市有貧丐者三五人為一夥，裝判官鍾馗小妹等形神鬼，敲鑼擊鼓，沿門乞錢。」明人田汝成《西湖遊覽志餘》卷二〇〈熙朝樂事〉亦載：「十二月二十四日……丐者塗抹變形，裝成鬼判，叫跳驅儺，索乞利物。」儺本來是依附於歲時活動，按「周之舊制」，一年有春、秋、冬三次，歷代除了隋代保持舊制，其餘多是一年一儺或二儺⑯。明清時期的歲時儺俗，進一步與多種民俗結合，有時甚至分不出哪是儺俗，哪是一般民俗？名目繁多的迎神賽會（北方），愿儺、沖儺（南方）使得月月有會，時時有儺。至於傳統「儺鄉」如江西的南丰、安徽的貴池、廣西的桂林，則一直堅持舊制⑰。

據田調資料顯示：撫州儺有老儺新儺之分，臨川儺風盛行，迄今仍保留豐富多采的

---

⑯一年二儺的是秦、西漢、唐代顯慶（唐高宗）儺制，為春、冬各一次。參錢茀《儺俗史》，上海：上海文藝出版社，二〇〇〇，頁一五〇。
⑰同註⑯，頁一五一。

驅儺活動。南手石郵，儺儀程序有起儺、演儺、搜儺、圓儺（收儺），是撫州老儺現在最完整古樸的一支。宜春儺班節目，也有《小鬼戲判》⑱的名稱。故〈冥判〉視之為民間宗教觀的呈現，亦能視為古儺巫術、民俗過程的寫照。

至於儺祭與戲曲的互動本就長期存在。董康《曲海總目提要・序》嘗云：「戲曲肇自古之鄉儺。」⑲具有鮮明民俗性的贛儺有著孟浪、粗獷、遒勁、靈活、熱烈的風格，贛人稱演儺為「玩喜」，其選擇戲曲，可說是強化自己的藝術性，早在明初，南丰儺便隨著江西移民到了貴州，從而形成了安順地戲，向南又出現了屬於滇儺的「關索戲」，〈冥判〉為儺文化之投射，自屬可能。⑳

結語

如上所述，《牡丹亭》為明代傳奇中大放異采的一顆明珠，湯顯祖受前代還魂觀念

---

⑱參章軍華《臨川儺文化》，南昌：江西高校出版社，二〇〇一，頁一二二。
⑲見《曲海總目提要》，天津：天津古籍書店，一九九二，頁一三。
⑳同註⑧，頁三〇〇～三〇三。

之影響，直接取材於話本情節，致該書〈驚夢〉、〈尋夢〉、〈寫真〉、〈鬧殤〉、〈拾畫〉、〈玩真〉、〈冥誓〉、〈回生〉等著名齣目，均具原話本之雛形。由於再加工與再創造，其改編工作已使《牡丹亭》與原話本有相當大的不同，當一個簡略粗糙的民間講說故事，改寫為五十五齣的長篇傳奇，不但通過作者生花妙筆塑造了生動的戲曲人物形象，作者汲取世俗與民俗的靈感，加入地域文化、民間宗教、采茶歌謠、儺儀的養料，納廣場戲曲特質於劇場氍毹，使作品內容豐富可觀，尤值得吾人思考與發現，更是一種獨特的文學藝術表現。

戲曲不單是語言與音樂舞蹈托起的藝術。《牡丹亭》這一部戲曲對世俗與民俗的觀照眼目，也是研思戲曲者今後可注意的一個學術方向。[21]

---

[21] 本文原發表於二〇〇六中國（遂昌）湯顯祖國際學術研討會，收載於《戲曲研究》第七十二輯，北京：文化藝術出版社，二〇〇七年一月。

大庾《牡丹亭》故事的地理傳說圈考察

楊振良

明代戲劇大師湯顯祖（一五五〇～一六一六）之《牡丹亭》，又名《還魂記》，為《臨川四夢》之一，是中國文學天地中的瑰寶，也是戲曲史上不朽的傳世名作，即在當世，人們反思明代劇壇，湯氏劇作仍給予人們沉思與啟迪，藝壇對《牡丹亭》的討論與改編，仍熱度不改。以大陸劇團為例，自一九五七年以來，就有北京、上海、南京、郴州、杭州、蘇州等六大崑劇團進行改編，其中，要以南京「江蘇省崑劇院」於一九八二（胡忌改編）、一九八六（丁修詢改編），由張繼青主演的《牡丹亭》影響層面最為深遠，港、臺許多曲友皆以此為範本，身段、唱腔均從該版本表演為定式，二〇〇四年，白先勇先生以蘇州崑劇團為主的「青春版牡丹亭」也藉張繼青擔任旦角之戲曲指導，故能造成一時風潮。而自一九五七年迄二〇〇四年間，大約有三十一種改本，這是《牡丹亭》戲曲在國內改編上演的大致情況。

至於海外演出改編本，早在一九四三年，北京大學教授洪濤生將《牡丹亭》譯為德文後，中、德人士便在中、德兩地合演過，當時這齣戲僅涵蓋〈勸農〉、〈肅苑〉、〈驚夢〉幾個折子。及至近年，國外突然吹起《牡丹亭》上演熱潮；一九九八年五月十二日，由譚盾（Tan Dun）作曲、彼得・賽勒斯（Peter Sellars）導演的現代實驗歌劇《牡丹亭》先於維也納首演，接著在巴黎、羅馬、倫敦、舊金山相繼演出。一九九八年七月，由美籍華人陳士爭執導的五十五齣全本《牡丹亭》在紐約林肯藝術中心演出，繼於一九九九年十一月在巴黎藝術節演出、二〇〇〇年二月在澳大利亞帕斯藝術節演出。而美國的中國戲劇工作坊（Chinese Theatre Workshop）所演玩偶劇場《牡丹亭》；以及大型現代歌劇《牡丹亭外傳》等①，隨著中華文化的推展，《紐約時報》、《華爾街日報》均以顯著標題大幅報導，一時之間，崑曲與《牡丹亭》儼然是中華文化與古典戲曲的代表，也讓華人社會極為自豪。

一、崑曲在江西

①汪榕培：〈走向二十一世紀的湯學研究〉，見周育德、鄒元江主編《湯顯祖新論——紀念湯顯祖誕辰四五〇周年國際學術研討會論文集》，中國戲劇出版社，二〇〇四。

如上所述，《牡丹亭》已成為世人矚目的藝術珍品，其實，崑曲雖源於江蘇，然而在崑曲的全盛時期，崑曲的影響遍及南北，以廣東為例，《廣州府志》、《佛山忠義鄉志》、《番禺縣志》皆有「江浙戲子」來粵的記載，及至目前，廣東境內的正字戲、白字戲、潮戲、瓊劇、廣東漢劇等劇種，仍保存不少崑曲的痕迹。至於《牡丹亭》的作者湯顯祖的出生地江西臨川（今撫州），在明・萬曆末年亦有崑腔的足跡，湯顯祖〈口號付小葛送山子廣陵三首之一〉云：

> 青來水榭三層出，山子吳歈一部游。為記臨川荀伯子，尋常兩事是千秋。②

「青來」，指的是臨川周獻臣的青來閣，周獻臣係萬曆十四年（一五八六）進士；「山子」，指金溪謝廷贊號，為萬曆二十六年（一五九八）進士，授刑部主事，因建言觸怒神宗皇帝，被罷官僑居揚州，「吳歈」即指崑腔。此詩所言，即云江西金溪人謝廷贊被罷揚州之時，家中有一崑腔家班，後來他帶領戲班回到家鄉，在周獻臣的青來閣上演出，湯顯祖所記即為此事。

---

②徐朔方箋校：《湯顯祖詩文集》，頁七七八，上海古籍出版社，一九八二。

此外，最引人注目的是清代一部《觀劇日記》，此書記載了乾隆三十八年（一七七三）至五十九年（一七九四）崑腔在江西的活動，其中崑班在江西有四部：宜黃敘倫部；宜黃集秀部；江西江義部；贛州華玉部等，演出的劇目有：《浣紗記》、《琵琶記》、《荊釵記》、《牡丹亭》、《鳴鳳記》、《一捧雪》、《漁家樂》、《風箏誤》、《獅吼記》、《鐵冠圖》、《雙珠記》、《玉釵記》、《虎囊彈》、《清忠譜》、《千金記》、《雙官誥》、《尋親記》、《孽海記》、《玉簪記》、《雁翎甲》等選齣③。足以證明崑曲曾在江西盛極一時④。且湯顯祖曾在滕王閣上看過《牡丹亭》的演出，並寫下〈滕王閣看王有信演牡丹亭二首〉詩句：

韻若笙簫氣若絲，牡丹魂夢去來時。河移客散江波起，不解銷魂不遣知。
樺燭烟銷泣絳帳，清微苦調脆殘霞，愁來一座更衣起，江樹沉沉天漢斜。⑤

③參見龔國光：《江西戲曲文化史》，頁一二四～一二五。江西人民出版社，二〇〇三。
④有關江西戲曲流行之情形，在崑腔之前，有青陽、弋陽、海鹽諸腔，江西的海鹽腔由譚綸從浙江帶來海鹽戲班，傳授給當地戲班，萬曆年間，江西撫州甚至是海鹽的大本營。請參看黃振林、章軍華、上官濤：《臨川地方戲劇史》，頁八一，中國戲劇出版社，二〇〇三。
⑤《湯顯祖集》，頁七八〇，上海人民出版社，一九七三。

整個戲劇表演從詩意上來看是由白天演至夜間，在王有信「轉音若絲、收音純細」的表演下，並可證戲劇大師湯顯祖的不朽劇作《牡丹亭》在南昌藝驚四座的上演情況。

二、傳說圈與故事形成

《牡丹亭》共有五十五齣，劇情大意如該劇第一齣《標目》中的「家門」之【漢宮春】所述：

杜寶黃堂，生麗娘小姐，愛踏春陽。感夢書生折柳，竟為情傷。寫真留記，葬梅花道院淒涼。三年上，有夢梅柳子，於此赴高唐。果爾回生定配，赴臨安取試，寇起淮陽。正把杜公圍困，小姐驚惶。教柳郎行探，反遭疑激惱平章，風流況，施行正苦，報中狀元郎。

此一故事，根據文獻顯示並非湯顯祖所原創，而是另有藍本。一九六三年，姜志雄於北京大學圖書館發現明代何大掄《燕居筆記》，其中便有《杜麗娘慕色還魂》話本，隨即發表文章指出：「湯氏《牡丹亭・驚夢》之齣，其賓白十之八九皆是話本原句，而〈鬧殤〉等齣之賓白亦然。」而《牡丹亭》作於萬曆二十六年（一五九八）湯顯祖四十九歲之時，此年湯氏棄官，由浙江遂昌返回臨川，上述《話本》內容，其中指出該故事起於南宋光宗朝之廣東南雄，學者譚正璧在明人晁瑮《寶文堂書目》所發現之《杜麗娘記》（話本）當係為同一版本，按晁瑮為嘉靖二十年（一五四一）進士，號春陵，官至國子監司業，藏書頗豐，其年代於湯顯祖創作《牡丹亭》約早了四、五十年，故其所著錄之《杜麗娘記》必早於湯氏撰《牡丹亭》之前。於是，其文章肯定指出：「湯顯祖的《牡丹亭》傳奇乃據話本擴大改作而成。」⑥這一說法經學界證實，並廣為研究者所公認。

又細繹《話本》內容，其中內容所提及：「有個官升授廣東南雄府尹」、「隨父來南雄府」、「相公問何處來的？答曰：小人是廣東南雄府柳府尹差來」、「這杜相公將書入後堂與夫人說南雄府柳府尹送書來說麗娘小姐還魂與柳知府男成親事」，皆顯示《牡丹亭》故事發生於廣東南雄。而《牡丹亭》之中一再提到的「南安」、「江右

⑥姜志雄：〈一個有關《牡丹亭》傳奇的話本〉，見《北京大學學報》一九六三年第六期。有關《話本》內容，詳參本論文「附錄」。

南安府」、「梅嶺」、「梅關」、「大庾嶺」，皆在江西，則《牡丹亭》故事與贛、粵兩省的地方傳說的關連性也就大大提高，這些地區，也正是客族居住之地，那麼，《牡丹亭》的故事或許也正是客家地區的民間傳說也不無可能。民間傳說的形成本有兩種情況，一是土生土長從民眾生活需求產生，逐漸成為集體性的口傳形式；一則是受到雅文化的影響，即雅文化之通俗化，江西大庾的謝傳梅先生〈《牡丹亭》故事之策源〉一文就以「南安府的府衙有一個後花園，它就成了湯氏《牡丹亭》故事的演繹場所」為論證，認定《牡丹亭》的故事源頭就發生在江西大庾」⑦，此說就民間文學發生的歷程觀察略為武斷，原因在於：江西大庾雖有故事類似場景與地景（如梅關、江右南安府、梅嶺），但傳說可能環繞著這些「可信物」而形成演述。類似的例子不勝枚舉，如嶗山早自秦皇漢武時代便是尋求長生不死藥之所在，宋元之後，此山成為道教名山，各處皆有著名道士劉若拙、丘處機修道講道的遺留，如：丘祖墳、混元石、白龍澗、仙人橋、玉女盒、金液泉、聚仙臺、仙人髻、飛來石、明霞洞、聖水泉等遺

⑦ 謝傳梅：〈《牡丹亭》故事之策源〉，見《二〇〇六中國‧遂昌湯顯祖國際學術研討會論文集》，頁二四一～二七〇，二〇〇六年九月。此外，作者另有〈湯顯祖與南安大庾譚一召〉一文，以湯、譚二人交誼深厚為論，認為《牡丹亭》故事內容由譚氏引介。見《湯顯祖研究通訊》總十三期，頁一三～一八，二〇一一年五月。

迹，都有奇異的道家傳說流傳，以致形成嶗山附近約三百平方公里的道教傳說圈。而武當山風物傳說群也擁有不少的自然風物，有：七十二峰、二十四澗、十一洞、十石、十池、九臺、九泉、三潭；人工風物有：八宮、二觀、三十六堂、七十二岩廟、三十九橋、十二亭、九井等建築。《牡丹亭》故事可在江西大庾找到劇中類似場景，與這種原因不無關係，而且應與第二種「雅文化通俗化」的形成方式較為接近。

這種情況，不僅充分顯示口傳文學的藝術生命力，同時也是各地傳說在連結當地的歷史人物行踪線索，配合特定的地景或人工物，匯合成各自獨立的傳說內容，於是，原本十分平常的遺物、遺迹或地景，便因著名的歷史人物或史事而不平常起來，而這也是風物傳說引人入勝的關鍵所在。⑧

三、由地區話本到戲曲舞臺

此外，應該指出的，贛、粵二省交界所流傳的《牡丹亭》故事，當從中國區域地理

⑧此即「傳說圈」概念，見〔日〕柳田國男《傳說》，日本岩波書店出版，昭和十五年九月。又烏丙安〈論中國風物傳說圈〉闡述了這一觀念，文見《民間文學論壇》一九八五年第二期。

開發角度思考，從交通上觀察。在中國歷史上，商路與文化相依本是很自然的現象，所謂「商路即戲路」，京劇在北京形成，最主要還是商業的雄厚勢力，則《牡丹亭》之所以在大庾嶺一帶流傳，當是此一區域行政建置或是贛、粵邊境早期區域開發的效應。大約在秦漢至六朝時期，贛南已有開發，秦滅六國之後，在全國各地推行郡縣制，於贛南之南設置南野縣，隸屬於九江郡，其地理範圍大約包括今天江西省南康縣以南到廣東北部的南雄，始興、仁化等縣的廣大區域，至明代，南安府統領大庾、南康、上猶、崇義四縣，廣東南雄與江西南安的大庾僅一嶺相隔，由南安（今之江西南康）經大庾嶺，出橫浦關（今廣東南雄小梅關）沿湞水西行，取北江順江南下，可抵番禺。這是多條自秦代以來就開闢通往嶺南的道路之一，所謂「秦所通越道」指的就是這一條，又稱「新道」。⑨

此後，漢代初年在贛南又設置贛和雩都兩縣⑩，與秦代相同，皆是軍事上的考量，之後，北方人口陸續南下，贛南屯兵。漢武帝元鼎五年（前一一二）秋，主爵都尉楊僕

⑨見《史記》卷一一三《南越列傳》。此道後世稱為「新道」，詳參陳乃良：《瀟賀溝通，跨越五嶺》，載《歷史地理》第一六輯，上海人民出版社，二〇〇〇。

⑩按《太平寰宇記》卷一〇八《江南西道六・虔州》之記載。

攻打南越，元鼎六年攻打閩越，皆由贛南越過大庾嶺，經橫浦關進入嶺南。⑪後歷魏晉隋唐宋之開發，此一區域可說是文化昌盛，《牡丹亭》的作者湯顯祖由南京貶官海南徐聞，及升調浙江遂昌二度經過此條驛道，或亦曾聞故事流傳於此。⑫

再以南宋時期江西兩部奇書考索：一為洪邁《夷堅志》；一為羅燁《醉翁談錄》，二書問世的重要性，以其對中國傳統戲曲故事以及舞臺演劇的定型有決定性影響，按：洪邁，字景盧，號容齋，別號野處，江西饒州鄱陽人，生於北宋宣和五年（一一二三），卒於南宋寧宗嘉泰二年（一二〇二），他的《夷堅志》是一部百科全書式的鉅著，包含大量贛地農業、經濟、風俗、商貿、醫藥、神異、宗教的內容，宋代及其以後的話本、曲藝、戲曲的編者，均以《夷堅志》內容為素材而加以改編。羅燁，江西廬陵（江西吉安）人。生卒年及生平事迹無考，其書《醉翁談錄》則為一部南宋時期記載話本說唱的專著，原書分十集二十卷，於二十世紀三十年代後期在日本發現，許

⑪分見《史記》之《南越列傳》與《東越列傳》。
⑫萬曆十九年（一五九一）湯氏因上疏貶官海南之濱徐聞，取道大庾；萬曆二十年（一五九二）升調浙江遂昌知縣，亦在大庾停留。

多珍貴的早期宋元南戲戲文，均可在此書找到本源。⑬當時南戲在江西已經流行，而戲曲演出頻率多寡，又與民俗、小說、話本間有一種不可分割的意義，當時《夷堅志》已盛行於贛地，而《醉翁談錄》的出現，更證實贛地說話技藝的發達。

值得注意的是，《牡丹亭》故事中，杜麗娘魂魄與書生相戀的情節與《夷堅志・支戊》的《解俊保義》以及《夷堅志・甲志》的《張太守》二篇故事有類似之處。⑭就古代筆記小說相互援引改編的角度言，明代《杜麗娘慕色還魂話本》承襲宋代民間傳說或流行的故事情節，不足為奇。湯顯祖為江西臨川人，其鄉賢洪邁的《夷堅志》盛行，不會不知，又早於其創作《牡丹亭》四、五十年的《杜麗娘慕色還魂話本》甚至其中賓白文字原封不動出現在《牡丹亭》劇作之中⑮，湯顯祖以《話本》為戲曲創作藍本，一方面將民間耳熟能詳的故事修飾加工；一方面提升精緻的藝術層面。他在《牡丹亭題詞》中說明：「傳杜太守事者，彷彿晉武都守李仲文、廣州守馮孝將兒女事，予稍

---

⑬參龔國光：《江西戲曲文化史》，頁二〇四～二二三。江西人民出版社，二〇〇三。

⑭《解俊保義》見《夷堅志・支戊》卷第八，頁二一一三〇；《張太守女》見《夷堅志・甲志》卷第十一，頁一七六，北京燕山出版社，一九九七。

⑮按《牡丹亭》之〈驚夢〉、〈尋夢〉、〈寫真〉、〈鬧殤〉、〈拾畫〉、〈玩真〉、〈冥誓〉、〈回生〉等齣目或文字，均與《話本》有極大相同之處。

為更而演之。」是將舊典翻新，然而在〈勸農〉、〈冥判〉諸齣之內又有世俗大眾所喜愛的情色文字，則是一種戲曲傳播角度上必須迎合大眾文化的娛樂需求，故湯顯祖《牡丹亭》的創作是一種「世俗選材與民俗觀照」。⑯這個故事依附在戲曲表演上，由南曲戲文的海鹽腔逐漸蛻變成崑腔，興盛於江南，最後步上明、清兩代四百餘年的戲曲舞臺，至今熱力不減。

四、客語地區流傳的《牡丹亭》故事

《牡丹亭》故事的流播與戲曲創作原委已如上述，故事傳說的相關地景：大庾嶺、梅關、南安府也令有些研究者推測該故事產生於大庾，但就文學創作方面思考，這仍應是交通、文化相互接觸所致的結果。至於所謂某處後花園、某處梅樹是湯顯祖演繹《牡丹亭》的遺跡，應是崑曲《牡丹亭》盛演之後，癡迷劇情的人們憑想像所規畫、尋覓出的虛幻場景。只有這個故事為何僅存於該地區而不見他處流傳的問題，卻真的

⑯見拙文〈牡丹亭的世俗選材與民俗觀照〉，《戲曲研究》第七十二輯，頁三二～四三，文化藝術出版社，二〇〇七。收於本書頁三七七～三九五。

是耐人尋味、值得研究者深入探討之處。

按：贛、粵之間，以方言區分佈來看，整個贛州地區，除贛州市之外，都屬客家方言區，對應於行政區域，則包含贛縣、南康、上猶、崇義、大庾、信豐、龍南、全南、定南、安遠、尋烏、興國、于都、寧都、瑞金、會昌和石城共十七個縣⑰，其中在贛州西部的大庾、崇義二縣客家話已與周邊其他方言混雜，有其方言特點。按新編《大庾縣志・方言》云：「大庾方言與贛南、粵北鄰縣方言雖較為接近，彼此可以自由交談，基本上屬於客家語系，但與純客家語不一樣。」⑱而新編《崇義縣志・方言》云：「該縣方言可分成東南和西北兩大片，其中東南方言為本地腔，而西北片方言則保留了廣東梅縣一帶客家方言的基本特色。」⑲

筆者個人的看法是：就民間文學口傳特質而言，任何口傳文化的形成，假若以「民間故事」這一日常的故事行為作為基礎，在此基礎上的說唱、影戲、地方戲、民歌、戲劇、曲藝等載體的文本及表現方式要起到相當程度的作用，方能達到傳達與紮根的

⑰參王東：《那方山水那方人：客家源流新說》，頁四一，華東師範大學出版社，二〇〇七。
⑱參見大庾縣志編纂委員會編：《大庾縣志》，頁六二一，三環出版社，一九九〇。
⑲參見崇義縣志編纂委員會編：《崇義縣志》，頁五六八，海南人民出版社，一九八九。

效果。大庾、崇義的方言特性既是贛客語言混雜，受限於特殊的語言及語彙，因此只在一固定區域保存自屬可能。

此外，由於《杜麗娘慕色還魂話本》或湯顯祖的《牡丹亭》劇作內容皆已寫定為「江西南安」、「廣東南雄」、「大庾」、「梅嶺」，則區域特性已十分清楚，故好事者的想像附會只能在上述地區建構。一如《白蛇傳》故事只流行在杭州、日月山故事只流行在唐中宗養女金城公主入藏時的青海湖東、生公說法遺跡只有蘇州虎丘……而不見於他處。這類故事不像孟姜女、梁祝、觀音、西遊在中國各地皆有傳說群及遺跡，其主要原因就在於其文本原型早已成為不可改易的敘事內容。

然則這個流傳在客語地區的《牡丹亭》故事還是值得我們注意，畢竟這個發現可以傳達一個很有意義的思考，即客家文化並不是只有一般印象的庶民文化，它還有一個受到中華精緻文化影響、投射，以及中國傳統戲曲故事最源頭的關連，就目前逐漸飽和的各種型態客家研究言，此一嘗試似乎是個可以思考的學術方向。⑳

---

⑳本文原發表於二〇一二第二屆中國（撫州）湯顯祖藝術節學術論壇，載《湯顯祖研究通訊》二〇一二年第二期（總第十六期）。

附：杜麗娘慕色還魂話本（粗楷體字部分為湯劇《牡丹亭》所因襲）

閑向書齋覽古今，罕聞杜女再還魂。
聊將昔日風流事，編作新聞勵後人。

話說南宋光宗朝間，有個官升授**廣東南雄**府尹，姓杜名寶字光輝，進士出身，祖貫山西太原府，年五十歲。夫人甄氏，年四十二歲，生一男一女；其女年一十六歲，小字麗娘，男年一十二歲，名喚興文，姊弟二人俱生得美貌清秀。杜府尹到任半載，請個教讀，於府中書院內教姊弟二人讀書學禮。不過半年，這小姐聰明伶俐，無書不覽，無史不通，琴棋書畫，嘲風詠月，女工針指，靡不精曉。府中人皆稱為女秀才。

忽一日，正值季春三月中，景色融和，乍晴乍雨天氣，不寒不冷時光，這小姐帶一侍婢名喚春香，年十歲，同往本府後花園中遊賞，信步行至花園內，但見：「假山真水，翠竹奇花，普環碧沼，傍栽楊柳綠依依，森聳青峰，側畔桃花紅灼灼。雙雙粉蝶穿花，對對蜻蜓點水。梁間紫燕呢喃，柳上黃鶯睍睆。縱目臺亭池館，幾多瑞草奇葩。

端的有四時不謝之花，果然是八節長春之草。」

這小姐觀之不足，觸景傷情，心中不樂，急回香閣中，獨坐無聊，感春暮景，俯首沉吟而歎曰：「春色惱人，信有之乎？常見詩詞樂府，古之女子，因春感情，遇秋成恨，誠不謬矣。吾今年已二八，未逢折桂之夫，感慕景情，怎得蟾宮之客。昔日郭華偶逢月英，張生得遇崔氏，曾有《鍾情麗集》、《嬌紅記》書，此佳人才子，前以密約偷期，似皆一成秦晉。嗟呼，吾生於宦族，長在名門，年已及笄，不得早成佳配，誠為虛度青春，光陰如過隙耳。」嘆息久之，曰：「可惜妾身，顏色如花，豈料命如一葉耶？」遂憑几晝眠，才方合眼，忽見一書生年方弱冠，丰姿俊秀，於園內折楊柳一枝，笑謂小姐曰：「姐姐既能通書史，可作詩以賞之乎？」小姐欲答，又驚又喜，不敢輕言，心中自忖，素昧平生，不知姓名，何敢輒入於此。正如此思間，只見那書生向前將小姐摟抱去牡丹亭畔，芍藥欄邊，共成雲雨之歡娛，兩情和合，忽值母親至房中喚醒，一身冷汗，乃是南柯一夢。忙起身參母，禮畢，夫人問曰：「我兒何不做些針指，或觀翫書史，消遣亦可，因何晝寢於此？小姐答曰：「兒適在花園中閑玩，忽值春暄惱人，故此回房，無可消遣，不覺困倦少息，有失迎接，望母親恕兒之罪。」夫人曰：「孩兒，這後花園中冷靜，少去閑行。小姐曰：領母親嚴命。」道罷，夫人與小姐同回至中堂飯罷。這小姐口中雖如此答應，心內思想夢中之事，未嘗放懷，行坐不寧，自覺如有所失，飲食少思，淚眼汪汪，至晚不食而睡。次早飯罷，獨坐後花園中，閑看夢中所遇書生之處，冷靜寂寥，杳無人迹。忽見一株大梅樹，梅子磊磊可愛，其樹矮如傘蓋。小姐走至樹下，甚喜而言曰：「我若死後得葬於此幸矣。」道罷回房，與小婢春香曰：「我死，當葬于梅樹下，記之記之！」次早，小姐臨鏡梳妝，自覺容顏清減，命春香取文房四寶至鏡臺邊，自畫一小影，紅裙綠襖，環珮玎璫，翠翹金鳳，宛然如活。以鏡對容，相像無一，心甚喜之，命弟將出衙去裱背店中裱成一幅小小行樂圖，將來掛在香房內，日夕觀之。一日，偶成詩一絕，自題於圖上：

近睹分明似儼然，遠觀自在若飛仙。
他年得傍蟾宮客，不在梅邊在柳邊。

詩罷，思慕夢中相遇書生，曾折柳一枝，莫非所適之夫姓柳乎？故有此警報耳。

自此麗娘暮色之甚，靜坐香房，轉添淒慘，心頭發熱，不疼不痛，春情難遏，朝暮思之，執迷一性，懨懨成病，時年二十一歲矣。父母見女患病，求醫罔效，問佛無靈，自春至秋，所嫌者金風送暑，玉露生涼，秋風瀟瀟，生寒徹骨，轉加沉重。小姐自料不久，令春香請母親至床前，含淚痛泣曰：「**不孝逆女，不能奉父母養育之恩**，今忽夭亡，為天之數也。**如我死後，望母親埋葬于後園梅樹之下**，平生願足矣。」囑罷，哽咽而卒，時**八月十五**也。母大痛，命具棺槨衣衾收殮畢，乃與杜府尹曰：「**女孩兒命終時分付要葬于後園梅樹之下**，不可逆其所願。」這杜府尹依夫人言，遂命葬之。其母哀痛，朝夕思之，光陰迅速，不覺三年任滿，使官新府尹已到，杜府尹收拾行裝，與夫人并衙內杜興文一同下船回京，聽其別選，不在話下。

且說新府尹姓柳名恩，乃四川成都府人，年四十，夫人何氏，年三十六歲。夫妻恩愛，止生一子，年一十八歲，喚作柳夢梅，因母夢見食梅而有孕，故此為名。其子學問淵源，琴棋書畫，下筆成文，**隨父親南雄府**。上任之後，詞清訟簡。這柳衙內因收拾後房，於草茅雜沓之中，獲得**一幅小畫，展開看時，卻是一幅美人圖，畫得十分容貌，宛如姮娥**。柳衙內大喜，將去掛在書院之中，早晚看之不已。忽日，偶讀上面四句詩，詳其備細，「**此是人家女子行樂圖也，何言不在梅邊在柳邊**，此乃奇哉怪事也。」拈起筆來，亦題一絕以和其韻。詩曰：

貌若嫦娥出自然，**不是天仙是地仙**。
若得降臨同一宿，海誓山盟在枕邊。

詩罷，嘆賞久之。卻好天晚，這柳衙內因想畫上女子，心中不樂，正是不見此情情不動，自思何時得此女會合，**恰似望梅止渴，畫餅充饑**，懶觀經史，明燭和衣而臥，翻來覆去，永睡不著，細聽譙樓已打三更，自覺房中寒風習習，香氣襲人，衙內披衣而起，忽聞門外有人扣門，衙內問之而不答。少頃又扣，如此者三次，衙內開了書院門，燈下看時，見一女子，生得雲鬢輕梳蟬翼，柳眉顰蹙春山。其女趨入書院，衙內急掩其門，這女子斂衽向前，深深道個萬福。衙內驚喜相半，答禮曰：「妝前誰氏，原來**夤夜至此**。」那女子啟一點朱唇，露兩行碎玉答曰：「妾乃府西**鄰家女**也，因慕衙內之丰采，故奔至此，願與衙內成秦晉之歡，未知肯容納否？」這衙內笑而言曰：「**美人見愛，小生喜出望外，何敢卻也？**」遂與女子解衣滅燭，歸於帳內，效夫婦之禮，盡魚水之歡。少頃，雲收雨散，女子笑謂柳生曰：「**妾有一言相懇，望郎**勿責。」**柳生笑而答曰：**「**賢卿有話，但說無妨。**」**女子含笑曰：**「**妾千金之軀，一旦付於郎矣，勿負奴心，每夜得共枕席，平生之願足矣。**」**柳生笑而答曰：**「**賢卿有心戀於小生，小生豈敢忘于賢卿乎**？但不知姐姐姓甚何名？」女答曰：「妾乃府西鄰家女也。」言未絕，雞鳴五更，曙色將分，女子整衣趨出院門。柳生急起送之，不知所往。至次夜，又至，柳生再三詢問姓名，女又以前意答應，如此十餘夜。一夜，柳生與女子共枕而問曰：「賢卿不以實告我，我不與汝和諧，白於父母，取責汝家，汝可實言姓氏，待小生稟于父母，使媒妁聘汝為妻，以成百年夫婦，此不美哉？」女子笑而不言，被柳生再三促迫不過，只得含淚而言曰：「衙內勿驚，妾乃前任杜知府之女杜麗娘也。**年十八歲，未曾適人，因慕情色**，懷恨而逝，妾在日常所愛者後園梅樹，臨終遺囑於母，令葬妾於樹下，今已一年，一靈不散，尸首不壞，因與郎君有宿世姻緣未絕，郎得妾之小影，故不避嫌疑，以遂枕席之歡。蒙君見憐，君若不棄幻體，可將妾之衷情，告稟二位椿萱，來日可到後園梅樹下，發棺視之，妾必還魂與郎共為百年夫婦矣。」這衙內聽罷，毛髮悚然，失驚而問曰：「果是如此，來日發棺視之。」道罷，已是五更，女子整衣而起，再三叮嚀：「**可急視之，請勿自誤，如若不然，妾事已露，不復再至矣，望郎留心，勿使可惜矣。妾不得復生，必痛恨於九泉之下也**。」言訖，化清風而不見。

柳生至次日飯後，入中堂稟於母，母不信有此事，乃請柳府尹說知。府尹曰：「要知明白，但問府中舊吏門子人等，必知詳細。」當時柳府尹交喚舊吏人等問之，果有杜知府之女杜麗娘葬於後園梅樹之下，今已一年矣。柳知府聽罷驚異，急喚人夫同去後園梅樹下掘開，果見棺木，揭開蓋棺板，眾人視之，面顏儼然如活一般。柳知府教人燒湯，移屍於密室之中，即令養娘侍婢脫去衣服，用香湯沐浴洗之，霎時之間，身體微動，鳳眼微開，漸漸蘇醒。這柳夫人教取新衣服穿了。這女子三魂再至，七魄重生，立身起來，柳相公與柳夫人並衙內看時，但見身材柔軟，有如芍藥倚欄干，翠黛雙垂，宛似桃花含宿雨。好似浴罷的西施，宛如沉醉的楊妃。這衙內看罷，不勝之喜，叫養娘扶女子坐下，良久，取安魂湯定魂散吃下，少頃，便能言語，起身對柳衙內曰：「請爹媽二位出來拜見。」柳相公、夫人皆曰：「小姐保養，未可勞動。」即喚侍女扶小姐去臥房中睡。少時，夫人分付，安排酒席於後堂慶喜。當晚筵席已完，教侍女請出小姐赴宴。當日杜小姐喜得再生人世，重整衣妝，出拜於堂下。柳相公與杜小姐曰：「不想我愚男與小姐有宿世緣分，今得還魂，真乃是天賜也。明日可差人往山西太原去尋問杜府尹家接下報喜。」夫人對相公曰：「今小姐天賜還魂，可擇日與孩兒成親。」相公允之。至次日，差人持書報喜，不在話下。

過了旬日，擇得十月十五吉日，正是屏開金孔雀，褥隱繡芙蓉。大排筵宴，杜小姐與柳衙內合巹交盃，坐床撒帳。一切完備。至晚席散，杜小姐與柳衙內同歸羅帳，並枕同衾，受盡人間之樂。

話分兩頭，且說杜府尹回至臨安府尋公館安下。至次日，早朝見光宗皇帝，喜動天顏，御筆除授江西省參知政事，帶夫人并衙內上任已經兩載。忽一日，有一人持書至在相公案下，相公問何處來的？答曰：「小人是**廣東南雄府柳府尹**差來。」懷中取書呈上。杜相公展開書看，書上說小姐還魂與柳衙內成親一事，今特馳書報喜。這杜相公看罷大喜，賞了來人酒飯，曰：「待我修書回復柳親家。」這杜相公將書入後堂與夫人說**南雄府柳府尹**送書來說麗娘小姐還魂與柳知府男成親事，夫人聽知大喜，曰：「且喜昨夜燈花結蕊，今宵靈鵲聲頻。」相公曰：「我今修書回復，交伊朝晚在臨安府相會。」寫了回書付與來人，賞銀五兩，來人叩謝去了，不在話下。

卻說柳衙內聞知春榜動，選場開，遂拜別父母妻子，將帶僕人盤纏前往臨安府會試應舉。不則一日，已到臨安府客店安下，逕入試院，三場已畢，喜中第二甲進士，除授臨安府推官。柳生馳書遣僕報知父母妻子。這杜小姐已知丈夫得中，任臨安府推官，心中大喜。至年終，這柳府尹任滿帶夫人并杜小姐回臨安府推官衙內投下，這柳推官拜見父母妻子，心中大喜，排筵慶賀，以待杜參政回朝相會。住不兩月，恰好杜參政帶夫人并子回至臨安府館驛安下，這柳推官迎接杜參政并夫人至府中與妻子杜麗娘相見，喜不盡言，不在話下。這柳夢梅轉升臨安府尹，這杜麗娘生兩子，俱為顯宦，夫榮妻貴，享天年而終。

通識叢書

重讀經典牡丹亭

著者◆蔡孟珍
發行人◆王春申
編輯指導◆林明昌
營業部兼任編輯部經理◆高珊
責任編輯◆吳素慧
美術設計◆吳郁婷

出版發行：臺灣商務印書館股份有限公司
地　　址：23150 新北市新店區復興路 43 號 8 樓
電　　話：(02)8667-3712　傳真：(02)8667-3709
讀者服務專線：0800056196
郵撥：0000165-1
E-mail：ecptw@cptw.com.tw
網路書店網址：www.cptw.com.tw
網路書店臉書：facebook.com.tw/ecptwdoing
臉書：facebook.com.tw/ecptw
部落格：blog.yam.com/ecptw

局版北市業字第 993 號
初版一刷：2015 年 7 月
定價：新台幣 480 元

ISBN 978-957-05-2997-5

重讀經典牡丹亭 ／ 蔡孟珍著．
-- 初版．-- 新北市：臺灣商務， 2015.7
面 ； 公分. --（通識叢書）

參考書目：面

ISBN 978-957-05-2997-5（平裝）

1. 牡丹亭 2. 研究考訂

853.6 104004745